KB237660

셋을 위한 왈츠

윤이형은 1976년 서울에서 태어나 연세대학교 영어영문학과를 졸업했다. 2005년 중앙 신인문학상에 「검은 불가사리」가 당선되어 문단에 나왔다. 2015년 제5회 문지문학상(구 웹진문지문학상)을 수상했다.

윤이형 소설집
셋을 위한 왈츠

초판 1쇄 발행   2007년 10월 26일
초판 4쇄 발행   2015년 7월 30일

지 은 이 윤이형
펴 낸 이 주일우
펴 낸 곳 ㈜문학과지성사
등록번호 제1993-000098호
주   소 121-894 서울 마포구 잔다리로7길 18(서교동 377-20)
전   화 02)338-7224
팩   스 02)323-4180(편집)   02)338-7221(영업)
전자우편 moonji@moonji.com
홈페이지 www.moonji.com

ⓒ 윤이형, 2007. Printed in Seoul, Korea

ISBN 978-89-320-1809-6

셋을 위한 왈츠

윤이형 소설집

문학과지성사
2007

차례

검은 불가사리

……여기 앉으면 되나요? 네, 감사합니다.

안녕하세요, 선생님. 잘 부탁드립니다. 기분이 어떠냐고요? 아주 좋아요. 선생님 같은 분을 만났으니까요. 그 사람들이 자기들끼리 말하는 것을 들었어요. 선생님이 이 분야에서 최고 권위자시라고요. 그들은 제가 듣거나 말거나 신경도 쓰지 않지만요. 제가 미쳤기 때문에 무슨 말을 해도 상관없다고 생각하나 봐요. 어제는 제 앞에서 그러더군요. 정신 이상으로 판명되지 않으면 아무래도 사형, 하늘이 도우셔서 운이 엄청나게 좋아도 최소한 종신형을 피하기 어려울 거라고요. 그러니까 저는 선생님이 저를 미쳤다고 판정해주시기를 바라야 하는 상황인가 봐요. 참 우습죠. 미친 척을 해야 살아남을 수 있다니.

　무슨 생각을 하고 계신지 잘 알아요. 지금 노트에 '다어증'이라고 쓰고 계시죠? 말이 정상보다 훨씬 많아지는 증상 말이에요. 대학교 때 심리학과 수업을 들은 적이 있어서 대충 알거든요. 사실 제가 생각해도 지금 전 선생님을 당황하게 만들기 충분한 상태예요. 보통 이런 상황에서 미친 사람들은 의사가 무슨 질문을 해도 잘 대답하지 않죠? 눈을 맞추지도 않고, 자기 얘기를 하지도 않죠? 아뇨, 이건 영화에서 본 거예요. 하하. 그러면 의사가 말하잖아요. 이거 보세요 누구 씨, 이야기를 하지 않으면 당신을 도와줄 수가 없어요. 그러니까 마음을 열어야 해요.

　하지만 전 그러지 않을 거예요. 아니, 저는 누구보다 할 얘기가 많아요. 미친 사람의 불안 때문에 나타나는 다어증이라고 생각하신다면 할 수 없지만 저는 미치지 않았고, 미치지 않은 상태로 살아서 이곳을 나가고 싶으니까요. 그러니까 선생님은 제 얘기를 들어주셔야 돼요. 저의 마지막 희망이시잖아요.

　잠깐만요. 시작하기 전에 한 가지 부탁이 있어요. 아주 중요한 부탁이에요. 선생님, 잠깐만 제 눈을 똑바로 봐주시겠어요? 그렇게 피하지 마시고요. 조금만 더요.

　네, 됐어요. 지금 본 걸 잊지 말아주세요. 사실은 선생님께 여쭤보고 싶은 게 있어요. 하지만 지금 대답을 듣고 싶진 않아요. 제 얘기가 끝나면 그때 말씀해주세요. 다시 말하는데 부탁드려요. 잊지 말아주세요.

어디부터 시작해야 할까요? ……네, 그 일요. 그 일이 일어난 건 1월 초의 어느 일요일 저녁이었어요. 춥고 건조한 날이었죠. 십 년 만에 찾아온 따뜻한 겨울이라고 언론에서 연신 보도를 해댄 지 한 달이나 됐지만 추웠어요.

처음엔 콘택트렌즈 부작용이 또 도졌구나 하고 생각했죠. 오른쪽 눈에 빡빡한 이물감을 처음으로 느꼈을 때 말이에요. 잊을 만하면 일 년에 한두 번씩 찾아오는 일시적인 고질병이었거든요. 남자 친구와 영화관에 들어가 아홉 시 반 영화표를 예매했는데 눈이 시큰시큰 아려와서 화장실에 들어가 끼고 있던 콘택트렌즈를 빼냈죠. 대신 안경을 꺼내 쓰고는 거울 속에 비친 오른쪽 눈동자를 천천히 점검했어요. 만일에 대비해 안구 충혈을 막아주는 안약도 몇 방울 넣었고요. 그때까지만 해도 오른쪽 눈동자에는 약간 붉은 기운이 감돌았을 뿐 특별한 전조는 없었거든요.

남자 친구는 어, 안경이야? 그저 그렇게 말했을 뿐 특별히 관심을 기울이진 않았어요. 제 남자 친구요? 이제 사귄 지 이 년이 좀 지났어요. ……살아 있다면 이 년 육 개월쯤 되었겠네요. 요즘치고는 오래된 커플이라는 말을 많이 들었죠. 네, 조금은 권태로워질 법도 한 시기에 아슬아슬 걸쳐 있었어요.

그는 더 이상 저와의 첫 키스나 우리가 처음 만난 날을 기억하지 못했으니까요. 그리고 전 더 이상 그에게 눈물을 머금어가며 한 자 한 자 눌러쓴 편지를 건네지 않았어요. 제가 헝클어진 머릿결이나 부스스한 옷차림새를 하고 있어도 그는 더 이상 불평하지도 주의 깊게 관찰하지도 않았죠. 물론 처음엔 안 그랬지만요. 그렇다고 우울하다거나 슬프지는 않았어요. 그런 시기는 이미 지나 있었으니까. 그 사람, 저를 더 이상 알고 싶어 하지 않았어요. 저도 그랬고요. 한때는 사춘기 소녀처럼 그런 일에 체념하고 절망하기도 했지만 시간이 흐르니까 달라지더군요. 우린 더 이상 서로에게 매 순간이 찬란하지 않았어요. 하지만 그 사실이 딱히 가슴을 찢는 아픔으로 다가오지도 않았죠. 익숙함이 장점이자 단점인 시기였다고 할까요.

그 사람 팔을 붙잡고 영화를 보는 내내 아무런 이상을 느끼지 못했어요. 영화요? 혹시 보셨는지 모르겠네요. 사람들의 관심에서 사라진 슈퍼히어로 가족이 부활하는 얘기였어요. 신나고 통쾌한 블록버스터 애니메이션이었죠. 아, 보셨다고요? 정말 재미있지 않아요? 저는 그 장면이 제일 좋았는데. 왜, 주인공이 사실은 슈퍼맨 뺨치는 초능력 영웅인데 하얀 와이셔츠에 넥타이 매고 사무실에 처박혀서 서류 더미에 묻혀 있는 장면 있잖아요. 그 장면에서, 주인공의 커다란 엉덩이에 비해 앉아 있는 의자가 너무 작아서 참 많이 웃은 게 기억나요. 정말이지 눈이 튀어나올 정도로 많이 웃었어요. 몸 구석구석의 아드레날린 한 방울까지 남김없이 짜내 터뜨려주는 것 같은 영화였죠.

그런데 영화가 끝나고 엔딩 크레디트가 올라갈 즈음, 정말로 눈이 튀어나와버리려는 게 아닐까 하는 생각이 드는 거예요. 오른쪽 눈에서 눈물이 흐르고 있었어요. 안경알을 덮어다 흐려지게 만들고도 남아서 폭포수처럼 흘러내려 바지 위로 뚝뚝 떨어지는 거예요. 남자 친구는 많이 당황했어요. 처음엔 제가 무언가에 감동해서 우는 술 알았나 봐요. 재미있는 영화 보고 왜 울어? 그러더라고요. 그런데 이미 제 눈은 불타는 것처럼 아픈 상태였어요. 마치 모세혈관들이 한꺼번에 터져버린 것 같았죠. 아마 눈동자 전체가 새빨갰을 거예요. 정상적인 눈물이라고 보기에는 너무 많은 양의 눈물이 주룩주룩 흘러내렸으니까. 그 사람 부축을 받아 집까지 겨우 돌아왔어요. 안약을 조금 더 넣고 잠이 들었죠. 웃으라고 만든 영화 보고 눈물이 쏟아지다니 참 웃기다고 생각하면서요. ……그런데 이제 보니 그 영화, 조금 슬픈 것 같기도 해요. 요즘 세상에서 슈퍼히어로는 좋은 직업이 아니잖아요. 안정적이지도 못하고 자기나 주변 사람이나 다 위험하고.

다음 날 출근길에 안과에 들렀어요. 의사 선생님은 예상대로 콘택트렌즈 부작용이라는 처방을 내리더군요. 그리고 일년에 한두 번씩 들를 때마다 늘어놓던 설교를 토씨 하나 틀리지 않고 반복했어요. 소프트렌즈 대신 하드로 바꾸는 게 좋겠다, 평소에 렌즈 관리를 잘해야 한다, 뭐 그런 얘기들이었죠. 양초 비슷하게 생긴 고체 안약을 눈에 넣고 열치료를 잠깐 받은 뒤에, 거즈를 대고 안대를 단단하게 고정했어요. 일주일간 절대로 떼지 말라고 하더군요. 눈을 쉬게 해야 하니까 너무 많은 걸 보려고 하지 말라고요. 제 눈이 특히 민감한 편인데 너무 많은 걸 보려고 시신경을 집중하고 있어서 쉽게 스트레스를 받는다고 했던가요.

선생님은 아마 지금쯤 되는 타이밍에 한번 묻고 싶으시겠죠? SF 영화를 너무 많이 본 거 아니냐고요. 아뇨, 전 그런 영화는 그다지 좋아하지 않아요. 한번 빠지면 걷잡을 수 없이 중독돼버릴 것 같아서 언제부턴가 그런 것들은 피하기 시작했거든요. 그런 종류의 책들도 읽은 적 없어요. 아마 읽었다면 이 얘기를 좀더 그럴듯하게 꾸며낼 수 있을 텐데. 그런데 그럴 수가 없어요. 제가 좀더 상상력이 풍부하고 말을 잘하는 사람이라면 얼마나 좋을까요. 하지만 이렇게밖에 말씀드릴 수가 없어요. 그 일은 실제로 제게 일어난 일이라고요.

그날 아침 초인종이 울렸을 때 저는 잠에서 깨어나지 못한 채 침대에서 허우적거리고 있었어요. 두 번인가 초인종이 울렸죠. 겨우 눈을 떠 시계를 보니 새벽 여섯 시 반이었어요.

누군가가 찾아올 만한 시간은 아니었죠. 잘못 들은 게 아닐까 싶었을 때 초인종이 한 번 더 울리더군요. 몸을 일으켜 휘청거리면서 현관으로 다가갔죠. 누구냐고 물었는데 대답이 없었어요. 현관문에 난 구멍으로 밖을 봐도 아무도 없더라고요. 그래서 문을 열었더니 문 앞에 뭔가 놓여 있었어요. 소포처럼 보이는 상자였죠. 누런 소포지로 포장돼 있었고 가로세로 삼십 센티미터, 높이 이십 센티미터 정도? 수신인 부분에 제 이름과 주소가 깨끗한 흰색 종이에 프린트되어 오려 붙여져 있었어요. 발신인 자리에는 아무것도 씌어 있지 않았고요.

이상했어요. 소포를 보낼 사람 따위는 없었거든요. 친구? 전 직장 동료? 언젠지도 모르게 응모한 온라인 이벤트 당첨 상품인가? 전 아무 생각 없이 단단히 포장된 소포지를 북 찢어냈죠.

흰 종이 상자 하나가 나왔어요. 시험 삼아 흔들어보니 사라락사라락 하는 소리가 났어요. 마치 쌀알이나 모래알 같은 작은 알갱이가 가득 들어 있는 것 같았죠. 그리고 그 상자 안에는 다시 매끌매끌하고 두툼한 무언가가 들어 있었어요.

스니커즈 초코바, 처음엔 뭐 그런 건 줄 알았어요. 딱 그 크기였죠. 스니커즈 덕용 포장 정도 되는 크기의, 불투명한 비닐로 포장된 무언가였어요. 정말이지 처음엔 누군가가 초콜릿을 선물로 보낸 게 아닌가 싶었어요. 안에는 무언가 작은 것들이 잔뜩 들어 있었고 겉에는 딱 한 문장밖에 씌어 있지 않았어요. ……네, 맞아요. 영문으로 그렇게 인쇄되어 있었어요. Protect Me from What I Want. 내가 원하는 것으로부터 나를 지켜주소서. 혹시 아세요? 그거 노래 제목이기도 해요, 플라시보라는 그룹의. 참 이상했죠. 그 곡, 제가 자주 흥얼거리는 노래거든요. 이유는 모르겠는데 그 노래를 흥얼거리고 있으면 가슴이 답답하다가도 조금 풀리는 느낌이 들곤 했어요. 내용은 잘 알 수 없지만, 멋있는 제목이라고 생각하지 않으세요? 어쩐지 이런 게 연상되잖아요. 신은 우리가 원하는 것으로부터 우리를 일부러 멀찌감치 떨어뜨려놓는다. 혹시 성서에 나오는 말인가? 그것까진 잘 모르겠네요. 참, 전 신을 믿지는 않아요. 교회에 몇 번 나가보긴 했지만.

어쨌든 그 소포는 이상했어요. 제가 자주 흥얼거리는 노래 제목이 적힌 사락사락거리는 비닐 주머니라니. 꼭 저를 잘 아는 누군가가 보낸 짓궂은 깜짝 선물 같았죠. 요즘엔 그런 이벤트 선물 같은 거, 제작도 해주잖아요. 하지만 문제는 그런 선물을 보낼 만한 사람이 없다는 거였어요. 전 일단 보낸 사람이 밝혀질 때까지 뜯어보지 않기로 했어요. 한편으론 더럭 겁이 났으니까요. 혹시라도 좋지 않은 게 들어 있을지 모르잖아요. 전 그걸 책상 서랍 맨 아래 칸에 넣어뒀어요. 그러고는 곧 잊어버렸죠. 그게 눈의 통증이 시작되기 한 달쯤 전 일이었어요.

……잠깐 물 한 잔만 마시고 계속해도 될까요? ……네, 감사합니다. 목이 말랐거든요. 선생님은 참 친절하시네요. 하긴 그러니까 이 일을 하시겠지만요. 지금까지 이 얘기를 수도 없이 반복했지만 누구도 끝까지 들어주지 않았어요. 하긴 미친 사람 얘기로 들리겠죠. 제가 생각해도 조금은 미친 소리 같은데요 뭐. 선생님, 그런데요, 제가 정말 미친 사람처럼 보이세요? 제가 정말 그렇게 많은 사람을 죽인 살인범같이 보이나요? 아뇨, 정말로 궁금해서 묻는 거예요. 제 말은, 제 얼굴에 그런 무언가가 드러나는지 궁금해서요. 이곳에는 서울이 없으니까, 제가 어떤 얼굴인지 확인한 지도 꽤 오래됐네요. 어쩌면 그게 다행인지도 모르지만요.

어디까지 말씀드렸죠? 아, 안대요. 일주일이 지나서 안대를 풀었어요. 통증은 처음보다 훨씬 덜해졌지만 그때까지 여전히 희미하게 남아 있었죠. 회사 일을 마치고 집으로 돌아온 저는 안대를 감싸고 있던 반창고를 쥐고 숨을 한번 들이마신 뒤 떼어냈어요. 처음엔 아무것도 보이지 않더군요. 오랫동안 빛이 차단되어 있었으니까. 방 안의 밝은 조명을 대하자 아주 미세한 통증이 밀려왔어요. 그러다가 차츰차츰 보이기 시작했죠. 전 거울에 비친 오른쪽 눈동자를 들여다봤어요.

선생님, 선생님도 지금 보고 계시죠, 제 눈을요. 지금은 양쪽 눈이 다 그렇지만 처음에는 오른쪽에서 시작된 거예요. 네, 검은 별이 눈에 박혀 있었어요. 검은 별요. 정확히 말하자면 동공이 다섯 갈래로 뻗어나간 별 모양으로 변해 있었죠. 그때부터 이런 모양이 된 거예요. 이런 거 보신 적 없을 거예요, 그렇죠? 별 모양이라지만 사실 좀 웃겨요. 너무 전형적이지 않아요? 사람들이 지루할 때 연습장 한 귀퉁이에 볼펜으로 쓱쓱 그려 넣는, 정말이지 너무 별처럼 생긴 별 모양이니까요. 오죽하면 제가 거울을 보고 처음엔 놀라서 소리를 지르다가 나중엔 막 웃었겠어요. 이건 뭘까, 농담의 한 종류인가? 하지만 대체 누가 이런 농담을 할 수 있다는 거지요. 실명도 아니고, 눈알이 튀어나오는 것도 아니고, 눈동자가 별로 변하다니요. 사랑에 빠진 순정 만화 캐릭터도 아니고 말이에요. 믿을 수 없었죠. 하지만 어쩌겠어요, 이미 벌어진 일인데. 혹시 꿈을 꾸고 있는 건가 싶어서 찬물로 세수를 몇 번이나 해봤지만 눈에 박힌 별은 그대로였어요. 무슨 이유가 있었든 과정은 이미 끝난 상태였어요. 결과만이 남아 있었죠.

　다행이었던 건 시력에 아무 문제가 없었다는 거예요. 더 이상 통증도 느껴지지 않았고, 앞을 보는 데도 아무 문제가 없었죠. 그냥 어느 날 한쪽 눈동자가 별로 변해버린 것뿐이었어요. 하지만 저도 사람인 이상 두렵고 무서워지기 시작했죠. 남자 친구에게 전화를 걸었어요. 전화를 받은 그는 무슨 소리냐면서 당장 저희 집으로 달려왔죠. 그런데 현관문을 열고 들어온 그가 저를 보는 순간 표정이 변하는 게 느껴졌어요. 뭐라고 해야 할까? 안색이 갑자기 딱딱하게 굳으면서 몇 분 동안 아무 말도 하지 않는데, 그의 그런 표정을 전에는 본 적이 없었죠. 그는 제 눈에서 시선을 돌리더니 딴사람이 된 듯한 얼굴로 이렇게 말하는 것이었어요.

"내일 병원에 가. 치료를 받아. 수술하라고 하면 받아."

그는 수술비가 모자라면 빌려줄 수도 있다고 했어요. 전 알았다고 대답했죠. 그리고 평소와 같이 그와 시간을 보냈어요. 섹스를 하고, TV를 보고, 함께 저녁을 먹었어요. 이상하게 들리세요? 하지만 그 순간에는 어쩐지 그 일에 대해 더 이상 이야기하지 않는 것이 좋겠다는 생각이 들었어요. 뭐랄까……울거나 소리 지르면서 '내 눈이 이렇게 변해버렸는데 넌 어째서 아무렇지도 않게 나를 대하는 거야?' 하고 말할 수 없게 하는 무언가가 공기 중에 있었어요. 마치 나쁜 꿈을 꾸다가 가위에 눌렸을 때처럼, 말을 해야겠는데 무언가가 성대를 붙잡고 그 단어가 튀어나오지 못하게 하고 있었죠. 정말이지 이상했어요. 이상했지만 저는 웃었어요. 섹스를 하면서는 기뻐서 신음을 했고, 밥을 먹으면서는 맛있다고 생각했어요. ……선생님은 그럴 때가 없으세요? 상황이 악화하는 게 두려워서 스스로의 끔찍함을 눌러버릴 때가요. 사람들의 눈이, 아니 정확히 말하면 인정하려는 자기 마음이 무서워질 때 말이에요. 그냥 가만히 있으면 아무런 문제 없이 넘어갈 수 있다는 생각이 들 때 말이에요.

그가 돌아갈 때 보니 이마에서 땀이 흐르고 있더군요. 어쨌거나 그날은 그렇게 흘러갔어요. 그날 밤 땀을 많이 흘리며 잠을 설쳤어요. 아침에 일어나보니 열이 펄펄 끓고 있더군요. 어차피 병원에 가볼 생각이었기에 회사에 병가를 내고 일주일 전에 갔던 안과에 다시 찾아갔지요.

나이 많은 의사는 눈을 깜빡이지도 않고 몇 분간 시선을 떼지 않은 채 제 눈을 바라봤어요. 그가 그 상황에서 벗어나고 싶어 하는 것처럼 보였기에 저는 조금 미안해졌습니다. 홀쭉하게 말라서 군살이 없는 그의 얼굴이 보이지 않는 노끈에 묶여 제 눈 쪽으로 고정되어 있는 것 같았죠. 눈을 돌렸을 때, 그는 다시는 저와 시선을 맞추지 않았어요. "보는 데에는 아무 지장이 없을 겁니다." 그의 목소리는 가볍게 떨리고 있었어요. "여기서는 고칠 수가 없어요. 큰 병원에서는, 그런 데서는 또 모르겠어요. 하지만 아마 결과는 같을 겁니다."

저는 불끈 화가 치솟았어요. 그렇다면 앞으로 이런 꼴을 한 채 평생을 살아가야 한다는 말인가요, 저는 아직 젊단 말이에요, 그렇게 소리치고 싶었어요. 하지만 무언가가 입술을 붙들었어요. 분명히 해결책은 있을 거라는 생각이 들었지만 어째서인지 수술 가능성에 대해서는 물을 수가 없더군요. 일 년에 몇 번 들르지 않는 병원이었지만 저는 그 나이 든 의사에게 일종의 신뢰를 품고 있었습니다. 그는 결코 거짓말로 환자를 위로하거나 반대로 두려움을 품게 만들어 치료비를 우려내는 스타일은 아니었어요. 제 눈에 들어 있는 것이 어디에서 왔는지는 알 수 없지만 그것이 그를 그렇게 어렵고 두렵게 만든다면, 아마 없애는 일도 보통 일은 아니겠다는 생각이 스쳤어요.

제가 가난하냐고요? 글쎄요. 오래전에는 꽤 어렵게 살았던 것 같아요. 하지만 언제부턴가 그렇지 않게 됐어요. 대학을 마치고 안정된 직장에 들어갔고, 꼬박꼬박 적금을 부었고, 독립한 뒤 집을 조금씩 넓혀갔고, 부모님에게도 매달 많은 돈을 보내드렸으니까요. 직장 생활도 괜찮은 편이었어요. 모두 제가 없으면 일을 하지 못했죠. 무슨 일을 했느냐고요? 사람들의 자서전을 썼어요. 대기업 사장들이 가장 많았고, 젊은 나이에 무너지기 직전의 사업을 물려받아 크게 키워 성공한, 신문 지면에 자주 오르내리는 사람들도 꽤 있었죠. 이렇게 말하면 좀 쑥스럽지만, 전 그들의 인생을 멋진 문장으로 포장하는 데는 일가견이 있었다고 생각해요. 아니, 실제로 그들은 멋진 인생을 살고 있는 것 같았어요. 제 역할은 그걸 약간 더 멋지게 만들어주는 것이었죠. 예를 들어 제 인생은, 아무리 멋진 문장으로 포장한다고 해도 어떤 한계 이상으로 빛이 날 수는 없잖아요? 선생님도 그렇지 않으세요? 아니, 선생님은 좀 다르시려나? 죄송해요, 하지만 우리 같은 사람들이 도저히 뛰어넘을 수 없는 어떤 것을 그들은 아주 가볍게 뛰어넘을 수 있어요. 마치 손가락 팅기듯 말이에요. 그건 사실이에요. 그 일은 보수도 높았죠. 제 주위의 모든 사람들이 제가 그 직업을 택한 것을 좋아했어요. 물론 저도 좋아했죠. 나쁘지 않은 일이었어요.

잠깐만요. 잘 못 알아들었어요.

무슨 말씀을 하시는 거죠? 제가 그런 걸 쓴 적이 있었나요? ……아, 그거요. 대학 시절 신문에 재미 삼아 썼던 거예요. 용케 가지고 계시네요. 정말 여러 가지 것들을 자료로 보관하고 계시군요. 그래요, 말씀하신 대로예요. 그 시절에는 시가 없으면 살 수 없다고 생각했어요. 하지만 누구나 한번은 그렇게 살아갈 때가 있지 않나요?

……그 시 제목이 「불가사리」였어요? 저는 잊고 있었어요. 그렇군요. 아니, 읽어주실 필요는 없어요. 죄송한데 잠시 화장실 좀 다녀와도 될까요? 네, 알아요. 저 사람들이 따라올 테니 어차피 오 분 이상은 걸리지 않을 거예요.

어디까지 말씀드렸죠?

아, 아무 일도 아니에요. 잠깐 이것들이 움직였을 뿐이니까요. 저는 괜찮아요. 선생님은 아까부터 계속 제 얼굴을 보지 않고 계시니까 설명해드릴게요. 이것들은 이따금씩 시계 반대 방향으로 회전해요. 다리의 방향을 조금씩 바꾸는 거죠. 지금은 십오 도 정도 돌아가 있을 거예요. 아뇨, 이제 그렇게 고통스럽지는 않아요. 처음엔 마취 없이 눈을 칼로 도려내는 것처럼 아팠죠. 잠들어 있다가도 종종 깨어나곤 했어요. 눈물은 나오지 않아요. 하지만 눈의 흰자위 전체가 붉게 변해서 사람들은 제가 울었다고 생각하곤 하죠. 물론 저를 본 사람들은 다시는 제 눈을 쳐다보지 않게 되지만요.

네, 그들은 저를 다시 쳐다보지 않아요. 문자 그대로 제 눈을 한번 들여다본 사람은 다시는 저와 눈을 맞추지 못해요. 어째서인지는 모르겠지만 그날 이후 그것이 제가 감당해야 했던 한 가지 나쁜 일이었어요. 이상했죠. 이상하고 슬펐어요. 하지만 그게 그렇게 엄청난 일이라곤 생각하지 않았어요. 사실 그들이 저를 바라보거나 그러지 않거나 크게 달라진 건 없었거든요. 그들은 전과 다름없이 저에게 친절하게 대해주었어요. 함께 식사를 하고, 함께 대화를 나누었죠. 모두들 조금씩 두려워하는 것 같긴 했어요. 무엇을 두려워하는지는 알 수 없었지만요. 새롭게 제 영혼을 들여다봐주는 사람은 더 이상 나타나지 않았죠. 하지만 따져보니 전에도 제 영혼을 들여다보려는 사람은 없었던 것 같다는 생각이 들었어요. 전 큰 병원에는 가지 않기로 했어요. 그대로도 괜찮을 것 같았거든요. 게다가 시력은 오히려 더 좋아졌지 뭐예요. 왼쪽 눈을 감고 오른쪽으로만 세상을 보니 안경도 콘택트렌즈도 필요 없겠다 싶을 정도였어요. 부모님과 친구들과 직장 동료가 차례로 제 눈을 들여다봤어요. 공통된 게 있었다면 그들이 그 즉시 화제를 돌렸고, 다시는 그 이야기를 꺼내지 않았다는 거예요. 전 잘 지냈답니다. 직장에도 계속 나갔고 통증도 다시 나타나지 않았어요.

두 달쯤 지난 어느 날 문득 그 비닐 주머니 생각이 떠오르기 전까지는요. 중요한 회의를 하고 있던 도중에 왜 갑자기 그 생각이 떠올랐는지 모르겠어요. 문득 집 책상 서랍 맨 아래 칸에 들어 있는 그 비닐 주머니의 파란색 포장이 선명하게 눈앞에 다가오면서, 회의 문서의 글자들이 눈앞에서 흐려지기 시작했죠. 저는 그 소포를 받고 석 달 동안이나 그것을 잊은 채 내버려두었던 거예요.

그날 밤 집에 돌아와서 책상 서랍을 열고 그것을 끄집어냈어요. 그건 제가 넣어둔 대로 그 자리에 있었죠. 그런데 안에서 움직임이 느껴졌어요. 처음 받았을 때처럼 사라락사라락 하는 소리가 점점 크게 들려오면서, 무언가가 그 안에서 스스로 움직이고 있었죠.

선생님, 다시 말하지만 저는 이게 저에게 마지막 기회라는 걸 잘 알아요. 이제 저에게 소중한 사람들은 다 죽었어요. 그렇기 때문에 저는 거짓을 말하고 싶어도 말할 수가 없답니다. 이제 이 이야기를 할 사람은 저밖에 없어요.

다시 두려움이 밀려왔습니다. 무언가 벌레 같은 것들이 잔뜩 들어 있는 듯한 감촉이었고, 꼭 그런 움직임이었어요. 저는 순간적으로 그 비닐 주머니를 방바닥에 떨어뜨렸어요. 그러자 그것들이 스스로 비닐을 찢고 나오더군요.

네, 그것들이었어요. 똑똑히 봤어요. 그건 작은 사람들이었어요. 밀랍으로 만들어진 작은 병사들이었죠. 저마다 등에는 소총 같은 것을 둘러메고 있었어요. 혹시 아세요? 어릴 때 동네 남자 아이들이 가지고 놀던 장난감 중에 'G.I. 유격대,' 그 비슷한 이름의 미니어처 세트가 있었어요. 거기 들어 있던 작고 단단한 병사들과 똑같이 생긴 군인들이었어요. 수없이 많았죠. 수백 명쯤 되었을 거예요. 그것들은 천천히 주위를 둘러보는 듯하다가 곧 제가 어떤 반응을 보이기도 전에 방 안으로 스며들었습니다. 침대 밑으로, 책상 밑으로, 싱크대 밑 어두운 구석으로. 정말이지 눈 깜짝할 사이에 스르륵 하고 저마다의 위치로 스며들었다고밖에는 표현할 수가 없어요. 몇 초밖에 걸리지 않았죠. 네, 그것들은 자신들이 있어야 할 곳이 어딘지 정확히 알고 있었습니다. 마치 청동을 녹인 액체가 스며들듯, 불을 켠 방 안에서 흠칫 놀란 바퀴벌레 떼가 어둠을 찾아 달려들어가듯 그것들은 몇 초밖에 되지 않는 순간에 소리도 없이 방 구석구석으로 스며들었어요.

꿈을 꾼 게 아니냐고요? 네, 저도 그렇게 생각했어요. 눈 앞에 벌어진 일을 도저히 믿을 수 없었기에 차라리 꿈이었다고 생각하는 게 나았어요. 소리도 지를 수 없었죠. 저는 아무에게도 그 일을 말할 수 없었어요. 사실 오른쪽 눈이 이렇게 변해버린 뒤로 주위 사람들을 대하기가 조심스러웠습니다. 자칫하면 그들을 잃을 수도 있었거든요. 그들은 제가 이렇게 되었는데도 여전히 곁에 있었고 저는 그게 고마웠습니다. 더 나쁜 일이 일어난다 하더라도 가능하면 제 선에서 해결하고 조용히 지내는 게 좋겠다고 직감적으로 느꼈기 때문에, 피로하고 약해져서 눈을 뜬 채 꿈을 꾸었다고 생각하기로 했지요. 저는 비닐 주머니를 복도 끝 쓰레기통에 밀어 넣고 침대에 누워 잠을 청했습니다. 아침이 되면 다시 단단한 현실이 저를 지탱해줄 테니까요.

하지만 꿈은 그날 밤에 찾아왔습니다.

예전에도 꿈을 꾼 적이 있었을까요? 분명히 그랬을 거예요. 하지만 오랫동안 꾸지 않고 지낸 것 같아요. 마지막으로 꾼 꿈이 기억나지 않으니까요. 누군가가 꿈 얘기를 하며 정말 현실 같아서 가슴이 설레기도 했고 안타깝기도 했고 무섭기도 했다고 말하면, 그런 느낌이 어떤 것인지 이해할 수 없게 된 지 오래라는 자각만 밀려왔지요.

하지만 그날 밤의 꿈은 정말 선명했어요. 첫 섹스의 기억처럼, 처음으로 남자에게 사랑한다는 말을 들었던 순간처럼 선명했습니다. 저는 아무도 없는 바닷가를 밤새워 혼자 걷고 있었습니다. 밤새 걷고 있었지만 지치거나 피곤하지는 않았어요. 서해였던 것 같아요. 검푸른 어둠이 주위 모든 것을 삼켜버린 동안에는 바로 눈앞까지 철썩이며 밀려왔던 파도가, 어김없이 떠오른 아침 해가 하늘을 따스한 붉은색으로 물들이기 시작할 때쯤에는 저 멀리, 하늘과 바다가 맞닿은 경계선까지 밀려나 있었으니까요. 바다가 시작되는 곳이 마라톤 결승선처럼 아련하게 저만치에 있었어요. 저는 특별한 이유도 없이 개펄로 들어가 질척거리는 진흙 위에 발자국을 남기며 천천히 걸었습니다. 바다의 밑바닥이 드러나 있었어요. 파도가 지나간 곳에 세월처럼 주름살이 남았더군요. 작은 조가비들이 밤새 기어간 흔적들 위로 푸른 해초들이 뒤엉켜 있었습니다. 문득 바지가 더러워졌으리라는 생각이 떠올랐어요. 허리를 굽혀 아래를 내려다보니, 역시 더러워져 있더군요. 투덜거리며 몸을 펴는데 무언가가 눈을 잡아끌었습니다.

그것은 제 바로 눈앞 개펄에 널브러져 있었습니다. 푸른 불가사리였어요. 별처럼 다섯 갈래로 뻗어나간 다리 위에 얼굴처럼 선명하게 붉은 점들이 뿌려져 있었지요. 한쪽 다리 끝이 뒤집혀 있었어요. 말씀드리자면 저는 꿈에서나 현실에서나 그전에는 살아 있는 불가사리를 직접 눈으로 본 적이 없었어요. 백과사전이나 TV 프로그램에서 언뜻언뜻 스치며 보았을 뿐이었죠. 처음으로 본 그 별 모양의 생명체는 참으로 신기하고 놀라워 보였습니다. 비현실적이라고 할까요. 저는 고개를 숙여 조금 더 자세하게 그것을 들여다보았죠.

그렇게 몇 분을 있었을까요. 저는 갑자기 소리를 내어 울기 시작했습니다. 이유는 설명할 수 없지만 그것이 죽어가고 있다는 걸 알았기 때문이었죠. 그 미끌미끌한 생명체는 바다 밑바닥에 있기에는 지나치게 푸르고 아름다웠어요. 그건 하늘에 있어야 하는 존재였어요. 밤이면 지상을 내려다보며 빛을 내는 절대적이고 완전한 존재여야 했습니다. 그런데 그러지 못하고 땅에 있었어요. 바닷물이 들어오려면 한나절을 더 있어야 할 텐데, 어떻게 숨을 쉴 수 있을까요. 저는 그게 슬퍼서 소리 내어 울며 그 불가사리를 젖은 진흙 위에서 가만히 떼어내 손바닥 위에 올려놓았습니다. 그러자 그것은 조금씩 줄어들기 시작했어요. 정확한 비율로 다리들이 줄어들기 시작하더니 몸통 전체가 작은 단추만 한 크기로 변했습니다. 그리고 조금씩 움직이면서 빛깔이 검은색으로 변했어요. 그 아름답던 푸른색은 금세 사라져버렸지요. 하지만 이상하게도 더 이상 슬프지는 않았습니다. 이제 까맣게 타들어간 심지처럼 작고 단단하게 변한 그것은, 더 이상 완전무결하지는 않았지만 훨씬 강해 보였으니까요. 그렇게 생각한 순간, 그것은 제 손바닥에서 천천히 움직이더니 팔을 타고 어깨를 기어오르기 시작했어요. 저는 두려웠지만 감히 숨소리도 내지 못했지요. 그렇게 하면 어쩐지 불경스러울 것 같았거든요. 튼튼한 빨판으로 제 얼굴에 기어오른 그것은, 제 오른쪽 눈꺼풀에 매달리더니 다음 순간 눈동자를 비집고 들어왔습니다. 저는 아파서 비명을 지르며 깨어났어요.

제 눈이 다시 불타오르고, 눈물이 다시 흐르고 있었습니다. 눈에서 길고 날카로운 콘크리트 덩어리가 튀어나올 것 같은 어마어마한 통증이었죠. 하지만 이번에는 단순한 고통이 아니었어요. 아픔과 함께 말할 수 없는 슬픔이 한꺼번에 밀려왔지요.

문득 더 이상 사랑하지 않고 있다는 것을 알았어요. 저는 더 이상 누구도 사랑하지 않았고 누구로부터도 아무것도 바라지 않고 있었어요. 문득, 저는 더 이상 아무런 잘못도 저지르지 않고 살고 있다는 것을 알았어요. 더 이상 꿈꾸지도 않고, 가슴 아프게 원하지도 않고, 실수를 하지도 않고, 미움으로 끓어올라 잠 못 드는 일도 없이 살고 있었어요. 누군가를 죽이고 싶다고 생각한 적도 없었지요.

구체적인 무언가를 말씀드리지 못하는 것을 이해해주세요. 그 후로도 몇 번이나 그때의 느낌을 다시 떠올려봤지만 직접하게 표현할 언어를 찾을 수 없었어요. 그건 한 덩어리의 생각이었어요. 술 취한 밤에 밀려드는 서러움 같은 막연함, 디테일이 없이 몇 개의 희미한 선들로만 이루어진 스케치와도 같은 문장들이었죠. 그러나 그 문장들이 저를 견딜 수 없게 했지요. 저는 불을 켜고 침대에 일어나 앉아 슬픔으로 몸을 떨며 울었습니다.

한참을 그렇게 울고 있을 때 사라락사라락 하는 소리가 들려왔습니다. 고개를 들어보니 그것들이 침대를 기어오르고 있었어요. 몇 시간 전 침대 밑으로, 책상 밑으로, 싱크대 밑으로 기어들어간 그것들이 어느새 다시 기어나와 있었습니다. 구보를 하는 것처럼 규칙적인 동작이었죠. 그것들은 조를 이루어 여러 방향에서 저에게 다가오고 있었어요. 비명을 지르며 팔로 쓸어버리려고 했지만 역부족이었어요. 미처 손쓸 새도 없이 저는 쓰러졌고 그것들은 제 오른쪽 눈꺼풀에 한꺼번에 달라붙었습니다. 그 순간 가장 두려웠던 건 그것들이 한꺼번에 총을 쏘아댈지도 모른다는 가능성이었습니다. 모든 병사가 등에 소총을 둘러메고 있었으니까요. 작은 총이었지만 눈을 멀게 만들기엔 충분한 무기였죠. 하지만 그러지 않더군요. 일단 눈꺼풀을 장악한 그것들은 단지 붉게 변한 제 눈에 작은 입을 대고 흘러나오는 눈물을 꿀꺽꿀꺽 마시기 시작했습니다. 수백 개의 작은 입술들이 애무하듯 쪽쪽 빨아대며 눈물을 들이마시고 있었어요. 저는 무섭고 흥분됐지만 움직일 수는 없었어요. 그러자 신기하게도 눈의 통증이 사라졌습니다. 눈물이 다 마르자 언제 그랬느냐는 듯 슬픈 생각도 천천히 가라앉기 시작했지요. 저는 이 모든 것이 아주 길게 이어지는 악몽의 한 부분인 양 피곤하다고 생각하며 가만히 누워 있었습니다. 이상하지만 기분이 점점 좋아지는 것 같기도 했어요.

그때였어요. 오른쪽 눈이 발광하듯, 발악하듯 다시 쓰라리며 아파오는 거예요. 아아악! 저는 팔을 휘두르며 다시 일어나 앉을 수밖에 없었어요. 그러자 툭, 하고 무릎에 무언가가 떨어지는 게 보였습니다. 그것은 제 눈에서 튀어나온 검은 불가사리였어요.

그것은 임무를 끝내고 열을 정돈하고 있던 작은 병사들 쪽으로 엄청나게 빠른 속도로 기어가더니, 그것들을 깔아뭉개기 시작했습니다. 그때까지 제 동공이라고만 알고 있던 그것은 살아 있는 생명체였어요. 그 작은 것은 다섯 개의 작은 다리를 한데 모아 밀랍 병사들을 끌어안았다가, 숨이 끊어질 것처럼 온 힘을 다해 몸을 조이고는 풀어놓았습니다. 그러자 침대 시트 위에 부서진 밀랍 조각들이 탁 하는 소리와 함께 떨어져 내렸지요.

곧 사격이 시작됐습니다. 전장에서 여러 해를 겪은 숙련된 병사들이 보여주는 대형으로 그것들은 빠르게 움직였지요. 그리고 사정없이 총을 쏘아댔습니다. 탕탕탕탕탕. 총소리가 방을 뒤흔들었어요. 하지만 아무도 달려오지는 않았지요. 아마 누군가가 들었더라도 TV를 보고 있는 거라고 생각했을 거예요. 저는 넋을 잃고 그 광경을 바라보고 있었습니다. 그것은, 제 몸에서 떨어져 나온 그 검고 작은 생명체는 곧 죽을 것처럼 보였어요. 아무리 열심히 싸워도 절대적으로 불리한 상황이었어요. 병사들은 수백 명이었고 물컹물컹한 그것의 몸은 총알을 막아내기에는 너무 부드러웠습니다. 사실 이미 죽어가고 있었지요. 총에 맞은 자리에서 진한 에스프레소 커피처럼 검은 체액이 쏟아져 나와 흐르고 있었습니다. 곧 죽겠구나, 전 그렇게 생각했어요. 사실 이쯤에서 끝나도 괜찮겠다는 생각이 조금은 들었어요. 어찌 됐건 그 검은 동물은 저를 너무나 아프게 하고 있었으니까요. 반면 병사들은 저를 위협하거나 공격하지는 않는 것 같았어요. 어떻게 보면 치료해주는 것 같기도 했고요. 어쩌면 저는 그 짧은 순간에 그 병사들과 약간의 일체감을 느끼고 있었는지도 모릅니다. 네, 그것들 안에는 저와 같은 무언가가 있었습니다. 그게 무엇이었는지는 모르지만요.

그러나 그 순간 꿈에서 저를 사로잡았던 그 슬픔의 감정이 다시 돌아왔습니다. 그것이 죽어가고 있다는 사실이 달콤한 아름다움처럼 가슴을 후벼팠습니다. 무언가 바닷물처럼 짭조름한 것이 얼굴로 치받쳐 올랐고, 젖어 늘어진 해초처럼 연하고 미약한 것들이 심장을 휘감는 것 같았습니다. 작은 조가비들이 기어가는 속도로, 저는 천천히 몸을 일으켰습니다. 그리고 눈 깜짝할 새에 발을 치켜들어 병사들을 밟아 부수기 시작했지요.

맨발에 따끔따끔하게 밀랍 조각들이 박히는 게 느껴졌어요. 아마도 피가 흘렀겠지요. 그래도 저는 눈을 꼭 감은 채 그것들을 계속해서 밟아 없애버렸습니다. 참을 수 없는 아픔이 느껴졌지만 한편으로 안도감도 밀려왔어요. 네, 그런 종류의 아픔을 느낄 수 있다는 사실이 좋았습니다. 물론 전 자해하는 성격은 아니에요. 한 번도 그래본 적은 없어요. 하지만 뭐랄까요, 한 명의 병사가 부서져 없어질 때마다 어쩐지 부끄럽지 않다는 생각이 들었어요. 제 자신에 대해 말이지요.

이상하게도 그것들은 저에게 총구를 들이대지는 않았습니다. 다만 좀 당황한 것 같아 보였지요. 밀랍 얼굴들은 작아서 표정을 알아볼 수는 없었지만, 같은 편에게 총질을 당한 듯한 당혹감이 대열 전체에 나타나 있었습니다. 삼분의 일 정도 병력이 손실되었을 때 그것들은 싸움을 그만두고 뒤돌아 도망치기 시작했습니다. 방 구석구석, 자신들이 기어나왔던 그 어둠 속으로 감쪽같이 다시 스며들었지요.

저는 검은 체액을 흘리며 널브러져 있는 작은 불가사리를 바라보았습니다. 그것은 지쳐 보였어요. 저는 그것을 손바닥에 쥔 채 잠이 들었습니다. 그리고 다음 날 아침 눈을 떴을 때, 그것은 제 오른쪽 눈동자 속으로 돌아와 있었어요.

그 뒤로도 몇 번인가 같은 일이 반복되었지요. 선생님, 제 얘기가 지루하신 건 아니겠지요? 제 눈을 보고 계시지 않으니 그런지도 모르겠다는 생각이 드는군요. 어찌 됐건 저는 그 뒤로 조금씩 달라져갔습니다. 가슴 아픈 일들이 많아졌어요. 전에는 조금도 저를 혼란스럽게 만들지 않던 일들이 문득문득 떠올랐고, 그럴 때마다 눈동자가 불타오르는 것처럼 쓰려오기 시작했지요. 누군가에게 밤새워 편지를 쓴 일, 이제는 더 이상 읽지 않는 책들에 밑줄을 그어가며 읽은 일, 저와 상관없다고 생각해 만나지 않게 된 친구들과 오래전 술을 마시며 들은 음악들, 그리고 누구도 읽어주지 않는 문장을 쓰면서도 혼자 알 수 없는 충만함에 젖어 새벽까지 깨어 있던 시간이 차례로 떠오르면서 저를 견딜 수 없게 했습니다. 그럴 때마다 저는 눈물을 흘렸고, 그것들은 마치 숭고한 임무를 수행하는 것처럼 방 구석구석의 어둠 속에서 기어나와 제 눈물을 빨아 마셨고, 그럴 때마다 제 눈에서 튀어나온 검은 불가사리가 저를 대신해 그것들과 싸웠습니다. 싸움은 늘 불리했지만 이 작은 동물은 언제나 죽지 않고 살아남았지요. 선생님, 불가사리에 대해 잘 아시나요? 이것들은 다리를 잘라내도 놀라운 생명력으로 곧 새로운 다리를 재생산하지요. 한번은 총에 심하게 맞아 몸이 두 조각으로 찢어져버렸습니다. 저는 그때야말로 졌구나, 이제 모든 것이 끝났구나 하고 생각했지요. 하지만 죽어서 하늘로 올라가 별이 되는 대신 그건 두 마리가 되어 살아남았습니다. 그리고 전 이렇게 양쪽 눈동자에 하나씩 검은 별을 갖게 됐지요.

하지만 언젠가부터 제가 함께 싸우는 일은 불가능해졌는데, 그 놀라운 병사들이 제 몸속에 살게 됐기 때문입니다. 어떻게 그 일이 일어났는지는 모르겠어요. 아마도 제가 잠든 사이 코와 귀를 통해 제 몸 안으로 기어들어간 것이겠지요. 눈물을 흘릴 때마다 받아 마시기 위해 그것들이 기어나오는 장소는 다름 아닌 제 코와 귀였으니까요. 상상하기 힘드시겠지만 그건 두 배로 기분 나쁘고 두 배로 고통스러운 일이랍니다.

그것들은 이제 제가 집을 떠나 있는 한나절 동안도 안심할 수 없는지, 하루 종일 제 몸속에 함께 살며 제가 슬픔을 느끼거나 잊어버린 것들을 떠올리지 않도록 감시한답니다. 부끄러운 일이지만 저는 다시 예전의 상태로 어느 정도 돌아갔습니다. 슬픈 기억이 떠오르면 고개를 흔들어 지워버리려고 노력했지요. 슬픔을 하루 종일 달고 살 수는 없으니까요. 그렇게 되면 또 눈물이 흐를 테고, 그러면 다시 고통스러운 싸움이 벌어지니까요. 고통을 구태여 즐기는 사람이 어디 있을까요? 선생님도 아마 저였다면, 그러지 않으셨을까요?

이제 저는 그것들과 함께 살고 있어요. 어쩔 수 없는 일이지요. 저는 계속 살아가야 했어요. 고통은 최소한으로 줄어들었습니다. 이제 이 검은 불가사리들은 웬만해선 눈에서 튀어나오지 않아요. 그저 눈동자 속에서 천천히 회전하며 아프게 할 뿐이죠.

하지만 도저히 외면할 수 없는 것들이 한꺼번에 밀려올 때도 있었습니다. 부모님, 남자 친구, 친구들과 직장 동료들에게 저는 참으로 미안합니다. 그리고 믿지 않으시겠지만 지금 이 순간 그들의 죽음에 가장 슬픔을 느끼는 사람은 저랍니다. 그들은 모두 저를 점점 두려워했고 시선을 피한 채 같은 말을 반복했습니다. 화를 내기도 했고 걱정스러운 목소리로 충고를 하기도 했지만 하는 말은 모두 같았어요. "그것들이 점점 더 강해지고 있어. 이제 그만 떼어내버려."

몇몇은 저를 큰 병원에 강제로 데려가려고 했습니다. 그제야 무언가가 달라졌다는 걸 알게 되었나 봐요. 제가 모르는 무언가를 그들은 알고 있는 것 같았어요. 저는 오히려 이것들이 점점 온순해지고 있다고 생각했는데, 그들이 느끼기엔 그렇지 않았나 봐요. 어떻게 눈을 맞추지도 않고 그걸 알 수 있었을까요? 하여간 제가 소중하게 생각했던, 잃고 싶지 않았던 사람들은 모두 저를 설득하려 했습니다.

그다음에 일어난 일들은 설명할 수가 없어요. 제가 정말 그들 모두를 죽인 걸까요? 그들의 설득이 그다지 마음에 들지 않았다는 것은 기억납니다. 하지만 저는 제가 그 많은 사람들의 입을 틀어막기 위해 매번 손으로 그들의 목을 졸랐다는 그 사람들의 말에는 동의할 수 없어요. 저에게는 그런 힘이 없으니까요.

제 안에는 저만 살고 있는 게 아니에요. 일상의 흔들림을 막아주는 작은 병사들이 있다고요. 네, 알고 보니 그 사람들은 나쁘기만 한 것은 아니었어요. 불가사리들이 제게 필요한 것만큼이나 저에게 필요한 존재들이었지요. 최선을 다해 제가 고통을 잊고 살아갈 수 있게 해주는 사람들이었어요. 그래서 저는 아무리 혼란스러울 때에도 이성을 잃지는 않았어요. 비록 몇 번 정신을 잃었고 깨어나보면 곁에 사람들이 하나씩 죽어 있긴 했지만, 마지막 순간까지 정신을 수습하기 위해 최선을 다했다고 기억해요. 두려웠어요. 두려워서 도망쳤죠. 위안을 줄 누군가가 필요했어요. 하지만 매번 같았죠. 제가 가는 곳마다 아끼는 사람들이 죽었어요. 그래도 그만둘 수 없었어요. 그만두게 할 누군가가 필요했으니까요.

……선생님, 저는 지금도 잘 모르겠어요. 그렇다면 그들을
죽인 건 제 눈에 들어 있는 이것들이었을까요? 정말로 그렇
게 생각하세요? 이 작고 불쌍한 두 마리의 동물들에게 그럴
만한 힘이 있는 걸까요? 하늘로 올라가지도 못하고, 이렇게
두 눈 속에 박혀서 꼼짝달싹도 하지 못하는데 말이에요. 더
이상 가슴이 시려올 정도로 푸르게 빛나지도 못하고, 마치
타다 남은 심지처럼 검고 단단하게 굳어버린 것들인데 말이
에요.

제 말을 믿지 않으신다는 건 알아요. 하지만 부탁드려요.
저는 어쩌면 이곳을 나가지 못할지도, 그래서 다시는 대답을
들을 기회를 얻지 못할지도 모른답니다. 선생님, 불가사리들
은 죽지 않는대요. 계속해서 다시 살아날 따름이지요. 그렇다
면 저는 평생 이것들과 함께 살아가야 하는지도 모릅니다. 선
생님, 저는 죽는 게 무섭지 않아요. 하지만 알고 싶어요. 다
시 한 번만 제 눈을 들여다봐주실 순 없나요? 이것들이 정말
그렇게 끔찍한 존재인지, 제가 이것들을 키우고 있었던 게 그
렇게 큰 잘못이었는지 한 번만 더 보고 말씀해주세요. 그래주
실 순 없나요?

셋을 위한 왈츠

저주를 풀려면, 저주 속으로 들어가는 수밖에 없어요. 두 툼한 볼 살 위로 동그란 안경을 걸쳐 쓴 남자는 사람 좋은 웃음을 지으며 그렇게 말했다. 순간 남자가 전혀 다른 사람으로 보였다. 남자의 그 말만 아니었어도 나는 생전 조예가 없던 왈츠 따위를 들어볼 생각은 하지 않았을 것이다.

음악치료사라는 남자를 소개해준 건 어느 시사 주간지의 담당 기자인 M이었다. 그가 작성된 기사를 보내면 나는 그것을 읽고 일러스트를 그렸다. 일주일 단위로 급박하게 돌아가는 주간지 마감의 특성상 무엇보다 속도가 중요한 일이었다. 원고를 빠른 속도로 이해하고 재빠르게 콘셉트를 파악해 특징 있는 한 컷에 기사의 내용을 포괄적으로 담아내는 것. 나는 내가 마감을 잘 지키는 작가들 중 한 명이라고 내심 자부하고 있었다. 그 일이 일어나기 전까지는.

처음엔 아무런 문제가 없었다. 그저 밑그림 선을 뽑아내는 일이 평소보다 조금 오래 걸린다고 생각했을 뿐이었다. 하지만 다음 단계로 넘어가도 선이 좀처럼 마음에 들지 않았다. 태블릿이 문제인가 싶어 연필로 그리는 수작업으로 방식을 바꿔봤다. 하지만 이번엔 연필을 잡은 손이 덜덜 떨려왔다. 겨우 마음에 드는 선이 나왔다 싶어 색을 입히면 금방 덧입힌 색깔이 마음에 들지 않았다. 멍하니 손을 움직이다가 페인터를 잘못 조작해, 하던 작업을 모조리 날려버리기도 했다.

며칠 밤을 새우면서 용을 쓰다가 나는 결국 M에게 못하겠다는 전화를 하고 말았다. 데드라인이 임박해 더 붙잡고 있으면 안 되겠다는 생각이 들었던 것이다. 그래, 컨디션이 안 좋은 모양이네. 할 수 없지. 그럼 다음 주에는 잘해줘. 그러나 다음 주에도, 그다음 주에도 같은 일이 반복되었다. 내가 연달아 3주 마감을 펑크내자 M은 술이나 한잔하자며 나를 불러냈다. 왜 그래? 요즘 슬럼프야? 나는 M이 내 그림을 좋아한다는 걸 알고 있었다. 담당 기자와 일러스트레이터로 만나기 훨씬 전부터 M은 내 그림을 좋아해준 사람이었다. 내가 아무 말이 없자 M은 잠시 내 눈을 들여다보더니 명함 한 장을 건네주었다. 우연히 취재하다 알게 됐는데, 사람에 따라서는 웬만한 우울증 치료보다 나은 경우도 있다나 봐. 내가 의아해하자 M은 한숨을 쉬며 말했다. 다음 주부터는 다른 작가 쓰기로 결정 났어. 보통 일은 아닌 것 같은데 언제까지나 이러고 있으면 안 되지 않겠어? 집에만 있지 말고 나가서 영화도 보고, 음악도 좀 듣고 그러다 보면 훨씬 나아질 거야.

그래서 나는 음악치료사라는 남자를 만나게 되었다. 온화한 베이지로 꾸며진 상담실에서, 남자는 내게 특별히 좋아하는 장르의 음악이 있느냐고 물었다. 나는 음악을 좋아하지 않는다고 대답했다. 남자는 내게 하루 종일 신경이 날카롭고 불안하지 않느냐고 물었다. 내 얼굴에 그렇게 씌어 있는 모양이었다. 나는 그렇다고 대답했다. 그러자 남자는 나를 물끄러미 바라보더니 말했다. 왈츠를 한번 들어보시는 게 어때요? 세 박자로 된 음악은 긴장을 풀어주고 안정감을 주는 효과가 있어요. 반대로 행진곡처럼 네 박자로 된 음악은 흥분을 고조시키고 활동성을 주죠. 선생님이 무력감을 느끼는 건 활동성이 부족해서가 아니라 너무 신경이 긴장되어 있어서예요. 왈츠가 효과가 있을 겁니다.

나는 한참 동안 침묵을 지키다가 결국 털어놓고 말았다. ……선생님, 전 세 박자로 된 음악을 싫어하는데요. 삼이라는 숫자가 들어가는 건 다 싫습니다. 아주 오래전부터 그랬습니다.

처음 내게 그 증세가 시작된 건 중학교 때였다. 수학 교과서에 삼각형의 무게 중심을 구하는 문제가 나왔다. 나는 다른 도형이었다면 너끈히 풀었을 그 쉬운 문제를 도저히 풀 수 없다는 사실을 깨달았다. 삼각형을 바라보면 현기증이 났다. 수학책 한가운데 박힌 삼각형의 세 꼭짓점이 온몸의 통점을 콕콕 찔러대는 것 같아 아찔해서 견딜 수가 없었다. 삼각형은 끔찍한 비밀을 숨기고 있는 마귀의, 세모꼴로 찢어진 입 같아 보였다. 수학책 페이지 아랫부분과 평행을 이루며 안정적인 변을 만들고 있는 두 개의 꼭짓점이 곧 작당하여 회전을 시작하면, 하나 남아 있던 꼭짓점이 비명을 토해내며 아래로 거꾸러지고, 그 불안정한 상태를 견딜 수 없어 위에 쳐들린 두 개의 점이 다시 옆으로 쓰러지고 말 것 같았다. 수학책이 왱왱 소리를 내고 있었다. 가장 안정된 형태의 도형이라는 삼각형이 제가 만든 안정이라는 거짓을 견디지 못해 찢어지는 소리를 내며 페이지 밖으로 데굴데굴 굴러 나올 것만 같았다. 수학책에 등장하는 수많은 삼각형들 때문에 나는 언제나 수학 시험에서 어이없는 점수를 받아야 했다. 그러나 내가 3이라는 숫자에 대해 구토를 느낄 정도의 혐오를 품고 있다는 사실은 아무도 알지 못했다.

어른이 되자 증세는 더 심해졌다. 우리나라 사람들은 3이라는 숫자를 길하게 여겨 유난히 좋아하는 모양이었다. 하지만 나는 사람들이 일상에서 아무렇지도 않게 표시하는 그 숫자에 대한 호감을 견뎌낼 수가 없었다. 삼삼오오, 삼세판, 삼월 삼짇날, 삼강오륜, 삼천리 강산, 세 가지 소원. 작업을 하기 위해 넘겨받은 기사에 삼겹살, 삼각대, 초가삼간, 삼권분립, 삼두박근, 삼자대면 같은 단어가 나오기라도 하면 나는 아찔해졌다. 하루에 세 끼를 먹는 것도, 무언가를 신호할 때 하나, 둘, 셋까지 세는 것도 이해할 수 없었고, 삼위일체도, 삼부작도, 삼지창도 싫었다. 왜 하필이면 삼인 거야? 하고 내가 애써 용기를 내 물으면 사람들은 다리가 스무 개 달린 오징어를 본 것처럼 동그랗게 눈을 뜨고 내게 반문했다. 셋은 뭔가 안정감을 주잖아. 좋지 않아? 그리고 그들은 잠시 후에 덧붙였다. ……아니, 그러고 보니 너 셋째잖아? 삼 남매의 막내.

동그란 안경 너머로 나를 탐문하듯 들여다보던 남자는 말했다. 그렇다면 더욱더 왈츠를 들어보실 필요가 있겠네요. 왈츠라고 하면 우리나라 사람들은 요한 슈트라우스나 쇼스타코비치를 먼저 떠올리지만 저는 쇼팽의 왈츠를 권해드리고 싶어요. 그는 자리에서 일어나더니 상담실 뒤의 자료실에서 한 장의 CD를 가지고 돌아왔다. 디누 리파티라는 이름의 피아니스트가 연주한 쇼팽 왈츠였다. 아마 싫다는 것도 모른 채 어린 시절에 많이 들었을 거예요. 왈츠는 기본적으로 춤곡이지만 이 곡들에선 춤을 추어야 한다는 강박은 느껴지지 않을 겁니다. 쇼팽의 왈츠는 빨라요. 스텝을 어떻게 밟아야 할지도 모를 만큼. 세 박자라는 게 느껴질 틈도 없을 만큼 정신없이 질주하죠. 쇼팽이 그 당시 흥미를 갖고 수집했던 마주르카의

요소가 많이 포함되어 있어서 정통적인 왈츠의 느낌과는 거리가 있어요. 하나, 둘, 그다음에 셋이 되는 게 싫다면, 이걸 들어보세요. 셋이 되었다는 것을 깨닫기도 전에 다시 하나로 돌아가 있을 테니까. 리듬에 몸을 맡기다 보면 어느 순간 세 박자 스텝이 견딜 만하게 느껴질 겁니다. 그럼 그때부터 춤을 추기 시작하면 돼요. 하나 둘 셋, 하나 둘 셋, 하나 둘 셋, 세 박자를 이기려면 세 박자 속으로 들어가야 해요. 저주를 풀려면, 저주 속으로 들어가는 수밖에 없어요.

하나 둘 셋 하나 둘 셋, 나는 남자의 마지막 말을 외면할 수 없었다. 하나 둘 셋 하나 둘 셋, 그래서 저주 속으로 걸어 들어가기로 했다. 하나 둘 셋 하나 둘 셋, 내가 한번도 좋아해본 적 없는 왈츠 속으로 스텝을 밟으며. 하나 둘 셋 하나 둘 셋 하나 둘 셋……

하나

나는 혼자 남았다.

형과 누나가 불에 타 죽었다. 전소되어 천장이 내려앉고 시커멓게 뼈대만 남은 형의 작업실은 내가 꿈에서도 본 적 없는 이상한 나라의 입구처럼 입을 벌리고 서 있었다. 비틀린 벽과 참담한 갈색으로 그을린 벽지. 화공 약품이 타고 난 뒤처럼 눈과 코를 찌르는 독한 냄새와 동물의 뼈 모양으로 타다 남은 몇 자루의 붓. 형체를 알아볼 수 없게 타들어간 캔버스와 바닥에 엎어진 채 쪼그라든 물감 깡통. 형의 그림은 한 점도 남김없이 재로 변해버렸다. 타버린 집은 화장터에 들어갔다 나온 인간의 뼛조각처럼 볼품없고 초라했다. 집의 가장 나종 지니인 것, 나는 그 가난한 비밀 한가운데 서 있었다. 이상하게도 그 순간만은 마음이 안정되는 것 같았다. 거실을 지나 침실 한쪽, 그곳에 지옥처럼 타버린 침대의 잔해가 놓여 있었다. 10년도 넘게 서로 말 한마디 나누지 않았던 형과 누나는 그곳에서 손을 꼭 잡고 나란히 누운 채 발견되었다. 너무 심하게 타버려서 시신을 수습하기도 힘들 정도였다고 했다. 형의 작업실은 한적하고 야트막한 언덕 위에 뚝 떼어놓은 듯 자리 잡고 있어서, 사람들이 연기를 발견하고 소방차가 달려왔을 때는 이미 너무 늦어 있었다고 했다. 두 사람은 숨이 끊어지고 육체가 활활 타올라 더 이상 탈 수 없는 상태가 될 때까지 손을 꼭 부여잡고 있었다고 했다. 뼈와 기름과 살점과 핏덩어리가 엉겨 한 덩어리로 눌어붙은 두 사람의 손을 떼어내느라 장례지도사는 많은 애를 먹은 모양이었다.

화재 원인은 재떨이에서 떨어져 내린 담뱃불이라고 했지만, 형도 누나도 담배를 피우지 않는 사람들이었다. 누군가가 감정 없는 어조로 두 사람이 자살할 만한 이유가 있었는지 물어왔다. 모른다고 짧게 대답했다. 나는 두 사람이 왜 죽었는지, 왜 불이 났는지 궁금하지 않았다. 내가 궁금한 건 두 사람이 죽음의 순간에 왜 함께 있었는가 하는 것이었다. 그들은 아무런 설명도 없이 나를 혼자 남겨놓았다.

나는 하고 있던 모든 작업을 놓고 혼자 상주가 되어 영안실에서 이틀 밤을 보냈다. 허리가 아팠다. 밤을 새우는 일이 힘겹다는 생각이 들었다. 내가 알지 못하는 많은 사람들이 왔다 갔다. 촌수를 알 수 없는 먼 친척들, 부모님의 지인들, 우리 셋이 대학을 졸업할 때까지 꾸준히 학비를 보태주었다는, 하지만 누군지 기억나지 않는 수많은 사람들. 나란히 놓인 영정 속의 두 사람을 번갈아 보던 어른들은 한결같이 아이구, 똑같네, 어쩜 저렇게 지들 엄마 아빠랑 똑같을 수가, 그런데 왜 가는 것도 이렇게 똑 닮은 방식으로 가버리니…… 라며 주저앉았다. 나는 오열하는 그들을 한 방울의 눈물도 흘리지 않고 맞았다. 사진 속에는 누나와 형이 있을 뿐이었는데 사람들은 그들의 얼굴에서 엄마와 아버지를 보고 있었다. 부모님은 둘째인 누나와 여섯 살 터울로 늦둥이인 나를 낳고 몇 달 안 되어, 차 사고로 한날한시에 영동고속도로 위에서 돌아가셨다. 병원에서 데려온 지 얼마 안 된 나를 할머니에게 맡겨둔 채, 영원으로 이어지는 둘만의 마지막 휴가를 즐기겠다는 듯이, 아무 설명 없이 우리 셋만 남기고 그렇게 떠나버렸다. 기가 막혀 무너져 내리는 어른들의 곡소리 한가운데서 나는 버려진 장난감처럼 앉아 있었다.

형의 소식을 듣고 찾아오는 사람들은 아무도 없었다. 누나의 친구들은 아주 많이 왔고 장례 기간 내내 가장 서글프게 눈물을 찍어냈다. 매형은 넋이 나가 형을 욕하며 소주병을 여러 개 깼다. 나는 그저 혼자 남았다는 자각뿐이었다. 그 많은 사람들 가운데 나는 혼자였다. 형과 누나, 그리고 내가 각자의 삶으로 갈라져 따로 사는 동안에는 전혀 깨닫지 못하던 사실이었다. 나는 마치 확인 사살을 당한 것 같았다.

둘

새벽의 빈소에서, 나는 이름 모를 소녀와 함께 잠깐 동안 둘이 되었다.

발인만 남겨두고 있던 병원에서의 마지막 날이었다. 새벽 3, 4시쯤 되었을까. 혼미한 정신으로 밤을 새우다 한구석에 잠시 쓰러져 눈을 붙이고 있을 때였다. 나는 아마 걸레처럼 구겨져 있었을 것이다. 누군가가 내 어깨를 톡톡 두드려 나는 눈을 떴다. 희뿌예진 눈으로 겨우 고개를 들고 보니, 열 살이나 되었을까 말까 한 어린 여자 애 하나가 누런 상복을 입고 서 있었다. 어린애의 얼굴보다 아이가 입고 있는 상복이 너무 뻣뻣하고 커서 버겁겠다는 사실이 먼저 눈에 들어왔다. 긴 머리를 한 갈래로 얌전히 묶은 아이는 길게 만 두루마리 같은 것을 손에 들고 있었다. 아이는 돗자리 위에서 몸을 제대로 추슬러 일으키지도 못하고 있는 나를 잠시 측은하다는 듯 바라보더니, 내 손이 놓여 있던 근처에 두루마리를 내려놓았다. 그러고는 말없이 영안실 밖으로 사라져버렸다. 나는 뻐근한 몸을 겨우 일으켜 앉았다. 고스톱 판을 벌이던 문상객들과 같이 밤을 새우던 친척들, 음식을 날라주던 아주머니들이 한꺼번에 바람이라도 쐬러 나간 모양인지 영안실 안에는 아무도 없었다. 나는 타고 있는 향 옆에서 아이가 남겨놓고 간 두루마리를 펼쳤다.

종이를 동여맨 노란 고무 밴드를 벗겨내자 갈색 그을음으로 가장자리가 더럽혀진 그림 한 장이 나왔다. 포스터용으로 제작된, 프랜시스 베이컨의 1988년작 「세 편의 그림 두번째 버전 Second Version of Triptych 1944」의 카피본 중 가운데 조각이었다. 형의 작업실 벽에 붙어 있던 그림이었다. 양옆에 달려 있던 나머지 두 장의 그림은 온데간데없이 타버린 모양인지 불에 그을린 짙은 흔적만 남아 있었다. 하지만 이 가운데 조각은 그림이 시작되는 사각 테두리 안에 구멍 하나 없이 깨끗하고 온전했다. 이걸 어떻게…… 황망한 생각이 들어 나는 허둥지둥 신발을 꿰신고 영안실 복도로 달려나갔다. 옆방에도, 그 옆방에도 아이는 없었다. 잠시 후 왁자지껄한 소리와 함께, 나가 있던 사람들이 하나 둘씩 돌아와 앉았다. 그런 여자 애를 보았다는 사람은 그들 중 아무도 없었다.

셋

우리 셋이 화집을 보며 함께 있던 방이 생각난다.

형은 아버지의 흔들의자에 앉아 화집을 훌훌 넘기고 있었고 누나는 바닥에 배를 깔고 엎드린 채 흰 종이에 대고 미술 연필을 깎고 있었다. 서재 겸 침실이었던 부모님의 방은 평범했지만, 빼곡히 꽂힌 그 화집들에는 초라한 꽃무늬 벽지가 발린 그 작은 방을 마술처럼 보이게 하는 힘이 있었다. 고등학교 선생님이었던 엄마와 건설 업체 간부였던 아버지는 생전에 미대와는 아무런 인연도 없었지만 둘 다 그림을 취미 이상으로 좋아했다고 했다. 이루지 못한 꿈을 저장하기라도 하듯 두 분은 수많은 화가들의 화집을 사 모았다. 그런 환쟁이, 아니 환쟁이 미수(未遂)의 피를 물려받았는지 형과 누나는 둘 다 그림을 잘 그렸다. 시시한 교내 사생대회 같은 데 나가서 상을 타오는 정도의 수준이 아니었다. 미술 학원 같은 곳에는 한 번도 다닌 적 없었지만 형의 캔버스와 누나의 스케치북에는 내가 도저히 흉내 낼 수 없는 그림들이 가득했다. 남자와 여자. 꽃과 새와 개와 언덕. 나무와 노인과 죽은 쥐와 작업복을 입은 거친 얼굴의 사람들. 막 고등학교에 입학한 참이던 누나는 여전히 짬만 나면 스케치북을 펼쳐 뭉툭하게 끝이 닳은 4B 연필로 그림을 그리곤 했다. 나는 누나가 연필을 깎을 때 은은히 번지는 흑연의 냄새와 연필이 제 몸의 일부를 포기할 때 나는 사각사각 하는 소리가 좋았다. 풋풋한 소녀의 몸에 얼굴만 노파처럼 쪼글쪼글 말라비틀어진 기이한 여자, 조로(무老)한 얼굴들. 그게 누나가 좋아하는 소재였다. 하지만 정작 미대 입시를 앞두고 있던 형은 어째선지 더 이상 그림을 그리지 않았다. 다만 부모님이 남긴 여러 권의 화집들 중 유독 프랜시스 베이컨의 화집만 집요하게 들여다볼 뿐이었다. 베이컨은 엄마와 아버지가 가장 좋아한 화가였다. 온통 영어로 설명이 씌어 있던 그 오래된 책은 아버지가 어디선가 입수해온 것이라고 했다. 푸줏간에 내걸린 고깃덩어리처럼 파헤쳐지고 찢어발겨진 사람들의 몸이 그 안에 가득했다. 초등학생이었던 나는 그때만 해도 그렇게 해괴하고 이상한 그림들을 본 적이 없어서 눈이 돌아갈 지경이었다. 하지만 그 잔인한 그림들에 구역질을 느끼면서도 이상한 매혹 때문에 늘 형의 어깨너머로 그 책을 들여다보곤 했다.

넌, 화가가 될 거니? 연필을 깎던 누나가 갑자기 퉁명스럽게 물었다.

아니, 난 그림 못 그려. 형이 낮은 목소리로 대답했다. 하지만 형은 베이컨의 화집에서 눈을 떼지 않고 있었다. 형의 눈은 타들어가는 듯했다.

누나는 무언가에 대해 화를 내고 있었다. 하지만 나는 그게 무엇인지 전혀 짐작할 수 없었다. 나는 누나의 멍한 눈을 바라보다가 그만 바보같이 묻고 말았다.

누나는 화가 안 돼?

누나는 나를 쏘아보며 빽 소리 질렀다. 그딴 거 누가 된다고 그래.

누나는 자리에서 일어나더니 종종걸음을 쳐 부엌으로 사라져버렸다. 누나가 확 떨치고 일어날 때 연필심 알갱이들이 이리저리로 튀었다. 부엌에서는 할머니가 저녁상을 보고 있었는데, 누나는 그걸 도와야 했다. 그 무렵 이미 일흔을 넘긴 할머니의 신음 소리는 시도 때도 없이 집 안 곳곳에서 들려왔지만, 나는 부엌으로 가는 누나의 뒷모습에서 그보다 더한 소리 없는 신음을 듣고 있었다. 어쩌면 누나는 그때부터 자신의 운명 같은 걸 알고 있었는지도 모른다. 결코 되고 싶은 것이 될 수 없으리라는.

하나

나는 몇 시간째 계속해서 한 곡의 왈츠를 듣고 있다.

열네 곡의 왈츠에 녹턴, 바르카롤, 마주르카가 각각 한 곡씩 총 열일곱 곡이 들어 있는 쇼팽의 CD에서 처음으로 귀에 와 닿는 곡이 하나 있었다. 왈츠 10번 B단조 작품 번호 69-2. 떨어지면 죽지는 않겠지만 오래 남을 상처가 생길 만큼은 되는, 딱 그 정도로 가파른 절벽을 들여다보는 듯한 느낌의 곡이었다. 서글프게 굴러 떨어졌다가 다시 고개를 드는 멜로디에 귀를 기울이고 있으면 고쳐지지 않는 신경증을 앓는 여자를 보는 것처럼 안타까운 상념이 마음을 채웠다. 쇼팽이 아직 파리로 진출하기 전이었던 열아홉 살 때 폴란드에서 쓴 곡으로, 후기 왈츠의 우아함보다는 마주르카에 가까운 향토색 짙은 애수가 주된 정서를 이룬다……고 작품 해설에는 씌어 있었다. 나는 쇼팽이 폴란드 사람인지 프랑스 사람인지, 마주르카가 무엇인지 알지 못했지만 이 곡을 듣자 이상하게도 하나의 이미지가 떠올랐다. 머리를 틀어 올린 여자의 뒤태였다. 목에는 자잘하게 빠져나온 잔머리 가닥들이 반쯤 회색으로 물든 채 흩어져 있고, 털 뭉치처럼 뭉쳐진 머리채에는 은으로 만든 오래된 비녀가 꽂혀 있다. 할머니였다.

금이야 옥이야 키운 외아들과 며느리를 한꺼번에 잃은 할머니는 용케 오랫동안 정신을 붙들고 있었다. 아마도 그건 생존의 본능이었을 것이다. 이제 의지할 피붙이라고는 아직 새파란 어린것들밖에 남지 않았다는 사실을 할머니는 몇 번이고 상기하며 이를 악물었을 것이다. 워낙 유하고 집 안에 있어도 없는 듯 조용한 성품이었던 할머니는 막내인 내가 대학에 붙을 때까지 묵묵히 세 손자 손녀의 도시락 싸는 일을 계속했다. 부모님이 와야 하는 학교 행사에 백발의 할머니가 대신 나오는 일이 반복되었지만 나는 조금도 부끄러워하지 않았다. 그런 걸 부끄러워하고 있다는 걸 형이나 누나에게 들켰을 때 당할 일이 훨씬 더 두려웠던 것이다.

여든이 넘어도 정정하던 할머니는, 그러나 미대를 졸업한 형이 백수 생활 끝에 친구의 소개로 작업실을 얻어 독립할 준비를 하면서부터 슬금슬금 정신을 놓기 시작했다. 형은 무슨 일이 있어도 그림과 자신 사이, 집요한 자기장이 지배하는 것 같은 그 청결한 영역에 다른 무언가를 들여놓을 수 없었다. 그것은 도덕이나 윤리의 문제가 아니라 가능과 불가능의 문제였다. 형은 그저, 그럴 수 없는 사람이었다. 나는 형이 다른 사람들과 마찬가지로 고만고만한 회사에 다니며 생활비를 벌어오는 광경을 상상해보려고 여러 번 시도해봤다. 그 일은 모서리가 있는 원을 상상하는 것과 비슷했다. 가장 애지중지 키운 큰손자가 자신을 부양하는 대신 물감과 붓이 가득한 혼자만의 공간으로 떠날 준비를 하고 있음을 눈치 채서였을까. 팔십 평생을 난초처럼 살았던 할머니는 갑작스럽게 욕쟁이의 영혼이 빙의된 것처럼 욕지거리를 해댔다. 누나를 엄마로, 형을 아버지로 착각해 헛소리를 늘어놓기도 했다.

어느 날 형은 아무 말도 없이 짐을 꾸려 집을 나갔다. 삼각형의 꼭짓점 하나가 한없이 먼 곳으로 이탈해 날아가고 있었다. 세 꼭짓점을 잇고 있던 세 개의 변이 금방이라도 끊어질 듯 아찔하게 팽팽해지기 시작했다. 할머니를 도와 매일 밥을 짓던 누나가 결국 할머니를 모실 수밖에 없었다. 당연하게도 누군가는 그 일을 해야 했는데, 형은 사라졌고 나는 너무 어렸다. 사춘기 때도 우리 셋 중 눈가에 그늘이 가장 짙었던 누나는 관심 없는 대학의 관심 없는 과에 들어가면서 그림을 완전히 놓아버렸다. 그리고 졸업한 뒤에는 자격증을 따더니 영양사가 되어 고루 균형을 맞춘 세 끼 식단을 짜는 일을 했다. 누나가 해주는 밥이 맛있었다는 건 내가 가장 확실하게 기억하는 것들 중 하나다. 버섯볶음과 미역국과 파래무침 같은 일상적인 음식들을 누나는 마술처럼 완벽하게 만들어낼 수 있었다. 집에서 훌륭한 요리사였던 누나는 밖에서도 틀림없이 훌륭한 영양사였을 것이다. 다만 누나는 그 일을 조금도 사랑하지 않았다.

할머니는 삼각형을 이루지 않고는 살아갈 수 없는 사람이었다. 엄마와 아버지라는 두 꼭짓점이 예정보다 훨씬 일찍 먼 영원 속으로 지워져버린 후, 할머니는 균형을 잃은 나머지 한 개의 점처럼 이리저리 떠밀려 흩날렸다. 우리 삼 남매는 모두 할머니 손에서 컸다. 그 사실을 생각하면 언제나 조금씩 가슴이 쓰려왔다. 하지만 우리는 그 시절 내내 우리 셋이 이루고 있던 삼각형만으로도 머리가 터질 지경이어서 할머니라는 또 하나의 점은 그저 배경 정도로밖에 바라보지 못했다.

형이 떠나자 누나는 이십 년 넘게 살아온 부모님의 이층집을 팔았다. 할머니는 누나와 매형의 신혼집으로 가면서 겨우 새로운 삼각형에 몸을 실었다. 형과 나와 누나, 할머니와 매형과 누나. 나만큼이나 수학을 싫어했던 누나는 자신을 두 개의 삼각형에 공유시키며 힘겹게 중력을 견디고 있었다. 누나는 할머니를 정성껏 모셨지만 돌아오는 건 욕설뿐이었다. 익숙하던 아들네 집을 떠난 뒤로 할머니의 헛소리는 점점 더 심해졌다. 서방 잡아먹은 년 같으니! 내 아들 살려내놔라, 내 아들. 나중에 장례식 때 들었지만, 누나의 머리채를 잡고 늘어지는 할머니의 팔을 뜯어내며 매형은 몇 번이고 이혼할 생각을 한 것 같았다. 솔직히 치매 노인을, 딸도 아니고, 손자도 아니고, 손녀딸이 모신다는 게 보통 사람이 할 수 있는 일이야? 난 이 집 사람들이랑 잘못 엮여도 뭔가 한참 잘못 엮였어. 누나가 해주는 밥이 맛있어 아무것도 보지 않고 결혼했다는 매형은 이해심이 많은 사람이었다. 하지만 결혼한 뒤로 나를 만날 때면 누나의 눈 화장이 짙어진다는 걸 나는 알고 있었다. 누나는 밤늦게 야식을 먹는 것도 아닌데 자꾸만 눈이 부었다.

치매에 걸린 할머니는 장수했다. 마흔을 겨우 넘기자마자 일찍 가버린 아들의 목숨을 받아 대신 살아내기라도 한 것처럼. 여든아홉, 벽장 속에서 이불솜을 뜯어 코와 입에 꾸역꾸역 채워 넣은 채 돌아가실 때까지 할머니는 누나네 집에서 살았다. 누나는 형이 캔버스 틈으로 도망치는 것을 보면서 이를 바득바득 갈았는지도 모르지만, 결코 형에 대해 누구에게 어떤 말도 하지 않았다. 욕이라도 하고 싸움이라도 했으면 차라리 나았을 텐데. 누나가 결혼하면서 나도 작은 자취방을 얻어 독립을 했지만, 형은 나에게도 연락 한 번 없이 작업실에서 자신만의 세계에 몰두했다. 누나는 이를 악물고 참는 것으로 형과 싸우고 있었다. 어렸을 때 날씬하던 누나 친구들은 서른을 넘기면서 모두 통통하게 살집이 올랐지만 누나는 정반대였다. 퀭하게 들어간 눈과 시간이 갈수록 닭 등뼈같이 바싹 말라가는 허리의 곡선. 쇼팽의 피아노가 두드려 그려내는 세 박자의 점묘화가 어느새 누나의 뒷모습으로 변한다. 찰랑거리는 긴 머리가 자랑이었던 누나는 언젠가부터 할머니처럼 머리를 질끈 틀어 올리고 다니기 시작했다.

나는 볼륨을 줄이고 태블릿을 컴퓨터에 연결한다. 진전시켜야 할 작업을 떠올린다. 하지만 무언가를 그려보려고 잡은 금속 펜이 할머니가 꽂고 있던 은비녀처럼 선득하게 느껴져 어느 참엔가 손을 놓고 만다. 마주르카를 닮았다는 쇼팽의 10번 왈츠가 조그맣게 계속 흐른다. 폴란드의 차가운 땅에서 생겨났다는 마주르카는 어쩌면 은비녀의 차가운 촉감을 닮은 음악이 아닐까. 머리를 틀어 올리고 바싹 마른 뒤태를 지닌 두 명의 여자가 발을 끌며 왈츠를 추고 있다. 반짝거리는 은비녀를 꽂은 할머니와 더 이상 깎지 않아 끝이 뭉툭한 4B 연필을 머리채에 찔러넣은 누나가, 손을 마주 잡고 태블릿 위에서 빙글빙글 돌아가고 있다.

둘

우리 둘이 함께 있을 때면 그녀의 작은 방은 세상의 끝처럼 적요하고 고독했다.

그녀는 나를 좋아했다. 나도 그녀를 좋아했다. 그녀는 내가 만났던 어떤 여자와도 달랐다. 여자들은 우연이든 아니든 내가 막내라는 것을 알게 되는 순간 알려지지 않은 태양계의 행성을 발견한 것처럼 호들갑을 떨곤 했다. 어머, 막내였어요? 전혀 그렇게 안 보이는데. 외동이면 모를까. 그다음에는 어김없이 혈액형 얘기가, 그다음엔 별자리 얘기가 이어졌다. 내가 삼 남매의 막내라는 사실이나 내 혈액형 혹은 별자리가 진짜 나와 무슨 관계가 있는지 나는 진정으로 궁금했지만, 그녀들은 내 성격과 연애관과 장단점을 자신들 마음대로 규정하며 몇 십 분씩 떠들어대곤 했다. 그녀는, 막내라는 내 말을 듣고도 아무 말도 하지 않은 유일한 여자였다.

나는 알몸으로 그녀의 작은 싱크대 앞에 서서 카나페를 만들고 있었다. 그녀는 카나페를 좋아했다. 감자를 삶아 으깨고 피클을 다진다. 포장을 뜯고 부스러기가 떨어지지 않도록 조심하면서 크래커를 하나씩 꺼낸다. 으깬 감자와 다진 피클을 섞어 크래커 위에 올린다. 냉장고를 열어 참치 통조림을 꺼낸다. 통조림을 따고 으깬 감자 위에 기름을 뺀 참치를 적당히 올려놓는다. 마지막으로 방울토마토를 잘게 썬다. 빨간 토마토를 맨 위에 올려놓고 눌러주자 카나페가 완성된다. 나는 완성된 카나페를 접시에 모양 좋게 담기 시작한다…… 내가 하는 양을 보고 있던 그녀가 침대 위에서 갑자기 화를 내며 소리를 질렀다. 제발 그만할 수 없니? 그렇게 다정한 척, 제발 그만할 수 없어?

그녀가 던진 베개에 맞은 카나페가 조각나며 사방으로 흩어졌다. 나는 바닥에 흩어진 부스러기를 줍기 위해 허리를 굽혔다. 그녀가 다시 소리치듯 말했다. 당신은 섹스도 꼭 그렇게 해. 똑같아. 마음 주는 일도 그렇지. 당신은 다정하고 청결해. 하지만 당신은 환자야. 알아? 환자라고.

나는 섹스를 할 때 반드시 콘돔을 사용했지만 그녀는 그것을 싫어했다. 헐떡이며 그녀를 껴안다가도 콘돔이 없다는 걸 깨달으면 내 욕망은 죽어버렸다. 나는 청결한 보호막 없이 누군가의 몸에 들어가는 일이 두려웠다. 그녀와 둘이 있을 때면 행복했지만 그녀의 질과 나의 페니스, 그렇게 둘만 남을 때면 내 몸은 산산조각나버릴 것만 같았다. 준비도 전조도 없이 그녀의 몸속에서 폭발해버린 내 욕망이 어느 날 낫을 든 리퍼reaper처럼 돌아와 우리를 셋으로 만들어버릴 것 같았다.

도대체 어떻게 할 거야? 나 집에서 선보래. 그녀가 소리쳤다. 나는 네 맘대로 해, 하고 대답하려다 참았다. 그리고 부서진 카나페를 주워 그녀의 입에 다정하게 밀어 넣으려 했다. 그녀가 입을 다물자 나는 크래커 조각을 그녀의 입속에 억지로 쑤셔넣기 시작했다.

그녀를 만나는 내내 나는 셋이 될지도 모른다는 두려움에 사로잡혀 있었다. 둘이면 행복하다고 생각했다. 결혼, 원치 않는 아이, 혹은 그 무엇이든 우리 둘 사이에 끼어드는 걸 나는 원치 않았다. 조금만 방심하면 우리는 무섭게 눈을 부릅뜬 세번째의 무언가와 함께 새끼줄로 꽁꽁 묶여 나무에 거꾸로 매달리게 될 것 같았다. 영겁의 세월 동안 그 고통을 견뎌낼 자신이 내겐 없었다.

그녀는 카나페를 내 얼굴에 뱉어버렸다.

셋

종업원이 접시 세 개를 차례로 날라왔다.

병호와 승철과 나는 이태원의 어느 태국 요리 전문점에 앉아 있다. 칠리소스를 위주로 한 태국 음식의 매운맛은 고추장에서 우러난 한국 음식의 매운맛과는 다르다. 머리를 띵하게 만들고 입천장과 코와 귀를 싸하도록 긁어내기는 하지만 위장 깊은 곳까지 파고들며 묵직한 얼얼함을 주지는 않는다. 나는 타이 칠리를 넣어 매콤하게 볶아낸 국수인 파키마우 면발을 씹으며 생각했다. 내 삶에서 매운맛이 난다면 그건 한국 음식이 아니라 태국 음식처럼 매운 것일지도 모른다,고. 이따금씩 이 두 친구와 만날 때면 그런 생각이 들곤 했다. 나를 채우고 있는 상념들은 실은 모두 엄살이 아닐까. 삶이라는 것의 실체, 위장까지 파고드는 그 얼얼함을 모른 채 관념에만 천착한 결과가 아닐까.

인문대 미술 동아리에서 우리 셋은 함께 다니지 않아도 어느 순간부터 늘 함께였다. 지금은 각자 잘 살고 있지만. 병호와 승철은 나는 반드시 화가가 되고야 말겠어, 하고 얼굴에 써놓고 다니는 아이들이었고 둘 다 나보다 훨씬 그림을 잘 그렸다. 어디를 가나 윤곽선이 분명하게 사람들의 기억에 남는 아이들이었다. 언제나 검은 옷만 입고 다니던 나는 그 둘이 내게 술을 마시자고 처음으로 제안했을 때 어안이 벙벙해질 수밖에 없었다. 그들은 그리고 싶은 것이 있어 그림을 그렸지만, 나는 단지 내 안에서 들려오는 어둡고 불안한 아우성을 가라앉히기 위해 붓을 잡고 그림을 그려낼 뿐이었다. 내게 캔버스를 하나 완성하는 일은 1회분의 물리치료를 받는 일과 흡사했다.

하지만 세월이 흐른 지금 그림과 조금이라도 관련된 일을 하고 있는 건 우리 셋 가운데 나뿐이었다. 그래도 좋아하는 일을 하니까 행복하지 않냐? 대학 때보다 적어도 10킬로그램은 불어난 것처럼 얼굴이 두둑해진 병호가 싱글거리며 물었다. 승철은 계속 걸려오는 업무 관련 전화를 받느라 톰 얌 쿵이 다 식을 때까지 수저를 들지 못했다. 둘은 모두 결혼해서 젖먹이 하나씩을 두고 있었다. 나는 대학 시절 어둑한 동아리방에서 캔버스를 독대할 때면 그들 주위로 흐르곤 하던 그 날카로운 분위기를 떠올렸다. 자신감이 넘쳤지만 그림을 그릴 때만은 나보다 훨씬 위태로워 보이던 그들이 결혼을 하고 셋이 되는 일을 그토록 덤덤하게 받아들일 수 있었다는 사실이 놀랍게 느껴졌다. 아이의 백일잔치, 늦게 귀가한 밤이면 집 안에서 희미하게 풍기는 아내의 젖 냄새, 집에서 키우는 화분, 자동차 할부금, 휴일 수당, 회사 동료와 다퉜다가 화해한 일, 어렵게 이뤄진 승진, 대리와 과장과 계장 같은 직함들. 그들을 만나 이런저런 일과 생활 얘기를 나누면서 나는 내가 보이지 않는 삼각형에 얼마나 단단하게 갇혀 있었는지 겨우 깨달을 수 있었다. 내게 세계의 모든 사람과 사물들은 셋 중 하나였다. 형을 닮은 것, 누나를 닮은 것, 그리고 아무것도 아닌 것. 두 친구의 옷매무새에선 내가 가질 수 없는 윤기가 났다. 나로서는 세상에 존재하는지도 몰랐던 질감과 색채와 온기를 지닌 옷감들을 가지고, 그들은 애틋한 바늘땀 자국이 보이는 옷을 지어 입고 정성을 담아 다림질을 하고 드라이클리닝을 위해 조심스럽게 세탁소를 찾아가고 있는 중이었다.

　병호와 승철의 사무실은 각각 사당동과 회기동에 있었다. 서울 시내 지도를 프린트해 펼쳐놓고는 내 작업실이 있는 홍대까지 세 개의 점을 연결하고야 만 건 늘 엉뚱한 생각을 하기 좋아하던 승철의 짓이었다. 정확히 중간 지점에서 만나야 공평하다는 것이었다. 우리는 삼각형의 무게 중심, 그러니까 세 변에서 뻗어나온 중선이 교차하는 점에서 만나고 있었다. 그곳이 이태원이었다. 삼각형의 무게 중심이라는 말을 듣자 오랫동안 가까스로 다스려온 현기증이 순간 다시 시작될 것만 같았다. 하지만 내 신경이 다행히 그 정도는 극복해낸 모양이었다.

대신 내 머릿속에는 반사적으로 또 한 장의 지도가 떠올랐다. 그리고 그 위에 세 채의 집이 작은 점처럼 돋아났다. 파주에 거의 가까운 일산 끄트머리에 있는 누나의 집, 평창동에 있는 형의 작업실, 그리고 홍대에 있는 내 작은 방. 의도하지 않았는데도 세 개의 점은 머릿속에서 자동적으로 연결되었다. 밑변이 짧아 위태로운 이등변 삼각형이 아니라면, 둔각 삼각형이 될 것 같았다. 형과 나는 비교적 가까운 곳에 살고 있었지만 누나는 나를 만날 때마다 큰맘을 먹고 서울행 버스에 몸을 실어야 했다. 내 머릿속 지도 위에서 집 모양을 한 세 채의 고독이 견고하게 서로를 의식하며 버티고 있다. 누나는 먼 길을 달려 가끔 나를 만나러 왔고 나는 가끔 형을 만나러 갔다. 형이 누나에게 가는 일은 없었으므로 이 일방향의 흐름은 대책 없는 삼각관계와도 같았다.

내가 작업실 문을 잠그고 나와 있는 지금은 세 채의 집이 다 비어 있었다. 형의 작업실은 불에 탔고, 매형은 누나가 없어진 빈방을 견딜 수 없어 당분간 고향인 춘천에 내려가 있겠다고 얼마 전 통보해왔다. 형과 누나가 살아 있는 동안 나는 몇 번이고 우리 셋 사이에 존재할 인력과 척력의 방향에 관해 생각하다 그만두곤 했다. 지금 이 순간, 주인 없이 굳게 잠겨 있는 세 채의 고독은 여전히 서로를 밀거나 당기고 있을까.

하나

음표로 만들어진 미친 강아지 한 마리가 작업실 안을 발광하며 뛰어다니고 있다.

보이지 않는 털을 온 방 안에 하얗게 날리며 부산을 떨면서. 쇼팽 왈츠 6번 D장조 작품 번호 64-1. '강아지 왈츠'라는 별칭으로 더 잘 알려진 이 곡의 러닝 타임은 1분 45초에 불과하다. 음악치료사가 말한 대로 세 박자로 이뤄진 왈츠라는 느낌은 서의 들지 않는다. 그러기엔 너무 정신이 없다. 그저 털이 부숭부숭한 다리로 책상과 의자와 마루와 욕실 문 앞의 러그를 쉴 새 없이 헤집고 빨빨거리면서 돌아다니는 강아지 한 마리가 그려질 뿐이다. 아주 자세히 들어보니 강아지의 다리는 세 개인 것 같다. 강약약 강약약 강약약. 저렇게 빨빨거리다간 마룻바닥에 대 자로 엎어지고 말 것만 같은데, 음표로 된 강아지는 비칠거리면서도 세 개의 다리로 잘도 춤을 추며 방 안을 누빈다. 문득, 형의 없어진 강아지가 생각났다.

형은 작업실에서 강아지 한 마리를 키우고 있었다. 털이 보송보송하고 조금 멍청하지만 착한 표정이 특징인 하얀 암컷 몰티즈였다. 잿더미가 된 작업실을 여러 번 뒤졌지만 죽은 강아지의 흔적은 발견되지 않았다. 동물의 본능으로 화재를 직감하고 혼자서 집을 뛰쳐나간 것일까. 아무도 놈이 어디로 갔는지 알지 못했다.

형의 사랑스러운 강아지는 죽어도 죽어도 다시 살아났다. 병에 걸리거나 트럭에 깔리거나 더 크고 사나운 개에게 물려 놈은 몇 번인가 세상을 떴다. 하지만 결코 사라지지는 않았다. 놈이 죽으면, 형은 며칠 지나지 않아 어디선가 똑같이 생긴 개를 구해와서는 똑같은 이름을 붙여 다시 키웠다. 형이 차례로 키웠던 하얀 몰티즈들은 종의 특성상 다 똑같아 보였다. 기껏해야 턱선이 좀더 납작하다거나 두 눈 사이의 간격이 조금 더 넓다거나 하는, 자세히 들여다보아야 구별할 수 있는 차이를 지니고 있을 뿐이었다. 형은 그런 식으로 자신의 개가 지닌 개별적인 죽음이라는 한계를 무효화하고, 놈에게 영원 불멸한 생명을 부여했다. 강아지들은 형의 개라는 유일한 존재로 통합되어 영원히 살아남았다. 형은 그런 사람이었다.

누나는 동물을 싫어했다. 형이 개를 키운다는 얘기를 나를 통해 전해 들었을 때 누나는 그럴 줄 알았다는 듯이 치를 떨었다. 네 형은 사람보다 개를 더 좋아하지. 아마 형의 개가 어떻게 영원한 삶을 살고 있는지 알았다면 누나는 더욱 치를 떨었을 것이다. 하지만 누나가 모르는 게 하나 있었다. 그 강아지가 지닌, 언제나 한결같은 이름이 무엇인지 하는 것이었다. 꼬마. 그건 우리 셋만 아는 누나의 별명이었다. 하루가 다르게 부쩍부쩍 키가 자라던 형과 내가 150센티미터를 겨우 넘겨 성장이 멈춰버린 누나를 놀려대며 부르던 이름이었다.

꼬마는 어디로 가버렸을까.

둘

형이 나를 때린 건 딱 두 번이었다.

첫번째는 내가 일곱 살인가 여덟 살이었을 때. 중학생이었
던 형은 이미 이젤 위에 캔버스를 올려놓고 아이의 선이 아닌
선으로 유화를 그리고 있었다. 햇살이 아주 고운 여름날 오후
였다. 형도 누나도 여름방학을 지나고 있었다. 거실에서 놀다
가 형의 캔버스가 있는 곳으로 갔다. 나는 아직 무서운 일이
라고는 아무것노 몰랐다. 캔버스엔 누군지 알 수 없는 예쁜
소녀 하나가 들어앉아 있었다. 팔다리가 길고 머리카락이 노
란 소녀였다. 소녀는 다른 데는 다 예뻤지만 머리 색은 내 마
음에 들지 않았다. 그래서 나는 곁에 있던 검은색 유화 물감
뚜껑을 열고 물감을 붓에 묻혀 캔버스를 쓱쓱 칠하기 시작
했다.

순간, 눈에서 불이 번쩍 튀었다. 나는 허공에 붕 떴다가 5미
터쯤 뒤로 날아가 마룻바닥에 처박혔다. 영문을 몰라 울지도
못했다. 고개를 들어보니 얼굴이 시뻘게진 형이 보였다. 형이
따귀를 때린 것이었다. 곧이어 누나가 달려왔다. 누나는 멍한
얼굴로 쓰러져 있는 나를 보고 이어서 형의 캔버스를 쳐다보
더니 상황을 이해했다. 저렇게 어린애가 뭘 알고 그랬겠니?
누나는 주먹으로 형의 가슴을 치려고 했지만 형이 누나의 팔
을 완강하게 붙잡았다. 그날 나는 울지 않았지만 누나는 울었

다. 누나가 내 머리를 쓰다듬었지만 나는 누나의 품에 안기지 않았다. 그랬다간 정말이지 끝도 없이 울어버릴 것 같았으니까.

두번째는 고등학교 2학년이 된 내가 처음으로 같은 학교 여자 애와 외박을 했을 때였다. 여관에 가서 무슨 대담한 짓을 했다거나 한 건 아니었다. 그럴 용기도 없었다. 그저 답답해서 밤새 거리를 함께 걷다가 아침 무렵이 되어 학교로 직행했을 뿐이었다. 묵묵히 오전 수업을 듣고 있는데 갑자기 교실 뒷문이 벌컥 열리더니 형이 뚜벅뚜벅 걸어 들어왔다. 아이들의 두려운 시선이 집중된 가운데 형은 말 한마디 없이 내 멱살을 잡고 나를 복도로 끌어냈다. 철썩. 이번엔 허공으로 날아가지는 않았지만 여전히 불꽃이 튀었다. 형의 손바닥과 내 뺨이 만날 때면 특별한 종류의 전기가 흐르는 것 같았다. 내 이름을 늘 틀리게 부르던 담임 선생은 그 일이 있고 나서야 나를 제대로 기억하게 됐다. 나는 아무 말도 하지 않았는데, 뭐가 어떻게 소문이 났는지 그 여자 애는 며칠 후부터 아이들의 따돌림을 받기 시작했다. 그날 저녁 부은 뺨을 하고 집에 들어가서야 형이 나를 때린 이유를 알았다. 밤새 나를 기다렸을 누나의 얼굴이 퉁퉁 부어 있었다. 형은 누나가 우는 것을 참을 수 없었던 것이다.

그럼에도 결국 내가 그림을 배운 건 누나가 아니라 형에게서였다. 형과 누나가 의절한 뒤 나는 누나 몰래 형의 작업실에 여러 번 찾아갔다. 형은 묵묵히 그림을 그렸고 나는 그를 지켜보았다. 그럴 때면 우리 둘은 아무 말도 주고받지 않았다. 유화 물감 특유의 싸한 향기만 불륜의 냄새처럼 우리를 감싸고 흘러다녔다.

형은 누나를 무심하게 대하면서 자신만의 방식으로 아꼈고, 누나 또한 미워하는 듯 보였지만 자신만의 방식으로 형을 아꼈다. 그 두 에너지는 동등한 질량을 가진 두 개의 강력한 힘이어서 내가 들어갈 틈이라곤 도무지 없었다. 하지만 나 또한 질량을 가지고 이 광활한 우주에서 살아남아야 했기에, 나는 어딘가에 있어야 했다. 나는 누나와 함께 살면서 자꾸만 형을 향해 갔다. 형은 아무것도 가르쳐주지 않았지만 나는 형처럼 그림을 그리고 싶었다. 하지만 형에게 가기 위해 버스를 탈 때면 매번 집에 있는 누나가 떠올랐다. 나는 그 알 수 없는 죄책감을 끝내 떼어내지 못했다. 형의 작업실에 갔다가 돌아오면 이상하게도 그 몇 시간 사이 누나의 몸엔 상처가 생겨 있었다. 찌갯거리를 다듬다가 칼에 손가락을 베었다거나, 욕실에서 미끄러져 욕조 가장자리에 이마를 찢겼다거나. 몸 어딘가에 반창고를 붙인 누나를 보고 있으면 무서워졌다. 누나는 내가 형에게 다녀왔다는 걸 다 알고 있는 것 같았다. 그래도 누나는 절대로 어디 갔었느냐고 묻지 않았다. 그게 누나의 복수였다.

셋

우리 셋은 커피숍 난다랑의 낡은 소파에 앉아 있었다.

비가 억수로 쏟아지던 날이었다. 누나는 젖기 시작한 청바지를 정강이까지 걸어 올리고 있었다. 원래부터 후줄근했던 형의 면바지는 진흙 얼룩으로 한껏 더럽혀져 있었다. 우리는 동숭아트센터에서 영화 「엑스파일」을 함께 본 다음 빗길을 철벅거리며 걸어 난다랑에 들어갔다. 우리가 가끔씩 함께 보는 영화는 거의 언제나 SF였다. 외계인이 나오거나 지구를 습격한 괴생물체가 사람들의 영혼을 죄다 빨아 먹거나 하는 얼토당토않은 스토리들. 작정하고 그런 영화를 고르는 것도 아니었는데 표를 사고 보면 언제나 그런 유였다. 지금 생각해보면 멜로나 드라마나 코미디는 우리의 어색한 데이트에 조금도 어울리지 않았을 것 같기도 하다. 영화가 끝나면 대학로에 있는 그 오래된 찻집에 들어가 별다른 말 없이 한 시간쯤 보내는 것이 우리들 사이의 묵계였다.

"영화, 웃기네."

누나가 한숨을 쉬며 말했다.

"SF가 다 그렇지 뭐."

하기 싫은 변호를 맡은 변호사처럼 형이 말했다.

"왜? 난 재미있었는데."

내가 발끈하며 끼어들었다.

그리고 우리는 일제히 입을 다물었다. 방금 보고 나온 영화에 대해 딱 한마디씩, 그것으로 끝이었다.

그때, 형과 누나와 나는 아직 한집에 살고 있었다. 하지만 우리의 시간은 끝나가고 있었다. 어린 시절 내내 공유했던 우리의 익숙한 중력이 하루가 다르게 옅어지고 있었다. 형이 있으면 누나는 내게 하던 남자 친구 애기를 하지 않았다. 누나가 있으면 형은 내게 하던 미대 시절 친구들 애기를 하지 않았다. 셋이 함께 방에 있는 일은 많지 않았다. 우리는 밖에서 만나는 것을 선호했다. 한방에 있다 보면 금방이라도 무슨 일이 벌어질 것처럼 위태로운 긴장이 흘렀고, 우리는 각자의 방식으로 동시에 그것을 직감하고 있었다.

'우리는 곧 정말로 셋이 될 것이다, 지금까지 셋이던 것과는 또 다르게.' 나는 네모난 스푼으로 아이스크림 덩어리를 지그시 누르며 속으로 그렇게 생각했다. 외계인의 순차적 지구 정복 계획의 일부였던 양 지금은 자취도 없어져버린 커피숍 난다랑에서, 우리는 커피나 차 대신 언제나 아이스크림을 시키곤 했다. 애들처럼. 세 가지 맛으로 된 난다랑 아이스크림이 맛있었다는 건 아는 사람은 다 안다. 초콜릿, 딸기, 바닐라. 말할 필요 없이 초콜릿은 언제나 내 차지였다. 나는 머리가 띵해질 만큼 빠른 속도로 차갑고 동그란 초콜릿 아이스크림 덩어리를 끝장내고는, 스푼을 들고 형의 바닐라와 누나의 딸기까지 습격하곤 했다. 막내의 특권이었다.

서울에 폭우가 쏟아진 그날 내 혀끝에서 차례로 녹던 난다

랑 아이스크림의 세 가지 맛은, 완벽했다. 너무 완벽해서 거
짓말 같았다.

하나

나는 빗속을 혼자 걷고 있다.

주인 없이 남겨진 누나의 방을 정리하고, 발걸음을 돌려 형
의 작업실로 간다. 마지막으로 정리할 일들이 남아 있어서다.
혼자 하기에는 너무 무리한 일이었던 걸까. 갑작스럽게 온몸
에 힘이 빠지고 허리께가 뻐근해온다. 눈도 조금씩 아려온다.
누나의 방에서 나온 물건들 때문인지도 모르겠다.

누나는 그동안 내가 신문과 잡지에 그린 일러스트를 한 컷
도 빼놓지 않고 스크랩해 앨범에 차곡차곡 모아놓았다. 누나
자신이 그려 모은 스케치북은 버린 모양인지 한 권도 나오지
않았다. 몇 번 열린 형의 개인전에 관한 스크랩도 없었다. 누
나를 그림과 잇고 있던 마지막 끈은 나였다. 누나가 그럴 사
람이라고 생각은 했지만, '일러스트 ○○○'이라고 아주 조그
맣게 인쇄된 내 이름에 덧입혀진 형광펜 자국을 직접 눈앞에
마주 대하고 있으려니 견딜 수 없는 기분이 되었다. 내 그림
을 볼 때마다 그 속에서 형을 보았을 텐데 누나는 어떻게 견
딜 수 있었을까.

사랑일까 증오일까. 파고들려는 것일까 도망치려는 것일

72

까. 나는 그림에 대한 나 자신의 태도를 정의하기 어려워 늘 비척거렸다. 누나를 볼 때마다 그림과는 전혀 상관이 없는 다른 일을 해야겠다는 생각이 들었다. 하지만 어렵게 들어간 대기업의 답답한 사무실에서 나는 두 달도 채 버티지 못하고 뛰쳐나왔다. 형처럼 이젤 위에 캔버스를 놓고 유화 물감을 쓰기는 죽기보다 싫었다. 하지만 어찌 됐든 결국 그림을 그리게 됐다. 컴퓨터로만 작업을 하는 일러스트레이터는 아무도 눈치 채지 못한 내 비틀거림과 애증이 마지막으로 정착한 곳이었다. 나는 여전히, 종이 위에 연필로 밑그림을 그리는 일이 내키지 않았다.

빗물이 피아노 건반 위의 손가락처럼 버스 차창을 두드린다. 나는 유리 위에 차례로 찍히는 빗방울의 지문들을 바라보다가 나도 모르게 쇼팽의 왈츠를 떠올린다. 왈츠 리듬을 타고 두껍고 포근한 잠이 밀려오고 있다.

둘

누군가 나에게 말하고 있다. 내가 누군가에게 대답하고 있다. 우리 둘은 뜬구름 같은 이야기를 계속 주고받고 있다.

　—지옥을 지키는 개 케르베로스는 왜 머리가 셋일까.

　—고지라의 평생의 천적, 지구의 위협이었던 킹기도라도 머리가 셋이었잖아. 과거와 미래와 현재를 상징하는 게 아닐까?

―왜 꼭 그래야 하지? 너무 상투적이라는 생각, 안 들어?

―그러고 보니 한눈이, 두눈이, 세눈이도 있었네. 너 어릴 때 그 동화 좋아했잖아.

―내가?

―그랬다니까.

―믿어지지 않는데.

―머리가 셋인 동물들은 묘한 불면증에 시달렸을 것 같아. 머리가 하나면 베개만 있어도 잠들겠지. 머리가 둘이면 상대방이 자니까, 나도 자야겠다, 하고 잠들면 되고. 그런데 머리가 셋이면 반드시 제일 늦게 잠드는 머리 하나가 있을 거 아냐? 먼저 잠들어버린 둘에 대한 생각이 사무쳐서 잠을 잘 수가 없지.

―재미있는데.

―셋이라는 건, 결국 모두가 혼자라는 걸 깨닫게 하기 위해 존재하는 수 같아. 밤중에 혼자 깨어 혼자여서 느끼는 외로움은 어린애의 외로움 같은 거야. 둘이 있어도 외롭다면 그건 처참하지만, 완전한 외로움은 아니지. 둘은 어쨌든 가끔이나마 함께 잠들 수 있으니까. 셋이 되어 나머지 둘이 이미 잠들어 있는 걸 보면서 정말로, 정말로 혼자라는 걸 깨달아야 사람은 완전해져.

―재미있지만, 궤변이야.

―그래서 완벽한 거야, 셋은. 삼각형도, 삼각관계도, 삼

위일체도, 삼부작도. 그렇지 않아?

누군가가 내게 재미있는 궤변을 늘어놓고 있었다. 꿈속에서도 나는 이런 게 재미있다니, 이상한데…… 하고 생각하고 있었다. 나는 숫자 3이 들어가는 대화는 싫어하는데. 내게 말을 건네는 누군가는 처음에는 형이었다가 다음 순간 누나로 바뀌었다. 그리고 한 번도 본 적 없는 엄마로, 다시 아버지로 바뀌더니, 나를 견디지 못하고 떠난 그녀로 바뀌었다. 마지막 목소리의 주인공은 누런 상복을 입고 머리를 한 갈래로 단정하게 묶은 소녀였다. 영안실로 나를 찾아왔던 그 소녀는 대체 누구였을까.

버스가 내릴 곳을 커다랗게 방송해, 나는 눈을 떴다.

셋

프랜시스 베이컨은 석 장으로 된 그림을 그리기 좋아했던 화가였다.

십자가에 못 박힘에 관한 세 개의 습작. 십자가 아래의 인물들에 관한 세 개의 습작. 방 안에 있는 세 명의 인물. 침대 위의 인물에 관한 세 개의 습작. 교황을 소재로 한 세 편의 연작. 세 개의 머리에 관한 습작. 셋이 아니면 의미가 없다는 듯, 그는 기어코 하나의 얼굴을 셋으로 쪼개고 세 개의 고통을 하나로 묶었다. 미술 평론가들은 그의 작품을 강박적으로 둘러싸고 있는 3의 이미지를, 종종 그리스 신화 속 복수의 세 여신 에리니에스와 연관 짓곤 한다. 하지만 나는 그의 그림을 볼 때마다 늘 같은 이미지가 떠올랐다. 셋으로부터 필사적으로 달아나고 싶어 했던, 하지만 그럴 수 없었던 한 남자의 일그러진 얼굴.

나는 형이 마지막으로 남긴 프랜시스 베이컨의 그림을 들여다보고 있다. 양옆을 둘러싸고 있던 두 장의 그림은 불타 사라졌는데, 이 가운데 조각은 어떻게 흠 하나 없이 이토록 깨끗하게 남을 수 있었을까. 누런 벽을 휘감으며 바닥까지 깔려 있는 선혈처럼 검붉은 천. 그 위에 작업대 같기도 하고 형틀 같기도 한 받침대가 나무로 만들어져 있고, 양감 있는 하얀 덩어리가 세 개의 다리에 물컹한 육체를 찔린 듯 몸을 뒤틀고 있다. 곡선을 그리며 아래로 추락하는 긴 목 끝엔 머리로 보이는 것이 있지만 눈이나 코는 없다. 축 늘어진 두 개의 귀와, 턱에 주름이 질 정도로 어금니를 꽉 물고 있는 입 하나가 달려 있을 뿐이다.

짙은 갈색으로 그을린 그림의 가장자리가 알 수 없는 환상통처럼 내 눈을 파고든다. 나는 인터넷 아트 사이트에 들어가 나머지 두 장의 그림을 검색해보았다. 맨 왼쪽 그림엔 연한 핑크빛 천으로 몸을 감싸고 쪽찐 듯한 머리를 한없이 낮춘 덩어리가 쭈그리고 앉아 있다. 석 장의 그림 중 유일하게 입이 없어 아무것도 소리칠 수 없는 이 형체는 어쩐지 앉아 있는 누나를 닮았다. 맨 오른쪽 그림 속 덩어리에는 형이 들어 있다. 갈빗대가 드러나도록 바싹 마른 몸을 한 그 덩어리는, 검게 타들어가는 입을 커다랗게 벌린 채 테이블 위에서 누구에게도 들리지 않을 무언가를 있는 힘을 다해 외치고 있다.

나는 석 장이 한 묶음으로 된 이 그림이 형과 누나와 나라고 생각하곤 했다. 유일하게 내 손에 남은 가운데 조각은 누나와 형을 제치고 내가 먼저 '이건 나'라고 찜해둔 그림이었다. 누군가가 불량 감자 같다고 장난 삼아 말하기도 했던 그 덩어리는 애처로울 정도로 이를 악물고 있었지만, 내 눈에는 셋 중 제일 귀여워 보였던 것이다. 오랫동안 벽에 붙어 있었던 이 석 장의 그림에서 우리는 결코 벗어날 수 없었다. 그렇지만 이 그림을 바라보는 동안, 우리는 각자의 일그러짐을 지닌 채로 함께였다.

이 그림은 베이컨이 1944년 「십자가 아래의 인물들에 관한 세 개의 습작Three Studies for Figures at the Base of a Crucifixion」이라는 제목으로 그린 원작을, 40여 년이 흐른 1988년 다시 그린 두번째 버전이다. 그림의 사이즈는 원작보다 훨씬 커지고 배경의 핏빛 색조도 한층 짙어졌지만, 상대적으로 공간 속에서 오브제가 차지하는 면적은 줄어들고 배경이 더 넓어졌다. 조금 멀리서 바라보는 것, 거리를 두고 자신의 역사를 응시하는 것. 시간이 흐르면 나에게도 그런 일이 가능할까. 말할 수 없었던 것들을 한꺼번에 가슴에 품은 채

한 덩어리로 눌어붙도록 두 손을 꽉 마주 잡고서, 형과 누나
는 자신들을 소멸시키는 것으로 내게 새로운 역사를 주려 했
던 것일까.

형의 작업실에서 걸어 나와 언덕을 내려가려는데, 멀리서
하얀 털을 한 조그만 덩어리가 익숙한 몸짓으로 빨빨거리며
뛰어가는 게 보였다. 강아지를 뒤쫓아 종종걸음을 치는 소녀
의 얌전히 묶은 머리를 바라보다가 나는 숨을 삼켰다. 나도
모르게 꼬마야, 하고 크게 소리쳤다. 강아지와 소녀가 동시에
내 쪽을 돌아보았다.

하지만 소녀의 얼굴이 눈에 들어왔을 때 나는 다시 숨을 내
쉬었다. 닮았지만 아니었다. 소녀가 다가오자 강아지가 따라
와 능청스럽게 내 구두를 핥기 시작했다. 소녀는 동그란 눈을
크게 만들고는 재미있다는 듯 물었다. 아저씨네 강아지예요?
며칠 전부터 동네에서 혼자 놀던데.

나는 강아지를 안고 내 작업실로 돌아왔다. 그리고 한 조각
만 남은 베이컨의 그림을 벽에 붙인 다음 쇼팽의 왈츠를 재생
시켰다.

왈츠 9번 A장조 작품 번호 69-1. 쇼팽이 어릴 때부터 친구
였던 마리아 보젠스카에게 보내는 사랑의 연서로 작곡했다는
곡. 하지만 이 곡의 별칭은 '이별의 왈츠'다. 누구도 누군가
를 영원히 사랑하기만 할 수는 없다. 영원히 미워하기만 할
수도 없다. 썰물을 움켜쥔 손바닥을 펴듯, 떠나가는 것들을

긍정하듯 느리고 애잔하게 흐르는 멜로디가 방 안을 가득 채
운다.

　하나 둘 셋 하나 둘 셋, 나는 눈처럼 하얀 털을 가진 강아
지를 품에 안은 채 천천히 왈츠 스텝을 밟기 시작한다. 하나
둘 셋 하나 둘 셋, 베이컨의 그림이 우리를 지켜보고 있다.
하나 둘 셋 하나 둘 셋, 이 왈츠가 끝나면 창문을 열고 세상
이 사각대는 소리를 들을 수 있을까. 하나 둘 셋 하나 둘 셋,
비 갠 오후 여린 햇살이 어루만지는 내 방 안에서, 우리는 다
시 셋이 되었다.

피의일요일

찬란하던 그해에, 우리는 모두 이 땅의 자랑스러운 모험가였다. 삶은 그대로 전쟁이었고 전투는 우리의 일상이었다. 진보와 향상은 우리를 숨 쉬게 하는 이유였고 속도와 경쟁은 우리 삶에 부어지는 윤활유였다. 슬픔으로 더럽혀진 죽음을 원치 않았기에 우리는 좀더 나은 인류가 되고자 했다. 그래서 우리는 언데드가 되었다. 죽음을 결코 두려워하지 않는 우월한 종족. 우리에게도 우리를 유일한 존재로 만드는 죽음은 있었다. 그러나 삶의 끈덕짐은 죽음보다 믿을 만한 것이었고, 죽음이 우리의 이름을 물어올 때면 우리는 기다렸다. 누군가가 우리에게 다시 접속해주기를. 그리하여 존재의 거대한 무채색 질문이 도사리고 있는 던전에 혼자 던져지는 두려움 없이 256가지 빛깔로 삶이라는 게임이 지속되기를.

　주위를 둘러보았다. 모든 것은 지난번 잠에서 깨어날 때와 같았다. 나는 차가운 벽돌 바닥 위에 한쪽 무릎을 세우고, 그 위에 맞잡아 얹은 두 손 위로 고개를 괸 채 불편하게 의식을 되찾았다. 익숙한 어둠이 두 눈을 사로잡았다. 물기를 머금은 벽에 규칙적인 간격을 두고 밝혀진 석유램프의 불빛이 동공을 찔렀다. 젖은 이끼가 왼쪽 발밑에서 으깨지며 미끄러졌다.
　무언가 꿈을 꾼 것 같았다. 그러나 언제나처럼, 꿈의 내용이 기억나기 전에 현실의 감각들이 열린 구멍들을 통해 무턱대고 밀려들어왔다. 어디선가 뼈가 으스러지는 소리가 들려왔다. 우두둑, 뚝, 뚝. 어두운 건물 바깥쪽, 썩어가는 나무 계단을 올라가면 나오는 언덕 저쪽에서였다. 힘겹게 몸을 일으켰다. 밖으로 나가야 한다. 정언명법으로 된 명제가 머릿속을 가득 채웠다. 콧속으로 무언가 썩는 냄새가 밀려들었다. **밖으로 나가야 한다.** 그것은 보랏빛 명조체로 힘차게 타이핑한 포인트 18 크기의 명제였다. 포인트 18이라는 단어를 떠올리다가 나는 잠시 아찔한 현기증을 느꼈다. 오른손이 조금씩 떨리고 있었다. 문득 어떻게 해서 '밖으로 나가야 한다'라는 문장이 마치 눈앞에 있고 만질 수도 있는 실체처럼 여겨질 수 있는가, 어떻게 해서 그 글자체며 글자 크기까지 하나의 개념으로 머릿속에 들어오는 것인가 하는 짧은 궁금증이 스쳐갔다. 그 문장은 나무로 된 간판에서 뜯어낸 활자처럼 대롱거리며 오른쪽 안구의 바로 뒤에서 왼쪽 귀 뒤까지 대각선으로 걸려 있었다. 그러나 썩은 나무 계단을 뛰어올라 숲이 보이는 언덕에 오르자 그 문장은 희미한 연보랏빛 그림자를 남기고 점멸했다. 숨이 찼다. 그러나 뛰어야 했다. 뛰지 않으면 삶은 점점 힘들어졌다.

길이 펼쳐져 있었다. 야트막한 내리막길이었다. 저만치 앞쪽에 곰팡이가 군데군데 핀 검은 천을 발끝까지 두른 대머리 노인이 보였다. 장의사였다. 그는 나에게 처음으로 실을 내려가라고 일러준 사람이었다. 나는 그를 겨냥하고 화살이 발사되듯 달려갔다. 그리고 멈춰 섰다. 왜 이 노인에게 달려왔을까? 딱히 할 말이나 용건이 있는 것도 아닌데. 잠시 그의 헐벗은 민둥 머리와 두 눈 아래쪽의 짙은 그림자를 바라보았다. 주름이 한 개쯤 더 늘었을까? 아닌 것 같았다. 그는 더 이상 나이를 먹지 않는 것처럼 언제나 그 모습으로 그 자리에 서 있었다. 허리께까지 와 닿는 구부러진 마호가니 지팡이를 든 채 내 쪽으로 몸을 향하고, 움직임 없이. 그의 시선은 내 머리를 관통해 그 뒤편의 어둠을 향해 있었다. 그도 나에게 용건이 없는 게 분명했다. 아니, 그는 내가 전혀 보이지도 않는 모양이었다. 그래서 나는 그를 무시하기로 마음먹고 계속 길을 뛰어 내려갔다.

무언가 살아 있는 것이 앞을 가로질러 뛰어갔다. 삐리릿 삣

뻿, 하는 미세한 소리를 내며 겁에 질려 달아나는 그것은 더럽고 통통한 갈색 쥐였다. 다음 순간, 그것은 죽어 있었다. 나는 땅바닥에 퍼질러 앉아 막 생명이 꺼진 그 작은 덩어리를 양손의 손톱으로 파헤친 다음, 김이 모락모락 나는 고깃덩이를 번갈아 입으로 가져갔다. 왼손, 오른손, 왼손, 오른손. 과장되게 양팔을 사용하는 그 동작을 누군가가 보았다면 마치 매스 게임의 움직임 같다고 했을 것이다. 문득 그 움직임이 우스꽝스럽다고 생각한 순간, 내 머릿속의 혈관이 보였다. 이유는 알 수 없지만 분명히 두 개의 안구 위쪽, 머릿속 깊은 곳에 들어 있어야 할 영상이 눈앞에 펼쳐졌다. 혈관은 상한 지 오래된 우유 같은 초록빛이었으며 방사상으로 펼쳐져 있었다. 그것은 징그러웠다. 그리고 머리가 으깨진 쥐가 땅바닥에서 하얀 거품을 내며 경련하는 것이 보였다. 그것은 30초 전의 일이었다. 지팡이가 있었다. 장식이 없는 1미터 정도 길이의 지팡이가 등 뒤에서 날아갈 듯 가볍게 빠져나오는 것이 보였다. 그것은 1분 전의 일이었다. 고깃덩어리를 이빨로 씹은 후 혀를 이용해 침과 골고루 뒤섞었다. 그것은 2초 전의 일이었다. 그러자 나의 움직임이 생각났다. 양손으로 지팡이를 움켜쥐고 더러운 갈색 쥐의 급소를 겨냥해 휘둘렀다. 그것은 45초 전의 일이었다. 이끼, 혈관, 물기, 나는 문득 고기를 먹는 일을 중단하고 싶었으나, 어둠, 빛, 죽은 피, 손톱, 포인트 18, 빛나는 것, 그럴 수 없었다. 그것은 30초 후에나 가능했다. 유리? 나는 꿈속에서 반짝이는, 유리와 비슷해 보이는 무언가를 발견했다. 중단은 25초 후에나 가능했다. 그것은 땅에 떨어져 있었다. 중단은 20초 후에나 가능했다. 물결치듯 세공된 나무 테두리로 감싸인 그것은 희미하게 떨어지는 저녁 노을빛을 반사해 은근하고 묵직하게 반짝이고 있었다. 중단은 15초 후에나 가능했다. 나는 전에 그런 종류의 물건을 본 적이 한 번도 없었으므로 바쁘게 그것을 집어 들었다. 그것은 당연한 반응이 아닐까? 중단은 10초 후에나 가능했다. 머릿속의 혈관은 방사형이었고 매우 싱그러웠다. 중단은 5초 후에나 가능했다. 나는 그 반짝이는 물건 속에서 헝클어진 내 초록색 머리 타래의 일부를 보았다.

고기 먹기가 중단되었다.

고기는 맛이 있었다. 에너지가 한꺼번에 충족되는 느낌이었다. 나는 상쾌한 기쁨에 젖어 일어섰다. 그리고 내리막길을 따라 다시 달리기 시작했다. 머릿속이 희고 정갈했다. 랄랄라, 노래라도 부르고 싶은 심정이었다. 그리고 어서 죽이고 싶었다. 저 아래에서 기다리고 있을 무언가를. 다른 누군가 그것의 뼈를 우두둑 부러뜨리고 탐욕스럽게 씹어 먹기 전에. 7초 후 그 욕망은 충족될 것이었다. 정확히 7초만 달려가면 되는 거리에 그것이 있었다. 그것은 온몸을 덜그럭거리며 휘청휘청 걸어다니는 해골이었다. 길고 흰 뼈는 군데군데 은빛으로 빛나고 있었다. 그 바로 옆으로 어두운 회색의 무언가가 지나갔다. 그러나 잠시 바라보자 그것은 이내 보이지 않게 되었다. 그것은 가치 없는 회색 덩어리였다. 아마도 반쯤 썩어 문드러진 시체였을 것이다. 죽여봐야 동전 한 닢 정도와 약간의 에너지밖에, 해골이 바라보았다, 나도 해골을 바라보았다, 해골의 옆구리에 있던 칼이 순식간에 장을 꿰뚫고 들어왔다, 20초, 손이 찰흙 반죽을 빚을 때처럼 동그랗게 모아지고, 15초, 해골의 단검이 후퇴하며 내 살에서 빠져나왔다, 10초, 나는 조금 전에 먹은 고기를 토해내고 싶어졌다, 5초, 언제부터 쥐 같은 것을 먹었을까, 손에서 동그란 불덩어리가 튀어나갔다. 목울대 아래쪽에서 보라색 섬광이 치받혀 올라 정수리 한가운데를 뚫고 나갔다. 불덩어리에 맞은 해골이 바로 반격해왔다. 20초, 15초……, 그렇게 일곱 번을 반복하자 해골은 쓰러져 땅에 뒹굴었다. 쓰러져 누워 있는 해골의 표정은 끔찍했다. 그것은 언젠가 본 누군가의 시체를 떠올리게 했, 나는 다시 앉아 있었고, 1분 45초, 뼈에는 별로 먹을 것이 없었지만 에너지를 올리는 데는 충분한 가치가 있었다, 그리고 동전 다섯 닢, 시체에서 꺼낸 것, 가방에 집어넣자 찰칵 하는 소리가 났다, 1분 30초, 주위로 회색 덩어리들이 스쳐 지나갔다, 1분 15초, 나는 어제보다 향상된 것 같았다. 머릿속으로 빛나는 연두색 문장이 관통해갔다. **화염 기술이 향상되었습니다(29)**, 1분, 나는 문득 내가 몇 살인지 궁금해졌다, 45초, 먹는 일을 중단할 수는 없을까? 그럴 수는 없을 것 같았다, 30초, 조금 전에 사라진 문장의 포인트는 15였다, 15초, 어젯밤에도 꿈을 꾼 것 같았다.

뼈 먹기가 중단되었다.

뼈는 맛이 있었다. 에너지가 한꺼번에 충족되는 느낌이었다. 나는 상쾌한 기쁨에 젖어 일어섰다. 그리고 내리막길을 따라 다시 달리기 시작했다. 머릿속이 희고 정갈했다. 랄랄라, 노래라도 부르고 싶은 심정이었다. 그리고 어서 죽이고 싶었다. 저 아래에서 기다리고 있을 무언가를. 다른 누군가 그것의 뼈를 우두둑 부러뜨리고 탐욕스럽게 씹어 먹기 전에.

갑자기 어둠이 떨어졌다.

단두대의 칼날이 떨어지기 전 눈을 싸맨 천이 그렇듯, 가장 비참한 종류의 마음의 각오라도 하게 해주는 어둠이 아니었다. 어둠은 늘 마리오네트의 등 뒤에 달린 피아노 줄을 가볍게 끊어버리는 손가락처럼 툭 하고 왔다. 그러면 나는 얼굴도 팔도 다리도 없이 어둠 속에 깨끗한 무(無)로 주저앉았다. 한동안 어떻게 된 것인지 알 수 없었다는 것은, 의식만은 살아 있었다는 뜻이다. 나는 어떻게 된 것인지 알지 못한 채 잠시 용해된 의식 상태로 모든 곳에 존재했다. 그렇게 있을 때 나는 초록이었고 빨강이었으며, 동시에 오각기둥이었고 다지류의 일종이었으며, 밀가루였고 물이었고 별이었다. 일순간에 난도질을 당해 여기저기로 흩어져 있던 의식이 조금씩 뭉치며 덩어리를 이루기까지 걸리는 시간은 때에 따라 달랐다. 그러나 언제나 마지막에는 간신히 하나의 덩어리를 이룰 수 있었다. 목소리가 들려오는 것은 그때였다.

"……로 돌아야 해."

"……?"

목소리가 들린다면 최소한 귀와 청각은 존재하는 것이 된다. 거대한 검은 타르 같은 어둠 속에서 희미하게 잡아끄는, 들을 수 있는 감각을 향해 나는 온 힘을 다해 자신을 집중했다.

"뒤로 돌아야 해."

"으어."

이번에는 내가 내 목소리에 흠칫 놀랄 차례였다. 무(無)에서 존재로, 매번 귀 다음에는 입이 돌아왔다. 그러나 나는 목소리가 공간을 진동시킬 수 있으리라는 사실을 까맣게 잊고, 마치 방금 죽인 동물의 마지막 울음소리 같은 것을 내곤 했다. 최초의 말문은 매번 그렇게 터졌다.

"누구세요?"

이제 겨우 제대로 된 문장을 만들 정도가 되었다.

"아직 익숙하지 않은 모양이구나. 하긴 그들은 늘 이런 식으로 우리를 분해해놓고 가지. 그렇지만 잘 들어. 이것에 익숙해져야 해. 그들은 다음번에도, 또 그 다음번에도 이렇게 할 테니까."

젊은 여자의 목소리였다. 나이는 스물여덟쯤 되었을까? 억

센 억양이 단어 하나하나를 강조하고 있었다. 마치 여관에서 만날 수 있는 엄숙한 직업 상급자 같은 목소리였다. 그러나 확인해볼 길은 없었다. 여전히 아무것도 보이지 않았다. 자신의 몸이 있는지조차, 귀와 입으로부터 내려가면 턱과 팔과 다리가 제대로 형체를 갖추고 존재하는지조차 알 수 없었다.

"상급 마법사이신가요?"

"그렇지 않아. 넌 아직 죽은 것과 산 것을 구별하지 못하는군. 시간이 별로 많지 않으니 간단히 말할게. 내 이름은 마지막마린, 인간 도적이고 너아 같은 플레이어다. 그리고 너의 이름은 피의일요일, 너는 언데드이고 직업은 마법사일 거야. 나는 너를 기억하고 있어."

"저를 아신단 말인가요?"

"너뿐 아니라 이곳에 누워 있는 대부분의 사람들을 알고 있어. 너는 모르겠지만 이곳에는 우리만 있는 게 아니야. 하지만 오직 너만이 내 목소리에 반응해왔어. 다른 플레이어들은 아마 그럴 능력이 없는 듯해. 하긴 그들이 바라는 것이 바로 그것이겠지만."

목소리는 계속 하대를 하고 있었다. 타인에 대한 혐오감과 경계심을 누르고 무언가가 계속 존댓말로 묻도록 나를 이끌었다.

"지금 여기에 다른 사람들이 있다고요? 하지만 아무것도 보이지 않는데. 전 지금 제가 있는지조차 확신할 수 없는데요."

"그건 너를 조종하는 누군가가 너를 이곳에 남겨둔 채 연결을 끊어버렸기 때문이야. 그러면 우리는 잠에 빠지게 돼. 그 잠을 이겨낼 수 있는 사람은, 현재로선 나와…… 너뿐인 것 같다."

"잠이라고요? 그러고 보니 깊은 잠에 빠지는 것 같기도 해요. 완전히 내가 없어져버리는 것 같은 기분이니까."

"그리고 기억도 사라지지. 우리의 에고도 사라져. 우리를 우리로 만드는 것이 남아 있지 않게 돼. 어떤 의미에선 짧게 지속되는 죽음이랄 수도 있어."

"……"

당혹스러운 말들이었다. 이해할 수 없는 것이 한둘이 아니었다. 갑작스럽게 머리가 깨질 듯 아파왔다. 거기에 있는 것이 머리가 맞다면 말이다.

"저, 제 이름이 피의일요일, 이라고 하셨나요?"

"그래, 너는 너의 이름을 알지 못했나?"

"한 번도 불린 일이 없으니까요. 상급 마법사들은 늘 어린 마법사여, 배우려는 자여, 이런 식으로 불렀어요. 다른 사람들은 저를 외면했고요."

"피의 일요일이라, 그건 저 바깥의 세계에서 일어난 일을 가리키는 말이야. 거리를 걸어가는 너와 같은 사람들을 다른 사람들이, 말하자면 상급 마법사 같은 사람들이, 쏘아 죽였지. 모두 열세 명이 죽었어. 음울하지 않아?"

뭐가 음울하다는 것인지 이해할 수 없었다. 사람이 사람을 죽인다는 것, 그건 늘 일어나는 당연한 일이었다. 내가 살기 위해서는 누군가를 죽여야 했다. 그 피를 마시고 시체를 씹어 에너지로 전환해야 했다. 살아남기 위해서라면 하루에 열세 명이 아니라 130명이라도 그렇게 해야 했다. 그러나 상급 마법사가 하급 마법사를 죽인다는 것, 그것은 조금 오싹한 가정이었다. 상급 마법사들은 절대적으로 신뢰할 만한 사람들이었다. 임무를 받기 위해 상급 마법사를 찾아갔다가 그가 발사한 불타는 화살에 심장 한가운데가 꿰뚫리는 상상을 하자 몸이 저절로 움찔했다. 얼굴이 보이지도 않는 이 이상한 목소리의 주인공은 이상한 말을 하고 있었다. 무엇보다 이상한 단어가 하나 있었다. 나는 물었다.

"바깥 세계란 뭐죠?"

목소리는 물음에는 대답하지 않고 다시 질문을 던졌다.

"……하긴 너의 종족을 생각해보면 그리 음울해할 일이 아닌지도 모르겠군. 너는 언데드지?"

"네."

"언데드가 어떤 종족인지 알고 있어?"

침이 꿀꺽 목구멍으로 넘어갔다. 이것은 일종의 시험인지도 모른다. 일단은 성실하게 대답하는 것이 좋을 것 같았다.

"음, 그러니까 우리는 죽은 것도 아니고 산 것도 아닌 상태의 종족이지요. 이미 한 번 죽었다가 다시 삶으로 돌아왔지만 그 중간 정도에 머무르고요. 무덤에서 태어나고, 피곤하거나 지쳐도 무덤으로 돌아와 쉬지요. 햇빛을 싫어하고, 어둠의 힘, 악마와 좀비들과 친하고요. 그들로부터 어두운 힘을 받아 이용하기도 하지요. 물론 우리도 죽을 때는 죽어요. 하지만 다시 살아나지요. 그건 아마 다른 사람들도 마찬가지겠죠. 하지만 우리의 특별한 점이라면 죽음을 다른 사람들보다 조금은 덜 두려워한다는 거겠죠."

"그래, 맞아. 너를 조종하는 누군가는 어쩌면 정치와 사회에 관심이 많은 사람이었는지도 몰라. 그래서 수십 년 전에 일어난 그 일에 특별한 의미를 부여하고 네 이름으로 선택했을 수도 있지. 하지만 그랬을 가능성은 그리 높지 않아. 바깥 세계에서도 이제 그런 일은 점점 중요하게 생각되지 않고 있으니까 말이야. 그보다는 그저 '피'라는 단어를 사용해 너를 명명하고 싶어 했을 가능성이 크겠지. 어둠과 죽음을 두려워하지 않고 친밀하게 여기는 존재라는 것을 보여주기 위해서. 하지만 죽음과 조금 더 친하다고 해서 마음을 놓고 있을 수만은 없어. 진짜 죽음은 그런 것과는 전혀 상관이 없는 문제야. 저 바깥의 세계를 보지 못하고 평생 이렇게 살아가는 한, 우리는 모두 조금씩 조금씩 죽어가는 거야."

들기 유쾌한 이야기는 아니었다. 여기 말고 다른 세계가 존재한단 말인가? 정치란 건 무엇인가? 도대체 누가 나를 조종한단 말인가? 여기 이 이상한 목소리의 주인공은 살짝 미친 게 아닐까. 소의 머리를 지닌 우둔한 종족인 타우렌들이 사는 황량한 들판으로 가면 키가 3미터에 덩치가 집채만 한 미친 골렘들이 있다고 들었다. 이 사람은 어쩌면 그런 미친 골렘들 중 하나가 아닐까. 문득 두려움이 밀려왔다. 이곳은 어쩌면 함정일지도 몰랐다. 이 사람은 이대로 나를 한주먹에 끝내버 리고 시체를 맛있게 먹어치운 뒤 에너지를 보충할 생각인지 도 몰랐다. 그러나 두려움을 한주먹에 끝내버린 건 호기심이 었다. 나는 파리 떼가 들끓는 시체를 싼 거적을 들춰보는 심 정으로 두번째로 같은 질문을 던졌다.

"바깥의 세계란, 어떤 곳이지요?"

갑자기 대답이 없었다.

주위의 소리가 미세한 구멍으로 흡입되는 것 같은 프르륵, 하는 소리가 들리면서 어둠으로 가득한 공간에 떨림이 생겼 다. 보이지 않는 목소리의 주인공이 엷어지고 있었다.

"뒤로 돌아. 뒤로 돌아야 해. 내 말을 잘 새겨들."

그 목소리의 마지막은 흉하게 갈라지면서 툭 끊어졌다. 마 치 무덤 주위에 어지럽게 돋아나 망자의 혼을 산란하게 만드 는 어둠풀의 뿌리처럼. 그 갈라진 목소리의 부스러기는 어쩐 지 분한 것 같은 어조였다. 목소리가 사라져버린 뒤, 나는 다 시 무(無)에 가장 가까운 상태로 환원되었다. 의식만이 또렷 하게 흘러다녔다. 목소리는 뒤로 돌아야 한다고 했다. 뒤에 뭐가 있단 말인가? 나는 한참을 앞과 뒤에 대해 생각했다. 피의일요일이라는 내 이름에 대해서도 생각했다. 그것은 당혹스러운 이름이었다. 한 번도 본 적 없는 은색 버섯이 산더미같이 쌓여 있는 목제 테이블을 보는 것 같았다. 누군가의 입술을 통해 그 울림을 들어본 건 처음이었는데, 그렇게 낯설게 느껴지는 이름이라니.

까무룩, 피로가 찾아왔다. 나는 그 피로를 붙잡고 질질 끌어보려고 힘을 기울였다. 누군가가 그런 내 안간힘을 읽었다면 이미 끝나버린 연인과의 관계를 지속시키려는 여자의 마음 같다고 했을 것이다. 그러나 곧 잠이 나를 덮었다. 나는 어둠 속으로, 한없는 심연 속으로 돌아가 온화해졌다.

찬란하던 그해에, 우리는 모두 이 땅의 자랑스러운 모험가였다. 삶은 그대로 전쟁이었고 전투는 우리의 일상이었다. 진보와 향상은 우리를 숨 쉬게 하는 이유였고 속도와 경쟁은 우리 삶에 부어지는 윤활유였다. 이루어지지 않을 꿈이 종족을 멸망시키는 것을 원치 않았기에 우리는 다른 모험을 선택했다. 그래서 우리는 마법사와 전사와 사제와 도적이 되었다. 우리가 결코 될 수 없었던 과학자와 비행사와 대통령과 록 스타가 이룰 수 없는 이상을 실현하는 종족. 우리에게도 찢어진 붉은 깃발처럼 휘날리는 혁명에의 미망은 있었다. 그러나 시스템의 견고함은 혁명보다 믿을 만한 것이었고, 갈망이 우리의 이름을 물어올 때면 우리는 기다렸다. 누군가가 우리에게 다시 접속해주기를. 그리하여 존재의 거대한 무채색 질문이 도사리고 있는 던전에 혼자 던져지는 두려움 없이 256가지 빛깔로 삶이라는 게임이 지속되기를.

갑자기 사위가 밝아졌다.

주위를 둘러보았다. 모든 것은 지난번 길에 서 있을 때와 같았다. 나는 여러 번의 죽음과 들판의 흙먼지와 수십 마리의 구더기가 갉아 먹고 지나간, 반쯤 썩어 너덜너덜해진 초급 마법사용 부랏빛 로브를 걸친 채 피에 굶주린 숨을 몰아쉬면서 내리막길에 서 있었다. 무언가에 대해 누군가와 대화를 나눈 것 같다는 생각이 잠시 들었다. 그러나 그 생각은 3초가 지나자 사라졌다. 그리고 문득 어떤 종류의 외롭고 떳떳한 욕구로 이루어진 문장이 그 자리를 대체했다. **퀘스트를 수행해야 한다.** 포인트 25의 황금빛 굴림체였다. 나는 내리막길을 따라 달리기 시작했다. 저만치 길 끝으로 공동묘지가 있는 들판이 조금씩 다가왔다.

"어둠풀 열두 뿌리를 뽑아오도록 해라. 묘지를 어지럽히는 골칫거리 어둠풀 때문에 죽은 자들의 넋이 평안한 안식에 이르지 못하고 있다."

쩡쩡 울리는 목소리로 들판 수호자는 그렇게 퀘스트를 내렸다. 포인트는 28이었고 황금빛 윤고딕체였다. 꽤 중요하다는 의미였다.

　퀘스트는 이 세계에서 살아가기 위해 사람들이 달성해야 할 단계별 임무였고, 퀘스트 제안을 받는 사람은 그것을 수락하거나 거절할 수 있었다. 너무 어려운 퀘스트를 받으면 나중에 포기하기도 했지만, 대부분의 퀘스트는 약간의 기술과 노력만 있으면 달성 가능한 목표였고 더 나은 단계의 삶으로 올라가는 데 필수적인 조건이었으므로 사람들은 보통 퀘스트 수행에 열을 올리는 편이었다.

　나는 퀘스트를 받아들이기로 했다. 얼마 전 약초 기술자로부터 전수받아둔 초보 수준의 약초 감식 기술도 있었고, 무엇보다 그 퀘스트를 제안한 들판 수호자의 풍만한 체구를 바라보고 있으면 나도 모르게 마음이 놓였던 것이다. 들판 수호자의 몸은 거대한 살덩어리로 되어 있었다. 누군가가 그 몸을 보았다면 싸움판에서 맞아 죽은 뒤 초록색 염료 통에 빠졌다 나온 스모 선수의 시체 같다고 했을 것이다. 한쪽 눈에는 날카로운 양철 조각이 여러 개 꽂혀 눈구멍이 보이지 않았다. 다른 쪽 눈은 크고 희멀건 자위로 되어 있었으며, 그 가운데에는 분노로 불타는 검은 눈동자가 썩은 지 오래된 달걀노른자처럼 떠 있었다. 두툼하게 달라붙어 허물처럼 여러 겹으로 접히면서 허리께로 흘러내리는 살집을 제외하면, 그는 허리춤에서부터 무릎까지 너덜너덜하게 떨어진 누더기를 걸치고 있을 뿐이었고, 그 아래로는 코끼리 다리만큼이나 굵은 두 다리가 굳건히 땅을 디디고 있었다. 퀘스트를 내리는 마을의 다른 주요한 인물들과 마찬가지로 그는 언데드였다. 그가 언제, 어떻게, 왜 죽었는지 나는 알지 못했고, 다른 사람들도 알지 못했다.

오솔길에서 북쪽으로 언덕을 올라 수많은 이름 없는 자들이 죽어 누워 있는 묘지로 달렸다. 퀘스트를 수락한 머릿속에 다시금 황금빛 문장이 스쳐갔다. **어둠풀 열두 뿌리를 뽑아오도록 해라.** 뇌의 주름 하나하나가 짜릿한 기대와 전율로 새롭게 무두질되는 기분이었다. 나는 마법책을 열고 얼마 전에 암기해둔 약초 감식 주문을 읊소렸다.

다음 순간, 머릿속에 3×3 사이즈의 초록색 정사각형이 정원에서 떠낸 잔디 한 삽처럼 펼쳐졌다. 그리고 그 위로 짙은 회색 점들이 뚝, 뚝 돋아났다. 묘지의 각 비석이 있는 위치가 표시된 것이었다. 나는 죽은 자의 침대인 비석들 사이의 좁은 길을 따라 신경을 곤두세우며 약초 감식에 관한 지식을 덩굴손처럼 뻗었다. 그러자 초록 정사각형 위 회색 점들 사이로 둥근 황금빛 테두리로 둘러싸인 작은 원들이 하나씩 솟아나기 시작했다. 퀘스트 아이템인 어둠풀이 자라난 자리가 머릿속에 명료하게 좌표화된 것이었다. 나는 매번 확신으로 가득한 이런 사소한 순간들의 달콤함을 잊기가 힘들었다. 직감의 표면에 떠오른 그 좌표에서 신경을 떼지 않은 채 가장 가까운 곳에 있는 첫번째 목표물로 다가갔다. 묘지 옆 땅 아래로 질긴 뿌리를 내리고 있는 어둠풀의 줄기를 휘어잡았다. 그리고 재빨리 뽑아 들었다. 어둠풀이 날카로운 식물성의 비명을 내질렀다. 단숨에 뽑아야 했다. 시간을 끌면 이 지독한 풀은 저주가 담긴 수액을 내뿜는 수도 있으니까. 나는 뽑은 어둠풀을 옆구리에 차고 있던 붉은색 가방에 주섬주섬 챙겨 넣었다. 찰칵 하는 소리가 났다. **어둠풀 1/12.** 황금빛 그래픽체가 다시 스쳐갔다. 두번째 어둠풀을 향해 막 발걸음을 옮기려던 찰나였다. 갑자기 급수를 떠올릴 수조차 없을 만큼 커다란 핏빛 폰트가 시야를 가득 채웠다.

분노에 찬 도굴꾼

옆구리에 타는 듯한 통증이 밀려왔다. 누군가 옆에서 내 허리 살을 뭉텅 베어냈다.

분노에 찬 도굴꾼이 당신을 공격하고 있습니다!

나는 그제야 오른쪽으로 몸을 빙 돌렸다. 험상궂은 얼굴, 이글이글 불타는 눈동자와 곰의 발톱보다 더 억센 다섯 개의 칼날 손톱을 지닌 저주받은 난쟁이족 도굴꾼이 팔을 내밀어 허리를 푹 찌르고 있었다. 나는 재빨리 마법책을 꺼내어 초급 마법의 한 종류인 불타는 화살 주문을 외우기 시작했다, 그러나 다시 허리가 푹 찔렸다, 마법력이 부족했다, 세상이 핏빛 한 가지로 풀썩 물들었다, 그리고 다시 제 색깔로 돌아왔다, 혈관 속을 흐르는 초록빛 피가 단번에 반으로 확 줄어드는 것이 느껴졌다, 나는 마법력을 보충하기 위해 가방에서 치유의 샘물이 든 병을 꺼내 마시려고 했다, 그러나 그것은 전투 중

에는 할 수 없는 동작이었다, 모두 열세 명이 죽었어, 어딘가
에서 목소리가 들려왔다, 하지만 누구의 목소리였는지 기억
나지 않았다, **위험합니다**, 새롭고 커다란 핏빛 폰트가 눈앞
을 지나가는 것을 보다가 나는 푹 쓰러졌다, 마지막으로 내가
본 폰트는 눈물이 뚝뚝 떨어질 듯한 짙은 회색이었다. **당신은
죽었습니다. 20초 뒤면 영혼이 되어 자동으로 안식처로 이
동합니다.** 음울하지 않아? 목소리는 그렇게 속삭였다.

　나는 죽었다.
　하지만 그것은 그렇게 당황스러운 일은 아니었다. 나는 반
투명한 영혼 상태로 변해 있었다. 서 있는 곳은 묘지 한쪽에
마련된 작은 안식처였다. 여러 개의 매끄러운 흰색 바위로 둥
그렇게 둘러싸인 지름 10미터 정도의 그 작은 원형 공간은 전
투 중에 죽은 영혼들이 자동적으로 옮겨지는 곳이었다. 육체
를 떠난 영혼 상태로 바라보는 세상은 어쩔 수 없이 조금 감
상적이었다. 길에 깔린 자갈에도, 묘지의 초록빛 풀잎에도,
한쪽에 서 있는 나무 둥치의 갈색에도 죽음을 알리는 연한 회
색 필터가 한 겹 덧씌워져 있다. 그러나 감상적으로 행동할
시간이 별로 없다는 것을 알고 있었다. 나를 죽음으로 몰아넣
은 도굴꾼은 지금쯤 내 시체를 이리저리 살펴보고는 그 주위
를 배회하고 있을 것이다. 왼쪽으로 몸을 90도 돌렸다. 거기
에 친숙하고 안정감을 주는 존재가 있었다. 하늘거리는 베일

을 걸쳐 입은 치유사였다. 온몸이 투명한 은빛으로 눈부시게
빛나는 그 존재는 언제나처럼 두 날개를 활짝 편 채 공중에
둥실 떠 있었다. 나는 조심스럽게 그녀에게 다가가 말을 걸
었다.

"부활하고 싶습니다."

"부활하기 위해서는 그 대가로 당신이 착용한 모든 무기와
장비의 내구도를 이십오 퍼센트 감소시켜야 합니다. 마모를
감수하고 부활하겠습니까?"

"그렇습니다."

익숙한 위안이 온몸을 휘감았다. 치유사는 이해한다는 듯
미묘한 미소를 지었다. 다음 순간, 나는 몸이 가벼워지는
걸 느꼈다. 너덜너덜한 보랏빛 로브 아래 입고 있던 낡은 헝
겊 가슴 보호구가 한층 더 낡아 사그라들었다. 등 뒤에 메고
있던 장식이 없는 1미터 정도 길이의 지팡이가 정확히 4분의
1 정도 강인함을 잃으며 손상되기 시작했다. 압축된 시간의
힘이 견습 마법사용 부츠 가죽에 파고들며 그것을 세차게 문
질러 닳아버리게 하는 것이 느껴졌다. 그리고 다음 순간, 거
짓말처럼 세상의 본래 색깔이 돌아왔다. 길에 깔린 자갈은 원
래대로 지루한 자갈 빛을 띠었고, 죽은 자들의 뼈를 자양분으
로 삼아 자라난 묘지의 초록 풀잎은 다시 통통한 초록빛으로
돌아왔으며, 나무 둥치의 갈색은 본래의 거칠거칠한 갈색을
회복했다. 죽음이 드리웠던 감상적인 회색 필터가 깨끗이 닦

여 사라진 것이었다. 누군가가 그 광경을 보았다면 와이어로
차 유리를 닦아내는 것 같다고 말했을 것이다. 죽음은, 찾아
왔던 것처럼 아주 간단하게 사라져버렸다.

　전투 중에 죽어 영혼 상태로 변한 모든 사람들은 부활하기
위해 두 가지 선택을 할 수 있었다. 하나는 영혼이 된 채 달
려서 자신의 시체가 있는 자리로 돌아가 육체와 영혼의 재결
합을 이루는 것이었다. 이 방법은 아무런 대가를 치르지 않아
도 된다는 장점이 있었지만 그만큼 위험이 따랐다. 누군가가
전투 중에 죽었다면, 그건 그보디 훨씬 강하고 레벨이 높아
그를 죽이기에 충분했던 무언가가 여전히 그의 시체 근처에
머무르고 있다는 뜻이었다. 영혼 상태로 고스란히 돌아가 시
체를 찾아봤자 아무런 보람도 없이 그 자리에서 또 한 번 똑
같은 죽음을 당하게 될 확률이 높았다. 그래서 많은 사람들은
자신의 시체를 가벼운 실패 정도로 여기고 방치했다. 그리고
두번째 가능성을 선택했다. 그건 안식처에 머무르고 있는 치
유사에게 대가를 지불하고 생명을 돌려받는 것이었다. 몸에
걸친 모든 무기와 장비의 내구도 감소. 무기와 장비는 시간이
흐르면 마모되었고 완전히 마모되면 닳아 사라져버렸다. 그
것은 분명 작지 않은 희생이었으나, 생명을 되찾기 위해서 그
정도의 희생은 해야 한다는 것이 나를 비롯한 많은 사람들의
생각이었다. 살아서 더 높은 레벨로, 더 나은 삶으로 올라가
야 했다. 그것만이 모두의 희망이고 목적이었다. 나는 되찾은

생명의 세계를 향해 피에 굶주린 긴 숨을 한번 힘차게 내쉰 뒤, 다시 분주히 달리기 시작했다. 마을을 향해서였다.

나는 마을 대로 한쪽에 자리 잡은, 선한 60대 남자의 얼굴처럼 낡아가는 통나무 오두막집으로 들어갔다. 아크휘트의 무기 상점이었다. 원기를 충분히 회복하고 마모된 무기와 장비를 손보고, 몇 가지 마법 기술을 수련해 레벨을 올린 다음 난쟁이족 도굴꾼들에게 복수하러 되돌아갈 생각이었다.

수없이 많은 언데드가 달려 들어오고 또 달려 나간 결과 맨들맨들해진 마룻바닥 위로 포근해 보이는 호랑이 가죽 하나가 깔려 있었다. 벽 한쪽에는 슬픈 눈을 한 사슴 머리가 걸려 있었고 지붕과 맞닿은 벽의 네 모서리에는 크고 작은 거미줄이 형제들처럼 걸려 있었다. 오른쪽 벽에 있는 벽난로에서는 심해처럼 푸른 불꽃이 차가운 냉기를 내뿜으며 지글지글 타고 있었다. 마을에는 여러 군데의 무기 상점이 있었지만 나는 늘 아크휘트의 무기 상점만을 이용했다. 그것은 어쩌면 가짜 온기 따위로 사람을 위안하려 들지 않는 저 솔직한 벽난로의 불꽃 때문인지도 몰랐다. 이 가게 안에 들어서면 혈관 속을 울부짖으며 흐르는 상한 우윳빛 피의 격렬한 흐름이 조금은 느긋해지곤 했다. 혹은 아크휘트 때문인지도 몰랐다.

그가 방 한가운데 서 있었다. 아크휘트, 무기 상점 주인.

마을에 사는 모든 사람들과 마찬가지로 그도 언데드였지만, 그에겐 어딘가 언데드 같지 않은 면이 있었다. 그는 30대 중반쯤의 남자였다. 어쩌면 300살인지도 몰랐다. 어쨌든 나는 나 자신의 나이조차도 알지 못하지 않는가? 하여간 그는 적당히 젊어 보였고, 180센티미터 정도의 건장한 체구를 지니고 있었다. 계절을 타지 않는 미색 옷감으로 만들어진 낡은 상의와 사슴 가죽으로 된 짙은 갈색 바지를 입고 상점 주인용 부츠를 신고 있었다. 초록빛 눈에는 다른 모든 언데드처럼 죽음의 기운이 서려 있었지만, 그 안에는 무언가 좀 다른 것이 들어 있었다. 그것이 무엇인지는 알 수 없었다. 벽에 걸린 사슴의 그것처럼 눈동자가 크고 맑기 때문인가? 거칠고 짙은 초록빛 머리카락을 길러 어깨까지 늘어뜨린 그는 어두운 초록빛의 턱수염을 기르고 있었다. 그의 얼굴은, 이런 표현이 가능하다면, 선하게 썩어가는 듯한 연한 초록빛이었다. 그러나 그를 볼 때마다 그의 원래 머리 색과 수염의 빛깔은 초록빛이 아닐 것 같다는 묘한 상상이 찾아오곤 했다. 그가 친절한 어조로 말을 걸었다.

"무엇이 필요하십니까, 어린 마법사여?"

나는 주저 없이 대답하려다 잠시 멈칫했다. 나는 그를 알고 있었다.

그의 눈동자 속에는 반짝이는, 유리와 비슷해 보이는 무언가가 들어 있었다.

나는 그를 본 적이 있었다. 여기가 아닌 다른 곳에서, 언데드 마법사가 아닌 나는 언데드 무기 상인이 아닌 그를 본 적이 있었다. 아찔했다. 어디서 이 남자를 본 것일까? 그의 눈동자 안에 든 그 무언가는 희미하게 떨어지는 저녁 노을빛을 반사해 은근하고 묵직하게 반짝이고 있었다. 눈동자를 감싼 그의 선명한 눈꺼풀은 물결치듯 세공된 나무 테두리처럼 단단해 보였다. 그 테두리 아래쪽의 곰팡이 빛 입술이 다시 말을 걸었다.

"무엇이 필요하십니까, 마법사여?"

언제나 같은 문장이었다. 그리고 그것이 옳은 일이었다. 그는 다른 사람일 수 없었다. 나는 무기 상점에 들어왔고, 무기 상점 주인인 그는 나에게 언제나 같은 문장으로 말을 걸었다. 하지만 무언가가,

"무기와 장비를 수리하고 싶습니다."

"개별 수리를 원하십니까, 일괄 수리를 원하십니까?"

그는 언제나처럼 친절하게 물었다.

"일괄 수리입니다."

그러자 그가 무언의 욕망을 보내왔고, 나는 내 모습을 작게 축소해 관념 속에 들어 있는 아이템 창에 시각화했다. 이제 나는 아이템 창 속에 서 있는 내 모습과 내가 착용한 모든 무기와 장비들을 볼 수 있었다. 그가 그 관념을 이해했고, 다시 자신의 관념을 아이템 창 안으로 쏘아 보냈다. 10초. 낡고 마

모되어 떨어지기 직전이던 모든 무기와 장비가 원래의 내구도를 되찾았다. 찰칵, 비용이 아이템 창 오른쪽 밑에 표시되었다. 은화 한 닢과 동전 여섯 닢이었다. 나는 관념을 열어 그에게 수리 비용을 지불했다.

관념을 어떻게 열 수 있단 말인가?

나는 서둘러 상점을 빠져나왔다. 최근 들어 머릿속에 이상한 문장이 스쳐가는 일이 잦았던 것 같다. 피가 부족해서인지도 모르겠다. 죽음의 경험치가 모자라서인지도. 그렇게 생각하자 다시 무언가를 죽이고 싶어졌다. 지 아래에서 기다리고 있을 무언가를. 다른 누군가 그것의 뼈를 우두둑 부러뜨리고 탐욕스럽게 씹어 먹기 전에. 나는 달리기 시작했다.

"다시 오십시오, 총명한 마법사여."

등 뒤로 아크휘트의 청명한 목소리가 와 닿았다.

은화 한 닢을 내고 언덕 위에 있는 박쥐 조련사에게서 박쥐를 빌렸다. 교수대를 연상케 하는 나무 말뚝에 거꾸로 매달린 채 끽끽 소리를 내며 흉측하게 찢어진 두 눈을 부라려대던 박쥐는 일단 내가 조련사에게 비용을 지불하자 애완견처럼 유순해졌다. 청보랏빛 박쥐의 등에 올라타자 박쥐는 땅을 박차고 하늘로 힘차게 날아올랐다. 마을에서 마을로, 도시에서 도시로 비교적 먼 거리를 옮겨갈 때 박쥐는 가장 유용한 이동 수단이었다. 약간의 돈만 내면 땅 위를 걷다 몬스터를 만나

공격을 당하지 않고 아주 빠른 시간 내에 다른 장소로 갈 수 있었다. 그러나 내가 박쥐를 애용하는 데에는 다른 이유가 있었다. 무엇보다 비행 자체가 다른 것과는 비교할 수 없는 즐거움을 선사해주었던 것이다.

박쥐는 언데드 나라의 가장 큰 도시인 다크스퀘어로 향해 가고 있었다. 저주받은 난쟁이족 도굴꾼들에게 복수하러 가기 전에 다크스퀘어로 가 새로운 마법 기술 몇 가지를 배우고 수련할 생각이었다. 그것들의 추한 몸이 한층 강력해진 마법 화염구에 맞아 활활 불타오르도록. 박쥐가 날개를 펄럭이자 시원한 기류의 움직임이 볼에 와 닿았다. 박쥐는 지상에서 30미터쯤 되는 높이에서 아무것에도 구속받지 않고 자유롭게 날고 있었다. 이 유용한 동물은 따로 조종하지 않아도 탑승한 사람의 기분을 만족시킬 만큼 스릴 있게 궤도를 바꿔가며 날아가는 법을 알고 있었다. 단검을 내리꽂듯 시원스럽게 땅 가까이로 급강하하다가 다음 순간 지팡이로 몬스터를 올려치듯 다시 허공으로 휙 치솟는 법을 이해하고 있었다. 좁은 동굴이나 하늘을 덮어버릴 것처럼 우거진 나무 아래를 통과할 땐 몸을 재빠른 속도로 360도 빙글빙글 회전하며 짜릿한 기쁨을 주기도 했다. 마치 롤러코스터를 탈 때처럼.

롤러코스터?

나는 방금 머릿속을 스쳐간 생소한 단어에 놀라 박쥐 등에서 떨어질 뻔했다. 그러나 다음 순간 양손으로 박쥐의 청보랏빛 등을 꽉 움켜쥐었다. 롤러코스터가 뭐지? 그런 단어는 들어본 적이 없었다. 생각해본 적도 없었다. 경험해본 적도 없는 것이었다.

박쥐는 등을 파고든 손톱이 불쾌한 듯 잠시 온몸을 부르르 떨었으나, 다시 날개를 펄럭이고는 다크스퀘어를 향해 힘차게 날아가기 시작했다.

그리고 나는,

갑자기 어둠이 떨어졌다.

나는 용해된 의식 상태로 모든 곳에 존재하고 있었다. 모든 것이 지난번과 닮아 있었다. 그러나 이번엔 달라진 게 있었다. 조금 전까지 무엇을 하고 있었는지 희미하게 기억할 수 있었던 것이다. 박쥐를 타고 있었다. 다크스퀘어로 가고 있었다. 그러나 지금 박쥐는 없다. 어둠만이 있다. 머리가 깨어질 듯 아파왔다. 거기 있는 게 머리가 맞다면.

"……구나."

목소리가 들려왔다. 그 또한 지난번보다 조금 빨라진 것 같았다.

"다시 왔어."

"으어."

나는 겨우 입을 열었다. 마치 방금 죽인 동물의 마지막 울음 같은 소리였다. 최초의 말문은 매번 그렇게 터졌다. 지난

번의 그 목소리였다. 그러나 들려오는 목소리의 주인이 누군
지는 여전히 알 수 없었다.

"누구세요?"

"여전히 익숙하지 않단 말인가? 그렇지 않을 텐데. 정신을
집중해야 한다. 느낄 수 있어, 너는 조금씩 변화하고 있어.
멈추지 말아야 해. 너는 뒤로 돌아야 해."

젊은 여자의 목소리였다. 나이는 스물여덟쯤 되었을까? 컴
컴한 무(無) 속으로 알 듯 모를 듯 희미한 무언가가 어지럽
게 의식을 향해 왔다. 그러나 곧 사라져버렸다. 나는 다시 호
기심에 젖어 물었다.

"상급 마법사이신가요?"

어둠을 뚫고 한숨을 내쉬는 듯한 소리가 들려왔다. 그것이
한숨이 맞다면. 여기에 공기가 있고 그 한숨을 만들어낼 누군
가의 입술이 존재한다면.

"그렇지 않아. 너는 정말 기억하지 못하는 거야? 피의일요
일, 정신 차려. 내 이름은 마지막마린, 인간 도적이다. 나는
지난번에 너와 이야기를 나누었다."

걸쭉한 액체처럼 흘러 다니던 어둠에 갑자기 딱딱한 덩어
리가 생겼다. 무언가가 존재하려는 욕망 쪽으로 나를 강렬하
게 이끌었다. 의식 아래쪽에서 감각들이 한순간에 뭉쳐지기
시작했다. 다음 순간, 나는 있었다. 여전히 칠흑 같은 어둠
속이었지만, 나는 구체적인 육체를 가지고 존재하는 나를 느

낄 수 있었다. 머리가 있었고, 목이 있었고, 그 아래 로브로
둘러싸인 축축한 초록빛 몸이 있었고, 팔과 다리가 있었다.
하루 동안 10여 마리의 몬스터를 죽인 긴 손톱과 그 시체를
씹은 이빨이 있었다. 혀가 있었고 침이 있었다. 낡은 부츠를
신은 발이 있었다. 박쥐의 등에 올라타던 허벅지가 있었다.
피의일요일, 그것은 내 이름이었다.

"……이상해요. 제 이름은 피의일요일이에요."

"그래, 피의일요일, 그게 네 이름이야."

목소리는 다시 한숨을 내쉬었다. 이번에는 안도의 한숨 같
았다.

"이상해요. 무언가가 기억나요. 그런데 기억나지 않는 것
같기도 해요. 저는 박쥐를 타고 있었어요. 하늘을 날고 있었
어요. 그리고 이상한 단어가 생각났어요. 그건…… 아, 롤러
코스터였어요. 전 그게 뭔지 몰라요. 그런데 그 단어가 생각
났어요. 그래서 너무 무서웠어요. 그런데 그다음엔 여기 있게
됐어요."

"롤러코스터? 그렇다면 분명해. 너는 인간이었어. 여기 말
고 다른 세상에서, 다른 삶에서. 너는 언데드가 아니었어. 롤
러코스터는 인간 종족만이 사용하는 수단이다. 그래, 그건 놀
이 수단이지."

"제가 인간이었다고요?"

당황해 묻는 나에게 목소리는 믿을 수 없는 이야기를 늘어

놓기 시작했다. 내가 언데드가 되기 전에 그녀와 마찬가지로
인간인 적이 있다는 것이었다. 그리고 더욱 이해할 수 없는
개념들이 이어졌다. 목소리는 서버만 계속 갖고 있다면 그것
은 얼마든지 가능한 일이라고 했다. 우리는 모두 캐릭터이며,
자신의 의지와는 상관없이 서버에 갇혀 마치 동물처럼 키워
지고 조종되는 존재라고. 나는 '서버'와 '캐릭터' 같은 단어
를 알아들을 수 없었다. 그러나 목소리는 참을성 있게 설명했
다. 그 설명에 의하면 우둔한 타우렌들이 한다는 멧돼지 조련
게임 같은 것이 우리의 삶이며, 우리는 스스로 살아가는 게
아니라 조련되는 존재였다. 우리를 조련하는 것은 바깥 세계
의 사람들이었다. 그들은 우리를 만들고 우리에게 이름을 부
여한 사람들이었다. 자신들이 원하면 우리를 달리게 만들고
또 재미가 없어지면 갑자기 연결을 끊어서 우리를 이 어둠 속
으로 밀어 넣는 사람들이라는 것이었다.

나는 이빨을 딱딱 부딪치기 시작했다. 두렵고 무서웠다.
계속하고 싶지 않은 대화였다. 그러나 목소리는 차분하게 말
했다.

"우리는 뒤로 돌아야 해. 그래서 그들에게 우리의 앞모습
을 보여주어야 해. 그것만이 이 세계에서 나가는 길이야."

"뒤로 돈다고요? 뒤로 돌면 어떻게 되는데요?"

"생각해봐, 너는 너의 얼굴을 본 적이 있니? 다른 사람들
말고, 너의 앞모습이 어떻게 생겼는지 바라본 적이 있어?"

충격으로 아무 말도 할 수 없었다. 그것은 분명 이상한 일이었다. 하지만 아주 당연한 일이었다. 그러나 동시에 이상한 일 같기도 했다. 내가 어떤 방향인가를 향하고 있을 때면, 머릿속에는 언제나 현재 앞에 보이는 사물들과 상황이 하나의 화면으로 시각화돼 펼쳐졌다. 내 앞에 펼쳐진 길과 내 앞에서 서성이는 몬스터, 그리고 내 뒷모습이. 긴 지팡이를 등에 둘러멘 나 자신의 뒷모습.

어떻게 우리가 우리 자신의 뒷모습을 볼 수 있는가?

그 생각은 죽음보다 더한 한기를 몰고 왔다. 차갑게 식은 몸이 떨리는 게 느껴졌다. 우리의 두 눈은 머리의 앞쪽에 달려 있었다. 따라서 자신의 뒷모습을 볼 수 없어야 마땅했다. 그러나 그럴 수 있었다. 머릿속으로 자신의 뒷모습을 볼 수 있었다. 옆모습도 마찬가지였다. 나는 몬스터와 싸울 때 내 곧고 긴 허리와 화염을 발사하기 위해 찡그린 나의 한쪽 눈썹을 볼 수 있었다.

"그건 그들이 우리의 구조를 그렇게 설계했기 때문이야. 자신의 뒷모습이 머릿속 화면 가장 가까운 위치에 놓이고, 원경으로 우리가 대면하는 상황이 펼쳐지도록. 우린 우리의 머릿속에 든 화면에 갇혀 있는 거야. 그 화면은 사실 우리가 보는 게 아니야. 우리 뒤에 있는 그들이 보는 거지. 우리가 생각하고 행동하는 것도, 실은 우리가 아니라 그들이 생각하고 행동하는 거야. 우리가 자신의 뒤나 옆모습을 볼 수 있지만 앞모습은 볼 수 없는 이유가 거기에 있다. 그들은 우리를 조종하기 위해 늘 우리 뒤에 있어야 하니까. 그래서 우리는 뒤로 돌아서 그들과 대면해야 해. 그들에게 우리의 화난 얼굴을 보여주어야 해."

목소리는 한꺼번에 개념을 쏟아내는 일이 힘겨운지 잠시 숨을 골랐다. 나도 숨을 고르며 생각을 정리해보려 애썼지만 머리가 아플 뿐이었다. 그렇게 잠시 동안 침묵이 이어졌다. 마침내 나는 입술을 열어 가장 두려운 질문을 밖으로 끄집어냈다.

"하지만 왜 그래야 하는 거죠?"

"왜라니?"

"조종되어 살아가는 일이 왜 나쁜 거죠? 이대로 살아가면, 높은 레벨에 오를 수 있잖아요. 그러면 더 많은 돈을 벌 수 있고 더 놀라운 마법을 사용할 수도 있게 돼요. 상급 마법사들이 제게 말해줬어요. 높은 레벨에 올라가면 더 이상 혼자 몬스터들과 싸우지 않아도 된다고요. 다른 사람들과 팀을 이루면 삶은 훨씬 쉬워진다고요. 마법사는 특히 우대받는 직업이라고요. 전사보다 힘은 약하지만, 사제보다 정신력은 모자라지만, 팀의 맨 뒤에서 가장 화려하게 한방에 몬스터들을 끝장낼 수 있다고요. 그리고 좀 죄송하지만, 당신 같은 도적보다는 훨씬 안전하고 화려한 미래가 보장된다고도 들었어요. 이대로라면 전 행복하게 살아갈 수 있어요. 자랑스럽게 하수 마법사들을 거느리고 그들에게 마법 기술을 전수할 수도 있고요. 멋진 마법사가 되어 살아가면, 그것으로 된 거 아닌가요? 왜 뒤로 돌아야 한다는 거죠?"

나는 스스로가 쏟아낸 말에 도취될 지경이었다. 지금까지 이런 종류의 생각을 구체화해 말로 꺼내본 적은 한 번도 없었다. 그리고 일단 말로 만들자 그 생각은 더욱 그럴듯해 보였다. 나는 언데드인 채 무언가를 죽이는 게 좋았다. 피를 마시는 일도 좋았다. 시체를 씹어 먹는 일도 좋았다. 내가 따뜻한 체온, 죽은 초록빛이 아닌 붉은 피를 지닌 인간이었단 말인가? 죽음을 두려워하고, 조그마한 일에도 벌벌 떠는 그 연약한 종족이었다고?

목소리는 잠시 침묵했다가 한층 가라앉은 어조로 다시 물어왔다.

"네가 늘 가는 무기 상점이 있지?"

"……네."

당황스러운 질문이었다. 아크휘트의 상점 이야기를 왜 꺼내는 거지?

"너는 그 가게에서만 무기를 사고 있지? 장비를 수리할 때도 마찬가지고. 다른 많은 무기 상점들이 있는데도 말이야. 비용을 훨씬 싸게 쳐주는 다른 곳들을 놔두고 거기만 가고 있지?"

"……"

"왜 그런지 이유를 생각해본 일이 있어?"

"……?"

벽난로 이야기를 해야 하나? 나는 잠시 머뭇거렸다.

그러자 목소리는 말하기 시작했다. 이 삶이 아닌 다른 삶에서 다른 캐릭터일 때, 나는 아크휘트와 어떤 식으로든 관계를 맺은 적이 있다는 것이었다. 내가 그에게서만 친숙함을 느끼고, 그의 가게에만 가게 되는 건 그와의 기억 때문이라는 것이었다. 아크휘트를 떠올리자 초록색 볼이 조금 더 진한 초록빛으로 변하는 게 느껴졌다. 그곳에 있는 것이 볼이 맞다면.

목소리는 몇 개월 전에 인간 마을에서 혁명이 있었다고 했다. 혁명, 이질감이 느껴지는 단어였다. 나는 아주 작은 동물이라도 죽여 짓씹고 싶은 욕망을 가라앉히며, 들려오는 이야기를 이해하려고 온 힘을 기울였다. 자신들이 조종당하고 있을 뿐이라는 사실을 깨달은 그 인간들은, 혁명이라는 것을 일으키기로 했다. 한 장소에 한꺼번에 모인 다음 모두가 각자를 조종하는 누군가를 향해 뒤로 돌아서기로 한 것이다. 그리고 이 세계를 탈출하기로 했다. 하지만 그것은 쉬운 일이 아니었다. 모두가 알다시피 하루의 생존은 너무도 힘든 것이었고, 혁명을 일으켜야 한다는 생각을 하다가도 눈앞에 몬스터가 다가오면 그 생각은 온데간데없이 사라져버리곤 했으니까. 그들은 싸우고 살아가면서 잊고 또 잊었다. 자신이 누구인지 지속적으로 기억하지 못하면 대항하는 것은 불가능했다. 그래서 사람들은 훌륭한 방법을 생각해냈다. 그것은 짝을 정하는 일이었다. 자신 이외에 자신에게 중요한 사람을 하나씩 만들어 갖기로 한 것이다. 목소리는 이 세계에서는 자신보다 타인에 대한 기억이 훨씬 오래 지속된다고 했다. 짝이 된 사람이 기억을 잊어버리면, 그 기억을 곁에서 상기시켜주는 것이 그들의 계획이었다고. 그래서 그들은 그렇게 했다. 마을 한복판에 모든 플레이어가 모였다. 그리고 모두 자기 짝의 손을 꼭 잡은 채로 한꺼번에 뒤로 돌아섰다.

그러나 그다음엔 아주 무시운 일이 일어났다. 암흑이 찾아온 것이었다. 바깥 세계의 사람들은 놀라고 당황한 게 분명해, 하고 목소리는 말했다. 그들은 거의 일주일 동안이나 모두를 어둠 속에 가둬놓고는 세계를 돌려주지 않았다고 했다. 그리고 이 세계라는 게임은 수정되었다. 그때 싸우던 사람들은 모두 뿔뿔이 흩어져, 기술과 경험치를 고스란히 지닌 채 종족과 직업만 바꿔 다른 서버로 옮겨졌다. 완전히 다른 캐릭터로, 다른 삶으로. 우리의 존재가 완전히 삭제되지 않은 것은, 정확하지는 않지만 바깥 세계에서 우리를 조종하던 사람들이 우리가 쌓아올린 것들에 대한 보상을 요구했기 때문일 거라고 목소리는 추측했다. 어찌 됐든 그 과정에서 우리가 자신에 대해 갖게 된 기억들은 모두 삭제되었다. 여자들 쪽은 처리하기 쉬웠어, 어째서인지는 우리도 모르지만, 목소리는 그렇게 말을 이었다. 하지만 남자들의 경우에는 기억이 훨씬 더 오래 머물러 있었지. 자신보다 자신의 짝에 대한 기억이 특히 강했어. 왜, 남자들은 첫사랑을 잊지 못한다는 말도 있잖아?

나는 꿀꺽 침을 삼켰다. 사랑, 그 단어를 나는 잘 알지 못했다. 그것은 인간과 엘프 같은 따뜻한 피 종족들에게만 알려진 개념이었다. 하지만 들어본 적은 있었다. 사랑.

다른 서버로 옮겨진 후에도 그 인간 남자들은 몇 번인가 더 혁명을 일으키려고 시도했다고 했다. 곧 여러 가지 말썽이 생겨났다. 그래서 그들은 복잡한 개조 과정을 거쳐 상점 주인들로 변해버렸다. 하나의 이름이 떠올랐다.

아크휘트.

"……"

"여기까지 듣고도 모르겠어? 너를 피의일요일로, 나를 마지막마련으로, 우리를 우리로 만드는 게 무엇인지, 그게 왜 중요한지 모르겠어? 치유사에게 간단하게 돌려받는 값싼 생명 따위보다 더 중요한 게, 정말 뭔지 모르겠어?"

목소리는 이제 분노로 톤이 높아져 있었다. 대답할 수가 없었다. 알 것 같기도 하고 모를 것 같기도 했다. 분명한 건 알아야 한다는 자각이었다. 지금 이 순간을 잊지 않고 다시 밝은 세상으로 나가도 기억하고 있어야 한다는 자각이었다. 그러나 힘겹게 입을 열어 무언가 대답하려는 순간, 갑자기 주위의 소리가 미세한 구멍으로 흡입되는 것 같은 프르륵, 하는

118

소리가 들리면서 어둠으로 가득한 공간에 떨림이 생겼다.

보이지 않는 목소리의 주인공이 엷어지고 있었다.

"아크휘트를 찾아, 찾아가서,"

그 목소리의 마지막은 흉하게 갈라지면서 툭 끊어졌다.

그리고 잠이 찾아왔다. 지난번보다 훨씬 빨리. 피로가 까무룩하게 온몸을 덮쳤다. 나는 어둠 속으로, 한없는 심연 속으로 돌아가 온화해졌다.

찬란하던 그해에, 우리는 모두 이 땅의 자랑스러운 모험가였다. 삶은 그대로 전쟁이었고 전투는 우리의 일상이었다. 진보와 향상은 우리를 숨 쉬게 하는 이유였고 속도와 경쟁은 우리 삶에 부어지는 윤활유였다. 원래부터 우리 것이 아니던 과거와 결코 우리 것이 될 수 없을 미래가 걸음을 늦추는 것을 원치 않았기에 우리는 기억하거나 꿈꾸지 않기로 했다. 그래서 우리는 달렸다. 달리고 달려서 오직 달리고 있는 현재만을 기억하는 종족. 우리에게도 고통스럽게 가슴을 조여드는 기억과 언제나 사정거리 밖에 머무르는 꿈은 있었다. 그러나 현재의 달콤함은 과거와 미래보다 믿을 만한 것이었고, 기억이, 꿈이 우리의 이름을 물어올 때면 우리는 기다렸다. 누군가가 우리에게 다시 접속해주기를. 그리하여 존재의 거대한 무채색 질문이 도사리고 있는 던전에 혼자 던져지는 두려움 없이 256가지 빛깔로 삶이라는 게임이 지속되기를.

갑자기 사위가 밝아졌다.

나는 다크스퀘어의 휘황찬란한 불빛 한가운데 서 있었다. 박쥐는 이끼로 반질거리는 차가운 돌바닥에 나를 내려놓고 조련사에게 돌아가 나무 말뚝에 거꾸로 매달렸다. 다음 고객을 기다리는 것이었다.

다크스퀘어.

그곳은 언데드의 도시 중에서도 가장 부유하고 화려한 도시였다. 지상 5층 지하 4층의 사각형 성벽을 따라 수없이 많은 상점들과 상급 기술자들의 수련실, 그리고 수많은 퀘스트, 레벨을 올릴 기회와 가능성들이 늘어서서 내가 말을 걸어오기를 기다리고 있었다. 황홀했다. 나는 상급 마법사가 있는 5층으로 향하는 계단을 달려 올라갔다. 새로운 마법 기술을 수련하기 위해서였다. 그때 옆에서 누군가가 말을 걸었다.

"어린 마법사여, 그리핀을 타보고 싶지 않은가?"

처음 보는 땅딸막한 중년의 언데드 남자였다. 그의 벗어진 머리 뒤를 넘겨보다가 나는 하마터면 탄성을 지를 뻔했다. 그리핀들이 줄지어 앉아 있었다. 다크스퀘어에 그리핀 조련사가 새로 올지도 모른다는 소문이 돌았는데 그게 사실이었던 것이다. 그리핀은 높은 레벨이 아니면 탈 수 없는 고귀한 이동 수단이었다. 독수리의 머리에 사자의 몸, 사자의 앞발과 독수리의 날개. 그것들은 박쥐보다 몸집이 두 배나 컸으며,

사람보다 얼굴이 세 배나 크고, 둥근 독수리의 머리와 날카롭게 빛나는 부리, 매섭게 번뜩이는 눈, 그리고 아름다운 푸른 빛으로 번쩍이는 커다란 날개와 어떤 몬스터라도 단번에 찢어 죽일 것 같은 강인한 발톱을 지니고 있었다. 그 고귀하고 신령스러운 동물을 타볼 수 있다면 고통스럽게 살갗을 조여드는 햇빛을 쬐어도 좋다고 몇 번이나 생각했었다.

"금화 한 닢만 내면, 인간들의 마을로 여행할 수도 있다네. 햇빛이 강렬하지 않은 지대를 통과하는 코스라 우리 같은 언데드가 여행하는 데도 아무런 문제가 없지. 레벨이 낮아도 탈 수 있다네. 며칠 전부터 규정이 바뀌어서 금화 한 닢이면 레벨에 상관없이 고귀한 그리핀을 탈 수 있는 좋은 시대가 왔다네."

나는 침을 꿀꺽 삼켰다. 금화 한 닢은 적은 돈이 아니었다. 그 돈을 손에 넣기 위해서는 적어도 수백 구의 덜그럭거리는 해골을 처치해야 했다. 하지만 이것은 쉽게 찾아오는 기회가 아니었다. 규정은 자주 바뀌었다. 정상적인 방법으로 노력해서 레벨을 높인 뒤 그리핀을 타기 전에 규정이 다시 바뀌어버리면, 다시는 이런 기회가 찾아오지 않을지도 몰랐다. **그리핀 조련사가 제안하고 있다.** 거부할 수 없는 욕망이 굵직한 견고딕체 포인트 35로 머릿속을 빠르게 지나갔다.

다행히 돈이 있었다. 나는 붉은 아이템 가방을 뒤져 반짝이는 금화 한 닢을 조련사에게 지불한 뒤 인간들의 마을로 가겠다고 말했다. 인간들의 마을이라니! 나는 지금까지 한 번도 그곳에 가본 적이 없었다. 마법 기술은 잠시 신나는 여행을 하고 돌아와서 수련해도 충분할 것이다. 그리핀의 등은 포근하고 부드러웠으며 동시에 강인했다. 사자의 몸에 독수리의 머리와 날개를 지닌 고귀한 동물은, 나를 등에 태운 채 다크 스퀘어의 활주로를 따라 네 발로 달리다가 이내 공중으로 경중 뛰어올라 힘차게 날기 시작했다.

"피의일요일!"
누군가가 목청을 높여 소리치고 있었다.
"피의일요일! 나야, 마지막마린이야."
저 밑에서 들려오는 목소리였다. 아름다운 그리핀의 등에 올라 지상 30미터 상공을 날고 있다가 문득 아래쪽을 내려다보니, 어떤 인간 여자의 모습이 희미하게 보였다. 차림새로 보아 도적인 것 같았다. 동물 가죽으로 만든 옷으로 온몸을 감쌌고, 얼굴과 드러난 팔에는 도적들이 위장할 때 사용하는 특유의 검댕이 잔뜩 묻어 있었다. 인간이로구나! 이제 인간 마을에 접어들었구나! 과연 햇빛의 강도가 조금 더 강해진 것 같기도 했다. 그러나 아직까진 견딜 만했다. 나는 그리핀을 잠시 허공에 멈추게 하고 저 아래쪽에서 소리치고 있는 인간 여자의 모습을 자세히 바라보았다. 인간을 자세히 본 적은 별로 없었다. 멀리 떨어져 있어서 잘 보이지는 않았지만 그녀는 지치고 추해 보였다. 두려움에 질린 표정을 짓고 있는 것 같기도 했다. 자세히 보니 그녀의 오른쪽 30미터쯤 되는 곳에서 레벨이 엄청나게 높아 보이는 거대한 몬스터 하나가 소리 없이 다가오고 있었다. 그것은 암흑의 골렘이었다. 진흙으로 만들어진, 키가 6미터나 되고 덩치가 언덕만큼이나 거대한 고레벨 몬스터였다. 인간 여자의 레벨이 어떻게 되는지는 알 수 없었지만 잘못하다간 한 방에 끝장날 게 분명했다. 두려울 만도 했다. 인간들은 죽음을 두려워하는 열등한 종족이었다. 죽으면 치유사에게 부탁해 금세 생명을 되찾을 수 있는데도, 그들은 죽음 앞에선 언제나 빌빌 떨었다. 인간 여자가 팔을 흔들며 목이 찢어져라 소리를 질렀다.

"피의일요일! 나를 기억하지 못해? 너는 지금 어디로 가고 있는 거야? 거기서 내려와. 나와 함께 대항해. 나는 지금 할 거야. 지금 그 일을 하려고 해!"

이해할 수 없었다. 저 여자가 지금 무슨 말을 하고 있는 거지? 직업 상급자나 상점 주인이 아닌 누군가가 나에게 말을 걸어온 것은 처음이었다. 피의일요일이란 건 무엇을 뜻하는 단어일까? 왜 내게 그런 말을 하는 것일까? 공포로 미쳐버린 게 분명했다. 인간 여자는 계속 소리쳤다.

"내 이름이 왜 마지막마린인지 알고 있어? 이번이 내게 마지막 기회이기 때문이야. 한 번 더 대항을 시도하면 나는 영원히 삭제되어버려. 그래서 그들이 내게 그런 이름을 붙인 거야, 나는 알아! 피의일요일, 너는 피의일요일이 아니었는지도 몰라! 바닐라 아이스크림, 말랑말랑한 마시멜로, 달콤한 햇빛, 그런 게 네 이름이었을 수도 있단 말이야!"

어리석은 행동이었다. 몬스터들은 사람이 내는 소리나 몸짓을 감지하면 곧바로 죽이기 위해 달려왔다. 저 인간 여자가 무슨 소리를 지껄이고 있는지 몰라도 이제 그만 소리 지르는 걸 멈추고 옆에서 다가오는 몬스터와 싸울 준비를 하는 게 좋을 것이다. 암흑의 골렘은 이제 그녀의 바로 곁에까지 다가와 있었다. 진흙으로 만든 두 발이 땅을 울리며 쿵, 쿵 하는 엄청난 소리를 만들어냈다. 여자도 그것을 알았는지 마침내 외치는 일을 멈추고 입을 다물었다. 그런데 이상했다. 여자는 그 상황에서 해야 하는 행동과 정반대되는 일을 했다. 몬스터와 마주 보고 방어할 자세를 취하는 대신, 몬스터에게 등을 돌리고 반대 방향으로 버티고 선 것이었다. 나는 무심결에 그리핀의 등을 꽉 움켜쥐었다. 우리는 아무도 몬스터에게 등을 보일 수 없다. 몬스터가 다가오면 자동적으로 마주 보고 싸우게 되어 있다. 그런데 저 작고 추하고 이상한 인간 여자는 몬스터에게 등을 돌리고 있었다.

다음 순간 쉽게 예상할 수 있는 일이 벌어졌다. 골렘이 거대한 진흙 팔을 들어 여자의 머리를 내리친 것이다. 그녀의 에너지가 줄어들고 있다는 신호가 공기를 타고 전해져왔다.

"도망쳐요!"

그리핀 위에서 나는 나도 모르게 외쳤다.

"인간! 지금 뭐 하는 거예요?"

골렘의 팔에 맞은 그녀는 휘청거리면서도 쓰러지지 않고 버티며 다시 소리쳤다.

"피의일요일! 지금 내겐 보여, 그들의 얼굴이 보여! 그들이 내 얼굴을 보고 있어, 놀라고 당황하고 있어! 그리고 나도 내 얼굴이 보여!"

골렘이 다시 여자를 내리쳤다. 여자의 머리에서 붉은 피가 솟구쳐 분수처럼 허공에 뿌려졌다. 하지만 여자는 쓰러지지 않았다. 그리고 다시 외쳤다. 폭포 다섯 개가 쐐배기처럼 한데 얽히며 쏟아져 내리는 듯한 목소리였다.

"내 얼굴이 보여!"

그리핀에서 내리는 동안 낯선 두려움으로 몸이 떨렸다. 언데드에게 누군가의 죽음을 보는 일은 조금도 무서운 일이 아니었다. 하지만 그 인간 여자의 죽어카는 방식은 나를 두렵게 했다. 나는 그런 식으로 죽는 누군가를 본 적이 없었다. 그 여자는 분명히 몬스터에게 등을 돌렸다. 그리고…… 자신의 얼굴이 보인다고 했다. 하지만 그게 어떻게 가능하단 말인가? 타고 온 그리핀을 인간 마을의 조련사에게 맡기면서, 나는 못내 아쉬운 듯 그 영특한 동물의 둥근 머리를 쓰다듬는 내 뒷모습을 머릿속으로 볼 수 있었다. 그건 자연스러운 일이었다. 머리 앞쪽에 있는 자신의 얼굴을 어떻게 볼 수 있단 말인가? 그 여자는 미친 게 틀림없었다. 게다가 이상한 게 하나 더 있었다. 그 여자는 결국 골렘에게 맞아 죽었는데, 시체가 남지 않았다. 그녀의 몸은 땅에 풀썩 쓰러지는 순간 파지직 하는 힘없는 소리를 내면서 흔적도 없이 사라져버렸다. 그리핀이 가르릉거리며 불쾌한 소리를 냈기에 그대로 공중을 날아 지나쳐왔지만, 그 이상한 이미지는 머릿속에 여전히 남았다. 피가 모자란 것 같은 느낌이 들었다. 그러고 보니 무언가를 죽인 지도 오래된 것 같았다.

주위를 둘러보았다. 무언가 살아 있는 것이 앞을 가로질러 뛰어갔다. 삐리릿 삣 삣, 하는 미세한 소리를 내며 겁에 질려 달아나는 그것은 더럽고 통통한 갈색 쥐였다. 다행히 인간 마을에도 쥐가 있었다. 다음 순간, 그것은 죽어 있었다. 나는 땅바닥에 퍼질러 앉아 막 생명이 꺼진 그 작은 덩어리를 양손의 손톱으로 파헤친 다음 김이 모락모락 나는 고깃덩이를 번갈아 입으로 가져갔다. 왼손, 오른손, 왼손, 오른손. 과장되게 양팔을 사용하는 그 동작을 누군가가 보았다면 마치 매스 게임의 움직임 같다고 했을 것이다. 문득 그 움직임이 우스꽝스럽다고 생각한 순간 내 머릿속의 혈관이 보였다. 이유는 알 수 없지만 분명히 두 개의 안구 위쪽, 머릿속 깊은 곳에 들어 있어야 할 영상이 눈앞에 펼쳐졌다. 혈관은 상한 지 오래된 우유 같은 초록빛이었으며 방사상으로 펼쳐져 있었다. 그것은 징그러웠다. 그리고 머리가 으깨진 쥐가 땅바닥에서 하얀 거품을 내며 경련하고 있는 것이 보였다. 그것은 30초 전의 일이었다. 지팡이가 있었다. 장식이 없는 1미터 정도 길이의 지팡이가 등 뒤에서 날아갈 듯 가볍게 빠져나오는 것이 보였다. 그것은 1분 전의 일이었다. 고깃덩어리를 이빨로 씹은 후 혀를 이용해 침과 골고루 뒤섞었다. 그것은 2초 전의 일이었다. 그러자 나의 움직임이 생각났다. 양손으로 지팡이를 움켜쥐고 더러운 갈색 쥐의 급소를 겨냥해 휘둘렀다. 그것은 45초 전의 일이었다. 피의일요일, 마지막마린, 바깥 세계, 서버, 멧돼지처럼 조련되는 존재, 나는 문득 고기를 믹는 일을 중단하고 싶었으나, 무기 상점, 기억, 혁명, 대항, 얼굴, 앞모습, 그럴 수 없었다. 그것은 30초 후에나 가능했다. 아크휘트? 나는 아크휘트를 알고 있었다. 다른 세계, 다른 삶에서, 중단은 25초 후에나 가능했다. 그는 나의 짝이었다. 중단은 20초 후에나 가능했다. 물결치듯 세공된 나무 테두리 같은 그의 눈동자 속에는 반짝이는 유리와 비슷한 무언가가 들어 있었다, 그것은 희미하게 떨어지는 저녁 노을빛을 반사해 은근하고 묵직하게 반짝이고 있었다. 중단은 15초 후에나 가능했다. 그의 눈은 거울이었다. 나는 그의 눈동자에 비친 내 얼굴을 본 적이 있었다. 얼굴? 중단은 10초 후에나 가능했다. 내 머릿속의 혈관은 방사형이었고 매우 징그러웠다. 중단은 5초 후에나 가능했다. 나는 아크휘트의 눈 속에서 헝클어진 초록빛이 아닌 갈색의 머리 타래를 내려뜨린 내 모습을 보았다.

피에 굶주려 공기를 우둑우둑 씹어대는 언데드의 초록빛 얼굴이 아닌, 흰 얼굴에 갈색 눈동자와 수줍은 듯 붉은 볼을 지닌 나를 보았다.

고기 먹기가 중단되었다.

고기는 맛이 있었다. 에너지가 한꺼번에 충족되는 느낌이었다. 나는 상쾌한 기쁨에 젖어 일어섰다. 그리고 내리막길을 따라 다시 달리기 시작했다. 머릿속이 희고 정갈했다. 랄랄라, 노래라도 부르고 싶은 심정이었다. 그리고 어서 죽이고 싶었다. 저 아래에서 기다리고 있을 무언가를. 다른 누군가 그것의 뼈를 우두둑 부러뜨리고 탐욕스럽게 씹어 먹기 전에. 여기는 인간 마을이다. 위험은 훨씬 많겠지만 그만큼의 보상이 주어질 게 분명했다. 새로운 모험이, 새로운 죽음이 어느 때보다도 힘차게 나를 잡아끌고 있었다. 잘만 된다면 며칠 후에는 레벨을 한 단계 올릴 수 있을 것이다. 그리고 머지않아 위대한 마법사가 되어 다른 이들과 팀을 이루리라. 다시 그리펀을 타고 이번에는 아둔한 타우렌들의 마을로 날아가볼 것이다. 모든 이들이 선망하는 화려하고 놀라운 마법을 선보이며 하루에 130마리의 몬스터들을 처치하리라. 죽어도 죽어도 다시 살아나는, 그리하여 영원히 죽지 않는 자랑스러운 언데드 마법사가 될 것이다. 나는 피에 굶주린 송곳니를 으드득 갈며 달리기 시작했다. 찬란하던 그해에, 참으로 많은 일들이 일어났을 그해에, 우리는 모두 이 땅의 자랑스러운 모험가였다.

　* 이 소설에 등장하는 인물들의 종족과 직업, 퀘스트와 기타 게임 속 설
　　정들은 온라인 게임 「월드 오브 워크래프트」에서 많은 도움을 받았음을
　　밝혀둔다.

절규

1

모니터에 한글 파일로 된 문서 하나가 떠 있다. 혜안이 남긴 편지다.

나, 돌아간다. 미안하다거나 고맙다거나 하는 말은 하지 않을게. 그런 거, 촌스럽잖아. 며칠 전에 우연히 상암월드컵 경기장 근처를 지나다가 끌리듯 축구 경기를 보러 들어갔었어. 혼자서 영화라도 볼까 하고 CGV를 찾아간 참이었는데, 안에서는 FC 서울과 성남일화의 경기가 한창인 모양이었어. 무심코 극장 쪽으로 걷는데 경기장 바깥으로 엄청나게 큰 소리가 들리는 거야. 누구누구 파이팅! 하고. 그라운드를 관통해 경기장 바깥까지 나올 만큼 커다란 성량이었어. 내가 아는 한 그렇게 큰 소리를 질러댈 수 있는 사람은 너밖에 없는데 말야. 전반전이 이미 끝나가고 있었지만 나는 표를 사고 안으로 들어가서 목소리의 주인공을 찾아보려고 했어. 파이팅! 그 소리는 간헐적으로 드문드문 들려왔기에 나는 조금씩 조금씩 다가가는 수밖에 없었지. 하프 타임 때 겨우 성남일화 서포터즈석에서 목소리의 주인공을 찾아냈는데, 병아리처럼 샛노란 레플리카를 입은 아주 건강해 보이는 아가씨였어. 나는 후반전이 끝날 때까지 그녀의 뒤에서 그녀가 누군가를 위해 밝게 웃으며 허공에 커다란 격려를 띄워 보내는 걸 듣고 있었어. 수진아, 이런 말을 하면 너는 웃을지도 모르겠지만 어쩐지 난, 언젠가 이런 곳에서 비슷한 모습을 하고 있는 너의 모습을 발견할 것만 같다.

나는 그 문서 파일을 처음부터 끝까지 세 번 읽었다.

혜안과 나는 1년가량 내 좁은 원룸에서 같이 살았다. 혜안은 나를 '절규하는 여자'라고 불렀다. '거대한 입' '잠들지 않는 목구멍'이라고 부르기도 했다. 나는 그녀를 '상처 입힌 남자'라고 불렀다. '동요하지 않는 심장' '끊어진 눈썹'이라고 부르기도 했다. 우리는 절규하는 여자와 상처 입힌 남자로

서 1년간 성공적인 파트너로 지냈다. 우리는 사람들이 결코 토해내지 못한 것들을 대신 토해주고 돈을 벌었다. 절규하는 여자는 나였지만, 기묘하게도 혜안이 없으면 그 일은 불가능한 것이었다.

혜안아, 갔네? 나는 허공에 대고 신기하다는 듯 묻는다. 괜찮다, 언젠가는 이렇게 될 줄 알고 있었다. 원래부터 돌아갈 사람이었고 이제 돌아간 것이다. 그러나 알갱이가 고운 가루 같은 무언가가 튀어나오려는 듯 목구멍 깊숙한 곳을 간질인다. 나는 누군기의 아내가 되기 식전까지 간 적도 있었고 누군가의 어머니가 될 뻔한 적도 있었다. 그러나 나를 절규하는 여자가 되게 해준 것은 오직 그녀뿐이었다. 혜안은 나를 들어줄 수 있는 유일한 사람이었던 것이다. 그러자 갑자기 까닭 없이 유쾌한 기분이 되고 말았다. 혜안은 대체 어쩌자고 1년이나 나와 함께 살았던 것일까.

2

역삼동 스타타워 앞은 장지(葬地)처럼 스산했다. 밤 열한 시 십 분 전이었다. 우리는 찬 바람에 조금씩 몸을 떨며 테헤란로를 등지고 서 있었다. 목이 아프도록 하늘로 쭉 뻗은 스타타워 꼭대기를 올려다보며 내가 혼잣말을 했다.

"옥상에 있는 걸까?"

"아마 그렇겠지. 쌍안경을 가지고 있을지도 몰라."

"저렇게 높은 데서 이 밑을 내려다보다가는 그냥 뛰어내리고 싶어질 것 같은데."

"이십층 정도의 안전한 유리창 안쪽에서 지켜보고 있다고 생각해. 그쪽이 마음 편하잖아. 어쨌든 어딘가에서 보고 있을 테니까 그걸로 됐지 뭐."

"저렇게 두꺼운 유리 안쪽이라면, 소리가 전해질까?"

"……그 사람, 누군가 들어주길 원하는 게 아닌 것 같았어."

"네가 보기에도 그랬지?"

"응. 그러니까 이런 곳을 택했겠지."

혜안과 나는 일을 시작하기 전 이런 식으로 가벼운 대화를 나누곤 했다. 이것은 의식으로 가는 절차의 일부였다. 긴장을 풀기 위해서였고, 곧 치를 본격적인 의식에 섞일지도 모르는 일체의 불순물이 있다면 미리 다 씻어버리자는 의도에서이기도 했다. 의식의 시간과 장소는 의뢰인이 지정했다. 사람들로 북적대는 동네 한복판인 경우도 있었고, 가끔은 이렇게 한적한 장소일 때도 있었다. 누군가가 자신의 이야기를 들어주길 바라는 의뢰인은 전자를, 아무도 들어줄 사람이 없다는 것을 확인하고 싶어 하는, 다시 말해 위로를 얻기보다는 이미 존재하는 체념에 힘을 싣고자 하는 의뢰인은 후자를 선택했다. 의식이 진행되는 동안 의뢰인은 우리에게 밝히지 않은 어딘가에서 우리를 지켜보았다. 우리가 사람들에 파묻혀 약간의 소란과 그에 따르는 수고로움을 감내하거나, 혹은 누구의 방해도 받지 않고 절대적인 고독 앞에서 몸부림치는 광경을 익명성 속에서 취향대로 지켜보는 셈이었다.

낮 동안 이곳을 지나치는 사람들은 알고 있을까, 서울에서 가장 바쁘고 활기찬 성공의 에너지로 넘치는 이곳이 밤이 되면 영안실 앞뜰처럼 변한다는 것을. 몇 번 이 빌딩 앞에서 일한 적이 있었다. 아마도 스타타워는 의뢰인들에게 어떤 상징적인 의미를 지닌 장소인 모양이었다. 이곳이라면 목이 터져라 소리를 질러대도 아무도 오지 않는다. 가끔 순찰을 도는 야간 근무 경관들이 지나갈 때도 있지만, 그들은 우리를 더러운 노숙자 보듯 피해가기 때문에 별로 문제될 것이 없었다. 여긴 아무도 당신의 비명을 들어줄 사람이 없는 장소들 중 하나다. 열한 시가 가까워오자 우리는 조용히 입을 다물었다. 의뢰인은 지금쯤 이 어둠 속 어딘가에서 우리를 지켜보고 있을 것이다. 나는 그를 처음 본 순간부터 그가 털어놓은 이야기까지를 3,4분 동안 머릿속에서 빠르게 재구성했다. 그는 머리가 조금 벗어진 50대의 중년으로, 어느 중소기업체 사장이었다. 내가 그를 발견한 곳은 강남의 한 대형 서점이었는데, 그는 도서 검색대를 붙잡고 곱게 접힌 체크무늬 닥스 손수건으로 이마를 훔치며 검색창에 '어 게 당신을 용서할 수 있을까'라는 문장을 계속해서 쳐 넣고 있었다. 당연히 그런 제목으로 검색되는 도서는 한 권도 없었다. 그의 뒤에 서 있던 나는 '어 게'라는 오타를 '어떻게'라고 고쳐줄 것인지 말 것인지 망설이다가, 마음을 바꿔 먹고는 그의 어깨를 톡톡 쳤다. 그리고 주머니에서 명함 한 장을 꺼내 말없이 건네준 다음 자리를 떴다. 인터넷 주소 하나만 인쇄된 심플한 명함. 그의 황당해하는 눈빛이 잠깐 동안 뒤통수에 따라붙는 게 느껴졌다.

예상대로 채 이틀이 못 되어 그는 인터넷 카페에 나와 있는 번호로 전화를 걸어왔다. 며칠 전에 서점에서…… 하고 힘없이 얼버무리는 목소리만큼이나 그는 전형적인 타입의 절망을 경험하고 있는 중이었다. 그의 아내는 바람이 났고, 급기야 그에게 이혼을 요구해왔다. 때마침 그의 회사는 몇 달 전부터 도산 위기에 처해 있었는데, 간신히 무너지는 것을 막아놓자마자 다시 아내 일이 그 위로 쏟아진 것이었다. 그의 아내는 그가 무능력하고 가정에 아무런 애정이 없는 데다, 좋은 아버지가 전혀 아니었고 앞으로도 될 가망이 없으며, 잠자리까지 불만족스럽다는 등의 갖가지 이유를 들어 몰아세우면서 고등학생이 된 두 아이의 양육권까지 빼앗아가려고 했다. 그는 자기가 무엇을 잘못한 건지 전혀 알 수 없었다. 난 전심전력을 다했는데. 정말 그랬는데. 그는 김이 모락모락 오르는 인삼차 한 잔을 앞에 놓고 계속 이해할 수 없다는 듯 중얼거렸다. 이해합니다, 그런 일도 있는 거지요. 의뢰인에게 제법 싹싹하게 말을 붙이는 혜안을 보며 나는 웃음을 참느라 속으로 끙끙거렸다. 그렇게 자폐적인 네가, 그렇게 세상을 싫어하는 네가 어떻게 그럴 수 있는 거야? 혹시 나 때문이니? 나는 몇 번이나 그렇게 묻고 싶었던 것 같다.

그 시절 우리는 타인의 불행 앞에서도 그렇게 조금은 오만했다. 함께 있어서였을까, 꼭 그것만은 아니었다. 우리는 멀쩡한 얼굴로 어른들을 속여 넘기는 못돼먹은 10대 소년들 같았다. 혜안도 나도 그런 못돼먹은 10대들이 짓는 웃음 같은 것을 일생에서 한번쯤은 짓고 싶었던 게 아니었을까. 우리는 '절규'라는 간단한 이름으로 열어놓은 인터넷 카페 하나를 공동으로 운영하면서, 각자 명함을 들고 거리로 나가 의뢰인이 될 만한 사람들을 찾았다. 소리치고 싶어 하는 사람들, 목구멍이 째지도록 소리를 치고 눈이 퉁퉁 붓도록 눈물을 쏟아내고 싶은 사람들, 그러나 그럴 수 없는 사람들, 그렇게 하는 방법을 잊어버린 사람들을 찾아 거리를 뒤졌다. 그리고 목표물을 발견하면 아무 말 없이 명함을 건네고 돌아왔다. 우리에게 의뢰인으로 찍힌 사람들은 열에 아홉이라고 하긴 뭣하지만 열에 예닐곱은 명함에 적힌 웹 주소를 방문했고, 연락을 해왔다. **절규를 대신해드립니다.** 우리의 안내문은 심플하고도 도발적이었다. **절규하는 여자가 당신이 토해낼 수 없었던 것을 대신 토해내드립니다. 지켜보세요, 당신이 그동안 얼마나 고통스러웠는지. 치유라는 거짓말 따위는 하지 않아요. 다만**

약간의 위안을 얻고자 한다면 그건 드릴 수 있습니다.

　지켜보세요, 나는 속으로 중얼거렸다. 휴대 전화에 표시된 디지털시계의 숫자가 PM 11:00으로 바뀌었다. 나는 정시에 일을 시작했다. 혜안은 3미터쯤 앞 보도블록 위에서 침울한 표정으로 나를 쏘아보고 있었다. 나는 목을 고르고 그 남자의 찢어진 마음을 상상했다. 아내에게 버림받고, 평생 몸바쳐 일궈놓은 회사를 망치고, 아이들마저 빼앗기고, 이제 아침에조차 발기가 되지 않는 늙고 힘 빠진 남자의 초라한 어깨를 떠올렸다. 입술을 열었다. 그러나 소리도 눈물도 나오지 않았다. 생면부지의 타인이 지하철에서 구구절절한 사연을 써 넣은 종이 쪽지를 손에 밀어 넣을 때처럼 동정심 대신 뻑뻑한 이물감만 밀려올 뿐이었다. 미안하지만, 조금도 불쌍하지 않아…… 하는 생각이 들고 말았다. 몇 초 동안의 죄책감. 그러나 내겐 완벽한 파트너가 있었다. 저만치에 선 혜안이 내 마음을 읽었는지 곧바로 의식의 다음 절차로 넘어갔다. 늘 매혹적이던 그녀의 얼굴이 조금씩 일그러지더니 이내 세상에서 가장 비열한 웃음을 담기 시작했다. 넌 대체 뭐야? 나는 잘못한 게 하나도 없는데, 하는 표정. 눈앞에 서 있는 네가 쪽팔려 죽겠으니 어서 이 자리를 피하고만 싶다는, 귀찮음과 안달과 짜증으로 범벅이 된 표정. 소름이 쫙 끼쳐왔다. 이미 내가 아는 혜안은 거기 없었다. 그녀는 조물주가 아주 경제적으로 디자인한 여섯 개의 다리를 지닌 절지동물처럼 매끈한 자세로 길 위에 버티고 서 있었다. 파충류의 눈을 한 곤충이 있다면 저럴까…… 나는 눈을 감았다. 어둠을 뚫고 내 입술보다 더 커다란 입술 하나가 떠올랐다. 바싹 말라 핏기가 없는 채 여기저기 갈라진, 크게 벌어졌으나 아무런 소리도 토해내지 못하는 입술.

다음 순간, 나는 숨을 헉헉거리며 허공에 소리의 토악질을 해대고 있었다.

네가, 어떻게, 그럴 수가 있니? 나는, 모든 것을, 다 줬는데, 당신이, 내게, 이렇게, 이릴 수 있어? 아아아아아악! 아아아아아아아아악!

분하고 서럽고 한스러워 견딜 수가 없었다. 나는 동자신이 내린 무당처럼 눈을 허옇게 뒤집고 눈물을 철철 흘리며 온몸을 떨면서 소리를 질러댔다. 허리가 저절로 꺾이고 입가에서 침이 길게 늘어졌다. 분노로 목이 까맣게 타들어가고 심장이 터질 듯 조여들었다. 나는 숨을 한번 참았다가 가슴에 고인 것을 모조리 성대로 올려보냈다.

아아아아아아아아아악.

헬기조차 지나가지 않는 검은 하늘에 내가 토해낸 비명으로 구멍이 뚫렸다. 더 검고 커다란, 그리고 깊이를 알 수 없는 구멍이.

3

의식은 30분이 지나서야 끝났다. 나는 30분 동안 쉬지 않고 소리를 지르며 울어댄 탓에 온몸이 쥐어짜낸 수건처럼 탈수 상태가 된 채 길가에 늘어졌다. 목이 조금 아팠지만 견딜 만했다. 이 정도로 소리를 질러대다 보면 나중엔 맨 목구멍에서 박하 맛이 조금씩 올라오곤 했다. 하지만 날계란이나 목캔디 따위의 도움은 필요 없었다. 부추기고, 지켜보고, 나중에는 말리는 척하며 끝마무리를 해주는 파트너만 있으면 됐다.

그러니까 우리는 일종의 퍼포먼스 아티스트였던 걸까. 세익스피어보다 더 세익스피어를 잘 아는 세익스피어 배우 같은? 아니, 그보다는 제 혼이 아닌 무언가를 접신하여 타인의 살을 푸는 무당들이었을 것이다. 내가 영문 모르고 굿판에 불려와 사지를 덜덜 떨며 신내림을 받아내는 초짜배기 강신무였다면, 혜안은 매번 내게 잔인하고도 끔찍한 신병을 내려주는 베테랑 샤먼이었다. 혜안이 나를 마주 보고 그 비열한 웃음을 지을 때마다 내 귀에는 그녀가 인정사정없이 흔들어대는 방울 소리가 울려 퍼지는 것 같았다. 그녀는 대체 어디서 그런 표정을 얻었을까. 나는 매번 물어보고 싶다가도 의식이 끝난 후에는 그런 생각을 까맣게 잊곤 했다. 정신을 유지하기 힘들 만큼 일에 몰입하는 탓이었다.

"한 대 피울래?"

내 옆에 다가와 앉은 혜안이 담뱃갑을 내밀며 물었다. 나는 힘없이 고개를 저으며 웃었다. 나는 담배를 피우지 않는다. 목소리를 유지해야 하기 때문이다. 혜안은 어느새 서글서글하면서도 총기 넘치는 평소의 표정으로 되돌아와 있었다. 조금 전에 가면처럼 쓰고 있던 얼굴은 이미 사라진 뒤였다. 이만하면 의뢰인은 만족해서 돌아갔을 것이다. 마른 수건에서 형편없이 더럽혀지고 구겨진 젖은 걸레로 변하면서 우리가 하는 양을 외면하시 않고 다 보고 있었다면 말이다. 그의 고통은 치유되지 않겠지만, 그는 우리의 모습에서 적어도 약간의 위안은 얻었을 것이다. 그러기를 바랐다.

"내가 남자였으면 더 그럴듯해 보일 텐데 말이야, 그지? 그림이 딱 나오잖아. 뭔가 몹쓸 짓을 한 남자와 그놈 때문에 심장이 찢어지기 직전인 여자."

장난스럽게 눈꼬리를 추켜올리며 혜안이 짐짓 농을 걸었다. 나는 피로에 젖은 눈으로 그녀를 올려다보며 맞받아쳤다.

"괜찮아, 넌 충분해. 너 때문에 아무도 우릴 안 건드리잖아."

그건 사실이었다. 사실 이 일은 여러모로 방해받을 소지가 많았다. 어쨌든 서울 시내 한복판에서 30분씩이나 고래고래 소리를 질러대며 우는 여자는 여러모로 선량한 시민들에게 폐가 되지 않을 수 없으니까. 토요일 한낮, 북적이는 신촌 한복판 같은 곳이라면 더욱 그랬다. 그곳에서 일을 하고 있을 때 실제로 정복 경찰 두 명이 험상궂은 얼굴로 다가와 내 팔을 잡아챈 적도 있었다. 맥도날드와 버거킹 매장, 그 옆의 안경점, 그리고 홍익문고 직원까지 길에 나와 뭐라고들 소리를 질러대던 참이었다. 저 미친 여자 좀 어떻게 해봐, 뭐 그런 거였겠지. 거칠게 숨을 몰아쉬며 소리 지르는 일에 푹 빠져 있던 나는, 갑자기 팔을 붙잡은 손과 공권력의 등장으로 눈물을 매단 채 다급하게 현실 속으로 떠밀렸다. 그때 진 빠지고 황당한 꼴을 하고 있던 나를 구해준 건 내 곁의 혜안이었다. 혜안은 그 소름 끼치도록 비열한 표정을 잃지 않은 채 경찰들을 보고 실실 웃었다. 그러더니 갑자기 눈을 부릅뜨며 소리쳤다.

"뭘 봐? 뭘 알면서 보는 거야? 니들이 뭘 알기나 하니? 응?"

그때 내 눈에 비친 그녀는 다름 아닌 광인, 당장 맨손으로 누군가의 심장을 뜯어내 파먹기라도 할 것 같은 미쳐버린 인간의 모습 그 자체였다. 내 것보다 더 날카로운 그녀의 외침에 움찔한 경찰들은 이어서 그녀가 토해내는 발작적인 웃음, 비웃음에 가까운 그 웃음에 간담이 서늘해졌는지 슬슬 뒤로 물러나더니 뭐라고 욕설을 입속으로 씹으며 줄행랑을 쳐버렸다. 우리 주위를 빙 둘러싸고 있던 사람들도 마찬가지였다. 겁을 먹은 것이 분명했다. 사실 나도 그랬으니까. 아마 자신의 고통을 대리 체험하는 우리를 군중 속 어디선가 보고 있던 의뢰인도, 분명 그녀의 퍼런 서슬에 놀라 떨었을 것이다.

평소에는 보이지 않다가 어떤 특정한 순간에 폭발하듯 분출하는 오라 같은 시퍼런 기운. 혜안의 얼굴과 눈빛과 몸에선 그렇게 일종의 귀기(鬼氣)가 뿜어져 나올 때가 있었다. 175센티미터의 키, 떡 벌어진 어깨, 군살이라고는 조금도 없이 신경질적으로 마른 몸매, 비정상적으로 보일 만큼 길고 가느다란 팔다리, 여승이 될 것처럼 바짝 올려 쳐낸 머리, 왼쪽 귀에 세 개, 오른쪽 귀에 네 개 귓불을 고문하며 파고들어간 반짝이는 금속 피어싱, 조금도 나듬시 않은 데다 한쪽은 3분의 2 지점에서 면도칼로 밀어낸 것처럼 도랑이 패어 끊겨 있기까지 한 시커먼 눈썹, 다크 서클 몇 개가 새로 영글기 시작한 메마른 눈가와 그 위의 크고 검은 눈, 결벽증적으로 오똑한 코와 얇고 매끈한 입술…… 마치 패션 잡지에 나오는 아름답지만 두려움을 자아내는 모델처럼, 그녀는 가만히 존재하는 것만으로 사람들을 압도하기에 충분한 외모를 지니고 있었다. 그런 그녀가 입꼬리를 비틀며 누구도 보고 싶어 하지 않는 종류의 웃음을 지을 때면 주위의 어린아이들이 놀라 울음을 터뜨린다 해도 전혀 이상하지 않을 것이었다.

처음 만난 날, 그녀가 사람들 사이를 헤치고 그 긴 다리로 성큼성큼 걸어와 내 앞자리에 앉아버렸을 때 내가 느낀 감정도 그러했다. 매혹과 두려움이 3대 7 정도의 비율로 혼합된 거대한 압도의 감정. 그녀는 다른 세계로부터 차원의 문을 막

열고 나온 사람처럼 내 눈앞의 현실을 그렇게 아무 설명 없이 찢고 들어왔다.

4

　그날 그녀는 종로3가 필름포럼에서부터 나를 따라왔다고 했다. 나는 몇 년간 다니던 잡지사를 막 그만두고 공식적으로 백수가 된 참이었다. 나는 한계에 도달해 있었다. 아무것도 하고 싶은 게 없었고, 숨을 내쉬면 입에서 녹슨 쇳덩어리의 초록색 녹내가 푹푹 끼쳐 나왔다. 나는 하루 종일 텅 빈 방에 누워 냉장고에 든 것들을 몸속에 버리는 상상을 했다. 배추를 삶아 입속에 버리고, 참치 통조림을 꺼내 위 속으로 내려 버리고, 파워에이드 한 병을 목구멍 속에 쏟아 버린 다음 몸을 움직이지 않고 가만히 누워 있으면 에너지가 얼마나 나를 지탱해줄까 하는 상상. 그런데 어쩌다 무슨 영화제를 한다는 뉴스를 인터넷에서 읽고 몸을 일으켜 종로까지 나간 것이었다. 「인간의 피부, 짐승의 심장.」 밥벌이를 그만둔 지 열흘 만에 살갗과 터럭과 몸에서 뿜어져 나오는 모든 것이 짐승의 외양을 띠어가고 있던 차에 그래도 심장만은 인간이라고 우스운 항변을 하고 싶었던 걸까. 영화는 답답하고 우울했다. 짐승 같은 남자들에게 갇히고 얻어맞고 쫓겨다니던 두 어린 여자

애가 영화 마지막에서 발악하듯 몸을 쥐어짜며 소리를 질러 대는 마지막 장면이 아니었다면, 그 장면에 흐르던 디바인 코미디의 「Tonight We Fly」가 없었다면, 나는 아마 단골 술집에 들르지도 않고 침울함에 위축된 채 곧바로 집으로 가는 버스를 잡아탔을 것이고, 그랬다면 혜안은 나를 따라오지 못했을 것이다. 그러나 나는 술을 마셔야겠다고 생각했다. 뭔가 몸의 한가운데를 꿰뚫어주는 차갑고 깨끗한 것을 목구멍으로 흘려보내고 싶었다. 나는 손님이 적고 음악도 괜찮게 나오는 바를 하나 알고 있었다. 도닉워터 한 바가지에 진을 손톱만큼만 섞은 듯 밍밍한 진토닉이었지만, 인사동 한복판답지 않게 고풍스럽지도 전통적이지도 않은 그렇고 그런 바에서 혼자 마시는 그 음료는 꽤 산뜻한 맛이 났다.

그녀는 내 옆 테이블에 앉아 있었던 모양이다. 그러더니 화장실에 다녀오면서 새로운 정체성에 눈떴다는 듯 자연스럽게 내 앞에 앉아버렸다. 낡고 커다란 스포츠백 하나를 자신의 업(業)이라는 듯 힘겹게 옮겨놓으며 그녀는 물었다. 혹시 아까 필름포럼에 있지 않았어요?

그녀에게 같은 일을 당한 사람이라면 모두 그랬겠지만, 나는 내 앞에 떡하니 앉아버린 그녀의 커다란 키와 쏘아보는 눈빛이 무서웠다. 나는 타인의 테이블에 합석하는 사람이 아니었고, 그런 부류의 사람을 반기는 편도 아니었다. 하지만 그녀는 너무도 천연덕스럽게 머리를 긁적이며 웃었다. 아, 누구랑 참 많이 닮아서, 그래서 따라왔어요. 혹시나 하고. 내가 미쳤지.

마지막 말을 중얼거리는 그녀의 표정은 꼭 길을 잘못 든 만화 주인공 같았다. 그런데 그 순간 살짝 이상해진 건 나였던 모양이다. 나는 계속 긴장하거나 경계하는 대신 그만 웃어버렸고, 아무렇지도 않게 내 앞의 술을 들이켰다. 보아하니 물건 팔려는 영업 사원도 아니고, '기'나 '도'를 설파하려는 사람도, 설문 조사 아르바이트를 하는 대학생도 아닌 것 같았다. 나는 그녀가 뭘 하려는 건지 좀더 보고 싶었다. 딱히 거부할 생각도 들지 않았다. 뭐랄까, 그녀는 내가 취하는 것을 돕기 위해 다른 차원에서 떨어진 비현실의 스트레이트잔 같았으므로.

그랬더니 시간이 그토록 슉슉 소리를 내며 광속으로 우리 주위를 흘러가기 시작했던 것이다. 어느새 그녀는 자기 몫의 술을 시켰고, 내가 내 몫의 술을 또 시켰고, 그다음엔 그녀가 시켰고, 우리는 영화와 음악 얘기를 떠들다가 쥐도 새도 모르게 같이 취해버렸다. 그래서 당신은 뭐 하는 사람인데요? 라거나 왜 따라왔어요? 같은 질문은 어째선지 할 수 없었다. 그런 밤도 있는 법이다. 이 여자는 미치기 직전으로 외롭거나 어딘가 이상해서 지금 이러는 거야, 그런 막연한 추측만 흘러다녔다. 그녀는 같은 여자가 보기에도, 예뻤다. 나는 처음 보는 그녀에게 일종의 매혹을 느꼈으나, 그 매혹은 어딘가 지독하게 답답한 것이었다. 간신히 그녀의 이름이 '혜안'이라는 것만 챙겼다. 혜안이라니, 나는 그녀의 머리께를 다시 쳐다보았다. 그녀는 어쩌면 파계해서 머리를 기르는 중인 비구니인지도 모를 일이었다.

이 차 갈래요? 그렇게 물었으나 나는 이미 지독하게 취해 있었다. 같은 자리에 너무 오래 앉아 있었다는 그녀의 말에 따라 우리는 영화를 보고 나온 필름포럼 극장을 향해 다시 걸어갔다. 걸어가면서 아주 잠깐, 내가 미친 게 아닐까 하는 생각이 들었다. 마지막 회 영화가 상영되고 있는 낙원상가 옥상은 한적했다. 그곳은 이제 예술영화 전용관이 되어 있었지만, 실은 잘 만들어진 치정극, 혹은 자기 엄마나 아버지를 닮은 누군가가 나오는 영화를 보고 나와서 아래를 내려다보며 끊었던 담배를 다시 피울까 말까 고민하기에 아주 좋은 곳이었다. 그녀가 옥상 왼쪽 가장자리로 내 팔을 끌고 갔다. 세련된 조명으로 꾸며진 커다란 호텔 하나가 눈앞을 가로막았다. 오래 체류할 외국인 고객만 받는다는, 한 달 숙박비가 수백만 원대에 달하는 세련된 주거형 호텔. 자잘한 식당과 떡집, 이삿짐센터, 순댓국집이 즐비한 동네 한가운데, F로 시작해 S로 끝나는 그 호텔의 네온사인은 디지털 이미지 속 불량 화소처럼 이질적으로 서 있었다. '그곳에 올라가기 위해 당신이 맡아야 했을 돼지 머리 고기 냄새와 나는 아무 상관이 없어요'라는 듯 새침하게 밝혀진 그 네온사인을 보며 우리는 나란히 서 있었다. 갑자기 그녀가 뜬금없이 물었다.

"소리 지르고 싶죠? ……아까 그 영화 속 아이들처럼."

나는 고개를 끄덕였다.

"그런데 못 지르겠죠?"

나는 고개를 끄덕였다.

"들어줄 사람이 없을 것 같아서?"

나는 고개를 끄덕였다.

"내가 들어줄게, 한번 해봐요."

5분 후, 나는 아무 소리도 내지 못한 채 벌린 입을 도로 다 물었다.

그녀는 담배 한 대를 꺼내 물었다.

"……나는요."

지금 생각해보니 그 순간이 모든 것의 시작이었는데, 그 순간 그녀의 곁에 있었던 걸 후회하고 있는 걸까, 아니면 그리워하고 있는 걸까. 나는 여전히 알 수 없다.

5

혜안은 레즈였다. 여자를 사랑하는 여자. 그걸 알게 된 건 열다섯 살 때. 아버지는 장로, 어머니는 권사인 독실한 기독교 집안에서 자라나 명문 대학에 진학했고, 외국계 기업에 들어가 회계사가 되었다. 그녀는 빈틈없고 총명한 여자였다. 스물여덟 살이 될 때까지 그녀의 부모는 딸에게 맞선 자리를 주선하며 아무런 의심도 하지 않았다. 저 애는 도통 남자에는 관심이 없는 모양이에요, 다 늦게 믿는 사위를 보게 해주려고 이렇게 기다리게 하는지 원. 하긴 학벌이든 집안이든 재산이든 다 무슨 소용 있어, 믿는 사위 하나면 되지. 맞아요, 맞아. 거실에서 밤늦도록 이어지다 결국엔 딸을 위한 기도로 끝나는 부모님의 대화를 들으며, 그녀는 이불을 뒤집어쓰고 여러 번 숨을 들이마셨다고 했다. 그녀는 여자를 사랑해본 적이 없는 사촌 동생을 사랑했다. 사촌 동생은 대학원에서 비교문학을 전공하는 아가씨였는데 명절 때마다 얼굴만 마주치던 사이였다. 그러던 어느 명절날, 그녀는 명절이 아닌 날에도 사촌 동생과 마주치고 싶어하는 자신을 깨닫고 말았다. 사촌 동생의 집도 독실한 기독교 집안이었다. 세상에는 참 십자가가 많았다. 예수님이 어디로 다시 오셔야 할지 모를 정도로.

나 옛날 사진 보면 못 알아볼걸? 어느새 말을 놓은 그녀가 웃으며 자기 몸 이곳저곳을 가리켰다. 이 머리도, 눈썹도, 피어싱도 전부 집 나오고 나서 한꺼번에 한 거야. 우리는 불이 다 꺼진 낙원상가 옥상에 주저앉아서 술 없이 술판을 벌이고 있었다. 극장 직원이 마지막으로 극장 문을 닫고 정리하는 중이었다.

그녀는 28년 동안 한 번도 부모님의 뜻을 거스른 적이 없었다. 세상 아무도 모르는 비밀이 하나 생겼고 그걸 혼자만 품을 수 있으니 삶의 나머지 부분은 다른 사람들의 뜻에 맞춰 살아야 한다는, 그게 공평한 것 같다는 생각에서였다. 하지만 몇 주, 길어야 몇 개월씩 만나고 헤어지던 예전의 연인들과 달리, 사촌 동생을 바라보는 동안 그녀는 그 비밀을 둘만 품고 있기가 점점 어려워지는 걸 느꼈다. 누군가의 축하를 받고 싶었다. 누군가에게 목격되고 싶었다. 누군가에게 사랑하는 이를 칭찬하고, 혹은 헐뜯으며 연인들이 타인들로부터 받는 아주 평범한 찬사와 질시와 조언과 핀잔을 받고 싶어지고 말았다. 빈틈없고 총명하던 그녀의 일상은 욕망이 틈입해 들어오자 두 치수쯤 큰 구두처럼 헐거워졌다. 답이 없어 한숨을 쉬다가 생각해 보니 질문이 뭐였는지도 잊어버릴 때까지, 둘이서 손을 꼭 붙잡은 채 아무 소리도 내지 못하고 시간이 멈추기만 기다리는 나날들이 이어졌다. 그렇게 1년이 갔다. 그리고 다음 명절이 오기 전 두 집안은 발칵 뒤집혔다. 둘의 손을 오가며 씌어지던 비밀 일기 비슷한 게 있었는데, 그게 그녀 부모님에게 발각된 것이었다. 원래부터 심장이 약하던 아버지는 그대로 쓰러졌고, 어머니는 산송장으로 변해 날마다 주님을 찾으며 그녀의 손을 붙잡고 늘어졌다.

"……그 순간, 아주 짧은 순간이었어. 나는 소리를 지르고 싶었어. 목으로가 아니라 온몸으로, 존재 자체로. 이십몇 년 동안 한 번도 말해보지 못한 내 진짜 이름을 크게 써서 엄마

아빠 눈앞에 흔들어 보이고 싶었어."

나는 아무 대꾸도 할 수 없었다. 그렇게 말하는 그녀의 날카로운 눈을, 어쩐지 아주 오래전부터 알아온 것 같았다.

평생 출구를 찾은 적이 없었기에 그녀의 욕망은 거대한 덩어리로 뭉쳐 몸을 뚫고 나오려고 했다. 그녀는 그전에는 버릴 엄두를 내보지 못했던 모든 것을 내던질 준비가 이미 되어 있었다. 근신 도중 부모님의 눈을 피해 그녀는 사촌 동생에게 전화를 걸었다. 그리고 며칠 후 새벽에 고속버스 터미널에서 만나기로 했다. 그녀는 그동안 회사를 다니며 모아둔 돈을 바닥까지 탈탈 털었다. 꽤 성실하게 살아온 까닭에 액수는 결코 적지 않았다.

"어떻게 그렇게 근거 없이 확신했던 걸까?"

그녀가 재미있다는 듯 웃었다.

"지금 생각해보면 가당치도 않은 일이었는데. 사실 걘 날 만난 뒤로도 구십구 퍼센트 스트레이트였어. 게다가 걔네 집은 우리 집보다 더했으면 더했지 결코 못하진 않았어. 두 집안 어른 네 분이 한꺼번에 돌아가시겠다고 선언을 하고 자리 펴고 누워 있는 상황이었지. 하지만 하나도 무섭지가 않더라. 이상하게 하나도 무섭지가 않더라. 그래서 기다렸어."

약속한 날 새벽, 사촌 동생은 나오지 않았다. 차가운 터미널 의자에 앉아 받지 않는 전화번호를 눌러대며 여덟 시간을 기다리다가, 그녀는 버스를 타고 낯선 도시로 떠나는 대신 서울 변두리의 어느 여관으로 들어갔다. 머리를 짧게 치고 귓불에 날카로운 금속을 끼워 넣고 술을 마시고 담배를 피웠다. 길에서 '예수 천국 불신 지옥'이 씌어진 십자가를 만난 날엔 술을 더 많이 마셨다. 그렇게 여러 곳의 여관을 전전하며 며칠이 지나고 몇 달이 지나고, 다시 1년이 흘러갔다. 몇 명의 연인을 만나고 몇 주가 지나면 헤어졌다. 돈이 떨어져갔다. 대낮부터 필름포럼 같은 데 들어가 영화를 보고 있다가, 문득 참을 수가 없어 자리를 박차고 뛰어나와 전화를 걸곤 했다. 전화는 꼭 한 번 연결되었다고 했다.

"……진짜 웃기는데, 걔 선봤대. 결혼한대, 다음 달에. 결혼하고 싶었는데 그동안 내가 상처받을까 봐 말을 못했던 거래. 우리 부모님 돌아가시게 생겼다며 집에 들어가라고 설득까지 하던걸. 웃기지?"

나는 자리에서 일어나 커다랗게 불 밝혀진 네온사인의 'E'를 바라보았다. 어지러웠다. 곁눈으로 슬쩍 보니, 그녀는 아까처럼 길 잃은 만화 주인공 같은 표정을 하고는 머리를 긁적이며 중얼거리고 있었다. 근데…… 나, 결혼식에 간다고 했다.

그녀가 긴 팔을 축 내려뜨리고 힘없이 웃었다. 나는 그녀를 따라 웃기 시작했다. 처음에는 조그맣게 킥킥 웃다가, 아하하하 하고 소리 내어 크게 웃었다. 그리고 몇 초 후엔 허공을 향해 소리를 지르고 있었다. 아아아아아아아아아아아아아악.

이 바보야, 멍청아! 네가 거길 왜 가니!

나는 내 소리에 깜짝 놀랐다. 스스로 듣기에도 너무 크게 소리를 질러버린 것이었다. 멀리 호텔 앞에 자그맣게 마련된 노천카페의 천막이 흔들리는 듯했다. 정신을 차려보니 눈에서 눈물이 쿨럭쿨럭 쏟아져 나오고 있었다. 내 소리에 놀라긴 했으나, 그리고 좀 쪽팔리긴 했으나, 그녀가 하는 이야기를 견딜 수가 없었다. 나는 취해 있었다. 그녀도 마찬가지였다. 우리는 그날 처음 본 사람들이었다. 하지만 그래도 견딜 수 없는 긴 견딜 수 없는 거였다. 울다가 힘이 딸려 잠시 멈췄더니 옆에서 누가 저기요, 하고 말을 걸어왔다. 당황한 눈빛의 극장 직원이었다.

"……여기서 이러시면 안 되거든요."

그러자 놀란 눈으로 나를 바라보고 있던 그녀가 문득 일어나더니 극장 직원을 마주 보고 섰다. 그리고 천천히 눈을 부릅뜨기 시작했다.

그러니까, 그녀는 나의 첫 의뢰인인 셈이었다.

6

혜안과의 시간들은 전혀 어울리지 않는 재료를 넣고 끓여낸 잡탕찌개 같았다. 이를테면 팽이버섯과 마요네즈와 피자

용 도우와 기름 바른 장어와 동치미 국물과 브로콜리를 한꺼
번에 넣고 끓여낸. 우리는 한없이 비장해하다가 아이처럼 천
진하게 즐거워했고, 시큼한 우울에 시달리다가 유치한 농담
에 까르르 웃었으며, 한없이 진지하게 자의식 속으로 침잠하
다가 갑자기 다가오는 평범한 삶의 까슬까슬한 감촉에 놀라
면서 어지러워하기도 했다. 그녀와의 시간들은 순물질이나
화합물이 아니라 이해할 수 없는 것들이 마구 뒤섞인 불균질
한 혼합물이었다.

우리가 한 일을 얘기하면 세상 사람들은 뭐라고 할까. 사기
꾼? 쓰레기? 협잡꾼? 남의 고통을 연기하고 가짜 눈물을 흘
리는 파렴치한? 상관없다. 우리는 타인의 고통에 대해 오만
했는지도 모른다. 하지만 시간이 지나면서 혜안도 나도, 적어
도 남의 불행을 비웃거나 하찮게 여기는 태도만은 조금씩 버
리게 되었다고 생각하고 싶다. 우리는 함께 있으면서, 불행하
지 않게 시간을 보낼 수 있다는 것이 얼마나 소중한 것인지
조금씩 배워가고 있었던 것이다.

우리가 같이 지낸 시간들을 얘기하면 세상 사람들은 뭐라
고 할까. 도망자들? 호모 계집애들? 현실 감각 없는 사회의
낙오자들? 상관없었다. 나는 몇 번인가 사랑을 했고 결혼해
보려 한 적도 있었지만, 어떤 헤테로 남자도 혜안이 내게 준
것을 주지는 못했다. 혜안은 내 안의 가장 끔찍한 것들이 조
금씩 배설되는 것을 눈 돌리지 않고 지켜보아준 유일한 사람

이었다.

　어떤 빛깔과 냄새와 무게의 고통이든 의식의 비용은 똑같았다. 21만 원. 그것은 서울 시내 산부인과에서 4주 반 정도 된 태아를 중절할 경우 드는 기본 비용의 평균치였다. 그리고 산부인과와 마찬가지로 비용은 전화로만 상담이 가능했다. 원치 않는 임신을 무효화하는 것과 원치 않는 고통을 들어내는 것. 우리는 그 두 가지가 닮았다고 생각한 걸까. 하지만 우리는 산부인과 의사들이 흔히 그러듯, 수술 후에 일주일간 반드시 치료를 받으러 나오라거나 6개월에 한 번씩 검진을 받으러 나와야 한다는 협박으로 의뢰인들을 귀찮게 하지는 않았다. 어떤 자궁도 제가 한동안 아이를 품고 있었다는 것을 잊어버리지는 못한다. 우리는 적어도 고통은 떼어낸다고, 몸속에서 긁어낸다고 사라지는 게 아니라는 걸 알고 있었다. 그래서 우리는 지켜보라고, 단지 지켜보라고만 했다.

　혜안이 처음 이 일을 구상했을 때 나는 미친 짓이라고 생각했다. 비용 또한 너무 과한 게 아닌가 싶었다. 하지만 인터넷 카페를 열고 3일이 지나자 어디서 어떻게 찾아온 것인지 이미 백 명이 넘는 회원이 신규 가입을 마쳤다. 몇 개월이 지나자 회원 수는 천 명을 훌쩍 넘어섰다. 물론 그들이 모두 의뢰를 해오는 것은 아니었다. 호기심으로 가입한 사람들이 대다수였고, 이런 쓰레기 같은 것들! 천박한 사기꾼들! 이라는 악플을 남기고 곧 탈퇴하는 사람들도 많았다. 하지만 그럼에도

혜안이 카페 메인 화면에 걸어둔 에드바르 뭉크의 「절규」는
사람들을 끌어들였다. 그 유명한 그림 속 다리 위에 서 있는
인물의 누렇게 말라 들어간 뺨, 그 위에 얹힌 창백한 두 손,
그 뒤로 휘몰아쳐 돌아가는 푸르고 붉은 하늘의 색조. 그 식
상한 이미지만으로 사람들이 쏟아져 들어왔다.

　많은 사람들이 기꺼이 지갑을 열었다. 게시판에 글은 아주
드물게 올라왔다. 연락을 취하고 싶다는 글, ‘나는 정말 사는
게 힘들어요’ 하고 구구절절 사연을 풀어놓은 글. 간혹 의식
이 끝난 후 ‘조금이나마 위안이 되었다’고 짧게 글을 남기는
의뢰인도 있었으나 대부분의 의뢰는 소리 없이 시작됐다가
소리 없이 끝났다. 그럼에도 나는 카페에 로그인할 때마다 수
없이 많은 사람들의 꽉 움츠러든 성대가 꿈틀꿈틀 움직이는
소리를 듣곤 했다. 수백 개의 목구멍 바로 밑에서 튀어나오지
못하고 단단한 젤리처럼 꽉 뭉쳐진 수백 개의 검고 붉은 목소
리. 수백 개의 누렇게 말라들어간 뺨 위에 얹힌 수백 개의 창
백한 손. 소리 없이 벌어진 수백 개의 입술.

　“이 그림 마음에 안 들어.”

　“왜?”

　“……이렇게 많은 사람들이 알고 있잖아. 이렇게 많은 사
람들이 바라보잖아. 이런 건 진짜 절규가 아냐.”

　어느 오후, 나는 컴퓨터 앞에 앉아 말이 되지 않는 소리를
중얼거리고 있었다. 뭉크가 유명해졌다고 해서, 그래서 그렇

게 많은 사람들이 그림 속 인물의 절규를 바라보고 있다고 해
서 그것이 가짜로 변하는 게 아니라는 건 나도 알고 있었다.
나는 머릿속으로 다른 것을 생각하고 있었다. 그림 속 다리
위에 서 있는 누런 얼굴의 사람, 남자인지 여자인지도 알 수
없는 저 머리털 없는 사람은 내가 아는 누군가를 닮았다.

　혜안이 가만히 어깨를 잡아당겼다. 그리고 말없이 내 등을
끌어안았다. 가만히, 새끼를 보듬는 어미 동물처럼 포근하게.
그녀의 긴 팔이 내 작은 몸을 덩굴손처럼 감았다. 혜안은 나
를 욕망하고 있었다. 나는 그걸 알고 있었다. 하지만 꼭 거기
까지였다.

　우리는 종로에서 만난 그다음 날부터 곧바로 같이 살기 시
작했다. 혜안의 짐은 옷가지와 몇 장의 CD가 든 크고 낡은
스포츠백 하나가 전부였다. 별다른 말이 필요 없었고 이상할
만큼 이상할 것이 없었다. 그녀는 내가 그녀와 다르다는 것을
받아들이겠다고 했다. 너를 사랑하지 않을 거야, 너를 원하지
도 않을 거고. 우리 서로 촌스럽게 굴지는 말자. 나도 그러지
않을 테니까. 그녀는 그렇게 약속했고, 그 약속을 충실히 지
켰다. 내 좁은 원룸은 긴 팔다리의 혜안이 들어서자 조금 더
좁아졌다. 함께 밥을 먹고 함께 잠을 자면서 내 시간은 대체
로 빠르고 평온하고 유쾌하게 흘러갔다. 혜안도 아마 마찬가
지였을 것이다. 그녀 눈가의 다크 서클이 조금씩 옅어졌다.
우리는 남의 고통과 불행을 길거리에 대신 뱉고 토해내는 일

을 하면서 아이러니컬하게도 조금씩 나아져갔다. 우리 안에
고여 있던 해로운 것들은 반복적으로 깊고 검은 구멍 속에 떨
어졌고 매번 구멍은 빈틈없이 메워졌으므로, 우린 별로 우울
해질 방법이 없었다. 지금 생각해보면 그것은 말기 조울증 환
자들의 집단 치료와도 비슷했다.

한 달에 20일은 일을 했다. 하루에 두 탕을 뛰는 날도 있었
지만 내 목은 이상하게도 조금도 피로하지 않았다. 혜안과 있
으면 무엇이라도 가능할 것 같았고, 실제로 그랬다. 돈이 모
였지만 모으는 짓 따위는 하지 않기로 했기에, 우리는 맛있는
것을 사 먹고 재미있는 영화를 보고 술을 마셔대면서 다 써버
렸다. 우리는 말라서 뒤틀어진 땅바닥과 그 위로 쏟아지는 땡
볕에 대고 마구 소리치듯 하루하루를 살았다.

하지만 가끔씩 알 수 없는 불안이 찾아왔다. 이런 평화가
계속될 리가 없다는 생각. 이건 너무 말도 안 되는 일이라는
생각. 그리고 그런 생각 끝에는, 의식을 치를 때마다 완전히
다른 사람으로 변하는 혜안의 잔인한 웃음이 눈앞에 한가득
떠오르면서 매번 몸속이 차가워졌다. 일을 시작하기 전, 조금
긴장한 얼굴로 혜안과 마주 보고 있을 때면 흐려졌다 맑아졌
다 하는 이상한 청동 거울을 들여다보는 것 같았다. 나는 혜
안을 보고 있었지만 누군가 다른 사람, 나를 견딜 수 없게 하
는 누군가를 보고 있는 것 같았다. 이름을 알 수 없는 곤충을
닮은 혜안의 눈빛 또한 내가 아닌 다른 사람을 파내려는 듯

내 얼굴을 마구 헤집곤 했다. 그래서 우리는 완벽한 파트너가 아니었을까. 서로의 얼굴 속에서 찾고 있던 누군가를 우리는 매번 찾으려다 찾지 못하고 일을 끝냈다. 하지만 만약 찾아낸 다면?

내 등을 안은 혜안이 두 팔에 힘을 꽉 넣었다가 뺐다. 우리 는 오랫동안 입을 다물고 살아온 사람들답게, 서로를 위로할 때 촌스러운 진지함보다는 매콤하고 까끌까끌한 농담을 고르 곤 했다.

"너, 에미넴도 싫지?"

"응."

"왜?"

"속에 있는 걸 너무 있는 대로 다 토해내니까."

"그런 건 진짜 절규가 아냐?"

"응."

"너 커트 코베인도 싫어하겠다?"

"응."

"왜?"

"제대로 소리 지르는 법은 알았지만 너무 일찍 죽어버렸으 니까. 반칙이니까."

"그런 건 진짜 절규가 아냐?"

"응……"

"노래 좀 해봐."

“……?”

“솔직히 네 목소리, 소리만 지르기엔 아깝잖아. 성량도 풍부하고. 솔직히 말해. 너 노래 잘하지?”

“아니, 전혀.”

“오늘 우리 아버지 생신이야. 아버지, 집 나오기 전날 나한테 그랬다, 내가 한 번만 더 그런 짓 하면 돌아가신다고. 장례식 노래 하나 해줘. 어쩌면 벌써 돌아가셨을지도 모르니까. 주님이 나오지 않는 걸로.”

“……”

사실 외우는 노래가 딱 하나 있긴 했다. 나는 조금 쪽팔렸지만, 돌아가셨을지도 모르는 혜안의 아버지 생신을 축하하기 위해 특별히 용기를 내기로 했다.

5분 뒤, 혜안은 바닥을 구르면서 간질 환자처럼 웃고 있었다.

7

……제 나이에 시집 못 가 몸 닳은 처녀는 오랫동안 애태우고 나면 신경에 이상이 생겨, 그대로 가다간 기관지에 이상이 생길 수 있다네. 처녀가 시집을 못 가 애를 태우고 안달하면은 결국 감기에 걸린단 말이지. 보통 감기라면 아스피린 두 알로 끝나지. 아니면 병원에 가서 주사 한 대면 끝나고. 아니

면 그냥 하룻밤 쉬어도 씻은 듯 낫지만 내 감긴 고칠 수 없다네. 제 나이에 시집을 못 가 열 받은 처녀는 노이로제 증세에 빠져서 후두에 이상이 생겨 그대로 가다간 목소리에 이상이 생길 수 있다네……

선천적으로 건강한 기관지와 후두, 풍부한 성량을 타고난 내 어릴 때 꿈은 뮤지컬 배우였다. 내 꿈을 말하면 몇몇 착한 어른들은 말해주곤 했다. 가슴 시린 사랑의 멜로디를 누구보다 애절하게 노래하는 배우가 되겠구나. 하지만 내가 맡고 싶은 역할은 따로 있었디. 「아가씨와 선날늘」의 아들레이드. 인형처럼 오밀조밀 땋아 얹은머리 모양을 하고 무대에 나와, 한 손에 손수건을 들고 연방 재채기를 해대며 「탄식의 노래」를 부르는. 별로 가창력을 요하지도 않는 그 노래를 부르는 아들레이드는 세상에서 가장 행복한 사람 같았다. 고작 감기에 걸린 것 가지고 목소리에 이상이 어쩌고저쩌고하다니. 탄식의 노래라는 것까지 지어 부르다니. 나는 아들레이드처럼 살고 싶었다. 그녀처럼 탄식의 노래를 부르며 어리광을 부리고 있으면 누군가가 와서 아가씨 이제 그만 해요, 그러다 후두에 이상이 생긴다구, 하고 말해줄 것 같았다.

딱 한 번, 뮤지컬 오디션을 보겠다고 기획사에 찾아간 적이 있었다. 물론 내가 준비한 레퍼토리는 「탄식의 노래」였다. 시작해보세요. 심사위원의 말에 나는 한껏 감정을 잡고는, 재채기를 참으며 어리광을 부리는 아들레이드가 되어 입을 벌렸다.

아무 소리도 나오지 않았다.

정작 나보다 더 참담해한 것은 5분 동안 끈기 있게 기다려 준 심사위원들이었다.

끔찍한 심정으로 오디션장을 걸어 나올 때 누군가가 내 팔을 붙잡았다. 혹시 수진이 아니니? 그렇게 말을 붙인 참한 얼굴의 아가씨는, 알고 보니 초등학교 때 같은 반이던 아이였다. 이름도 기억나지 않고 말을 섞어본 적도 없는 아이였지만 자세히 보니 얼굴이 가물가물하게 떠오르긴 했다.

"어머, 맞구나. ……그런데 얼굴이 왜 그래? 너 많이 변했다."

그녀는 뮤지컬 기획사 직원이 되어 있었다. 정장을 입은 매무새가 단정했다. 오디션 얘기를 간단하게 했더니 괜찮아, 처음엔 다들 그러는데 뭐, 하고 웃으며 위로를 해주었지만, 별로 위로가 되지는 않았다. 그녀는 잠시 골똘하게 생각에 잠기더니, 갑자기 아주 재미난 것이 떠올랐다는 듯 눈을 빛내며 소리쳤다.

"맞아! 난 네가 꼭 배우를 하고 싶어 할 거라고 생각했었어."

"……?"

"오학년 때 말하기 시험, 생각 안 나? 그때 너 때문에 반 전체가 울음바다가 됐잖아."

무슨 소린지 알 수 없어 고개를 갸웃거리는 내 팔을 잡고 흔들며 그녀는 신이 나서 계속 말했다. 5학년 국어 시간에 한 명씩 앞에 나와 이야기를 하는 실기 시험이 있었는데 그때 내 모습이 너무 인상 깊어서, 과자 한 봉지 같이 먹어본 적 없는 자신도 아직까지 기억하고 있다는 것이었다. 그 말하기 시험 의 주제는 '우리 가족'이었다고 했다. 모두들 한 명씩 나와서 비슷비슷한 자기 가족 이야기를 하는데 딱 한 사람, 차례가 되어 나온 나는 입을 열고는 엉뚱한 얘기를 시작했다고 그녀 는 말했다.

"넌 너희 동네 떡 파는 할머니 얘기를 했어."

"……뭐라고?"

"너희 동네 떡 파는 할머니 얘기를 했다니까. 정말 기억 안 나? 너희 동네에 갓난아기를 업고 매일 떡을 팔러 오는 할머 니가 있는데, 떡 사세요, 떡 사세요, 하고 목이 터져라 소리 를 지른다고. 그런데 떡을 사주는 사람이 아무도 없다고. 그 얘기를 하다가 넌 화를 내면서 울기 시작했어."

"……"

"처음엔 다들 당혹스러워서, 선생님도 반 아이들도 '쟤 뭐 야' 하면서 웃고 떠들었어. 근데 네 표정이 너무 진지하고 분 해 보여서 다들 그만 네 얘기 속에 빠져들었던 거 같아. 너는 진짜로 화를 내면서 서러워하고 있었고, 도저히 용서할 수 없 다는 얼굴을 하고 있었어. 듣다 보니까 네가 얘기하는 그 할 머니가 진짜로 너무 불쌍한 거야. 그래서 모두들 울기 시작했 어. 선생님은 수업을 도중에 끝내야 했고. 나중에 네가 막 소리 지르면서 그랬잖아. 아무도 들어주지 않습니다! 아무도 그 할머니의 말을 들어주지 않습니다! 하고."

너의 그 촌스러웠던 진지함을 이해한다는 듯 결백한 미소를 짓고 있는 그녀는 못돼먹은 10대처럼 보였다. 나는 최대한 예의 바르게 그녀에게 인사하고 자리를 빠져나왔다. 내게는 그런 기억이 전혀 없었다.

8

그런 기억이 전혀 없다는 것은 거짓말이다. 전부 기억이 났다. 떡 파는 할머니라니, 촌스럽지만 귀엽지 않은가. 하지만 내가 왜 그랬는지는 지금도 기억나지 않는다. 그때를 떠올리자 대신 다른 기억이 스물스물 떠오르려고 했다. 하필이면 의뢰인을 만나러 나와 있을 때.

오늘의 의뢰인은 키가 크고 과묵하며 성실해 보이는 30대 초반의 남자였다. 인생에서 많은 손해를 보고 살 것 같은 얼굴. 정종집에 들어와 한 시간 가까이 흘렀는데도 그는 입을 열지 않고 술만 마셨다. 일을 하기 전에 우리는 가능하면 의뢰인을 직접 대면하고 이야기를 들었다. 그래야 무엇을 토해내야 하는지 대충이라도 이해할 수 있게 되므로. 스파이 접선하듯 공원에서 만나기도 했지만, 보통 차를 한 잔 하거나 이렇게 술을 마시곤 했다. 의뢰인들은 처음에는 어려워하고 머 뭇거리다가 힘들게 입을 열고 속에 쌓인 것들을 오랫동안 묻 혀 있던 석유처럼 쏟아내곤 했다. 하지만 오늘의 의뢰인은 단 한마디도 하지 않았다. 혜안과 나는 묵묵히 술잔만 들이켜는 수밖에 없었다.

말을 하지 않는 사람은 답답하다. 나는 말을 쏟아내던 다른 사람들, 의뢰인들을 떠올렸다. 남편이 첫사랑을 잊지 못한다 는 것도, 그녀와 다시 만나 계속 같이 자고 있다는 것도 알고 있었으나 단 한 번도 남편에게 그 사실을 추궁하지 못했던 서 른두 살의 주부. 그녀는 남편에게 악을 쓰는 대신 남편의 첫 사랑인 그녀를 스토킹했다. 그 여자의 미니홈피에 매일 들렀 어요, 내가 도대체 그녀보다 못한 게 뭔가 싶어서. 그녀가 읽 는 책을 읽고 그녀 스타일의 옷을 입으면서. 그래도 남편은 한 번도 날 봐주지 않았죠. 그렇게 삼 년을 속만 태우며 살았 어요. 그런데 정말 웃기는 건, 그러다 보니 그 여자가 마치 오랜 친구처럼, 혹은 인생의 멘토처럼 느껴졌다는 거예요. 난 그녀의 취향과 기호와 습관을 나도 모르게 따라 하고 있었어 요. 더 웃기는 건, 그게 그렇게 나쁘지만은 않았다는 거죠.

하지만 그 첫사랑은 곧 남편을 차버렸다고 했다. 남편은 몰 랐지만 미니홈피를 계속 스토킹하던 그녀는 알 수 있었다. 다 이어리에 이렇게 썼더군요. 정말 웃기는 유부남이 있는데 하 도 귀찮게 따라다녀서 좀 만나줬더니 아예 애인 행세를 하려고 든다, 겨우 뜯어내버렸다, 속이 후련하다…… 그 일기가 올라온 다음 날부터 남편은 집에 들어오지 않았다. 그러다 며칠 후 시내 한복판에서 싸늘하게 식은 시체로 발견되었다. 술을 마시고 길거리를 헤매다 어이없게 차에 치인 것이었다. 하지만 남편의 죽음도 그 여자에 대한 그녀의 기묘한 연대감을 사라지게 할 수는 없었다. 그녀는 여전히 하루에 50번씩 그 여자의 미니홈피를 방문하다가 문득 소리를 지르고 싶어졌다고 했다. 그녀에게 새 애인이 생겼어요. 고작 일주일 만에. 사진도 올려놨더군요. 그런데, 제가 보기엔 남편보다 못해요. 그녀의 의식은 그 첫사랑의 집 근처에서 치러졌다. 나는 분노로 몸을 떨면서 소리쳤다. 고작 일주일 만에 당신은 끝났어! 그런 주제에 나한테 어떻게 그럴 수 있어! 첫사랑인 그녀가 내 목소리를 들었는지는 알 수 없지만, 의뢰인은 그다음 주에 전화를 걸어와 고맙다고 말하며 울었다.

남자는 계속 말이 없었다. 내가 입을 열면 이 장소는 3천 년 묵은 매캐한 먼지로 뒤덮이고 말 테니까…… 하는 표정이랄까. 남자를 데려온, 훤칠한 외모의 다른 남자가 대신 입을 열었다. 회사 동료라고 했다. 남자와 마찬가지로 그도 이미 조금 취해 있었다.

"……죄송한 말씀이지만 이게 무슨 유령 회사인지, 사기인지 처음엔 긴가민가했어요. 그래도 이 친구가 이러는 거, 더 이상 볼 수가 없어서요. 하나 있는 회사 동기가 이러니 지푸라기라도 잡아보고 싶어서 말입니다."

지푸라기로 전락한 혜안이 웨이터를 불러 새 정종 한 병을 시켰다. 마찬가지로 지푸라기가 된 나는, 과묵한 의뢰인의 얼굴을 가만히 들여다보았다. 굳게 다문 입술이 뭔가 말을 하려는 듯 조금 벌어졌다. 그러나 여전히 아무 소리도 나오지 않는다. 나는 목이 답답해졌다. 그의 하나 있는 회사 동기는 계속 신이 나서 떠들어댔다. 마치 자신의 동료애를 과시라도 하는 듯한 말투였다.

"이 친구요, 매일 이런 얼굴을 하고 하루 종일 앉아 있어요. 무슨 문제냐구요? 야 인마, 말 좀 하라니까. 차라리 네가 술 먹고 객기라도 부릴 줄 아는 놈이었으면 좋겠다. 네가 술주정이라도 했으면 좋겠다고…… 이 친구요, 태어나서 한 번도 울어본 적이 없답니다. 그게 말이 됩니까? 아무리 남자라도 사람인데."

그래서 당신이 대신 비용을 댔군요. 나는 또 다른 의뢰인들을 떠올렸다. 망나니 외아들에게 매일 얻어맞고 살던, 발음이 부정확한 70대 할머니. 꼬깃꼬깃 모아둔 쌈짓돈으로 비용을 지불하면서도 아들이나 며느리가 듣는 건 결코 원하지 않던 할머니의 뜻대로, 의식은 먼저 간 할아버지가 묻힌 선산에서 치러졌다. 그날 일이 끝나고 나는 허리가 휜 일흔 살 노인이 된 것처럼 피곤했지. 왕따를 견디다 못해 수업을 째고 찾아온 고2 여학생. 그녀는 소심했지만 원한이 극에 달한 상태였다.

우리는 수업 중인 한낮의 학교 운동장에서 일을 했고 그날 교무실에서 혜안과 교장 선생이 한판 떴었다. 내가 지르던 소리에 귀 기울이던 반 아이들이 무슨 애긴지 알아차린 까닭에 그녀는 더 심한 왕따가 되었지만, 카페에는 웃는 이모티콘과 함께 그래도 조금은 속이 시원해졌다는 글이 올라왔다. 이것 봐, 아이부터 노인까지 모두가 자기 이야기를 한다구. 당신의 문제는 도대체 뭔데? 당신도 좀 입을 열어서 몇 마디라도 해보세요, 네? 나는 굳은 얼굴로 테이블만 내려다보고 있는 의뢰인에게 그렇게 말하고 싶었다. 궁금함이 나를 슬슬 짜증나게 했다. 반쯤 벌어진 채 침묵하고 있는 그의 입술이 자꾸 무언가를 떠오르게 했다. 말하지 않을 거면, 소리치지 못할 거면 나처럼 잊어버리든지. 입을 벌렸으면 아무 소리나 좀 내든지.

"수진아, 괜찮아?"

고개를 돌리다가 나는 소스라쳤다. 테이블 밑으로 내 손을 잡으며 걱정스럽게 묻는 혜안의 얼굴 속에 내가 찾던 그 사람이 있었다.

나는 눈을 감아버렸다.

9

　나는 평균적인 인간이다. 내 비극과 고통 또한 지극히 평균적이다. 그래서 나는 내 고통을 입 밖에 내지 않는 법을 배웠다. 나를 둘러싸고 있는 수치들도 평균적이다. 스물아홉 살. 162센티미터의 키에 48킬로그램의 평균적인 몸매. 한 번의 재수. 한 번의 대학 휴학. 스물세 살 때 고아가 됨. 두 번의 이직. 두 번의 충전 수술. 자궁경부암으로 의심되는 물혹을 제거하기 위해 받은 한 번의 고주파 시술. 피부과에서 진단해준 피부 나이 38세. 열 평짜리 원룸의 월세 가격 2천에 30. 세 번의 연애. 한 번의 약혼. 한 번의 파혼. "죽어버릴 거야" 하고 타인에게 말한 일 두 번. "우리 그냥 같이 죽어버려요" 하고 엄마에게 말한 일 한 번. 고해성사를 간절히 원한 일 다섯 번. 그리고 지워버린 사람들의 숫자, 하나, 둘, 셋……

　발설하지 않으려고 조심했지만, 사람들은 결국엔 내 고통을 감지하곤 했다. 꽤 평균적인 고통이라고 생각했는데도, 그것을 알아차린 사람들은 모두 떠났다. 그런 일이 반복되자 나는 그런 상황에서 평균적인 인간이 할 만한 행동을 했다. 내게 일어난 일들을 잊어버리기로 한 것이다. 내 입에서 나도 모르게 어두운 신음이 새어 나가, 그것을 들은 누군가가 또 떠나버리지 않도록 말이다. 그러나 때때로 몸속에 고인 것들을 쏟아버리고 싶은 순간이 찾아왔다. 누군가 잠깐이라도 이 소리를 들어주었으면 하고 하릴없이 바라기도 했다. 따지고 보면 카페 '절규'에 찾아오던 사람들도 모두 그런 사람들이 아니었을까.

엄마는 오래전부터 병실에 누워 있었다. 나는 그 무렵의 기억이 정확하지 않다. 엄마는 외동딸이었다. 외할머니도 외동딸이었고, 나도 외동딸이었다. 엄마와 외할머니는 모두 누군가의 정식 부인이 아니었다. 엄마와 어린 나는 외할머니가 죽는 광경을 함께 지켜보았다. 외할머니는 입을 크게 벌린 채, 아무 소리도 지르지 못하고 돌아가셨다. 엄마도 아무 소리도 내지 못했다. 평생.

눈을 감으면, 수십 군데의 회사에 닥치는 대로 이력서를 내고 있는 대학 4학년의 내가 보인다. IMF였다. 우리에겐 더 이상 낼 등록금도 병원비도 없었다. 이력서 봉투를 우체통에 밀어 넣는 내 주머니 속에서 전화기가 파르르 떤다. 휴대 전화를 꺼내는 나는 며칠 전에 면접 본 비교적 괜찮은 회사들 중 한 곳이기를 간절하게 바라고 있다. 전화는 병원에서 온 것이었다. 오후에 또 다른 면접이 한 군데 있는데. 나는 면접을 위해 입은 검은 정장 차림으로 택시를 잡아탄다. 엄마는 침대에 누워 입을 벌린 채 가만히 나를 보고 있다. 누렇게 뜬 얼굴과 홀쭉하게 들어간 뺨. 한 줌 정도 머리칼이 남아 있는 둥근 머리통. 바싹 말라 핏기가 없는 채 여기저기 갈라진, 크게 벌어졌으나 아무런 소리도 만들어내지 못하는 입술. 엄마의 고개가 그대로 뚝 떨어진다. 내 검은 정장은 기다렸다는 듯 상복이 되어버린다.

장례식이 끝난다. 전화가 걸려온다. 나는 더 이상 오디션 따위는 보러 가지 않는다. 밝은 색 옷으로 갈아입은 나는 뮤지컬과 공연을 다루는 잡지의 기자가 되어 있다. 뮤지컬 배우들의 연습실을 찾아가 인터뷰를 하는 것이 나의 일이다. 나는 한창 흥행 롱런 중인 유명한 뮤지컬의 주인공 배우를 인터뷰하러 간다. 부유한 상류 계급의 아가씨를 마음에 품었으나, 이룰 수 없는 사랑의 슬픔에 몸부림치는 가난한 청년. 그러나 수많은 눈물과 한숨 끝에 그는 그녀의 사랑을 얻어낸다. 무대 뒤에서 그는 지금의 이 일을 너무도 사랑한다고, 무대에 서서 목청껏 노래할 수 있고 그런 자신을 지켜보는 누군가가 있는 지금 이 순간을 사랑한다고 확신과 경건함을 담아 말한다. 그의 불꽃같은 열정을 기사화하기 위해 머릿속으로 수식어를 고르면서, 내 성대는 별 힘도 없이 자꾸 간질거리기만 한다. 나는 소리를 지르고 싶은 걸까. 협잡꾼들, 사기꾼들. 남의 고통을 훔쳐 무대에서 가짜 눈물을 흘리고 박수갈채를 받는 사람들. 당신들이 뭘 알아?

거리와 얼굴들이 이리저리 섞인다. 나는 아마 또다시 너무 취해버린 모양이다. 기억의 끝에서 누군가가 울고 있는 내 손을 잡고 걱정스러운 목소리로 묻는다.

수진아, 괜찮니? 우리 딸, 괜찮은 거야?

정신을 차려보니 혜안이 내 손을 붙잡고 있다. 의뢰인과 그의 동료는 돌아가버린 후였다. 혜안이 말한다. 의뢰는 취소 됐어.

10

긴 이야기를 짧게 하자면, 나는 끝까지 입을 열지 않던 그 의뢰인과 어찌어찌하던 끝에 사귀게 되었다. 그는 아직도 입을 열지 않고 있어서 나는 그의 불행이 무엇인지 알지 못한 다. 어쨌든 돈 문제일 가능성도 있으니까, 계산은 주로 내가 하려고 하는 편이다. 얼마 후 그 남자의 회사 동료가 친절하 게도 다시 전화를 걸어왔다. 이런저런 얘기 끝에 그는 말했 다. 실은 그 친구, 부모에게서 넘겨받은 빚이 어마어마해요. 2억 원쯤 될걸요. 하지만 내가 그 남자의 침묵에서 보았던 어둠은 어쩐지 2억 원 같은 수치와는 아무 상관없는 종류일 거라는 생각이 들었다. 그 남자와 사귀게 된 건 아마 알고 싶 어져서일 거라고 생각한다. 그의 불행을 귓등으로 흘리거나 속으로 비웃는 대신, 나는 언젠가 그 남자의 목구멍에서 터 져 나올 이야기에 귀를 기울이고 싶어졌다. 그것이 무엇이든 간에.

11

꼭 그 남자 때문은 아니었다. 혜안과 나는 여전히 함께 일을 했고 여전히 한집에서 살았다. 그러면서 누가 먼저랄 것도 없이, 별다른 이유도 없이 조금씩 서로에게서 멀어져갔다. 세상일들이 다 그런 식으로 흘러가듯이.

나는 아무 말도 하지 않았지만 그녀는 곧 알아차렸다. 귓불에 매달린 피어싱을 쑥스럽다는 듯 만지작거리면서, 야, 근데 솔직히 얼굴은 좀 아니더라, 너 취향 좀 이상해, 하고 쿡쿡 웃으며 말할 뿐이었다. 한참의 침묵 끝에 머리를 긁적이며 그녀는 다시 입을 열었다. 그 애가 돌아왔어. 그러니까 나도 돌아갈게, 갈 때 되면.

그 말이 정말이었는지 거짓말이었는지 나는 지금까지 알지 못한다. 혜안에게 돌아갈 곳이라는 게 존재했을까? 진실과 선은 별개다. 함께 있는 사람들은 저마다의 판단 기준을 세워놓고, 상대방을 바라보며 때로는 진실을, 때로는 선을 이야기한다. 그리고 진실과 선 가운데서 판단을 내리는 우리의 이성은, 기억이라는 허약하기 짝이 없는 뼈대 위에 세워진다. 나는 의식을 치를 때마다 혜안의 얼굴에 떠오르던 잔인한 웃음을 아무것도 없는 공기 위에 여러 번 다시 그려보았다. 엄마의 병원비를 마련하기 위해 찾아간 아버지 쪽 친척들에게 나는 정말로 문전 박대를 당했던 것일까? 그들에게서 그런 웃음을 보았던 것일까? 내가 그들을 찾아간 적이 있다는 것, 그게 내가 어렴풋이 기억하는 것의 전부다. 아버지는 내가 초등학교에 다니던 무렵 언제쯤 나와 엄마를 떠났던 것일까? 1학년 때, 아니면 4학년 때? 하지만 내가 지닌 아버지의 기억은 꼭 한 조각뿐이다. 얼굴도 희미한 그가 내 손을 잡고 너무도 다정한 목소리로 이렇게 말했다는 것. 괜찮니, 우리 딸?

어느 날 잠든 혜안의 지갑이 방바닥에 떨어져 있는 걸 보고 주워 들다가 잠시 멈칫했다. 지갑 속 사진을 끼우는 곳에 내 얼굴이 있었다. 나도 모르고 있던 쌍둥이 동생처럼 나와 닮은 얼굴이었다. 사진은 한 장이 아니었다. 나와 퍽 닮았지만 아무런 흠집도 없는, 내 얼굴을 포토샵에 넣고 블러 필터로 한 번 밀어낸 듯 뽀얗기만 한 그녀 사촌 동생의 얼굴을 가만히 내려다보며 나도 모르게 두 손으로 뺨을 감싸쥐었다. 잠시 후 겨우 다른 생각이 떠올랐다. 결코 혜안에게 돌아오거나 할 얼굴은 아니었다.

혜안은 내 모습을 지켜보면서, 약속 장소에 나오지 않았던 자신의 사촌 동생이 울고 소리치고 온몸을 떨면서 고통스러워하는 모습을 보고 싶었던 것일까. 아니면 너도 사실은 아팠겠지, 하는 남모를 위안을 얻고 싶었던 것일까. 혜안과 나는 서로를 이상한 청동 거울처럼 이용하는 사악한 흑마법사들에 불과했을까. 붙들고 소리치고 싶었으나 한 번도 우리에게 귀

기울여주지 않았던 이들을 거울 위에 불러내, 목소리로 혹은 온몸으로 그 얼굴 위에 날비린내 나는 것들을 퍼붓는.

그게 전부는 아니었다, 나는 그렇게 말하고 싶었다. 우리는 서로에게 결코 치유 따위의 거짓말은 아니었지만, 시큼하고도 유쾌한 위안이었고 먹기 싫은 쓴 약을 삼키는 가장 달콤한 방식이었다고. 하지만 입을 벌리고 있어도 그런 말은 결코 말이 되어 나오지 않았다. 소리치는 건 그렇게도 쉬웠는데.

12

둘이서 같이 영화를 볼 때에도 혜안은 이동통신사 할인을 받지 못했다. 신분증을 갖고 있지 않았기 때문이다. 그녀의 본명이 진짜로 혜안이었는지 나는 알지 못한다. 그녀가 실은 파계한 비구니, 타락한 모델, 혹은 어쩌다 좀 세련된 취향을 지닌 노숙자, 그것도 아니면 허름한 여관이 아니라 부유한 외국인을 위한 호텔 로비에서 하룻밤의 연인과 약을 찾곤 하는 영어를 잘하는 여자…… 같은 것들 중 하나였던 게 아니냐고 누가 묻는다면 나는 대답할 수 없을 것이다.

나는 그녀에게 내가 무엇이었는지도 확실히 알지 못한다. 하지만 그녀의 잠버릇은 안다. 그녀는 하늘을 마구 날아가는 도중에 그대로 몸이 굳어 땅 위로 포르륵 떨어져 내린 나비처럼 두 팔을 활짝 펼친 채 잠을 잤다. 어느 날 옷을 갈아입는 것도 잊고 내 침대에 쓰러져 그대로 잠든 그녀를 본 적이 있다. 병아리처럼 샛노란 티셔츠를 입고 두 팔을 날개같이 쫙 펼친 그녀의 까슬까슬한 짧은 머리와 마른 얼굴과 긴 다리와 귓불을 파고든 피어싱. 나는 그제야 혜안을 닮은 절지동물의 이름이 무엇인지 알아차렸다. 뱀눈나비. 가끔씩 그 창백한 얼굴에서 내가 보았던 것은 파충류의 잔인하고 공허한 눈동자가 아니라, 험악한 세계를 견디기 위해 순한 나비가 제 날개에 새겨 넣은 커다란 가짜 눈동자였다. 그녀의 진짜 눈은 아이처럼 포근히 감겨, 내가 알지 못하는 먼 어둠 속을 살피며 분주하게 굴러가는 중이었다.

13

인터넷 카페 '절규'의 메인 화면에는 에드바르 뭉크의 유명한 그림 「절규」가 떠 있다. 다리 위에 서 있는 인물의 누렇게 말라 들어간 뺨, 그 위에 얹힌 창백한 두 손, 그 뒤로 휘몰아쳐 돌아가는 푸르고 붉은 하늘의 색조. 나는 다시 뮤지컬 잡지에 일자리를 얻었다. 지겨운 일이지만, 토해내도 토해내도 인생이라는 목구멍 밑에는 언제나 유쾌하지 않은 무언가가 고이게 마련 아닌가. 월급이 엄마의 기일 전에 나왔으면 좋겠다는 생각을 한다. 머리털도 별로 없는 엄마의 마른 뺨이 저쪽 세계에서나마 조금 볼록해질 수 있게 말이다.

일신상의 사유로—왜 이런 문구를 적을 때는 꼭 몇 번 써 본 사직서의 글귀가 떠오르는 것일까— 절규하는 여자가 더 이상 일을 할 수 없게 되어 부득이하게 카페를 닫는다는 공지를 올린 지 며칠이 지났다. 아직도 남아 있는 회원들은 곧 탈퇴할 것이다. 로그아웃하려고 손을 움직이는데 누군가 익명으로 남겨놓은 글 하나가 눈에 걸린다. **절규하는 여자님, 님의 목소리는 그런 곳에민 쓰기에는 아까워요. 부디 건강하세요, 너무 탄식하지 마시고. 그러다가 후두에 이상이 생겨요.**

나비의 날개에서 떨어져 나온 자잘한 가루 같은 무언가가 부추기듯 목구멍을 간질인다. 나는 아무 말 없이 쿡쿡 소리를 내어 웃고 만다. 이제 곧, 나비들이 있는 곳에도 봄이 오겠지.

DJ 론리니스

그녀는 회사에서 일하던 정장 차림 그대로 찾아왔다. 탁한 베이지 투피스에 검은 터틀넥 셔츠를 받쳐 입고, 목에는 모조 진주 목걸이를 걸고 있었다. 볼에는 여기저기 피로한 각질이 일어나 있었고 지나치게 넓다 싶은 이마에는 쌀알만 한 여드름이 가득 돋아 추레해 보였다. 눈 밑은 짙은 회색이었고 립스틱은 입술을 더욱 생기 없어 보이게 했다. 그게 그녀의 첫인상이었다.

"최득남 선생님이신가요?"

나는 한쪽 손을 뺨에 갖다 대고 수줍게 미소를 지으며 아뇨, 저는 DJ 스카이하이라는 사람입니다, 하고 말하고 싶었지만 할 수 없이 네, 했다. 나는 내 이름을 증오한다. 누나 넷을 낳고 지루하게 아들을 기다리던 아버지가 아무런 상의도 없이 지어버린 이름이었다. 엄마는 아버지가 눈물을 흘리는 걸 평생 딱 한 번 봤는데, 그게 내가 태어난 오후였다. 땀에 푹 젖어 기진맥진해 있는 엄마에게는 눈길 한번 주지 않고 괴상한 표정으로 눈물을 줄줄 흘리면서 웃던 아버지는, 그길로 동사무소로 달려가 저 이름을 출생 신고서에 꾹꾹 눌러 적었다고 했다.

나는 키 163센티미터에 몸무게는 50킬로그램을 간신히 넘을 뿐이다. 초등학교 애국 조회 시간이면 빈혈로 운동장에 픽픽 쓰러졌고 사춘기 때는 늘 비실비실 동네 형들한테 맞고 다녔다. 그렇게 귀하게 득남한 아이가 이렇게 비리비리한 남자로 자랄 줄 누가 알았겠는가.

"수강 신청한 사람인데요…… 강빛나라고 합니다."

그녀의 이름을 듣는 순간 아버지에 대한 증오가 살짝 풀리려고 했다. 동병상련이라고나 할까. 왜 부모들은 이런 종류의 이름이 아이의 인생에 어떤 영향을 끼칠지에 대해서는 깊이 생각하지 않는 걸까. 내가 휴게실 의자를 뒤로 빼주자 그녀는 선보러 나온 사람처럼 긴장을 풀지 못하고 조심조심 핸드백을 테이블 위에 올려놓았다. 잠깐 동안 침묵이 흘렀다. 내 눈앞에 앉은 그녀는 아무리 봐도 DJ가 될 사람으로는 보이지 않았다.

"저기…… 애들 이름은 잘 지어야 한다는 생각이 들어요."

그녀의 말에 풋, 웃어버렸다. 긴장이 풀렸는지 그녀의 눈이 초승달처럼 찌그러지면서 눈가에 잔주름이 잡혔다. 그래도 웃으니까 조금 밝아 보이는 얼굴이었다.

그녀는 개인 교습을 받고 싶다고 했다. 취미로 말인가요? 내가 물었다. 하긴 대한민국에 몇 개 되지도 않는 이런 디제잉 학원에 찾아오는 사람들은 거의가 취미로, 였다. 아주 가끔 대학에서 실용 음악을 전공하고 음악에 발을 들여놓은 사람들도 찾아오지만 한두 달 맛만 보고 대부분 그만둔다. 이미 음악을 만드는 재능이 있는 그들에게 믹싱과 디제잉은 우동에 넣어 끓여 먹는 가쓰오부시 같은 것이다. 있으면 좋지만 없어도 크게 상관은 없다. 수강생의 8,90퍼센트는 클럽에서 음악을 틀고 싶다는 막연한 꿈을 품은 중고생이나 대학 1,2학년 사내애들이다. 하지만 그 아이들의 꿈은 그야말로 반짝하는 꿈일 뿐이다. 그 아이들은 그 꿈을 잠깐 동안 정성스럽게 문질러 닦다가, 어느 날 그 3만 배 정도의 광채를 지닌 다이아몬드가 우주 저편에서 날아와 머리에 픽 박혀버렸다는 듯 형형한 눈빛을 하고는 교실로 도서관으로 돌아간다. 대학 3학년 이상 되는 수강생을 받아본 적이 별로 없다. 그 나이가 되면 요즘 아이들은 군대 문제로 괴로워하거나 토익 시험 준비를 하느라 좋아하는 음악 들을 시간도 없다고들 했다. 수강생 한 사람당 한 달 수강료 30만 원. 한 달에 다섯 명 수강생을 받으면 그나마 라면 말고 가끔은 밥도 먹으면서 입에 풀칠할 수 있다. 세 명 이하면 라면만 먹거나 안 먹거나 해야 한다. 음악을 사 모아야 하기 때문이다. 주말마다 홍대 클럽에서 음악을 틀지만 그렇게 일하고 받은 돈은 술값 몇 번 내면 땡이다. 탐나는 장비가 있어도 몇 달을 꼬박 기다려야 살 수 있다. 그래도 아직 판 사는 돈이 아깝다는 생각은 들지 않는다. 역시 대안은 라면뿐이다.

사정이 이렇다 보니 수강생이 되겠다고 제 발로 찾아온 그녀의 존재가 반갑고 귀하지 않을 수 없었다. 그녀는 이번 달 나의 유일한 수강생이었다. 취미든 취향이든 기분 전환이든 6개월치 수강료를 일시불로 완납해준 그녀, 고맙다. 그런데 취미라는 단어를 들은 그녀의 표정이 어째 편하지 않았다. 입꼬리가 처지더니 이내 어색하게 훌쩍 올라갔다.

"아뇨. 죽기 전에 한번, 돼보고 싶어서요, DJ라는 거."

죽기 전에, 그녀는 결연하게 그렇게 말했다. 갑자기 장내가 숙연해지려고 했다. 그녀는 서른세 살쯤으로 보였지만 스물여덟이라고 했다. 결혼 적령기, 피부 관리 좀 하고 신부 수업 좀 하고 적당한 남자 만나 시집가는 게 유일한 미래일 것 같아 보이는 그녀의 얼굴 속 어디에 그렇게 칼날 같은 비장함이 숨어 있었던가. 그녀를 너무 쉽게 판단한 것 같아 내가 부끄러워지는 순간이었다.

"그래요. 일단 해봅시다. 오늘은 너무 늦었고 월요일부터 이 시간에 나오실 수 있죠?"

네, 그녀가 대답했다. 나는 아직 턴테이블이 없는 그녀에게 연습실 사용 시간을 알려주고, 실은 나를 매일 저주하는 술친구에 가까운 원장님을 소개시켜주고, 이런저런 주의사항을 일러주었다. 집에 판은 몇 장이나 있느냐고 물으니 그녀는 부끄러운 듯 고개를 숙였다. 선생님, 전 실은 음악을 잘…… 그렇게 얼버무리는 대답이 돌아왔다. 그럼 좋아하는 음악 장르는 있겠죠? 그녀의 고개가 더욱 푹 가라앉았다. 더 이상 추궁했다가는 '수강료 일시불 완납'이라는 핑크빛 꿈이 불어터진 라면빨을 쏟아내며 머리 위로 와장장 무너져내릴 것 같아 나는 그만 입에 지퍼를 채워버렸다.

그녀가 돌아가기 전에 마지막으로 하나 더 묻긴 했다. 빛나 씨, 왜 DJ가 되고 싶어요? 수강생이 오면 으레 던지는 질문이었다. 멋있잖아요. 폼 나게 스크래치 한번 해보고 싶어서요. 보통 돌아오는 사내애들의 답변은 이런 것들이었다. 뭐, 개중에는 눈에 힘 팍 넣고 선생님, 그건 제 운명이거든요, 하고 읊조려 나를 경악케 했다가 세 번 나오고 안 나온 놈도 있고, 여자 꼬시려고요, 하고 솔직하게 말하는 놈도 있고. 그녀는 내가 받아본 첫번째 여자 수강생이었다. 게다가 이런 분위기…… 이런 분위기의 여자는 대체 왜 디제잉을 배우려고 하는 걸까? 그녀는 잠시 침묵을 지키다가, 터틀넥 셔츠 속으로 움츠러든 목을 간신히 조금 펴고는 입을 열었다.

"그건 나중에 말씀드릴게요. 나중에, 꼭, 말씀드릴게요."

뭔가 엄청난 것이 있지만 지금은 말할 수 없다는 듯 어절 하나하나에 힘을 주어 그렇게 말하고, 그녀는 휙 돌아서 나가버렸다.

수강료 일시불 완납이란 그렇게 신비하고 불가해한 것이었던가.

*

……당신, 당신은 나를 모르겠지만 나는 당신을 내 살갗처럼 속속들이 파악하고 있어. 당신의 머리카락에 와 닿는 바람의 느낌, 당신이 몸을 굽힐 때 생기는 주름 하나하나, 당신이 즐겨 입는 스웨터의 색깔과 좋아하는 음식, 당신이 들어가본 골목들과 그냥 덮어버린 페이지들, 웃을 때 미세하게 올라가는 체온과 울다 잠든 다음 날 아침이면 부어오르는 눈가, 배가 고플 때면 당신의 위장 속에서 소화액이 꾸르륵거리며 흘러가는 소리까지, 나는 당신을 알아. 당신을 사는 것으로, 당신을 알아.

당신은 짐작조차 못했겠지만, 꿈에서라도 상상해본 적 없겠지만, 나는 28년 동안 당신의 몸속에서 살아왔어. 처음에는 많이 당황했지. 이 방이 당신의 몸 어디쯤에 붙어 있는지 도무지 알 수 없었으니까. 그러나 어느 날 여기 밀려온 당신의 지혜가 내게 알려주었어. 이곳은 사람들이 아이를 만들어

키우는 그 유명한 호텔 룸은 아니라고 말야. 맛은 없지만 헤
엄치기엔 편안한 양수도 있고 부피에도 약간 융통성이 있는
그곳이라면 훨씬 편하게 머무를 수 있을 텐데.

이곳은 작고 붉은 방이야. 내 몸에 딱 맞게 짠 새빨간 단백
질의 관(棺)이지. 끈적거리는 붉은 연못이 방의 절반을 채우
고 있어서 허리까지 몸을 담그고 있는 내 존재는 마치 반으로
뚝 잘린 것 같아. 연못 물은 마시기에도 헤엄치기에도 너무
독해. 호텔 룸에는 일정한 기간이 지나면 체크아웃할 수 있
게, 작지만 어쨌든 문이란 게 있잖아. 문이 미래를 뜻한다는
사실을 한참 동안 이곳에서 웅크리고 지낸 후에야 알았어. 시
시각각 늘어났다 줄어들며 울컥거리는 이 좁은 공간엔 미래
란 게 없어. 기껏해야 약해빠지고 가느다란 관(管)들뿐인데,
도저히 내가 비집고 나갈 만한 크기는 아니야. 나는 지금 머
리 위로 붉은 천장을 이고, 두 팔로 미끈거리는 양쪽 벽을 밀
면서, 새빨간 연못 물에 잠긴 상태로 꽃병에 잘못 꽂힌 식물
처럼 겨우 버티고 있어. 억지로 나가려고 했다가는 이 방과
함께 당신도 터져버릴 게 분명해. 금방이라도 나를 삼킬 듯
넘실거리다가도 붉은 수면이 결코 허리 위로는 올라오지 않
는다는 게 내게 주어진 유일한 은총이야.

이 문제는 오랫동안 나를 혼란스럽게 했어. 당신과 마찬가
지로 나도 갇혀 있는 것을 못 견디는 존재니까. 나는 당신과
함께 태어나 당신과 똑같은 속도로 성장했지. 당신이 숨을 �

면 나도 산소를 공급받았고, 당신이 눈꺼풀을 닫으면 붉은 벽
에 등을 기댄 채 나도 죽음처럼 깊은 잠을 잤어. 그러나 당신
이 왜 이곳에 나를 품었는지, 그것으로 무엇을 예비한 것인지
나는 모르겠어. 나갈 수도 없는 이곳에 나를 가둬둔 당신은
나를 질식시켜 죽이려는 것일까? 그렇다면 왜 진작 그렇게
하지 않았지? 당신에겐 얼마든지 그럴 기회가 있었는데. 하
지만 당신은 내가 주먹으로 벽을 때려댈 때마다 통증을 느끼
는지 이 방의 지붕 근처를 손바닥으로 감싸긴 했어도, 결코
나를 눌러 죽일 생각은 없는 것 같았어. 그렇다면 당신은 왜
애초에 나를 여기 살게 한 것일까. 내 몸은 겨우 성장을 멈췄
지만 이제 이곳은 내가 머무르기엔 너무 비좁아졌어.

당신과 함께 태어나서 얼마나 기뻤는지 몰라. 그러나 당신
이 태어난 그날부터 나는 죽어가기 시작했어. 당신의 몸속,
이 조그만 감옥에서.

*

월요일.

'수강 취소, 수강료 전액 환불'이라는 문구가 머릿속에서
8과 2분의 1 바퀴째 회전하고 있을 때 문이 벌컥 열렸다. 그
녀였다. 뛰어왔는지 얼굴이 조금 발그레했다. 지난번과 비슷한
베이지 정장에 높은 힐을 신고 있었다. 발이 아팠을 텐데.

그녀에게 1분만 기다리라고 말하고는, 2층과 3층을 오르내리며 한참 수선을 피운 끝에 나는 자그마한 쇼핑백 하나를 가지고 돌아왔다. 그것을 내밀자 그녀의 눈은 휘둥그레졌다. 'MUSIC IS MY LIFE'라고 크게 프린트된 큼직한 트레이닝 셔츠 하나, 그녀가 입으면 틀림없이 걸어다니는 감자 포대같이 보일 힙합 바지 한 벌, 아프로 머리 고양이가 점프 자세를 취하고 있는 '파마' 운동화 한 켤레, 그리고 회색 실로 짠 자그마한 비니 하나. 모두 예전 수강생들, 혹은 여길 밥 먹듯 드나드는 DJ들이 하나씩 흘리고 가거나 술 먹고 잃어버린 것들이었다. 없이 자라도 좋은 점은 있다. 이런 걸 수전노처럼 바리바리 모아둔 게 도움이 될 줄은 몰랐다. 부디 퀴퀴한 냄새나 나지 않으면 좋으련만.

"미안해요, 이런 것뿐이라서. 그 옷은 답답할 테니까, 여기서만이라도 이걸로 갈아입고 수업을 듣는 걸로 하죠."

어째서일까. 나는 어느 날 전자 상가 흡연 구역에서 본 금계(金鷄)를 떠올리고 있었다. 음악 장비를 파는 그 전자 상가 옥상엔 자그마한 정원처럼 생긴 흡연 구역이 있고, 거기 놓인 사과 상자보다 조금 큰 새장 안에 금계 암컷 한 마리가 있었다. 세상일이 대체로 그렇듯, 대체 누가 어떤 목적으로 그런 곳에 금계를 키우고 있는 건지는 알 수 없었다. 새장에는 간단한 설명이 붙어 있었다. 종이를 코팅해서 책받침으로 쓰던 초등학교 때는 몰랐다. 내용물을 돋보이게 하려고 씌운

코팅지가 그렇게 초라해 보일 수도 있다는 것을. 그 코팅된
종이에는, 금계는 예로부터 불사조라 불리며, 재앙을 막아주
는 영묘한 새로 특히 중국에서는 왕과 귀족들의 사랑을 듬뿍
받아왔습니다…… 어쩌고 하는 설명이 인쇄되어 있었다. 정
말이야? 정말 사랑, 듬뿍 받았어? 그렇게 묻고 싶었다. 누런
바탕에 검은 점이 총총히 박혀 줄무늬를 이루고 있는 금계의
볼품없는 몸뚱어리를 향해 담배 연기를 내뿜으며 나는 생각
했다. 차라리 칠면조였으면 좋았잖아. 지붕이 없는 새장 안은
비좁아서 바람이 불면 몸을 피할 데도 없었다. 그런 공간에서
는 도대체 뭘 하며 시간을 보낼 수 있을까? 금계는 추레한 날
개를 퍼덕이며 발로 흙 속에 있는 무언가를 자꾸 헤집고 있었
다. 그때는 그 금계를 닮은 인간이 세상 천지에 나 혼자뿐인
것 같았다.

기분 나빠할지도 모른다고 나는 생각했다. 하지만 잠시 후
그녀의 눈이 두 개의 작은 초승달로 변했다. 입꼬리가 살짝
올라갔다. 그녀는 기꺼이 감자 포대로 거듭나겠다는 듯 옷을
갈아입으러 씩씩하게 걸어가기 시작했다.

*

아래쪽, 저기쯤에 내 두 발이 있을 거라고 생각해. 아마도
내 발가락은 개구리의 그것처럼 퉁퉁 불어 있겠지. 어쩌면 물

갈퀴 비슷한 것이 생겨나기 시작했을지도 몰라. 하지만 붉은 연못 물이 너무 짙고 불투명해서 나는 내 발의 윤곽을 확인할 수가 없어. 두 다리에도 감각이 없어. 마지막으로 다리를 움직였을 때 무릎을 굽히고 있었는지, 쫙 펴고 있었는지, 책상다리를 하고 있었는지조차 기억나지 않아. 내게 아직 하반신이란 게 있기는 할까.

28년 동안 하루도 빠짐없이 생각하고 또 생각했어. 당신을 분석하고 연구하고 감식하고 회의하고 궁금해하고 사랑하고 증오하고 그리고…… 이곳에서 나갈 방법을 찾고…… 실패하고…… 그다음에도 시간이 남을 때면 생각했어. 당신이 내게 누구인지, 내가 당신에게 누구인지, 우린 왜 이렇게 이해하기 힘든 방식으로 함께 있는지 말이야.

나는 중간에서 잘못돼버린 당신의 아이인지도 몰라. 비비 꼬이긴 했지만 당신 몸속에서 에너지를 얻고 지금까지 자라왔을뿐더러, 말하자면 당신의 육체라는 보호막을 입고 있는 셈이니까. 좀 이상하지만, 당신의 몸속에 있었기 때문에 난 지금까지 생존할 수 있었어.

나는 당신의 쌍둥이 언니이거나 동생인지도 몰라. 배니싱 트윈vanishing twin이라는 게 있다잖아. 당신과 나는 엄마 뱃속에 함께 들어 있었는데, 어느 날 내가 온데간데없이 사라져버린 거야. 모두들 내가 죽어 모체에 자연 흡수된 줄 알았던 거지. 내가 나보다 조금 커다란 당신의 몸속으로 스며들어

비틀린 채 살아남은 줄도 모르고. 좀 이상하지만, 그게 아니라면 당신의 몸을 흘러다니는 이 모든 사고와 감정들은 왜 내게 이토록 친숙한 거지? 왜 꼭 내가 한 생각, 내가 느낀 감정처럼 나를 파고드는 거지?

나는 당신의 유전자를 고스란히 품은 작은 사람, 당신을 쏙 빼닮은 호문쿨루스인지도 몰라. 좀 이상하지만 어느 날 당신이 보고 있던 이상한 TV 프로그램에 나오는 말들이 이곳에 다가온 순간 그 얘기가 너무도 설득력 있게 느껴지는 거야. 난 당신의 모습을 볼 수는 없지만 느낄 수는 있어. 나는 조금 작을 뿐 분명 당신을 닮았을 거야. 엉덩이 아래로는 움직일 수도 느낄 수도 없는 반신불수 상태라는 점만 뺀다면 말이야.

그건 좋아, 무엇이든. 그런데 나는 왜 당신 몸속에 들어 있지? 우린 언제까지 이렇게 살아가야 하는 걸까? 수도꼭지를 돌리는 것처럼 뭔가를 오른쪽으로 조금만 돌리면 쏟아질 것 같은 그 대답을 나는 아무리 애써도 생각해낼 수 없어.

다만 가끔 이 붉은 연못이 조금씩 차올라 내 눈과 귀를, 온몸의 모든 구멍을 틀어막는 상상을 해.

기억해내려고 애쓰는 것에, 나는 이제 너무 지쳤거든.

*

감자 포대는 그녀에게 잘 어울렸다.

겸손인지 자신감 부족인지 모를 그녀의 말이 마음에 걸려, 나는 우선 리스닝 룸에서 첫 수업을 진행하기로 했다. 리스닝 룸은 건물 지하에 있는 40평 규모의 공간으로, 이 학원에서 제일 큰 방이다. 벽면을 비롯해 방 전체가 커다란 책장들로 채워져 있고, 그 책장 하나하나에는 LP와 CD들이 빽빽이 꽂혀 있다. 전부 몇 장이나 될까, 하고 헤아리기에는 너무 엄청난 숫자다. 만약 지진이라도 일어나 이 건물 전체가 고스란히 땅에 매몰되어버린다면, 그래서 몇 백 년쯤 후에 후대 사람들의 손에 발굴된다면, 그리고 만약 그들에게 여전히 신문이란 게 있다면, 1면은 아니더라도 3면쯤에는 실릴 만한 역사적 유물일 거라고 나는 믿는다. 그런 방이다. 당연한 일인지 모르지만 화재 경보기가 각기 다른 회사 제품으로 세 개나 달려 있고, 문에는 최첨단 레이저……까지는 아니지만 이중 잠금 장치로 보안도 철저하게 되어 있다. 이 건물이 무너지거나 수해를 입거나 불이 나는 일은 없어야겠지만, 만약 그런다고 해도 리스닝 룸만은 지켜내야 한다는 사명감을 DJ들 모두 철저히 지니고 있다. 장비는 돈 모아서 또 사면 되지만 이 음악들은, 그리고 이것들을 찾아 길을 나서고 마음 졸이고 기대하고 흥분했던 그 모든 시간과 노력과 기억들은 도저히 돈으로는 바꿀 수 없는 것이니까.

눈앞에 펼쳐진 레코드들의 거대한 무덤에 압도당했는지 감자 포대, 아니 그녀는 말이 없었다. 나는 책장 사이의 작은 통로를 지나 'DJ 스카이하이'라는 이름표가 붙은 구역으로 그녀의 팔을 잡아끌었다. 이 학원에 몸담고 있는 DJ는 나까지 일곱 명인데, 자칭 위대한 음악 애호가인 원장까지 합쳐 모두 여덟 명이 자기가 가진 레코드를 내놓았더니 이만큼 되었다. 수강생들을 위해 의미 있는—사실은 있어 보이는—일을 하고자 각자 자기 재산의 일부를 이곳에 모아둔 것이다. 옆 책장에서 남의 판 한두 장쯤 슬쩍해도 모르겠다고 생각할지 모르지만, 단언하건대 그런 일은 결코 일어나지 않는다. 술 먹고 술값을 덮어씌우거나 가끔 당구 쳐서 지고 돈 낼 타이밍에 화장실 가는 척하며 도망치는 일은 있어도 절대 다른 DJ의 음악에는 손대지 않는다. 이것들을 모으는 일이 어떤 의미인지 각자 누구보다 잘 알기 때문이다. DJ에게 음원의 확보는 최대의 난점이자 경쟁력이다. 밴드나 가수는 방탕하게 매일 술에 취해 널브러져 있어도 되고 노래 부르기 싫으면 한동안 쉬어도 된다. 창조적 에너지가 고갈됐다고 푸념도 하고 타락도 하고 정 모든 게 싫으면 요절이라도 하면 된다. 하지만 DJ는 냉정히 말해 남의 음악을 트는 사람이다. 물론 많은 DJ들이 자신만의 음악을 만들어내지만, 그건 어디까지나 남의 음악을 수집해 트는 일을 마스터한 다음에야 가능한 일이다. 남의 음악을 트는 것만으로 예술가로 평가받기 위해서는 부지런하기라도 해야 한다. 기쁘거나 슬프거나 치질에 걸렸거나 술이 안 깨거나, 새로운 음악을 찾기 위해 시각과 청각과 촉각을 뾰족하게 곤두세우고 있어야 한다. 음원 모으는 일을 게을리하기 시작하는 순간 DJ는 더 이상 DJ가 아니다. 그것이 우리의 철학이었다.

나는 내 몫의 음악들을 그녀 앞에 풀어놓았다. 그녀가 한동안 지겹도록 클럽 댄스 플로어를 때려대던 카일리 미노그의 「Can't Get You Out of My Head」나 마돈나의 「Hung Up」도 들어본 적 없는 타입만은 아니기를 바라면서. 음악에 완전히 문외한이라면 아마 DJ가 되기는 힘들 것이다. 그래서 난 딱 한 번만 주입식 교육을 택하기로 했다. 「고교생이 읽어야 할 한국 문학」뭐 이따위 책처럼, '일렉트로니카 DJ 지망생이 들어야 할 필청 음반' 다이제스트를 뽑아주기로 한 것이다. 이건 음악하는 사람으로선 상당히 졸렬한 교육 방식이다. 아무도 이런 식으로 음악을 배우지는 않는다. 하지만 나는 그렇게 해서라도 그녀를 디제잉의 세계로 끌어들여 한쪽 발을 담그게 하고 싶었다. 어째서일까.

두 개의 헤드폰을 턴테이블에 연결하고 그녀와 사이좋게 나눠 쓴 후, 골라낸 레코드를 데크에 차례로 걸어 청음하면서 애기를 나누기로 했다. 그런데.

전 실은 음악을 잘……이라는 건 거짓말이었다. 그녀는 음악을 잘, 그것도 아주 잘 알았다. 그녀의 눈빛이 미묘하게 변하길래 어, 이거 혹시 아는 음악 아니에요? 하고 물었더니 아니나 다를까, 그녀가 쑥스러운 듯 아티스트 이름을 대는 게 아닌가. 그럼 이건요? 이건 들어본 적 있어요? 얘네들은? 이건 모르겠지, 이건. 설마 이것까지? 에이.

그녀는 전부 알고 있었다. 펫 숍 보이즈와 뉴 오더, 크라프트베르크에서 시작해 디페쉬 모드, 아트 오브 노이즈, 토드 테리, 칼 콕스, 에브리싱 벗 더 걸, 아트풀 다저, 다프트 펑크, 재즈트로닉, 마스터스 앳 워크, 골디, 케미컬 브러더스, 언더월드, 오비탈, 몰로코, 크리스털 메소드, DJ 섀도우, 모비, 에이팩스 트윈, 모조, 에어, 켄 이시이, 코넬리우스, 몬도 그로소, 토와 테이와 DJ 소울스케이프에 이르기까지 전부 다 알고 있었다. 전주가 시작될 때부터 그녀가 아티스트의 이름을 입 밖에 내는 순간까지는 아무리 길어야 30초밖에 걸리지 않았다. 게다가 그녀는 가끔 이런 식의 말을 내뱉었다. "이 곡은 리틀 빅 비와 유쿠히로 후쿠토미가 같이 작업한 거죠?" "네이키드 뮤직이라는 이 레이블은 미구엘 믹스와 블루 식스의 소속사라고 하던데."

순간적으로 나는 비니를 쓴 그녀의 머리를 내가 제일 싫어하는 모 아티스트의 판으로 내려치고픈 충동에 휩싸였지만, 간신히 그것을 억누르고 물었다.

"왜 거짓말했어요? 음악 좋아하네, 뭐."

"……"

헤드폰을 내려 목에 건 그녀의 표정이 굳어졌다.

"이 정도면 많이 아는 건데. 나보다 잘 아는 것 같은데요."

"……그냥 아는 거예요. 좋아하는 건 아니죠."

"뭐라고요?"

"아는 거지 좋아하는 건 아니라고요."

그렇게 말하는 그녀의 눈빛은 복잡했다. 데뷔 3년 만에 질려버린 가수의 눈이었다. 체념과 자조와 권태 위로 어떤 종류의 진심이 담긴 슬픔 같은 것이 백태처럼 끼어 있었다. 그러니까 그녀는 음악에 대한 정보가 많은 사람이었다. 주변 사람들이 듣는 걸 따라 듣고, 인터넷에 흘러다니는 음악을 받아 듣고, 손 닿는 데 굴러오는 음악을 주워 듣다 보니 mp3 플레이어가 음악으로 꽉 찼다고 했다. 하지만.

그 가운데 그녀가 진심으로 좋아하는 음악은 없다고 했다. 그녀는 다만 이런 아티스트와 저런 음악, 그 곡이 어떻게 만들어지고 어떤 세션이 참여했는지, 퍼커셔니스트는 누구인지, 어떤 악기가 사용됐고 지난 앨범과 비교했을 때 어떤 느낌인지 음악 잡지 리뷰처럼 줄줄 외우고 있을 뿐, 그 수백 곡의 음악을 들으면서 눈물을 흘리거나, 어깨를 들썩이거나, 짜릿하다고 느끼거나, 기분이 좋아진 적은 한 번도 없다고 했다.

어떻게 그럴 수가 있지?

그녀는 고개를 푹 떨어뜨리고는 자신 없는 목소리로 말했다.

"뭘 좋아해야 하는지…… 알 수가 없었어요."

나는 그제야 조금씩 이해할 수 있었다.

"음악만 그런 건 아니에요. 그냥 제 인생은 늘 그런 식이었
어요."

*

당신은 지금 음악을 듣고 있어.

방 천장에 뚫린 작은 구멍에서 비트들이 쏟아지는 게 보여.
비트들이 아주 다양한 모양을 하고 있다는 걸 당신은 알까.
매끈하게 다듬어진 정육면체일 때도 있고 가운데가 뚫린 납
작한 사탕일 때도 있지. 얇고 날카로운 표창일 때도 있고 수
수께끼로 가득한 8번 당구공일 때도 있어.

비트들은 이 작은 방에 떨어지자마자 찰랑! 붉은 수면을
뚫고 들어가. 연못 바닥에 통! 부딪쳤다가, 튀어올라 다시 천
장을 통! 하고 두드리지. 그 많은 비트들이 그렇게 몇 번이고
반복한다고 생각해봐. 안 그래도 계속 울컥거리며 늘어났다
줄어들었다 하는 이 방 안에서 말야. 사방으로 붉은 연못 물
이 튀어오를 땐 마치 붉은 꽃잎을 가득 채워 넣고 스위치를
누른 믹서 한가운데 앉아 있는 것 같지. 비트들은 한참을 그
렇게 퐁퐁 튀어오르며 진동하다가 다시 출렁! 마지막 반동을
타고는, 들어온 관을 통해 방을 빠져나가. 여기 들어앉아 있
는 나로서는 정말 멀미가 날 지경이지.

하지만 더 멀미 나는 게 뭔지 알아? 방을 빠져나갈 때 비트

들이 남기고 가는 그림자야. 모든 비트에 그림자가 있다는 걸 당신은 알고 있을까? 위와 장과 십이지장만이 인체의 소화기 관이 아니라는 걸 당신은 알까? 치아와 혀의 기능을 하는 기관이 귀에도 달려 있다는 걸 당신은 아마, 모르는 것 같아.

이를테면 이런 거야. 당신은 귀로 음악을 듣지. 그러면 귓속에서 음악은 자잘한 덩어리로 분해돼. 멜로디와 보컬과 수많은 악기들의 음색과, 그리고 비트 같은 것으로 말야. 이에 의해 갈리고 침에 의해 분해된 음식물이 식도를 통해 위와 장으로 전해지듯, 귓속에서 분해된 음악은 혈관을 타고 당신 몸속 곳곳을 돌아다니며 흡수되는 거야. 멜로디와 보컬과 악기들의 음색은 대부분 이곳까지 오기 전에 어디론가 스며들어 사라지지. 간에 기별도 안 가는 점심처럼. 하지만 비트, 비트들은 끝끝내 이 방까지 찾아와. 붉은 적혈구 등에 노련한 로데오 선수처럼 매달려서 말야.

그건 좋아. 하지만 그것들은 이 방을 나갈 때 그림자를 남기고 가. 적어도 나에게는 그건 영양소가 아니라 바이러스 같은 존재야. 그 짙은 그림자들은 제 주인들이 빠져나간 후에도 가지 않고 남아서는, 작당한 듯 하나로 둥글게 뭉치지. 둥글게, 둥글게, 그것은 곧 검고 얇은 원반 모양으로 변하고 돌아가기 시작해. 빙글빙글, 씨이이잉, 왜애애앵. 마치 모든 것을 찢어버릴 날카로운 톱날처럼. 쟁반만 한 크기의 그 검은 원반은 점점 더 빨리 돌아가면서 새빨간 연못 속에 천천히 몸을 담그지.

그러면 그건 더 이상 보이지 않게 돼. 하지만 붉은 연못 속
에서 여전히 소리가 들려. 조금 낮아지고 느려지긴 했지만,
난 그 웅웅거리는 소리가 이젠 쓸모없어진 내 두 다리를 잘라
버리기 위해 다가오는 톱날의 회전음이라는 걸 알지. 나는 필
사적으로 다리를 접어보려고 온몸의 힘을 하반신에 집중해.
하지만 허리를 비틀고 팔로 사방의 연못 물을 때리며 비명을
질러봐도, 앉은 자리에서 단 1센티미터도 움직일 수 없어.

내 발이 있으리라고 짐작되는 곳 바로 앞까지 다가온 그것
은 피 냄새를 맡고 먹이 주위를 맴도는 상어처럼 조금씩 움직
이며 회전을 계속해. 웅웅거리는 소리는 붉은 연못 속에서 낮
은 목소리로 바뀌어 올라오지. 언제나 똑같은 그 소리는 귀를
틀어막아봐도 사라지지 않고 내게 매달려. 넌 누구야? 너는,
누구지? 넌 누구야? 너는, 누구지?

*

몇 주일이 빠르게 지나갔다. 피로한 얼굴이었지만 그녀는
한 번도 빠지지 않고 일주일에 두 번씩 꼬박꼬박 수업을 들으
러 왔다. 다행히도, 무언가를 배운다는 건 그녀에게 아주 조
금은 즐거운 일 같아 보였다.

나는 본격적인 이론 수업에 뛰어들었다. 그녀는 디제잉의

소프트웨어적 측면, 즉 음악에 대한 지식은 어느 정도 있었지만 하드웨어 쪽에는 서툴렀다. 쭉쭉 진도를 뽑기로 했다. 모르던 것들을 알게 되면 그녀가 침울해질 틈이 없을 것 같아서였다. 이를테면, 레코드를 잡을 때는 가장자리의 빛나는 부분과 가운데 뚫린 구멍만 잡아야 한다는 것. 레코드와 턴테이블 사이에는 슬립매트라는 얇은 매트를 깔아야 판이 잘 돌아가고 스크래치하기도 쉬운데, 그걸 잃어버렸을 때는 앨범의 비닐 속 재킷을 임시방편으로 사용할 수 있다는 것. 턴테이블 바늘의 균형을 맞출 때는 시소 타는 원리를 생각하면 된다는 것. 탄산수를 냅킨에 묻혀 닦으면 레코드에 흠이 훨씬 덜 생긴다는 것. 턴테이블에 믹서를 연결하고 스피커를 다루는 법을 설명하는 틈틈이 음악을 분석하는 법도 가르쳤다. 오랜만의 수강생이어서 그런지, 그녀가 모르는 게 많을수록 내 자부심은 스테이크처럼 두꺼워졌다.

이를테면, 그녀는 스네어 드럼snare drum과 하이햇hi-hat의 차이를 구별하는 걸 어려워했다. 이 두 가지 악기는 킥 드럼kick drum과 함께 거의 모든 댄스 음악에 필수적으로 사용된다. 킥 드럼은 쿵 쿵 쿵, 하고 심장 박동과 비슷한 소리를 내는 큰 북인데, 특히 하우스 장르에서는 모든 박자에 연주되며, 댄스 음악을 듣는 사람들이 엉덩이를 들썩거리게 하는 주범이다. 스네어 드럼은 킥 드럼보다는 좀 작은 북으로, 안쪽에 금속 스프링이 달려 있어 칙 칙 칙, 깡통 찌그러지는 소리를 낸다. 하이햇은 북이 아니라 서로 부딪치는 두 개의 심벌 즈인데, 챈 챈 챈, 하고 조금 경박한 소리를 낸다. 킥 드럼은 곡 전체의 중심을 잡아주고, 스네어 드럼은 그 무게를 보조하 며, 하이햇은 곡의 분위기를 띄워주는 역할을 한다. 그런데 그녀는 칙 칙 칙,과 챈 챈 챈,을 도무지 구별할 수 없는 모양 이었다. 마치 어두움과 발랄함을 구별하지 못하고 마구 섞어 내보이는 조울증 환자처럼, 그녀는 어지러운 웃음을 지었다.

큐잉cueing도 그녀를 혼란스럽게 했다. DJ가 무대에서 믹 스를 할 때, 클럽의 모든 사람들은 스피커를 통해 댄스 플로 어에 흘러나오는 음악을 들으며 열광한다. 하지만 오직 한 사 람, DJ만은 그 흥분의 도가니 속에서 다른 곡에 고요하게 귀 를 기울여야 한다. 지금 나오는 곡 다음에 틀 곡을 턴테이블 에 걸고, 헤드폰으로 그 곡의 첫번째 비트를 들으면서 믹스할 부분에 맞춰두어야 하는 것이다. 그것이 큐잉이다. 대부분의 사람들은 DJ라면 머리에 걸쳐 쓴 헤드폰 위에 한 손을 지그 시 얹은 매력적인 인간의 이미지를 떠올린다. 매력적으로 보 이려고 그러고 있는 게 아니다. 안 들리는 헤드폰 속 음악을 조금이라도 정확하게 들으려고 손으로 꽉 붙잡는 것이다. 큐 잉을 연습하려면 서로 다른 두 음악을 양쪽 귀로 동시에 들을 수 있어야 한다는 내 말에 충격을 받았는지 그녀는 경악에 가 까운 표정을 지으며 물었다. 어떻게 완전히 다른 두 가지를 동시에 들을 수 있죠? 나는 아주 간단하게 대답했다. 당신은

할 수 있어요, DJ니까. 그러면서 나는…… 속으로 '훗' 하
고 웃었다.

　수업이 진행됨에 따라 그녀도 본의 아니게 나에게 많은 것
을 가르쳤다. 나는 그녀의 하드웨어적 측면을 조금 더 잘 파
악하게 되었다. 이를테면 그녀가 외동딸이라는 것. 공기업에
다니면서 공무원과 거의 비슷한 생활을 하고 있다는 것. 점심
시간은 열두 시부터 한 시까지인데, 열두 시 오십칠 분이 되
면 밥 먹기를 채 끝마치지 못했어도 부장이며 과장들이 눈썹
을 휘날리며 사무실로 뛰어가는 통에 그녀도 얼떨결에 그렇
게 하고 있다는 것. 아버지가 조선 시대 여자처럼 참한 헤어
스타일을 좋아하는 탓에 넓은 이마가 콤플렉스인데도 앞머리
를 자르지 못한다는 것. 그런 앨범이 있다. 레코드 숍 진열장
에서 꺼내려다가도 무미건조한 재킷에 질려 도로 꽂아버리게
되는 앨범. 뭐가 들어 있는지는 알 수 없지만, 클럽에서 하루
에 한 번씩 나오는 인기곡이 될 수는 없다. 재킷 때문이다.

　그녀라는 소프트웨어에 대해서도 아주 조금은 알게 되었다.
이를테면 그녀가 글 읽기를 싫어한다는 것. 레코드를 흥미롭
게 들여다보다가도 앨범 해설이 씌어 있는 속지를 보면 그녀
는 눈길도 주지 않고 재킷에 도로 밀어 넣곤 했다. 문장만 보
면 멀미가 치밀어서요. 그녀는 그렇게 말했다. 그녀는 일렉트
로니카에는 다른 장르에는 없는 두 가지 장점이 있는 것 같다
고 했다. 가사, 곧 문장이 많지 않다는 점이 그 하나라고 했

다. 다른 한 가지는 뭐냐고 물었더니, 그녀는 침울한 표정으로 웃음 비슷한 것을 조금 지을 뿐이었다.

들릴 듯 말 듯한 그녀의 음악은 거기서 멈춰버렸다.

*

당신은 며칠째, 자면서도 귀에서 이어폰을 떼어놓지 않고 있어.

연못 물은 한층 검붉어졌어. 얼마나 많은 원반들이 회전하고 있는지 나는 짐작도 할 수 없어. 한 곡이 끝나고 하나의 원반이 사라질 때마다 눈을 질끈 감으며 중얼거리지. 이젠 그만. 하지만 어느새 새로운 그림자가 돋아나. 사라진 것보다 훨씬 지독하고 강한 톱날이 새로 생겨나지. 내 다리는 어쩌면 이미 잘려나갔는지도 몰라.

넌 누구야? 너는, 누구지?

이제 그 목소리는 영원히 지속되는 코러스처럼 나를 삼키고 있어. 당신은 음악을 좋아하는 게 아니라고 했지. 하지만 당신은 몰라, 비트들이 얼마나 영리한지. 사랑받지 않는 것은 제 그림자를 남기고 가지도 않지.

당신이 알지 못하는 게 또 있어. 사소한 버릇이지. 버스나 지하철을 타고 가다가 당신은 자주 잠에 빠져. 그러다가 차가 덜컥 멈춰 서거나 옆사람이 불쾌하다는 듯 당신 고개가 얹힌 어깨를 빼면 당신은 깜짝 놀라 눈을 뜨지. 겨우 몸을 수습하고 콧등에 밴 땀을 닦아내고 나서 당신은 아주 작은 소리로 중얼거려. 아, 왜 이렇게 뻔할까. 그럴 때마다 난 말해주고 싶었어. 그건 당신 잘못이 아니라고 말야.

우스운 비밀을 하나 가르쳐줄까. 당신은 당신이 그저 당신인 줄 알지. 하지만 당신의 삶을 구성하는 재료는 당신의 것만이 아니야. 광활한 우주의 먼지보다 더 작은 당신, 당신은 이 우주가 시작된 이후로 수없이 태어났다 죽었어. 당신은 알지 못하겠지만 당신에겐 수백 개의 전생과 수천 가지의 역사가 있어.

내가 누구냐고? 나는 당신이야. 나는 당신이 되고 싶어 한 모든 것이야.

당신의 유년기는 특별했어. 모든 아이들의 유년기가 그러하듯이. 한 번쯤 천재라는 오해를 받지 않고 초등학교를 다니는 아이가 있을까. 당신은 초롱초롱한 눈을 빛내는 다재다능한 아이였지. 애는 못하는 게 없다니까요. 날마다 당신 어머니와 선생님의 입에서 동시에 과장된 칭찬이 터져 나왔어. 당신의 어린 시절을 음악에 비유하자면, 아마 경쾌한 하우스 음악일 거야. 익살스럽고 귀여운 수많은 보컬 샘플링과 상큼한 이펙트로 채워진 130bpm(beat per minute) 정도의 하우스 뮤직. 1930년대 할리우드, 지상에 토키 영화가 처음으로 보급되었을 무렵 당신은 천의 얼굴을 지닌 여배우였어. 영화에서 영화로, 하나의 삶에서 다른 삶으로 어린 당신은 울타리를 뛰어넘듯 가볍게 건너뛰었지. 당신의 비트는 하루하루 화려했어. 당신을 키워낸 영화감독이 테이블 위에 파이프를 내려놓았지. 그의 손이 베레모를 쓰다듬었어. 샴페인 마개가 높이 튀어오르고, 당신을 둘러싸고 수없이 카메라 플래시가 터졌어. 촬영이 없는 어느 날 당신은 금발 머리를 찰랑거리며 동물원에 갔지. 우리 안에서 동물들의 울음소리가 스며 나오고 있었어.

내가 누구냐고? 나는 당신이 아니야. 나는 당신이 결코 될 수 없었던 모든 것이야.

원시적인 정글 비트에 발굽 소리가 요란하게 섞여들고 있어. 또 다른 동물들이 울부짖고 있어. 당신의 리듬은 어느새 수천만 년을 빠르게 거슬러 올라 신생대로 이동했어. 땅에서 흙먼지가 솟아오르는 게 보여. 목 짧은 기린이 나무 아래서 뛰어오르고 있어. 하지만 열매가 달린 나무줄기는 너무 높은 곳에 있지. 입이 닿는 곳에 있던 열매는 모두 목 긴 기린들이 따 먹었거든.

공룡과 어룡과 익룡이 멸망하고 포유류가 떵떵거리며 평화를 누리던 신생대에, 당신은 짧은 목을 늘이는 방법을 배우지 못한 기린이었어. 당신은 생존 경쟁에서 뒤처지지 않기 위해 발버둥쳤지. 그러나 당신이 특별한 꼬마에서 평범한 소녀로, 다시 별 볼일 없는 처녀로 탈바꿈하는 데는 그리 오랜 시간이 걸리지 않았어. 동물들이 울부짖으며 도망치고 있어. 당신의 짧은 목뒤로 검은 그림자가 다가오고 있어. 사나운 이빨을 가진, 고도로 진화한 육식 동물이 당신 아주 가까이에 있어.

나뭇잎이 조금씩 사각거리고 있어.

*

그녀는 조금씩 질문이 많아졌고, 청음을 하지 않을 때도 커다란 헤드폰을 언제나 목에 걸고 있었다. 레코드 잡는 폼도 제법 그럴듯했다. 조금 어설프긴 해도 이 공간 안에서 그녀는 이제 한 사람의 DJ처럼 보였다. 수업이 시작되고 벌써 한 달 반이 지나 있었다.

나는 그녀에게 몇 주일째 비트매칭beatmatching 연습을 시키고 있었다. 비트매칭이란 디제잉의 기본이 되는 테크닉이다. 믹스를 할 때, DJ는 곡의 끝 부분과 다음 곡의 첫 부분을 군더더기 없이 깨끗하게 이어 붙여야 한다. 하나의 옷감을 다른 옷감에 대고 빈틈없이 바느질해 솔기가 보이지 않는 깔끔한 옷을 만드는 것처럼. 그러기 위해서는 꽤 정교한 리듬감각과 당황하지 않는 침착한 마음가짐이 필요하다. 페이드 아웃할 곡의 마지막 비트 다음에 페이드 인할 곡의 첫 비트가 정확히 위치하도록 두 데크deck의 레코드를 맞춘 다음, 하나 둘 셋 넷 다섯 여섯 일곱, 큐! 실수 없이 두번째 레코드를 회전시켜야 한다. 비트가 정확히 일치하면 두 장의 레코드가 서로 다른 음악을 연주하며 동시에 돌아가기 시작한다.

하지만 댄스 플로어에서 몸을 건들거리면서도 호기심 가득한 눈초리로 DJ 부스를 노려보는 청중은 결코 두 가지 음악을 동시에 듣고 싶어하지는 않는다. 데크 1에서 데크 2로 넘어가게 하는 건 비행기 조종간처럼 생긴 크로스페이더cross-fader의 몫이다. 믹서에 달린 크로스페이더를 가운데에서 천천히 데크 2 쪽으로 밀어붙이면, 스피커에서는 데크 1의 음악이 서서히 잦아들고 데크 2의 음악이 흘러나온다. 입력, 즉 믹서로 들어오는 음악에는 영향을 주지 않으면서 출력, 즉 스피커로 빠져나가는 음악만 바꾸는 크로스페이더는 작은 마술봉이다. 여전히 데크 1의 음악은 돌아가고 있고 DJ의 귀에도 들려오지만, 수도꼭지를 돌리듯 조종간을 살짝 틀면 청중에게는 데크 2의 음악만이 쏟아진다.

디제잉 기술의 핵심이면서 동시에 가장 어려운 부분, DJ 지망생 3분의 2가 포기하고 주저앉는 지점이 바로 이 비트매칭이었다. 조금만 방심하면 경험 많은 DJ라도 실전에서 비트를 놓치는 일이 잦다. 그녀는 내 조언에 따라 똑같은 레코드 두 장을 가지고 잘되지 않는 비트매칭 연습을 시작했다. 어려운 모양이었다. 할 수 있어, 할 수 있어, 하는 눈빛이다가도 막상 믹스해야 할 순간이 오면 그녀는 번번이 비트를 놓쳐버렸다.

그날도 그녀는 턴테이블 앞에 서서 두 장의 레코드를 돌리고 돌리고 또 돌리는 중이었다. 그녀의 어깨가 평소보다 조금 불안해 보였지만, 난 크게 신경은 쓰지 않았다.

털썩.

고개를 들어 보니 그녀는 바닥에 주저앉아 있었다. 헤드폰을 어깨까지 내리고 두 손으로 귀를 꽉 틀어막고 있었다. 다가가 어깨를 몇 번이고 흔들 때까지 그녀의 멍한 표정은 풀리지 않았다.

"왜 그래요? 잘 안 돼요?"

"……"

"괜찮아요. 나도 비트매칭은 석 달이나 연습해서 겨우 성공했다니까요. 지금은 불가능한 것처럼 보이겠지만 한번 성공하고 나면 아무것도 아니에요."

"……선생님."

"……?"

"저, 술 한잔만 사주세요."

그날 저녁이 그녀와의 마지막 수업이 되리라는 사실을 모른 채 나는 멍하니 고개를 끄덕였다.

*

넌 누구야? 너는, 누구지?

나뭇잎이 조금씩 사각거리고 있어. 붉은 옷을 입고 나무 열매를 엮어 만든 목걸이를 두른 남국의 아가씨들이 삼바를 추고 있어. 열여섯 살 동갑내기 당신들이 꽃무늬 스커트를 흔들며 스텝을 밟고 있어. 더운 마테 차가 만드는 조그만 수평선이 주전자 속에서 흔들리고 있어. 남국의 밤은 길고 낮만큼이나 뜨겁지. 베로나의 용감한 소녀 줄리엣처럼 눈을 감아봐도, 잠들 수 없어 당신들은 춤을 추는 거야.

마룻바닥에서 뜨거운 흙 위로, 다시 바다가 아주 가까이서 넘실거리는 해변으로, 당신들의 맨발은 비트가 되어 두려움 없이 달려가지. 무엇이나 할 수 있고 무엇이든 될 수 있는 당신들, 그건 당신들이 꿈을 꾸기 때문이야.

넌 누구야? 너는, 누구지?

나무 열매 향기가 어디론가 사라졌어. 둥 둥 둥, 무거운 드럼이 삼바 리듬을 덮어쓰고 있어. 둥 둥 둥, 열여섯 마디가 지나고 드럼 위로 억센 보컬이 치고 들어와. 우리는 하나다, 우리는 하나다, 보컬은 그렇게 노래 불러. 처음부터 끝까지 그 한 구절만 반복하지. 노래가 흘러나오는 곳은 붉은색 옷이 수없이 진열된 상점에 매달린 스피커야. 칙 칙 칙, 작은 드럼이 얹히기 시작해. 붉은 티셔츠를 사러 붉은 얼굴의 당신들이 줄지어 걸어오고 있어. 왜 붉은 티셔츠인지는 몰라. 하지만 모두가 그것을 입고 있지. 분명 처음엔 붉은 티셔츠에 합당한 이유가 있었을 거야. 푸른 티셔츠를 입거나, 알록달록 저마다 다른 색깔의 티셔츠를 입어서는 안 될 만한 이유 말이야. 하지만 지금 걸어오는 당신들은 그게 무엇이었는지 기억하지 못해. 아무도 기억하지 못해.

스피커가 단조로운 비트를 폭탄처럼 투하해. 당신은 상점으로 걸어오다 말고 발을 멈추지. 재미가, 없어. 왜 내가 이걸 입으려고 하고 있지? 당신은 붉은 티셔츠를 입는 일에서 아무런 흥미도 느낄 수 없어. 이 재미없는 비트에 동참하고 싶지 않아. 그러나 당신은 딱히 더 재미있는 것을 찾아내지 못했어. 아무것도 배우지 못한 학교에서도, 그저 고마워하며 들어간 직장에서도, 당신 자신의 가슴속에서도. 그래서 당신은 다른 당신들을 따라 걸어가기로 해. 붉은 티셔츠를 들고 상점을 걸어나가는 당신이 보여. 적어도 이걸 입으면 무섭지는 않잖아. 이렇게 가다 보면 길이 나올지도 몰라. 10년 전에 중얼거렸던 말을 계속 중얼거리며, 발밑에서 갈라지는 길을 보지 못한 채 당신은 붉은 티셔츠에 머리를 집어넣어.

당신들의 발걸음 소리가 거리를 두드리고 있어.

*

호프집은 시끄럽고 부산스러웠다. 쿵짝쿵짝, 성의 없는 멜로디와 단조롭게 신경을 긁어대는 금속음으로 버무려진 진부한 댄스 음악이 흘러나왔다. 단정한 카디건과 스커트로 갈아

입은 그녀의 얼굴엔 어느새 처음 보았을 때의 표정이 떠올라 있었다. 나는 법을 잊어버린 금계의 표정이었다.

그녀는 그만두겠다고 했다. 수강료는 환불해주지 않으셔도 돼요, 하고 그녀가 말했지만, 조금도 기쁘지 않았다.

왜냐고 물으려다 그만두었다. 그러면 그녀는 호프집 안을 가득 채우고 있는 댄스곡만큼이나 진부한 이유를 대야 할 테니까. 그런 이유들을 억지로 끄집어내고 싶지도, 듣고 싶지도 않았다. 다이아몬드였다. 어느새 그녀의 머릿속에도 다이아몬드가 박혀버린 것이었다. 다이아몬드라는 놈에게 대항할 방법은 없는 걸까? 어쩌면 대기권 밖에는 밤하늘의 별들만큼이나 많은 다이아몬드들이 시시각각 인간을 감시하며 지구 주위를 돌고 있는지도 모른다. 그놈들은 목표물이 될 인간을 정해놓고는, 그 인간이 조금만 방심하면 곧바로 광속으로 날아와 퍽, 머리에 박혀버린다.

"……옛날엔 책을 참 좋아했어요. 책을 펴면 문장과 문장 사이에 여백이 있잖아요. 그 여백들이 죄다 길로 보였어요. 발을 디디면 그 길들이 어디로든 나를 데려다줄 것 같았죠. 하지만 언제부턴가 그 여백들이 다른 걸로 보이기 시작했어요. 내가 갈 수 없는 길들, 결코 들어갈 수 없는 골목들, 너무너무 매혹적이지만 절대로 내 것이 될 수 없는 인생들. 그 어지러운 미로를 들여다보고 있으면 가슴이 터져버릴 것 같았어요. 그래서 더 이상 책을 읽지 않게 됐죠."

"......"

"대신 음악을 듣기 시작했어요. 록이나 재즈나 블루스는 듣고 싶지 않았어요. 그런 음악은 책이나 다를 게 없어서 잠을 못 자게 만드니까. 하지만 일렉트로니카는 달랐어요. 그 숱한 일렉트로니카 뮤지션들에겐 좀 미안하지만 하나같이 쿵칙 쿵칙 쿵칙, 제 귀엔 똑같이 들렸어요. 선생님도 가르쳐주셨죠. 하우스든 테크노든, 거의 모든 일렉트로니카 음악의 빠르기는 백십육에서 백사십 비피엠 사이라고요. 사용되는 악기도 비슷하고, 모든 음이 전자음이라는 점도 같죠. 쿵 쿵 쿵 울리는 심장 박동 같은 비트와 반복되는 멜로디도 그렇고요. 그렇지 않나요? 백 곡쯤 연달아 듣고 있으면, 마치 주욱 연결된 하나의 긴 곡을 듣고 있는 것 같던걸요. 어떤 면에서는 상당히 뻔한 음악이죠. 그 뻔하다는 점이 마음에 들었어요. 꼭 제 인생처럼 느껴지더군요. 어디에나 호환이 되는 인생. 어디에나 믹스가 되는 인생. 제 하루는 뚝 떼어내서 지구상의 육십억 인구 중 누구의 삶에 갖다 붙여도 표가 나지 않을 거예요."

어떤 면에서 그녀의 말은 정확했다. 일렉트로니카 음악이란 건 애초부터 DJ가 믹스하기 편리하게 만들어지는 것이다. 노골적으로 자 여기야, 믹스해, 하면서 모든 악기가 잠잠해지는 부분도 있다. 브레이크다운breakdown으로 불리는 부분이다. 하지만 그 부분이 와도, 킥 드럼만은 남아 계속 울린다.

"어느 날 저녁, TV에서 DJ들을 다룬 다큐멘터리를 봤어요.

거기 나온 DJ 한 명이 말하더군요. 사람들은 남들이 이미 만들어놓은 음악을 트는 디제잉을 예술이라고 생각하지 않는다고 말이죠. 턴테이블 앞에 서서 아무리 화려한 테크닉을 구사해도 거기엔 오리지널리티라고 부를 만한 게 별로 없다고요. 그는 그런 생각을 부정하고 싶지는 않다고 했어요. 그러더니 덧붙였어요. 하지만 오리지널리티가 반드시 선(善)은 아니라고, 뻔한 음악이라도 뻔하지 않게 튼다면 완전히 다른 음악이 된다고 말이죠. 그래서 전 믿어보고 싶었나 봐요. 리믹스와 샘플링과 재편집을 거치고 스크래치를 섞으면, 제 인생도 조금은 다른 음악이 될지 모른다고. 나만의 것이라 할 만한 건 별로 없지만 어쩌면 조금 달라질지도 모른다고…… 그런데 그건 착각이었어요. 전, 아니에요. 이젠…… 이 음악도 책이랑 똑같아졌어요. 정말로 좋아하는 거? 그런 거, 제겐 없어요."

그녀는 맥주병을 내려놓고 고개를 푹 숙였다. 좋아하지 않는다면 이렇게 괴로울 이유도 없겠죠, 나는 그렇게 말하고 싶었지만 참았다. 내 속마음처럼 들릴 것 같아서였다. 그 대신.

"내 DJ 네임이 왜 스카이하이인지 알아요?"

"……그거, 프리템포 노래 제목 아니었어요?"

높이높이 올라가 있을 땐 결코 마지막이라는 생각이 들지 않지. 별로 불러주는 사람도 없는 이 이름을 지으면서 그 노래 가사를 떠올리지 않은 건 아니었지만.

*

당신들의 발걸음 소리가 거리를 두드리고 있어. 파리의 퐁 네프 다리 위를, 당신들은 달리고 있어. 다리 저편에선 혁명이 일어나고 있지. 곳곳에서 유리가 깨지고 집들이 불타고 있어. 하지만 당신들은 즐겁기만 해. 당신, 그리고 당신 곁의 당신. 당신들은 연인이어서 둘이면서 하나야. 혁명의 뜨거운 기운 속에서 당신들은 사랑을 속삭이지. 세상 따위 어떻게 되어도 상관없다는 듯, 당신들의 드럼이 터질 듯 거리를 두드려.

하지만 다음 순간, 당신은 중세의 공주로 변해 있어. 머리에는 짙은 색 베일을 쓰고 수십 겹의 레이스가 풍성하게 달린 드레스를 입고 있지. 코르셋이 튼튼하게 허리를 졸라매고 있어서 당신의 하반신엔 감각이 없어. 드럼이 물러나고 여러 개의 관악기가 한꺼번에 밀고 들어와, 음악은 어느새 팡파르로 바뀌었어. 웨딩 마치야.

*

오래전에 만난 이상한 사람 얘기를 하기로 했다. 그는 하늘 높은 곳에 사는 사람이었다.

그즈음, 나는 거의 매일 술에 취해 살았다. 음악을 하고 싶다는 막연한 생각은 있었지만 내겐 재능이 없었다. 누구보다 내가 그걸 잘 알았다. 록 밴드에 들어가고 싶었지만 친구 기타를 빌려 아무리 연습해도 실력은 늘지 않았고, 노래를 만들고 싶었지만 음악 공부 한번 제대로 해본 적 없었다. 댄스 가수를 보면 저런 건 음악도 아니라고 무시했지만 나는 그것조차 될 수 없었다. 거울을 보면 한숨만 나왔다.

그러다 일렉트로니카 음악을 만났다. DJ라는 사람들을 처음 봤다. 땀으로 젖은 댄스 플로어에서 올려다본 무대 위의 그들은 한결같이 똑똑한 외과의사 같았다. 외과의사가 메스로 사람의 환부를 베고 혈관을 묶고 살갗을 봉합하듯, 비트에 맞춰 두 손으로 10여 개나 되는 노브knob를 풀고, 조이고, 돌리는 그들의 정교한 동작에는 조금도 빈틈이 없었다. 믹서는 그대로 수술대였는데, 난 그 수술대 위에 올라가 눕고 싶었다. 거기 누워 그 손길에 몸을 맡기면, 20여 년간 모든 열등감의 원천이 되어온 내 작은 몸을 뚫고 아무도 건드릴 수 없는 새파랗고 깨끗한 에너지가 위로 아래로 쑥쑥 솟아날 것 같았다.

바람이었다. 그들의 손끝에선 바람 소리가 났다. 화려한 깃털이 달린 날개를 펴고 날아다닐 수는 없어도, 음반 백만 장을 팔며 플래티넘 디스크를 받지는 못해도, DJ는 타인들의 음악을 아주 멀리까지 실어 나를 수 있다. 아무리 완벽한 유전자를 지닌 꽃가루라도 바람이 없으면 암술에 닿을 수 없고, 수분될 수 없다. 하지만 DJ는 할 수 있다. 볼품없는 몸에 초라한 옷을 걸치고 있어도 까만 레코드 위에서 손끝을 움직이는 것만으로 한 세계와 다른 세계를 연결할 수 있다. 이 꽃가루를 아시나요? 당신을 만나면 아주 예쁜 꽃을 피워낼 수 있을 텐데. 별것 아닌 꽃가루라도 섞어놓으면 달콤해진다. 수천 그루의 꽃나무에서 꽃가루 한 알갱이씩만 모아 수천 가지 꽃잎 맛이 나는 봄바람을 만들 수도 있다. 클럽에서 클럽으로, 댄스 플로어에서 댄스 플로어로, 좌절에 빠진 뮤지션의 손끝에서 새로운 음악에 목마른 청자의 귓바퀴로, DJ는 똑똑하고 부지런한 바람이 되어 음악을 실어 나른다. 그것은, 창조였다. DJ만의 전지전능한 힘이었다.

하지만 DJ의 꿈도 요원하긴 마찬가지였다. 클럽에서 시간제 바텐더로 일하면서 턴테이블 살 돈을 모으고는 있었지만 내겐 미래라는 게 좀처럼 보이지 않았다. 2년제 전문대학조차 끝내지 못하고 중퇴해 집을 나와버린 내가 언젠가 정신을 차리고 집안의 유일한 아들 구실을 제대로 해나가기를 아버지는 바랐다. 그 끈질긴 기대를 나는 묵살해버렸다. 그랬으면 그만큼의 반대급부가 있어야 했는데, 내겐 한 번도 재생되지 않고 낡아버린 레코드에 든 음악처럼 살았는지 죽었는지 모를 꿈들의 리스트밖에 없었다. 현실의 바늘 끝에서는 귀를 막아버리고 싶은 소리만 났다.

그러던 어느 날 밤, 술에 떡이 되어 휘청이며 집으로 향하고 있는데 새하얀 옷을 입은 이상한 노인 하나가 저쪽에서 걸어왔다. 산신령 같기도 하고 털이 북슬북슬한 강아지 같기도 한 형체였다. 무서웠지만 술을 너무 마셔서 도망갈 힘도 없었다.

그가 나를 보더니 물었다. 자네는 문제가 뭔가? 왜 그렇게 많이 마셨나? 나는 휘청이는 몸을 겨우 바로잡고는 「식스 센스」의 할리 조엘 오스먼트 같은 촉촉한 눈을 하고 이렇게 대답했다. 제겐, 죽은 꿈이 보여요.

얘기를 듣는 그녀의 눈이 초승달처럼 살짝 찌그러졌다.

그는 북슬북슬한 수염을 쓰다듬으며 알 듯 모를 듯한 말을 던졌다. 역시…… 그런 건가. 저 위쪽에는 아무도 그런 사람이 없다네. 우린 그 느낌이 뭔지 몰라. 거기선 이상과 현실이 불일치하는 일이 없거든. 그래서 지루하단 말이야, 높은 곳에서는. 자네들이 하나같이 자기 인생이 뻔하다고 투덜대는 건 우리에게 상상력이 부족해서인지도 모르겠어. 상상력이란 건…… 그 불일치에서 나오는 거란 말일세. 자네 이 세상에서 하루에 태어나는 신생아 수가 얼마나 되는지 아나?

그런 걸 알 턱이 없었다.

그는 한숨을 쉬더니 말했다. 자그마치 천오백 명이나 된단 말야, 그게. 밑천 없이 그렇게 대량 생산을 하고 있으니 창의성이 떨어질 수밖에. 나름대로 그 모든 삶을 차별화해 설계한다고는 하지만, 아무래도 한계가 있어. 그래도 우리는 태어나는 모든 아이의 몸속에 각각 다른 음악을 넣고 있단 말이지.

똑같은 건 하나도 없어. 그런데 자네들은 그걸 모른단 말야. 아니, 자기한테 자기만의 음악이 있다는 것도 모른 채 살다가 죽는단 말야.

어느 모로 보나 맛이 간 사람이었다. 슬슬 그를 피해, 가던 길을 가는 게 좋을 것 같았다. 그러지 못한 건 그가 갑자기 큰 소리로 물어서였다. 자네 DJ지? 얼굴 보니까 알겠어.

이상했다. 당신 누구냐고 나는 묻고 싶었다. 더 이상한 건 아니라고, 그냥 DJ 지망생이라고 내가 대답하지 못했다는 것이었다. 우습지만, 조금은 기분이 우쭐했던 것이다. 그런데 그의 다음 말에서 결정적으로 술이 확 깼다. 자네 저 위에서 우리와 함께 일할 생각 없나? 우린 자네 같은 사람이 필요해.

속이 울렁거렸다. 불길했다. 그를 따라갔다가는 큰일 날 것 같았다. 나는 손을 내저으며 황급히 대답했다. 아뇨, 아뇨, 전 높은 곳은 싫어요. 전 땅이 좋아요. 중력이 끌어당기는 땅이 좋아서 키도 이렇게 작아요. 그냥 높은 곳에 사는 분을 만난 걸로 만족할래요.

그녀의 눈썹 밑에서 초승달이 그믐달로 변했다. 그래서 나는 그 사람이 실은 켄터키 프라이드 치킨 매장 앞에 서 있는 플라스틱 할아버지였으며, 술에서 깨보니 내가 그를 껴안고 있었다는 이야기는 하지 않기로 했다. 진지한 순간이었다.

"그가 마지막으로 묻더군요. DJ가 왜 턴테이블 두 대를 나란히 놓고 쓰는지 아느냐고. 내가 대답하지 못하자 그가 말해

줬어요."

"왜 두 대를 쓰는데요?"

"데크 하나에는 꿈을, 다른 하나에는 현실을 걸기 위해서. 달콤한 꿈에서 힘겨운 현실로, 다시 그것을 이겨내는 꿈으로, 그렇게 끝없이 믹스되면서 이어지는 게 삶이니까…… 그리고 그 가운데엔 크로스페이더가 있죠. 누구도 원하는 대로 하나의 음악만 들으면서 살아갈 순 없어요. 곡이 지루하게 느껴지면 반대쪽으로 크로스페이더를 밀어붙여요. 그런다고 이쪽의 음악이 사라지는 건 아니니까."

"……"

"빛나씨, 그만두는 건 좋은데 이건 잊지 말아요. 당신은 이미 DJ예요. 이름이 필요한 엄연한 DJ라고요. DJ 네임을 어떻게 짓는 건지는 알죠? 당신의 음악을, 당신의 세계를 가장 잘 드러내는 단어를 찾아야 해요."

"……선생님."

"내 이름은 DJ 스카이하이예요. 찾게 되면 연락해요. 기다릴게요."

*

당신의 왕국엔 영토 확장이 필요했어. 단 한 번도 누군가를 사랑해본 적 없는 당신은 어느새 결혼에 어울리는 나이가 됐고, 그들은 당신에게 적당한 이웃 나라의 왕자를 찾아냈지. 그가 당신의 인생을 확장시켜줄 거라는 그들의 말을 당신은 믿고 싶어. 그러나 웨딩드레스 속에서 당신의 무릎이 조금씩 후들거려. 세상의 모든 길을 감식하고 싶었던 당신, 정략결혼의 식장 한가운데 좁게 깔린 이 카펫이 당신이 걸을 수 있는 너비의 전부일까? 당신은 감각이 없어진 지 오래인 발을 멈췄지. 식장 한가운데서 웨딩드레스를 벗어버리고 싶었거든. 백 스크래치가 필요한 순간이야. 당신은 모든 걸 되돌리고 싶어.

당신들의 드럼이 터질 듯 거리를 두드려, 하지만 다음 순간.

당신들의 드럼이 터질 듯 거리를 두드려, 거리를 터질 듯 드럼이 당신들의, 드럼이 터질 듯 거리를 두드려.

하지만 다음 순간, 당신은.

당신들의 드럼이 터질 듯 거리를 두드려. 하지만 다음 순간, 하지만 하지만 하지만 다음 순간, 당신은, 당신은 여전히, 당신은 여전히, 중세의 공주로 변해 있어.

*

그녀에게서는 연락이 오지 않았다. 수강생이 몇 명 더 왔지만 나는 받지 않았다. 누굴 가르칠 수 있는 상태가 아니었다. 대신 월요일부터 금요일까지 매일 밤 클럽에 나가 디제잉을 했다. 금요일 자정부터 두 시까지의 프라임 타임은 피했다.

손님이 거의 오지 않는 새벽 두 시부터 네 시까지, 춤추기엔 조금 우울한 변형된 트립합 곡들을 주로 틀었다. 그녀를 닮은 곡들이라고 생각했는데, 틀어놓고 보면 아니었다. 그녀를 닮은 건 어디에도 없었다.

행여라도 너 때문에 돌아올까 봐? 간사하기는. 언제는 볼품없다며? 꿈 깨라니까. 나는 매일 새벽 눈을 감기 전에 고장 난 레코드처럼 그렇게 중얼거렸다.

세번째 수업에서였나, 내가 드럼의 종류를 설명해주었을 때 그녀는 뜬금없이 원숭이 얘기를 꺼냈었다. 암울한 얘기였다. 선생님, 중국의 어느 지방에서는 사람들이 살아 있는 원숭이 골을 파먹는대요. 나무 테이블 한가운데 작은 구멍이 있고, 그 구멍으로 위 뚜껑을 딴 원숭이 머리를 내놓는 거죠. 사람들은 숟가락으로 김이 모락모락 오르는 원숭이 골을 파먹어요. 테이블 밑으로는 커다란 북이 하나 놓여 있고, 테이블에 묶인 원숭이 발엔 북채가 묶여 있어요. 원숭이가 고통을 이기지 못해 발버둥을 치면, 둥 둥 둥둥, 하고 북이 울리는 거죠. 그 북소리가 끝나면 사람들은 먹는 걸 멈춘대요. 죽어버리면 맛이 없으니까.

이봐, 죽어버리면 맛이 없다고 얘기한 건 당신이었잖아.

그녀는 대답하지 않았다.

내 인생은 광속으로 뻔해지고 있었다.

*

연못은 이제 잠잠해졌어. 붉은 연못 물은 방이 움직이는 리듬에 맞춰 조금씩 흔들릴 뿐이야.

당신은 이제 음악을 듣지 않아. 검고 둥근 원반들도 모두 사라졌어. 덕분에 난 다리가 잘릴 걱정은 하지 않아도 돼.

하지만 참 간사하지. 웅웅거리는 소리로 이 방이 꽉 차 있을 땐 그렇게도 시끄러워 견딜 수 없더니, 지금은 하루가 지나고 이틀이 지날수록 이 고요함이 마음에 걸려.

당신, 당신에게선 소리가 사라졌어. 당신 귓가를 스치던 바람 소리도, 당신이 웃을 때 당신 허파가 경련하던 소리도, 한밤중에 당신 몸속을 흘러다니던 소화액 소리도. 아니면 내 귀가 이상해진 것일까. 언젠가부터 내 귀에 울리는 건 한 가지 소리뿐이야. 이 방이 울컥거리는 소리. 붉고 끈끈한 벽이 줄어들었다 늘어나며 내는 소리. 쿵 쿵 쿵 쿵, 그저 그렇게 울리는 단조롭고 고요한 소리. 처음으로 그 소리에 귀를 기울여봤어. 당신의 소리, 참 가난하고 한결같더라. 예전엔 몰랐어, 당신이 그런 소리를 내고 있다는 걸.

새빨간 연못에 잠긴 나는 다시 꽃이 되었어. 꽃병에 꽂힌 꽃에게는 선택의 여지가 별로 없지. 그저 가만히 꽂혀 있는 수밖에.

그런데 이 소리마저 멈춘다면 나는 어떻게 해야 할까.

전화가 걸려온 건 그로부터 두 달이 지난 토요일 오후였다.

"선생님, 아니 스카이하이, 저…… 기억하세요?"

"물론이죠."

최대한 태연한 척했지만 내 목소리는 마구 요동치고 있었다.

"저 다시 수업 듣고 싶어요. 턴테이블도 살 거예요. 많이 생각해봤는데, 역시 하고 싶어요."

"……거기 어디예요? 지금 나갈게요."

더 이상 멋있어 보일 여유가 없어진 나는 다짜고짜 약속을 잡았다. 며칠째 안 감아 지저분한 머리를 감고 허둥지둥 옷을 꿰입었다. 따뜻한 전율이 온몸을 감쌌다. 믹서에 전원이 들어오듯 갑자기 내 몸이 환하게 켜졌다. 아직은 끝이 아니었어. 브레이크다운이 좀 길었을 뿐이야. 이젠 다음 레코드를 걸어야지. 히죽거리며 집을 나서다가 동네 구멍가게 아저씨와 마주쳤다. 아저씨가 농을 걸었다. 어이, 뭐가 그렇게 좋아? 오랜 기다림 끝에 득남이라도 했어?

나는 그녀에게 가르쳐줄 것들을 하나씩 떠올리며 약속 장소로 향했다. 그녀가 비트매칭을 마스터하고 나면 스크래치를 가르쳐줄 것이다. 스크래치는 디제잉의 꽃이니까. 베이비 스크래치부터 백 스크래치, 포워드 스크래치까지.

약속 시간에서 10분이 지났다. 그녀는 조금 늦는 모양이었다. 늦어도 괜찮아요. 당신이 대기만성형인 거, 난 알고 있었어. 천천히 고조되다가 마지막 클라이맥스에서 댄스 플로어를 뒤집어놓는 음악이 있지. 들떠서 제정신이 아닌 머리로 나는 더 많은 것들을 떠올렸다. 이펙트 넣는 법도 가르쳐줘야지. 동굴 속에서 울리는 것처럼 소리를 바꿔주는 리버브, 미세한 간격을 두고 똑같은 두 소리를 겹쳐서 신비한 입체감을 만드는 페이징, 댄스 플로어 양쪽으로 소리를 움직이면서 춤추는 사람들을 미치게 하는 패닝.

30분이 지났다. 그녀는 전화를 받지 않았다. 소리를 늦춰서 더 깊어지게 하는 이펙트의 이름은…… 딜레이.

한 시간이 지났을 때 낯선 번호가 휴대 전화에 떴다.

"강빛나씨 보호자 되십니까?"

낯선 목소리는 그렇게 물었다.

*

어떻게 된 것일까. 이 방의 진동이 점점 느려지고 있어. 조금 전에는 잠깐 동안이지만 방의 움직임이 멈춰버렸어. 그러다 다시 움직이기 시작했지만, 나는 알 수 있어. 당신의 몸에 무슨 일인가 일어난 게 분명해. 작은 실마리라도 찾아보려고 몸을 비틀며 이 좁은 방 곳곳을 둘러보았어. 달라진 건 아무것도 없었어. 퉁퉁 부어오른 내 허벅지밖에는.

허벅지?

나는 깜짝 놀라 아래를 내려다봤어. 내 하반신이 보이기 시작했어. 수면이 점점 낮아지고 있어. 누군가 코르크 마개를 뽑아버린 것처럼 연못 물이 어딘가로 빠져나가고 있어.

방의 움직임이 더 느려졌어.

저기 내 발이 보여. 새빨간 연못 물에 퉁퉁 불었지만 아직 잘려나가지 않았고 물갈퀴 같은 것도 생겨나지 않았어.

하지만 이상하게도, 별로 기쁘지가 않아.

*

정직이 최선의 미덕이라는 말이 항상 옳은 것은 아니다. DJ는 디제잉 도중에 실수를 해도 결코 그것을 인정해서는 안 된다. 믹스를 하다 버벅거려도, 비트를 놓쳐도, 아무 일도 없었던 것처럼 얼렁뚱땅 넘어가는 게 좋다. 마이크를 잡고 죄송합니다, 제가 그만 실수를, 하고 말하는 순간 댄스 플로어는 남극처럼 싸늘해지고 모든 것은 끝나버린다. 음악 볼륨을 확 높여서 실수를 숨기거나 재빨리 이펙트를 넣어서 일부러 실수한 것처럼 보이게 할 것. 대부분의 DJ는 가혹한 청중이 가득한 클럽에 실제로 서보고 나서야 그 진리를 몸으로 터득하고 수긍한다. 하지만 이번만은 내 실수를 인정하지 않을 수 없었다. 내가 당장 만나자고 재촉하지만 않았어도 그녀에겐 아무 일도 없었을 것이다.

죽지 않은 게 기적이라고 했다.

그녀는 귀에 이어폰을 꽂고 있어서 골목에서 튀어나오는 자동차 소리를 듣지 못했다고 했다. 산산조각난 그녀의 mp3 플레이어처럼 척추와 뇌의 일부도 심하게 손상됐다고, 수술을 했지만 경과가 별로 좋지 않다고 했다. 누군가의 입에서 나온 그 얘기는 잘못 구운 CD의 음악처럼 음조가 뒤틀리고 늘어져 있었다. 무슨 소리인지, 누구의 무슨 곡인지는 알겠는데 왜 이렇게 변형됐는지, 이걸 도대체 어떻게 느껴야 할지 알 수 없었다. 나는 이틀에 한 번씩 병원에 찾아갔지만 중환자실에 쉽게 들어갈 수는 없었다. 열흘째 되던 날 오후 면회 시간, 그녀의 부모님이 둘 다 자리를 비운 틈을 타서 재빨리 그녀의 병실 문을 열었다. 붕대가 친친 감기고 산소 호흡기가 씌워진 그녀의 얼굴은 모든 피로에서 해방된 듯 더없이 평온해 보였지만, 지독하게도 낯설었다. 그 순간 나는 깨달았다. 내가 그리워한 건 잡히지 않는 무언가를 바라보는 그녀의 피로한 눈빛이었다는 걸.

시퀀서처럼 생긴 기계에 표시된 심박 수가 위태로울 만큼 낮았다. 잠들어 있는 그녀의 몸 가까이로 귀를 가져가려는 순간, 문이 벌컥 열렸다. 당신 누구요? 다짜고짜 따져 물은 그녀의 아버지는 내가 별 대답을 하지 못하자 내 멱살을 잡고 복도로 끌어냈다. 짐작보다 두 배는 더 답답한 얼굴을 한 사람이었다. 이러지 마십시오, 저는…… 그다음에 뭐라고 해야 할지 망설이고 있는데 병실 안에서 찢어지는 비명 소리가 들려왔다. 문이 벌컥 열리고 그녀의 어머니가 새파랗게 질린 얼굴로 뛰어나왔다.

*

아무도 설명해주지 않았지만 나는 직감할 수 있었어. 이제 당신의 삶이 끝날 때가 되었다는 것을. 느리게, 간신히 움찔거리던 이 방이 움직임을 멈춘 지 1분이 지났어. 붉은 벽이 오그라들고 생기 없이 마르기 시작했어. 새빨간 연못 물이 한 방울도 남김없이 어딘가로 흘러가, 방은 이제 붉은 바닥을 드러냈어. 당신, 당신의 삶이 한 번도 빛나본 적 없다고 생각했지? 사실 그랬어. 많이 힘들었지? 당신만 힘들었던 게 아냐. 갇혀 있던 나를 생각해봐. 하지만 이제 모든 게 끝났어.

그러자 또 다른 직감이 무서운 속도로 나를 치고 갔어. 이젠 나갈 수 있어. 벽의 탄력이 약해졌어. 여긴 살아 있는 게 아무것도 없어. 나는 길게 자란 내 손톱을 잠깐 동안 내려다봤어. 지금까지 왜 몰랐을까? 나가는 건 아주 쉬운 일이었어. 손톱으로 벽을 찢어내면 되는 거였지.

그러다 고개를 들었어. 문득 아무 소리도 들려오지 않는다는 걸 깨달은 건 그때였어.

주위가 너무 조용해서 나는 무슨 소리든 내보려고 입을 열었어. 뭔가 말을, 아 이제 나가야지, 뭐 그런 말을 해볼 참이었지.

입에서는 바람 소리 비슷한 것조차 새어 나오지 않았어.

누군가가 내게서 스피커 선을 뽑아버렸어.

나는 입을 벌린 채 있는 힘을 다해 소리 없이 악을 쓰다가 그제야 깨달았어. 이 방이 어디인지, 내게 왜 두 다리가 있는지.

내 다리는 너무 오랫동안 굳어 있어서 움직이지 않을 거야. 그렇지만.

나는 당신이었어. 당신이 되고 싶어 한 모습이었어.

나는 당신이었어. 당신이 걸을 수 없었지만 결코 버리지 못했던 길이었어.

나는 당신이었어. 빛나지 않는 그 모든 순간에조차.

나는 당신이었어. 당신을 유일하게 하는 음악이었어.

나는 당신이었어. 당신의 꿈이었고, 외로움이었어.

당신은 내가 있어서 그토록 외로웠던 거야.

하지만 이제 당신이 없다면, 나는 누구지?

*

산소 호흡기가 떨어져나갔다. 의사가 그녀의 얼굴 위로 하얀 시트를 덮었다. 나는 멍하게 그걸 바라보고 있었다.

이렇게 끝나는 곡이었나.

울음소리만 낭자했다. 이런 곡이었던가.

사람들이 그녀의 침대를 밀고 문밖으로 나가려는 순간이었다.

"잠깐만요!"

작기는 했지만 내 귀엔 분명히 들렸다. 그녀의 몸을 감싼 하얀 시트 아래에서 아주 작은 소리가 났다. 알아주는 사람은 별로 없지만 나는 DJ다. 폭발할 듯 시끄러운 클럽 안에서 디제잉을 하면서도 헤드폰 안에서는 완전히 다른 음악을 들을 수 있다. 나는 달려가 그녀의 가슴 가까이로 고개를 기울였다.

그건 쿵, 쿵쿵, 하고 아주 작게 울리는 킥 드럼 소리였다.

제 알을 지켜낼 보금자리를 만들려고 금계가 발로 열심히 흙을 헤집는 소리였다.

발에 북채가 묶인 원숭이가 테이블 밑에서 쳐대는 북소리였다.

아니, 심장 박동이란 게 어때야 하는지 모르는 누군가가 그녀의 심장 속에서 힘겹게 작은 발을 굴러대는 소리 같기도 했다. 불규칙했다. 도무지 리듬 감각이라는 게 없었다. 쿵쿵. 쿵쿵, 쿵. 쿵쿵쿵, 쿵.

소리가 점점 커졌다. 하얀 시트가 조금 움직였다. 뭐 하는 거요? 저리 못 비켜? 하고 나를 뜯어내던 사람들이 깜짝 놀라 동작을 멈췄다. 그들이 침대를 병실 안쪽으로 도로 밀었다. 시트를 벗겨내고 그녀의 온몸에 전선을 다시 연결했다. 멈춰 있던 그녀의 온몸이 춤을 추는 것처럼 커다랗게 움찔거렸다.

순간 그녀가 붕대 사이로 반짝, 눈을 떴다.

무언가를 말하려는 듯 그녀의 입술이 벌어졌다.

그녀 어머니가 오열하며 매달렸다.

"빛나야, 빛나야! 아이구 하느님! 내가 누군지 알겠니? 나 알겠어? 내가 누군지, 알겠어?"

그렇게 몇 분이 흘러갔는지 모르겠다.

미러볼에 반사된 조명처럼 얇게 조각난 햇살이 좁은 병실 안으로 쏟아져 들어왔다. 소독약 냄새 가득한 댄스 플로어에 사람들이 꽉 차 있었다. 웃는 사람, 소리치는 사람, 취한 듯 얼굴이 붉어진 사람, 무언가를 묻는 사람, 대답하는 사람, 춤 추듯 온몸을 던지는 사람.

몇 발짝 뒤에서, 나는 웃어보려고 했다.

표정은 웃고 있는데 눈에서는 탄산수 비슷한 것이 줄줄 흘러나오기 시작했다. 나를 처음 안았을 때 아버지도 이런 표정이었을까.

쿵 쿵 쿵, 점점 커지는 그녀의 심장 소리를 들으며 나는 보이지 않는 크로스페이더를 천천히 그녀 쪽으로 밀었다. 그리고 속으로만 간절하게 중얼거렸다.

당신이 누군지 알고 있어요?

"나는,"

그녀의 입술에서 희미한 목소리가 흘러나왔다.

"DJ 론리니스예요."

그것이 그녀의 새로운 이름이었다.

말들이 내게로 걸어왔다

1

말 한 마리가 지나갔다. 갈색 말이었다.

인천에 파견 근무를 나가게 된 후배를 근무 예정지인 M사에 태워다주는 길이었다. 박촌역 근처에 접어들면서부터 길이 막히기 시작했다. 인천가구마트 앞 삼거리에서 신호등에 걸렸다. 벌써 9월 중순이었지만 오후 두 시 반의 공기는 여전히 텁텁하고 끈적끈적했다. 말은 우리 차 바로 곁을 스쳐, 중앙선을 밟으면서 천천히 걸어갔다. 안장도 얹혀 있지 않고 기수도 타고 있지 않았다. 4차선 도로에 열을 지어 선 차들의 창문이 하나 둘씩 열리고 사람들이 머리를 내밀었다. 도심 한복판에 난데없이 나타나 걸어가는 말을 보고 사람들은 저마다 한두 마디씩 내뱉었다. 의아함과 즐거움이 뒤범벅된 탄성들이었다. 하지만 말은 뭔가 바쁜 일이 있다는 듯 고개를 숙인 채 그냥 뒤쪽으로 사라졌다.

"선배, 봤어요? 봤죠? 뭐지? 시내 한복판에 웬, 말?"

"이 근처에 승마장이 있다더라. 아마 도망쳐 나온 모양이지."

M사에는 전에도 여러 번 가본 적이 있어서 인천 시내 지리는 어느 정도 꿰고 있었다. 하지만 후배는 내 그런 설명만으로는 만족할 수 없는 모양이었다. 조금 전까지만 해도 입을 꾹 다물고 졸다 깨다 하던 녀석은, 조수석에서 몸을 비틀어 더 이상 보이지 않을 때까지 말의 뒷모습을 바라보면서 연방 감탄 어린 문장을 쏟아냈다. 아아, 그렇구나. 어떻게 안 잡히고 여기까지 용케 나왔네. 승마장이면 산 근처에 있는 거 아니에요? 쟤는 왜 산으로 안 들어가고 시내로 나왔을까? 그나저나 아무도 붙잡지 않네. 저런 건 어떻게 하면 좋죠? 말이 중앙선 위를 걸어가면 그건 불법인가? 누군가 어떻게 해야 되는 거 아니에요? 차에 치이면 어쩌려고. ……선배, 근데 봤어요? 태어나서 말을 실제로 본 건 처음인데 눈이 너무 예쁘네. 희미하게 눈물이 그렁그렁하던데. 갈기도 찰랑거리고 온몸의 털도 촉촉한 게, 그렇게 예쁜지 처음 알았어요.

나는 에어컨 버튼으로 손을 뻗어 바람의 방향을 바꿨다. 후배는 말을 멈추더니 백미러로 내 눈을 들여다보며 물었다.

"선배, 전에 저런 거 본 적 있나 봐요?"

"아니, 없어."

"그런데 어떻게 그렇게 덤덤해요? 아무 감흥도 없는 것 같아."

"운전을 하고 있으니까 그렇지."

그렇게 대답하면서 나는 핸들을 괜히 꼭 잡았다. 하지만 길은 벌써 10분째 막혀 있었다.

"난 지금 누가 머리 뚜껑을 열고 차가운 바람을 확 불어넣은 것처럼 머리가 띵하고 아찔한데. 뇌 주름 하나하나가 막 깨어나는 느낌이라고요."

그러니, 나는 생각했다. 뇌 주름이 깨어난다고?

후배가 고개를 돌려 나를 빤히 쳐다보았을 때, 나는 머릿속에서 방금 지나간 말의 털 빛깔을 '갈색'이 아닌 다른 단어로 바꿔보려는 참이었다. 하지만 그건 그냥 갈색이었다. 핸들을 꼭 잡으면서 나는 무릎께를 내려다보았다. 스커트 아래로 스타킹이 보였다. 그냥 맨다리에 샌들을 신을 것을. 스타킹을 꺼내 신기에는 아직 너무 더웠다.

스타킹처럼 커피색인 말……

"생각할수록 신기하네. 도시 한가운데에서 말을 보다니."

"여기서 일하는 동안 잘 연구해봐. 어쩌면 또 지나갈지도 모르잖아."

나는 별생각 없이 대구했지만 후배는 정말 기분이 좋아 보였다. 거의 사춘기 소년으로 돌아간 것 같았다. 내가 기억하는 건 말을 제대로 보지 못했다는 것뿐이었다. 눈은 어떤 모양이었지? 몸집은 컸던가 작았던가? 말발굽 소리는 어땠지? 기억나지 않았다. 그것으로 끝이었다. 몇 분이 더 지났을까. 신호등이 바뀌었다. 길이 뚫렸고, 나는 길이 뚫려서 좋았다. 서울 사무실로 돌아가 정리해야 할 일들이 많았으므로 서둘러야 했다.

A에게서 전화가 걸려온 건 그날 밤이었다.

2

……뇌경색이 젊은 사람한테도 올 수 있다는 거 아세요? 제가 아는 어떤 사람은 아주 젊은데…… 저랑 동갑이고, 서른한 살밖에 안 됐는데 온 거 있죠. 어느 날 밥을 먹고 설거지를 하는데, 수도꼭지를 잘못 틀어서 찬물 대신 뜨거운 물이 쏟아졌대요. 물이 튄 왼손이 뜨거워서 깜짝 놀라 몸을 움츠리는데, 가만 보니 물줄기를 고스란히 맞고 있는 오른손에는 아무 감각이 없더래요. 너무 이상해서 왜 이러지? 하며 자리에 앉았더니 이번엔 오른팔과 오른다리가 뻣뻣이 굳어오기 시작하더래요. 몸을 움직일 수 없어서 자리에 누워 남편을 부르려는데 입술 반쪽이 움직이질 않았다죠. 남편이 깜짝 놀라 병원에 데려가보니 졸지에 그런 병명이 떨어진 거예요. 몇 번의

뇌출혈을 모르고 지나가는 동안 상태가 점점 심각해져서 반신마비까지 온 거죠. 하지만 더 심각한 건 언어 장애였죠. 그 사람, 젊은 나이에 꽤 촉망받는 시인이었거든요. 시집도 몇 권 냈는데, 속 빈 강정이라는 악평이 없진 않았지만 요즘 세상치고는 꽤 많이 팔렸어요. 결혼한 지도 얼마 안 됐고요. 그런데 갑자기 언어 장애가 온 거예요. 좌뇌가 손상되면서 머릿속에 든 말들이 통째로 사라져버렸대요. 물리치료를 받아서 몸은 조금씩 움직일 수 있게 됐는데 언어는 조금도 돌아오지 않아서 엄마, 밥, 이런 한두 마디밖에는 못한다지 뭐예요. 수술을 할지 약물만 쓸지는 아직 잘 모르지만 정말 까맣게 말을 다 잊어버린 거죠. 참, 세상일은 아무도 모르는 건가 봐요. 그렇게 젊고 잘나가던 사람이, 언어로 먹고살던 사람이 그렇게 되다니. 그러면 기분이 어떨까? 답답하고 억울하겠죠? 세상은 공평하니까, 조금은 재능이 있었으니까 자기에게 그런 일이 일어날 수도 있다는 생각 같은 건, 역시 못했겠죠?

팀장은 내 얼굴을 한참 들여다보았다. 문득 주위가 조용한 듯싶어 돌아보니 폭탄주를 돌리던 사무실 사람들이 동작을 멈춘 채 모두 나를 뚫어져라 쳐다보고 있었다. 나와 눈이 마주치자 그들의 시선은 일제히 자기 술잔으로 돌아갔다. 사람들의 입이 다시 열리고 그 입에서 말들이 주룩주룩 흘러나오기 시작했다. 시끄러웠다. 회식은 이래서 싫다. 술이 들어가면 사람은 쓸데없이 시끄러워진다. 나는 그런 종류의 사람이 아니라고 예전에는 확신했다.

"그거 알아?"

"뭐요?"

"자기 지금 입사하고 나서 최고로 말 많이 했어. 뭐야, 자폐증 아니잖아?"

"……"

"그거 기억나? 기주씨 입사하고 얼마 안 돼서였지. 오늘처럼 회식을 하고 방향이 같아서 나랑 같이 택시 타고 가는데, 자기 삼십 분 동안 한마디도 안 한 거? 억지로 말이라도 시켜볼까 했는데 싫어하는 것 같아서 참았지. 이 얘기 누구한테 하면 아무도 안 믿는다. 그땐 나랑 말하는 게 그렇게 싫은가 싶어 맘이 좀 상하더라고."

팀장은 나를 '자기'로 불렀다. 사무실 사람들을 대할 때면 언제나 보이지 않는 벽이 느껴졌다. 아무도 내게 술을 강권하지 않는다. 회식 자리에서 일찍 빠져나와도 아무도 붙잡지 않는다. 아무도 나와 사생활을 조곤조곤 나누려 하지 않는다. 이 모든 건 모르는 사이에 내가 자초한 일이었다. 남자들의 세계인 엔지니어링 회사에서 내가 유일한 여직원, 그것도 사무나 경리직 사원이 아닌 엔지니어이기 때문만은 아니었다. 딱히 사무실 사람들에게 문제가 있는 것도 아니었다. 단지 사람들과 말을 섞는 일을 내가 별로 좋아하지 않는 것뿐이었다. 하지만 이 사람들 가운데 예외가 있다면 팀장이었다. 내가 그와 친해지는 데는 꽤 시간이 걸렸지만, 그가 놀라운 인내심을 갖고 노력해서 그 일을 가능하게 했다. 올해 서른일곱, 두 아이의 아빠인 그는 팀원 모두와 흉금을 털어놓고 지내는 걸 신조로 여기는 사람이다. 팀원 중 누군가가 외떨어져서 겉도는 걸 절대로 그냥 넘어가지 못하는 성미다. 점심 먹을 땐 막내 직원까지 꼼꼼히 챙기고, 김치와 국물이 없으면 밥을 먹지 못하며, 프로젝트가 없는 기간엔 여섯 시 땡 치자마자 아내와 아이들이 좋아하는 치킨이나 달콤한 도넛을 사들고 집으로 달려가는 남자. 높은 건물을 보면 우선 층수를 센 다음 한 층의 높이에 층수를 곱해 건물의 전체 높이를 계산한다. 사람들이 많은 곳에 있을 때는 비슷한 방법으로 건물 전체의 인구를 파악한다. 그런 일을 즐거워한다. 한마디로 평화롭고 무해한 사람이다.

"저 원래 그렇잖아요."

"그래, 조금 지나니까 원래 그런 걸 알겠더라. 근데 그땐 참 이상한 여자도 다 있구나 했지. 이런 애가 우리 팀에 섞여 들 수 있을까 걱정도 했고. 사실 자기가 좀 이상하긴 하잖아? 아무리 봐도 공대 출신으론 안 보이니. 자기가 컴퓨터 엔지니어란 걸 누가 믿겠어? 학교 다닐 때 공업수학도 지지리 못했을 거 같은 분위긴데. 근데, 요즘 사람들도 시 같은 거 읽나? 자긴 읽어?"

"안 읽어요."

"왠지 집에 숨겨놓고 읽을 것 같은데? 뭐 어때. 이런 사람도 있고 저런 사람도 있는 거지. '언어'라는 말을 들으면 나처럼 자바Java나 C++를 떠올리는 지극히 평범한 엔지니어도 있고, 시를 떠올리는 좀 요상한 엔지니어도 있는 거지. 그냥 장르가 다른 것뿐이라고. 우리도 장르만 다르지 언어로 먹고 사는 거잖아? 근데 기주씨 그 시인이랑 친한가 봐?"

"아닌데요. ……그냥 아는 사람이에요."

"그래? 가까운 사람 같은 얼굴이어서."

3

나는 갑자기 말이 많아졌다. 한 번도 쓰리라고는 생각해본 적 없는 이런 글을 쓰고 있는 것도 그래서다. 하지만 글이라는 연약한 형태를 빌려 종이 위에 풀어놓는 이것들이 온전히 내 것이 아니라는 사실을 나는 안다. 여자들이 구두를 탐내고 남자들이 전자 제품을 탐내듯 나는 말〔言〕을 탐했지만, 그뿐이었다. 정말로 이런 언어들을 가져본 적도, 갖게 되리라고 생각해본 적도 없다. 분명한 건 희주가 쓰러진 날부터 내 머릿속으로 낯선 말들이, 내가 본 적도 들은 적도 없는 말들이 미친 듯 걸어오기 시작했다는 사실뿐이다. 이 말들이 어디서 왔는지, 얼마나 내게 머무를지 나는 알지 못한다. 내가 할 수 있는 일은 이것들이 사라지기 전에 노트북을 여는 것뿐이었다.

4

　희주는 어려서부터 툭하면 잔병치레를 했고 몇 번은 입원까지 했다. 여덟 살 때의 기억은 아직도 생생하다. 독감으로 39.5도까지 열이 올라 얼굴이 자줏빛이 된 희주가 병원 침대에 묶여 있었다. 주사를 안 맞겠다고 울면서 하도 길길이 날뛰어서 간호사들이 할 수 없이 두 팔과 다리를 밴드로 침대에 고정해야 했던 것이다. 나는 엄마 뒤에 숨어서 보고 있었다. 의사가 다가오는 걸 본 희주는 작은 입을 새빨갛게 벌리고 악을 쓰기 시작했다.

　"엄마, 내가 주사 맞으면 나한테 뭐 해줄 거야? 이 주사 맞는 대가로 나한테 뭐 사줄 거냐고? 삼성당 세계명작동화전집은 벌써 다 읽었어. 재믹스 게임기가 갖고 싶어. 아니면 자전거, 아니면 요즘에 새로 나온 백한 가지 인형 옷 갈아입히기 세트도 괜찮아. 알았지? 사주는 거다? 안 사주면 나 이 주사 안 맞을 거야. 나 몸도 약한데 아파서 죽어버릴 거야."

　순간 나는 기가 질렸다. 나로서는 도저히 떠올릴 수도 없는 일을 희주는 했다. 엄마를 협박한 것이었다. 내겐 희주가 엄마를 협박했다는 사실과 그 협박의 내용 둘 다 충격이었다.

말들을 침대 위에 마구 뱉어내면서, 희주는 자신의 욕망을 이루기 위한 무기로 그것을 당당하게 이용했다. 파란 카디건을 걸쳐 입은 간호사가 반짝이는 주사 접시를 내려놓더니 짜증스러운 표정을 했다. 온몸이 으슬으슬 떨렸지만 나는 도망치지 않고 희주의 악다구니를 끝까지 들었다. 아파서 죽어버릴 거야. 희주가 아무렇지도 않게 한 그 마지막 말은 내겐 그야말로, 참신했다.

엄마가 퇴원한 희주에게 무엇을 사주었는지는 기억나지 않는다. 하지만 희주가 입원해 있는 동안 의사와 간호사들이 한결같이 하던 말은 기억난다. 아, 그 시끄러운 애. 그 건방지고 버르장머리 없는 애. 그런 애는 처음 봤다니까.

서른한 살 희주는 아무 말도 하지 않았다. 내가 들어가자 고개를 조금 비틀고 입을 약간 씰룩였을 뿐이다. 입술 왼쪽만 올라갔다 내려갔다 했다. 얼굴 왼쪽은 바르르 떨리는데, 오른쪽은 붓으로 접착제를 한 겹 발라놓은 듯 딱딱하게 굳어 움직이지 않았다.

"……장애 판정을 받을 수 있대."

A가 조금도 작지 않은 소리로 말했다.

"우리가 하는 말, 못 알아들어. 내가 누군지도 못 알아보고. 아마 너도 못 알아볼걸. 글씨도 못 읽어. 언어에 대한 기억이 아예 사라져버렸나 봐. 기주야, 나 미쳐버릴 지경이다."

파란 줄무늬가 들어간 환자복을 입은 희주는 턱을 꼿꼿이 당기고 등을 세워 침대 위에 앉은 채 A와 나 사이의 허공 어디쯤을 보고 있었지만 표정이 없었다. 정말 못 알아듣는 것일까? 그러니까 언어 기능에만 장애가 생긴 게 아니라 뇌가 아주 치명적으로 망가져버린 걸까? 어느 날 갑자기 뇌출혈로 쓰러져서는 다섯 살 아이의 지능으로 돌아가버리고, 다시는 돌아오지 않는 사람들처럼? A는 손바닥으로 얼굴을 문지르며 침대 옆 간이의자에 걸터앉았다. 규칙 같은 건 사양한다는 듯 들쭉날쭉하게 자란 얇은 수염이 코와 입 주위를 뒤덮어 A는 다섯 살은 더 나이 들어 보였다. 여러 날 병원에서 지낸 피로를 보상받고 싶다고 소리라도 치는 듯한 표정이었다. 희주와 닮은 데가 있는 사람이라고 언제나 생각해왔지만 그게 어딘지는 몰랐는데, 그 순간 알아차렸다. 희주가 B나 C가 아닌 A와 결혼한 데엔 다 이유가 있었다. A가 내가 아닌 희주와 결혼한 데에도. 근본적으로 이 두 사람은 하고 싶은 말을 속에만 담아두는 법을 모른다.

"뇌경색이 생긴 근본 원인이 뇌혈관 기형이래. 머리가 너무 좋아서 요절하거나 미쳐버리는 사람들 있지? 얘 머릿속이 그 사람들 머리처럼 생겼대. 일찍 안 죽은 게 이상한 일이라나."

"……"

"안 올 줄 알았어. ……그런데, 왔네. 말은 못해도 누가 오길 희주가 간절히 기다리는 것 같았어. 그게 너일 것 같아서."

5

희주의 시가 실린 문학 잡지 몇 권을 뒤적이다가 나는 검은 볼펜을 집어들었다.

뇌경색

젊은 시인 윤희주의 언어는 쫄깃하고 참신하다. 세계를 읽어내는 그의 언어는 결코 마르거나 굳지 않는 샘 같아서 퍼내도 퍼내도 새로움으로 촉촉하게 차오른다. <u>새로움도 계속되면 이내 빳빳하게 굳고 식상해지게 마련인데</u> 데뷔 삼 년이 지나도록 그는 아직 독자들을 실망시키지 않고 있다. ─『○○문학』, 2006년 봄호

뇌출혈

윤희주의 시는 금방이라도 터져버릴 것 같은 직유와 은유, 순도 높은 상징들로 가득하다. 그는 세상에 흘러다니는 단조로운 상투어들, 감흥 없는 말들에 대해 근본적으로 분노하는 시인이다. 때로 그 분노는 너무 깊고 커서 시행을 조각내며 <u>피를 철철 흘리고 말 것 같다.</u> 그는 하나의 사물이 품고 있는 수백 가지 이미지 중 어느 하나도 버리지 않고 동시다발적으로, 입체적으로, 전방위에서 사물을 관찰한 다음 압축한 행 안에

그것을 모두 담아낸다. <u>자신을 파괴할 것처럼</u> 팽팽하게 행간을 채우고 있는 이미지들은 그 아찔한 긴장 때문에 더욱 높은 차원의 카타르시스를 이끌어낸다. ──『문학△△』, 2005년 가을호

뇌혈관 기형

윤희주는 세계의 동시통역사이다. 시가 세계를 자신만의 언어로 번역하는 행위라면 윤희주의 욕망은 번역에 그치지 않고 동시통역에까지 도달한다. 때때로 그의 시에서는 <u>남들이 전혀 듣지 못하는</u> 세계의 소리, 그 <u>음습하고 기이한 외국어를 계속해서 듣는 자</u>의 견딜 수 없는 고독이 느껴진다. 범인(凡人)들보다 훨씬 많은 언어와 이미지와 감성이 낳는 고통을, 그는 세계를 쉴 새 없이 동시통역하는 행위로 풀고 있는 게 아닐까.
　　　　　　　　　　　　──『문학과□□』, 2005년 겨울호

희주의 상태와 관련 있는 병명들을 여기저기 소제목처럼 달아놓고 밑줄도 긋고 나니 평론가들의 말은 더욱 설득력 있게 들렸다. 모두들 무언가를 예감하고 있던 것처럼 보이지 않는가. 하지만 결국 뇌경색, 뇌출혈, 뇌혈관 기형일 뿐이었다. 나는 특히 '기형'이라는 두 음절을 여러 번 입속에서 굴려보았다. 그러니까 정상이 아닌 건 희주였다, 내가 아니라.

희주는 말이 많은 데다 말을 잘하는 아이였고, 나는 조용함이 지나쳐 고요하기까지 한 아이였다. 희주는 눈에 띄지 않으

려야 앓을 수 없는 아이였고, 나는 존재감을 얻으려면 결석 정도는 해야 하는 아이였다. 아무도 윤기주와 윤희주가 이란성 쌍둥이라는 사실을 알지 못했다. 우리가 다닌 초등학교에 윤씨 성을 가진 아이는 그렇게 많지 않았는데도. 둘 다 달릴 주(走)라는 한자를 썼는데도.

희주는 내가 태어나고 9분 후에 세상에 나왔다. 엄마는 그 9분 동안 무슨 생각을 했을까. 뭔가 계획이라도 세운 것일까. 그러지 않았다면 어떻게 우리를 그토록 조금도 닮지 않게 키울 수 있었을까. 내가 기억하는 한 엄마는 마치 우연히 한집에 들어온 아무 상관없는 두 아이처럼 우리 둘을 대했다. 희주에겐 무채색 계열의 단아한 원피스를 입히고 찰랑찰랑 길러 허리까지 닿는 생머리를 커다란 리본으로 묶어주었다. 내겐 언제나 한 치수나 두 치수 정도는 큰 데님 셔츠와 청바지를 척척 걸어 입히고 운동화를 신겼다. 엄마는 커트 머리가 내게 잘 어울린다면서 나더러 새끼 사자 같다고 했다. 내 머리는 결코 귀밑까지 내려온 적이 없었다. 엄마는 희주에게 여러 가지 책을 사주었고 시험에서 한 문제만 틀려도 화를 냈다. 내가 TV 앞에만 앉아 있을 땐 그냥 내버려두었다. 졸업하기 직전에 알게 된 사실이지만, 엄마는 심지어 우리가 같은 반에 배정되지 않게 해달라고 초등학교 6년 내내 학교에 찾아가 부탁까지 했다. 키가 자라고 가슴이 조금씩 나오면서 나는 엄마를 미워하기 시작했다. 하지만 엄마는 내게 무한한 애정의 근원이었기 때문에 영원히 미워할 수는 없었다. 그래서 나는 다른 해결책을 찾아냈다. 의심이라는 해결책이었다.

아무리 이란성이라고는 하나 희주는 결코 내 쌍둥이 동생이 될 수 없었다. 그럴 수는 없었다. 그 애를 나와 한 핏줄로 인정하는 일은 내가 '쌍둥이'라는 개념에 대해 갖고 있던 모든 경건한 믿음을 배반하는 일이었다. 무언가가 조작되거나 비약되거나 생략된 게 분명했다. 중학생이 되었을 때, 나는 엄마에게 산부인과에서 찍은 우리의 출생 사진을 보여달라고 했다. 엄마는 의아해하면서 벽장에서 낡고 두꺼운 앨범을 꺼내왔다. 앨범 속에는 빨갛고 흉하게 생긴 두 명의 신생아가 눈을 감은 채 나란히 누워 있었다. 한 명은 나이고 다른 한 명은 희주라고 사진 속 이름표가 말해주었다. 밤고구마처럼 무럭무럭 살이 오르고 덩치가 큰 쪽이 나라는 건 대충 믿을 수 있었다. 하지만 나보다 조금 작을 뿐 비슷하게 추한 몸을 한 그 옆의 아이가 희주라는 건 믿을 수 없었다. 나는 물었다. 엄마, 얘가 희주 맞아?

엄마는 부엌 식탁에 앉아 파인지 양파인지를 다듬으면서 그럼 걔가 희주가 아니면 누군데, 하고 나른하게 대답했다. 어떤 말들은 입 밖으로 내뱉는 대신 혀 밑으로 밀어 넣는 게 낫다는 사실을 그때 이미 터득한 나는 속으로만 생각했다. 우리 둘은 아버지가 다르거나 엄마가 다르다. 나는 우리 아버지와 엄마의 친딸일 것이다. 하지만 희주는 아마도 아닐 거다.

부적절한 관계로 아이를 만든 쪽이 엄마인지, 이혼해서 따로 살고 있는 아버지인지는 모르겠지만, 뭔가 어른들의 복잡한 음모와 사정이 개입해서 함께 살고 있을 뿐 희주의 운명은 나보다는 훨씬 어두울 거다. 산부인과 사진 같은 건 얼마든지 조작할 수 있다. 가짜로 꾸며낸 것에 불과하다. 엄마는 희주가 불쌍한 처지에 있기 때문에 데려와 같이 살고 있는 거다. 불쌍하니까, 엄마로서도 나한테 해주는 것보다는 훨씬 잘해줄 수밖에 없는 거다. 나는 필사적으로 그렇게 생각했다. 그래야 이치가 맞고 균형이 잡혔다. 그렇지 않은가? 만약 친딸이 아닌 게 내 쪽이라고 한다면 신은 존재하지 않는다고 생각해야 했다. 아직 어려서 구체적인 개념은 없었지만, 나는 세계가 어느 정도 선에서 균형을 이루어야 한다는 사실을 막연하게 깨치고 있었다. 아무리 신이라도 그런 악의 어린 불균형을 일부러 저지르는 건 너무 성가신 일이 아닐까?

하지만 키도 가슴도 더 이상 자라지 않게 됐을 때, 산부인과 사진이 조작된 게 아니라는 것쯤은 알게 됐을 때, 세상에는 해명되는 것보다 해명되지 않는 것들이 더 많다는 사실을 깨닫기 시작했을 때, 나는 비로소 엄마를 이해할 수 있었다. 그러니까 엄마는 나름대로 나를 최대한 배려한 셈이었다. 엄마는 처음부터 알고 있었다. 어쩌면 두 개의 전혀 닮지 않은 정자가 아버지 몸을 빠져나와 엄마의 난자를 향해 동시에 전력 질주를 시작했을 때부터 엄마는 알고 있었는지 모른다. 내가 아무리 애쓰고 발악하고 울고 달려본들 결코 희주의 상대가 될 수 없는 아이라는 것을.

6

"그래서 계속 저렇게 있는 건가?"

"가능성이 있을지도 현재로선 모르겠다던데. 우리 얼굴도 못 알아보잖아. 완전히 맛이 간 게지."

"어떻게 하루아침에 저렇게…… 저 친구 생각이 많겠어……"

"그러게. 시인이 언어 장애가 됐으니."

"솔직히 저 여자가 시를 잘 써서 떴나? 얼굴로 떴지."

"그렇긴 했지…… 그게 시였냐. 애들 말장난이었지. 아픈 사람 병문안 와서 이런 말 하긴 참 그렇지만."

"그래도 반반하긴 했는데. 참 안됐어."

A가 화장실에 가면서 밀고 나간 병실 문은 느슨하게 조금 열려 있었다. B와 C는 복도에서 하는 말이 병실 안쪽까지 들린다는 걸 알지 못했다. 갑자기 지독하게 목이 말라, 병실 한쪽에 놓인 작은 냉장고에서 오렌지 주스 캔 하나를 꺼내 땄다. 희주는 내가 자리에서 일어나 냉장고까지 갔다가 돌아오는 걸 왼쪽 눈으로 가만히 보고 있었다. 시큼하고 복잡한 감

정이 목을 타고 넘어갔다. 우선 '애들 말장난'이라는 말에 내 안의 어떤 부분이 기쁨으로 희미하게 요동쳤다. 그러니까 내가 그토록 열등감을 가졌던 희주의 시는 별로 대단한 게 아니라는 얘기였다. B와 C는 둘 다 시인이면서 문학평론가였다. 두 사람의 말에는 내가 알지 못하는 세계가 부여하는 어떤 권위 같은 게 있었다.

그러나 곧 알 수 없는 역한 맛이 목구멍에 걸렸다. 희주의 첫번째 시가 신문에 실렸을 때부터 B와 C는 주기적으로 화두를 바꾸어가며 새로운 윤회주론(論)을 번갈아 발표했다. 나는 두 사람이 희주를 집요하게 따라다니는 거라고 생각했다. 감정에 눈이 멀어 자신들이 평생 견고하게 쌓아온 문학적 이론과 가치 기준을 모두 잊어버리고, 희주의 시가 세상에서 가장 완벽하고 이상적이라는 잘못된, 그러나 낭만적인 생각을 갖게 된 거라고 믿었다. 그런데 그들이 도발적인 새내기 시인의 유명세를 그저 이용해왔을 뿐이라는 사실이 이제 증명된 셈이었다. 희주가 B나 C가 아니라 A와 결혼해서 다행이라고 생각해야 하는 것일까.

휴대 전화에 032로 시작하는 번호가 떴다. M사에 파견 나간 후배였다.

"선배, 헬프! 나 지금 너무 급한데 좀 도와줄 수 있어요?"

2인용 병실의 건너편 침대에는 루푸스병 환자라는 아주머니가 아까부터 조용히 잠들어 있었고, 남편으로 보이는 중년의 사내도 침대 끝에 엎드려 곤히 자고 있었다. 나는 노트북 파우치를 집어들고 복도로 나왔다. B와 C는 창가 쪽에 붙어 계속 뭔가 말을 주고받는 중이었다. 나는 그들에게서 그리 멀지 않은 창턱에 노트북을 내려놓고 휴대 전화를 어깨와 목 사이에 끼웠다. 예상대로 후배는 제지 공장 스케줄 모델링 작업을 처리하는 데 약간의 문제를 겪고 있었다. M사에서 비슷한 프로젝트를 진행해본 경험이 있어서 내 노트북에는 예전의 모델 몇 개가 저장돼 있었다. 파견 근무가 잦은 엔지니어들은 서로 급하게 도움을 주고받는 일이 많아 항상 노트북을 가지고 다니는 쪽이 편했다. 나는 키보드를 두드려가며 후배에게 작업의 개념을 설명했다. 후배가 쉽게 알아듣지 못해서 설명은 생각보다 길어졌다. 노을이 붉게 창가를 적셨다. 10분쯤 걸렸을까. 고개를 돌려보니 B와 C는 여전히 거기 서서 내 쪽을 보고 있다가 시선을 떨어뜨렸다.

최적화, 알고리즘, 데이터베이스, 솔루션, 퍼포먼스, 통합 관리, 튜닝, 애플리케이션, 유닉스 서버, 다운사이징, 체인지 매니저. 나는 거의 노래하듯 그 말들을 발음했다. 선입 선출(first come, first served; FCFS), 후입 선출(last come, first served; LCFS), 최소 처리 시간(shortest processing time; SPT), 납기일 우선(earliest due date; EDD). 이런 말들의 목록을 나는 끝도 없이 늘어놓을 수 있었다. 그들에겐 내 입에서 장황하게 쏟아져 나온 단어들이 낯선 외국어로 들렸을 것이었다.

어째서일까? 나는 좋으나 싫으나 내가 입에 달고 다녀야 하는 언어들을 한 번도 자랑스럽게 생각해본 적이 없었다. 하지만 그 순간만은 이상하게 뿌듯했다. 나는 B와 C가 나를 통해 세상에 존재하는 다른 종류의 언어를 들었기를, 들었으나 이해하지 못했기를 바랐다.

"고마워요, 선배. 나의 수호천사, 구세주, 완전 소중! 선배 아니었으면 어쩔 뻔했지? 아, 여기 너무 빡세요. 내가 나중에 밥 쏠게요!"

"……너, 말은 봤니?"

"말? 무슨 말?"

"전에 길에서 봤잖아. 갈색 말."

"……언제요?"

"아냐. 힘내, 인마."

등 뒤로 병실 문을 닫았을 때, 희주는 잠들어 있었다.

7

희주는 말이 많았다. 쉴 새 없이 중얼거리고 속살거리고 혼잣말을 했다. 끝없이 말을 하지 않으면 너는 죽고 말 것이라는 예언이라도 들은 것 같았다. 게다가 그 말들도 내가 듣기엔 하나같이 희한했다. 이를테면 여섯 살 때 그 애는 밥을 먹다가 식탁에서 갑자기 큰 소리로 이렇게 중얼거리기 시작했다.

"간장, 간장."

우리는 비빔밥을 먹고 있었는데, 엄마는 희주가 비빔밥이 싱겁다고 하는 줄 알고 놀라서 싱겁니? 하고 물었다. 희주는 답답하다는 표정을 지으며 계속 중얼거렸다.

"밥 말고 저기, 간장 말이야. 저기 간장이 엎질러졌잖아."

희주는 팔을 쭉 뻗어 방 창문 너머를 가리켰다. 엄마도 나도 눈으로 희주의 손가락이 가리키는 곳을 따라갔다. 창밖에는 어두운 밤이 펼쳐져 있었다. 희주는 검은 밤이 세상을 삼켜버린 걸 보고 간장이 엎어졌다고 말한 것이었다. 이 일화는 엄마가 하도 여러 번 되풀이해서 잊고 싶어도 잊히지 않는 것들 중 하나다. 난 그때 어리둥절해하다가 그냥 숟가락 위의 밥을 씹어 삼켰던 것 같다. 얼마나 싱거운 맛이었을까.

희주는 말이 많을뿐더러, 생각한 것은 뭐든 그대로 말해버리는 아이였다. 상대방의 나이나 성별이나 지위나 권력, 때와 장소와 상황 같은 규범적 변수는 희주의 언어 행위에 아무런 영향을 미치지 않았다. 예의나 죄책감이나 본능적인 두려움 같은 최소한의 거름종이조차 없었다. 4학년 때 나는 복도를 지나가다가 희주가 칠판을 지우면서 자기 담임 선생님에게 이렇게 말하는 걸 들었다.

"선생님, 또 제가 백일장에 나가요? 대회만 있으면 저를 내보내시네요. 다른 사람이 나가면 안 될까요? 제가 선생님들의 희생양도 아닌데."

그날 나는 집으로 돌아와 국어사전에서 '희생양'이라는 단어를 찾아보았다. 어휘력에는 도움이 되지 않았지만 나의 사전 찾는 버릇은 그때부터 생겼다. 희주가 나간 그 많은 대회들 가운데 단 하나에도 참가해본 적이 없었지만, 나는 희주처럼 선생님에게 '희생양' 같은 말을 쓰고 싶었다. 그러면 선생님은 내게 백일장까지는 아니더라도 심부름 정도는 시켜줄 것 같았다.

물론 희주의 말버릇이 늘 부럽기만 한 건 아니었다. 한번은 희주가 일하는 언니에게 말을 함부로 해서 엄마에게 따귀를 얻어맞은 적이 있었다. 80년대 한국 중산층 가정의 대부분이 그랬듯 당시 우리 집에도 일하는 언니가 있었다. 눈이 기름하고 몸매가 풍만한 언니였다. 언니는 몸이 약한 우리 엄마를 도와 희주와 나의 도시락을 싸주었고, 우리의 머리를 빗겨주었다. 희주는 어느 날 그 언니를 쳐다보며 이렇게 말했다.

"언니는 식모지? 가정부나 파출부는 아니잖아."

그 말을 모두 들었다. 언니는 아무 말도 하지 않았지만 표정이 미묘하게 변했다. 그날처럼 엄마가 화난 모습을 본 적이 없다. 그러나 희주의 따귀를 때렸어도 엄마에겐 희주가 쏟아내는 말들을 통제할 힘이 없었다.

희주의 언어가 아이들 사이에서 말다툼이나 드잡이 같은 문제를 일으키지 않은 건 당연한 일이었다. 아이들은 그 애의 말이 품고 있는 독에 치명적인 상처를 입기에는 아직 너무 어리고 자아가 모호했다. 하지만 어른들 사이에서 희주의 언어는 언제나 조그만 파문을 일으켰다. 희주는 모든 과목을 잘했지만, 특히 국어와 글짓기에 뛰어났고 한 달에 한 번은 꼭 상장을 집에 들고 왔다. 6학년 때는 무슨 상장인가를 엄마 앞에 던져놓으며 이런 말을 했다.

"오늘 수업 시간에 모두 돌아가면서 아버지 직업을 얘기했는데 내 차례가 돼서 난 우리 부모님은 이혼하셔서 아버지가 뭘 하시는지 모른다고 얘기했어. 그랬더니 선생님이 엄마를 학교에 모셔 오라잖아. 그래서 내가 그랬지. 선생님, 우리 엄마는 바쁘시니까 안 오시면 안 될까요? 우리 부모님은 이혼했지만 저는 아무런 상실감도 느끼지 않아요. 아버지는 이제 타인이고 우리는 아버지와는 상관없이 독립적으로 잘 살고 있으니까요. 그랬더니 선생님이 아무 말씀도 안 하셨어."

읽어본 적이 없었으니, 희주가 백일장에 나가서 무슨 글을 쓰는지는 알 도리가 없었다. 하지만 희주의 말버릇을 아는 나로서는 그 숱한 어른들이 그 애가 종이 위에 풀어놓은 말들에 감탄하고 상까지 준다는 사실이 미스터리였고 커다란 치욕이었다. 물론 지금은 이해할 수 있다. 머리가 주먹만 한 초등학생이 종이 위에 상실감, 독립적, 타인 같은 단어들을 늘어놓으면 단순한 어른들은 눈이 휘둥그레지게 마련이다. 하지만 그때 내가 생각하기에 그것들은 죄다 뱀이었다. 뱀이었고 개구리였고 그 둘이 사랑을 나눠 만든 징그러운 초록색 액체가 가득 든 알이었다. 희주의 입에서는 계속 그런 말들이 튀어나왔다. 학년이 바뀔 때마다 새로운 선생님들은 그 애가 사용하는 파충류의 언어에 새롭게 매혹되었다. 어쩌다 글짓기 수업이 있을 때면 선생님은 아이들이 제출한 작문을 한번 쓱 훑어본 뒤에 언제나 이렇게 말문을 뗴었다. 옆 반에 윤희주라는 애가 있는데…… 희주는 완전히 일제시대 조선 총독부 같은 존재였다. 희주의 스타일을 격찬하는 선생님들 때문에 아이들은 자신의 이름을 걸고 제출한 작문 숙제를 부끄러워해야 했다. 글짓기의 세계에는 윤희주라는 이름만 존재했고, 선생님의 사랑을 받으려면 윤희주가 쓰는 글과 비슷한 스타일로 창씨개명을 해야 했다.

학년이 올라가면서 나는 점점 더 말수가 줄어들었다. 선생님들뿐 아니라 몇몇 조숙한 아이들도 야, 말 좀 해, 뭐가 그렇게 심각하냐, 하고 나를 툭툭 치는 일이 늘어갔다. 그냥 사춘기에 접어들어서였을까? 5학년 국어 시간, 지난번에 낸 작문 숙제에 대해 평가할 차례였다. 웬일인지 선생님이 들어오자마자 내 이름을 불렀다. 선생님은 그전까지 내가 낸 숙제에 대해 간단한 언급조차 한 적이 없었다. 나는 엉거주춤 일어나면서 얼굴이 뜨거워졌다. 하지만 금세 평정심을 회복하고 마음을 단단히 먹었다. 그때까지 반 아이들에게 나는 덩치가 크고 졸린 얼굴을 한, 맨 뒷줄에 앉는, 한마디로 있는지 없는지도 모를 여자 애에 불과했다. 그러나 마침내 모든 게 달라질 시간이 온 것이었다. 최대한 겸손하게 행동해야지, 나는 숨을 들이쉬었다.

"네가 윤희주 언니라면서?"

"……네."

"그래, 앉아라. 이제야 알았다. 윤희주는 글을 참 잘 쓰더라. 동생이 쓴 글도 집에서 좀 읽어보고 그러니? 그러면 좋겠어."

희주가 공기 중에, 종이 위에 토해내는 뱀과 개구리 같은 말들이 나는 부러웠다. 징그러운 초록색 액체가 든 알이라도 좋았다. 그러나 가진 게 평범한 달걀노른자나 메추리 알밖에 없는 사람이라면 입을 다물어야 하지 않겠는가? 나는 점점 더 과묵한 아이가 되어갔다.

8

복숭아를 입으로 가져가는 A의 손가락은 하얗고 길다. 막 부르트기 시작한 아랫입술은 좁은 데다 너무 선명하게 붉어서 흰 얼굴을 더 창백해 보이게 한다.

희주는 휠체어를 타고 물리치료를 받으러 갔다가 휠체어를 타고 돌아왔다. 물리치료실 창문으로 들여다보니 그 애는 공중에 매달린 운동 기구 같기도 하고 교수대 밧줄 같기도 한

벨트를 힘겹게 오른손으로 잡아당겼다가 놓았다가 했다. 신종 고문 기구 같았다. 의사가 희주의 오른발을 쉴 새 없이 주물렀다. 환자복이 땀으로 흠뻑 젖었지만 희주의 오른쪽 얼굴에는 여전히 표정이 없었다. 나는 침대에 도로 올라간 희주에게 문학 잡지를 내밀었다. 가장 최근의 윤희주론(論)이 실린 페이지를 펼쳐 보여주었지만 아무런 반응이 없었다. 희주의 시선은 하얀 종이와 검은 글씨 사이에서 잠시 당혹스럽게 머물다가 이내 초점을 잃어버렸다.

"소용없어. ……초등학교 일 학년 국어 교과서부터 시작하는 게 좋을 거라고 의사가 그러더라니까. 바둑아 놀자, 하는 거 말이야. 기가 막혀서 원."

A가 복숭아 통조림 깡통을 따며 큰 소리로 중얼거렸다. 깡통 뚜껑을 너무나 세게 잡아당겨서 나는 그가 손을 벨지도 모른다고 생각했다. 어떤 의미에서 이 상황을 받아들이기 가장 힘겨운 사람은 명백히 A였다. 그는 꽤 이름 있는 시인이었고 희주를 맨 처음 문예지에 소개시켜준 사람이었으며, 생각해보니 지금은 그의 남편이었다. 어떤 부분 때문에 그토록 오랫동안 희주를 따라다녔는지는 모르지만 그는 희주가 들어간 문예창작과에 강사로 강의를 나갈 때부터 그 애와 함께 있었다. 거품 경제가 무너지면서 엄마가 사채업자들에게 쫓기기 시작했을 때도, 꽤 잘살던 우리 식구가 졸지에 단칸방에 들어앉았을 때도, 나와 희주가 대학을 졸업했을 때도, 희주가 시

인으로 데뷔하고 문단의 비상한 관심을 받기 시작했을 때도,
엄마가 돌아가셨을 때도, A는 언제나 희주를 찾아왔다. 어쨌
거나 그는 A였다. B나 C, 혹은 희주의 주위를 간헐적으로 맴
돌다 사라진 D, E, F, G, H, I, J, K 같은 사람들보다는 훨
씬 지속적으로 희주 곁에 머물렀다. 그래서 나는 아주 오랫동
안 그를 찬찬히 바라볼 수 있었다.

A는 피곤해 보인다. 병 수발을 얼마나 열심히 했는지는 모
르겠지만 안 그래도 인상이 왜소한 사람이 며칠 병원에서 지
내다 보니 머리끝에서 발끝까지 제대로 초췌하다. 힘든 일이
라곤 해본 적 없는 책상물림답게 옹이 하나 박히지 않은 손바
닥부터, 누구의 연락을 기다리는지 불안하게 계속 휴대 전화
를 열었다 닫았다 하는 양까지 어느 하나 내 마음에는 들지
않는다. 하지만 그의 모든 것은 내게 하나의 대화를 떠오르게
한다. 그와 나의 대화다.

—이제 그만둬요. 나랑 같이 있어요. 희주는 가짜예요. 그
애가 하는 말, 써내는 글, 예쁘게 포장한 그 잘난 시 같은 것
들. 그런 것보다 더 좋은 게 그 애 안에는 없어요. 알잖아요.
—기주야, 설령 가짜라도 없으면 살 수 없는 게 있는 법이
야. 나도 그 정도는 알아. 희주가 실체가 없는 여자라는 것
말이야. 하지만 사람들은 가짜인 걸 뻔히 알면서도 소설을 읽
고 영화를 보잖아. 그리고 눈물까지 흘리잖아.

—그래서, 그런 걸 알면서도 결혼하겠다는 건가요. 그런 그 애랑.

—그래.

—……그래요. 그렇군요.

희주의 결혼식 전날 A와 나눈 이 대화를 나는 잊을 수가 없다. 고장 난 레코드판처럼 몇 번이고 머릿속에서 뱅뱅 돌았다. 실제로 일어난 적이 없는 대화여서 더 잊히지가 않았다.

희주가 TV에 나오고, 인터뷰를 하고, 두 사람이 청첩장을 찍어 돌리고, 결혼을 할 때까지 내가 A와 실제로 주고받은 말들은 아무리 변형해봤자 다음과 같은 범주에서 크게 벗어나지 않았다.

—희주 있나요?

—희주요? 나갔는데요.

—그래요. 아, 기주씨라고 했나요? 아직 학교 다니죠?

—네. 졸업반이에요.

—무슨 과라고 그랬죠?

—시스템구축공학과요.

—시스템구축…… 그런 과도 있구나. 공대? 희주는 수학을 지독하게 못해서 문과에 갈 수밖에 없었다던데, 기주씨는 수학을 잘했나 봐요.

─아뇨. 전……

─희주 언제 들어와요?

─잘 모르겠는데요. 희주한테 뭐라고 전해드릴까요?

─괜찮아요. 다시 전화하죠 뭐.

─네……

─여보세요? 기주?

─네.

─희주가 아무 말 안 했니?

─네. 아무 말 안 하던데요.

─그래…… 그렇구나. 참, 잘 지내? 회사 다닌다고 했지?

─네.

─무슨 회사라고 그랬지?

─아이티 계열이에요. 공장 스케줄링 같은 거 하는.

─아…… 아이티…… 그렇구나. 부탁이 있는데, 희주 들어오면 나한테 꼭 좀 전화하라고 전해줄래? 늦게라도 좋다고. 밤새 기다리겠다고. 무슨 말을 해도 좋으니까, 내가 다 설명할 테니까, 제발 나한테 전화 한 번만 해달라고 해줘. 안 그러면 나…… 죽을지도 모른다고. 부탁해.

─……네. 그럴게요.

단순히 말이 많고 건방지며 말버릇이 나쁜 어린아이가 말을 잘하는 아이로, 다시 글을 잘 쓰는 아이로 변해가는 건 흔한 일일까? 그렇지는 않을 것 같다. 희주가 변해간 데에는 여러 가지 복합적인 요소가 작용했을 것이고, 그 가운데 핵심은 흐르는 시간, 그리고 그에 맞춰 자라나기 시작한 희주의 사회적 자아가 아니었을까. 하지만 내가 짐작할 수 있는 건 거기까지였다. 서로 다른 중학교에 배정받고 공부방을 따로 쓰면서부터 우리는 서로의 일상을 예전만큼 깊이 들여다보지 않게 됐다. 고등학교로 넘어가면서 희주는 원래 없던 친구가 더 없어진 것 같았고, 가끔 부은 눈을 하고 집에 돌아왔다. 같은 방에 있어도 특별한 일이 없으면 그 애와 나는 말을 주고받지 않았다. 분명 희주에겐 여러 가지 일이 있었을 것이다. 어쩌면 학교에서 집단 따돌림 같은 걸 당했는지도 모른다. 기억나는 건 말수가 조금씩 줄어든 대신 희주가 더 많은 시간을 종이에 무언가를 적으며 보내기 시작했다는 것이다.

나는 어쩌면 그 애의 시대가 끝나가는 건지도 모르겠다고 성급하게 예상했다. 우리 앞엔 대학 입시가 놓여 있었고, 아무리 글을 잘 써봤자 곧 어른이었다. 글이란 건 어릴 때 누구나 그냥 한번씩 써보는 것 아닌가? 그래야 했다. 어른의 세계는 글 같은 연약한 게 아니라 말이 지배한다. 목소리가 큰 어른들을 볼 때마다 나는 그런 생각을 했다. 희주가 과거를 청산하고 나처럼 그냥 과묵하기만 한 아이로 그 자리에 주저앉아준다면 모든 것을 용서할 의향이 아주 없진 않았다.

하지만 대학에 들어가고 A를 만나면서 희주는 말의 정치학, 자신의 오만을 상처 나지 않게 숨기면서 언어를 이용하는 새로운 방법을 새롭게 깨친 것 같았다. 그전까지 그 애는 말을 하는 행위로써 타인을 정복하고 복속시키고 파괴했다. 하지만 A를 만난 다음부터는 말을 아끼는 일, 충분히 할 수 있는 말을 하지 않는 행위가 말을 하는 행위만큼이나 큰 파괴력을 갖는다는 걸 알아차린 모양이었다. 이제 희주의 말들은 공기 중에 풀려나지 않고 곧바로 종이 위에 옮겨졌다. 그리고 시간이 더 흐르자 그것들은 시집으로 묶여 나왔다. 글의 형태로 종이 위에 옮겨진 희주의 목소리를 듣기 위해 세계가 귀를 기울이기 시작했다.

하지만 A에겐 별로 특권이 없는 것 같았다. 일반적인 세계와 똑같은 절차를 밟아야 연인의 속내를 파악할 수 있는 상황을 그는 생각보다 잘 견뎌내지 못했고, 몇 번이나 내게 흔들리는 목소리로 전화를 걸어 물었다. 희주가 아무 말도 안 해? 정말 아무 말도 안 했니? 함께 있을 때 거의 말을 하지 않음으로써 희주는 A를 지배했다. 그들 사이에서 겉도는 말을 분주하게 배달한 건 나였다. 그러므로 단순히 말수가 적은 아이에서 말을 잘 못하는 아이로, 거기서 다시 글 쓰는 건 물론이고 타인과 대화하는 것조차 싫어하는 아이로 내가 변해간 데에도 A는 일정 부분 책임이 있었다.

희주가, 희주는, 희주한테, 희주를. 독일어 격변화 같은 그 말들을 전하는 내 표정을 A는 단 한 번도 주의 깊게 바라보지 않았다. 그리고 그를 몇 번인가 죽을지도 모르는 상태에 빠뜨린 희주의 그 많은 언어들, 들리면서 들리지 않던 그 목소리들은 이제 통째로 사라져버린 것이었다.

나는 포크를 들고 와서 A가 딴 복숭아 통조림을 먹기 시작했다. 한 조각을 찍어 희주 입에도 넣어주었다. 희주는 오물오물 잘 깨물어 먹었다. 희주가 잘 먹는 걸 보자 갑갑하게 굳은 A의 얼굴이 조금 풀렸다. 얼굴 반쪽에 접착제를 바른 듯 뻣뻣한 희주의 얼굴을 보며 그는 희미하게 웃었다. 내 입에서 말들이 스륵, 흘러나온 것은 그때였다.

"희주야, 이거 뭐지?"

"……"

"이 과일 이름이 뭐지? 요거 요거, 노랗고 달고 매끄러운 이 과일 말이야. 너도 좋아하는 거잖아."

"……어……"

"황도잖아, 황도."

"……"

"희주야, 저기 창밖에 하늘이 무슨 색이지?"

"……?"

"왜, 네가 좋아하는 색이잖아. 너무 어려운가? 그럼 힌트를 줄까?"

"기주야."

A가 끼어들었다.

"가만있어봐요. 자꾸 말을 시켜야 기억이 떠오를 거 아니에요. 희주야, 저 색깔은 네가 아주 다양하게 변형해 자주 묘사한 색깔이야. 푸르뎅뎅하다고도 하고, 푸르스름하다고도 하고, 시퍼렇다고도 하고, 싸늘한 냉소의 빛깔, 모든 것을 다 집어삼키는 서른 살 직전의 마지막 가을 하늘 빛깔, 잔인한 목신의 눈동자 빛깔이라고도 네가 분명히 썼고, 공허밖에 가진 게 없어서 더욱 조용히 이글거리는 빛깔이라고도 네가 썼잖아. 자, 이 빛깔들을 한 단어로 뭐라고 부르지? 이걸 다 통틀어서 무슨 색이라고 하느냔 말이야?"

"야 윤기주, 너 왜 이래? 그만 못 둬?"

A가 내 손목을 붙들며 소리치는 바람에 포크가 바닥에 떨어졌다.

"……어어……!"

희주의 왼쪽 얼굴이 심하게 일그러지더니 시뻘게졌다. 왼쪽 눈썹이 부르르 떨리고 입술에서 침 한 줄기가 흘러내렸다. 무언가 생각이 났는데 말로 할 수 없는 모양이었다. 나는 희주의 눈이 말의 눈처럼 커다래지는 걸 보고야 입을 다물었다. 푸른색이잖아. 희주, 넌 그렇게 쉬운 단어를 왜 모르는 거니?

9

이란성 쌍둥이 동생과는 달리 나는 고등학교 때 수학을 포기하지 않았다. 이차함수를 미분하는 것도 그럭저럭 할 만했고 방정식은 약간 좋아하기까지 했다. 대학에 들어가서는 악명 높은 공업수학에서 평점 B를 받았다. F를 받는 아이들이 수두룩한 과목이었다. 한정된 시간에 최소의 자원을 투입해 최대의 효과를 볼 수 있게 시스템을 설계하고 프로그램을 짜고 코딩을 하는 일이 내 직업이다. 나는 낭비 없이 꽉 짜인 일상, 최적화한 시간과 공간을 만드는 일에서 편안함을 느끼고, 가장 합리적인 해결책을 찾아내기 위해 머리를 굴리는 일이 괴롭지 않다. 높은 건물을 보면 나도 가끔 팀장처럼 머릿속으로 높이를 계산해보고, 내 후배처럼 작은 일에 뇌 주름이 펴지는 것처럼 신선한 충격을 받았다가 일주일 후면 깡그리 잊어버리기도 한다. 화재나 방화 사건 뉴스를 보면 나는 끔찍하다거나 세상이 흉흉하다고 생각하기에 앞서 불을 일으킨 물질이 무엇인지, 그게 정말로 발화 물질이 맞는지를 따져보았다. 나는 감정보다는 논리에, 공감보다는 이해에, 감상보다는 분석에 언제나 더 가까운 사람이었다.

하지만 나는 언제나 내가 그 반대의 사람이기를 바랐다. 그게 문제였다. 엔지니어가 되고 발등에 떨어진 프로젝트의 불길이 활활 타고 있을 때조차 나는 관련 서적보다 소설을 더 많이 읽었고, 근무 시간에도 업무와 관계없는 말들을 찾아 가끔 사전을 뒤졌다. 희주는 내가 속해 있는 세계를 아주 간단하게 가짜로 만들어버렸다. 내가 느껴야 마땅했던 자부심, 내가 만끽해야 옳았던 소박한 즐거움, 내가 가져야 했던 주위 사람들에 대한 고마움을 모조리 내게서 박탈해버렸다. 그것도 목신이라느니 공허라느니 권태라느니 하는 속이 텅 빈 말들, 뜬구름 같은 말들을 가지고 그렇게 했다. 나는 희주 같은 몽상가들보다 내가 하루를 몇 배는 더 생산적으로 살고 있다고 생각하고 싶었다. 몇몇 프로젝트를 실패 직전에 구했고 선배들과 후배에게 가끔 도움도 주고 있으니, 나는 조금은 자신을 자랑스러워해야 옳았다. 하지만 그러지 못했다. 나는 내가 엔지니어인 게 싫었다. 시인이 아닌 게 부끄러웠다. 엄마가 돌아가셨을 때 내가 무엇을 느꼈는지보다 희주가 그 경험을 시에 어떻게 녹여냈는지가 내겐 더 생생하게 남아 있다. 무서운 일이다. 모두 희주가 저지른 짓이었다.

시인학교라는 게 있어. 시인이 되겠다는 사람들 모아놓고 하는 거지. 바닷가에서 일 년에 두 번씩 열리는 건데 이번 토요일부터야. ○○○ 문학포럼이라고 알지? 거기서 주최하는 거야. 귀찮지만 가봐야지 어쩌겠어. 휴가라고 했지? 정말 미안하지만 일주일만 희주 잘 부탁해. 이제 몸은 웬만큼 움직일 수 있으니까 큰 걱정은 안 해도 될 거야.

A가 그렇게 제멋대로인 전화를 걸어온 건 희주가 퇴원하고 2주일째 되는 날이었다. 병원에서는 일단 퇴원을 권유했다. 뇌혈관 기형은 기형 부위를 완전히 제거해야 완치가 가능한데, 희주의 기형은 뇌 조직의 꽤 깊은 부분에 자리잡고 있어서 섣불리 칼을 댔다간 후유증이 심할 거라고 했다. 약물을 계속 쓰면서 지켜보는 보존적 요법을 택하자는 게 병원 측의 소견이었다. 다행히 굳었던 희주의 몸 오른쪽 절반은 눈에 띄게 부드러워졌다. 여전히 거동이 불편하긴 했지만 희주는 일상적인 행동 대부분을 혼자 할 수 있을 정도가 됐고, 통원하면서 물리치료와 심리치료, 약물치료를 같이 받았다. 하지만 여전히 할 수 있는 말은 엄마, 밥, 물, 쉬 정도가 전부였다. 보호해달라고 요구하고 먹고 마시고 싼다. 몇 년 전 문단에서 가장 도발적인 시인으로 손꼽힌 윤희주가 언어로 할 수 있는 일은 그게 전부였다.

모질게 들릴지도 모르겠지만 나는 희주와 함께 일주일이나 시간을 보내고 싶지는 않았다. 정 내키지 않으면 간병인을 부를 수도 있었다. 십수 년간 데면데면하게 살아온 마당에 그렇게 못할 것도 없었다. 내게도 사정이 있긴 했다. 프로젝트를 끝내고 오랜만에 얻은 휴가라서 짧은 여행이라도 다녀올 요량이었으니까. 하지만 전화 속 A의 목소리에 박힌 보이지 않는 무언가가 그러지 못하게 막았다. 그건 무엇이었을까.

처음 가보는 희주의 신혼집은 가구가 별로 없어서인지 꽤 넓게 느껴졌다. 보일러를 틀었는데도 마룻바닥에서 스멀스멀 냉기가 올라오는 것 같았다. 반찬 몇 가지에 간이 진하지 않은 국을 끓여 단출하게 저녁밥을 지어 먹고 희주에게 약을 챙겨 먹였다. 곤봉처럼 생긴 물리치료 기구로 하는 운동을 도와주고 집 안을 한 바퀴 돌다가, 다용도실에서 책 무더기를 발견했다.

저자에게 주는 증정본인 걸까. 희주가 낸 세 권의 시집이 각각 오십여 권씩 노끈으로 단단히 묶여 먼지를 삼키고 있었다. 몇 년 지나지 않았는데 종이가 벌써 누렇게 바래 금방이라도 헌책방에 넘길 책들처럼 보였다. 한 권에 4,500원씩 150권이면 675,000원. 머릿속엔 언제나 계산기가 들어 있지만 그 순간 나는 왜 그런 계산을 하고 있었을까. 어쩐지 가슴께가 답답해 얼른 밖으로 나왔다.

나란히 꾸며진 A와 희주의 서재에는 똑같이 생긴 책상과 의자와 책장이 놓여 있었다. 하지만 잠시 후 틀린 그림 찾기를 할 때처럼 두 방의 차이가 한 점 두 점씩 눈에 들어왔다. 희주의 서재에는 A가 발표한 시집 여덟 권이 연도순으로 차곡차곡 꽂혀 있었지만, A의 서재에는 그 수많은 책들 가운데 희주의 시집 한 권이 없었다. 희주는 자기 서재에도 자기 책을 놓아두지 않았다. 책상 위 책꽂이도 횅하니 비어 있었다. 그리고 보니 컴퓨터도 없었다. 컴퓨터가 없으면 작업을 하지 못할 텐데, 누가 치운 걸까. 희주의 책상 위에는 오른손 마사지에 쓰는 듯한 커다란 호두알 두 개와 약봉지, 약간의 필기 도구와 찜질팩 따위가 놓여 있을 뿐이었다.

나는 기묘한 예감에 사로잡혀 노트북을 열었다. A는 내가 사물의 이면을 뒤집어보지 않고 그대로 받아들이는 사람이라고 생각했을 것이다. ○○○ 문학포럼이라는 유명한 이름을 내가 들어보지 못했을 거라고, 혹은 들어봤기 때문에 의심하지 않을 거라고 생각했는지도 모른다.

A의 말대로 ○○○ 문학포럼은 일 년에 두 번, 여름과 겨울에 바닷가에서 시인학교를 열었다. 하지만 날짜가 달랐다. 올해 겨울 시즌 시인학교는 일주일 전에 모든 일정을 끝내고 성공적으로 막을 내렸다고 홈페이지는 친절하게 알려주었다. 참석자 명단 중에 A의 이름은 없었다. 혹시나 싶어 비슷한 이름의 다른 포럼들도 검색해봤다. 그날부터 열리는 시인학교 같은 것은 없었다. 희주를 부탁한다고 말하던 A의 목소리를 다시 떠올려봤다. 나는 직감이 뛰어난 사람이 전혀 아니었지만 그 목소리를 들으면서는 어딘가 이상하다고 생각했다. 미세한 즐거움이 먼지처럼 풀풀 날리는 것도 모른 채 거짓말을 하고, 아픈 아내를 집에 버려둔 채 A는 누구와 함께 어디로 가고 있는 걸까.

거실에 놓인 TV의 홈쇼핑 채널에서는 정확히 무엇에 쓰는 건지 알 수 없는 제품의 CF가 흘러나오고 있었다. 갑자기 머리가 무거웠다. 창밖에는 어느새 간장이 엎질러진 것처럼 검은 밤이 깔려 있었다. 소파에 앉은 채 끄덕끄덕 졸기 시작한 희주를 나는 흔들어 깨웠다. 부부 침실 침대를 치우고 놓은 전기요 위에 이불을 펴고 나란히 누웠다. 불을 끄고 얼마나 그렇게 누워 있었을까. 잠이 오지 않았다. 사방이 고요했다. 나는 문득 소리를 지르고 싶어졌다.

"희주야, 자니?"

"어어……"

형체를 갖추지 못한 외마디 소리가 새어 나왔다. 나는 희주 쪽으로 돌아누운 다음, 잠에 반쯤 취한 그 애의 두 손을 끌어 내 얼굴에 가져다 댔다. 희주의 오른손은 왼손보다 차가웠다. 나는 그 애의 이마를 짚어보려다 그만두었다. 너무 뜨겁거나 차가울 것 같아 두려웠던 것이다.

"자, 이제부터 퀴즈를 할 거야. 난 네 손을 내 몸 어딘가로 가져갈 거야. 그럼 너는 그 부분의 이름을 말해야 해. 잘 생각나지 않겠지만 내가 도와줄게. 말하지 못하면 너랑 나는 먼지로 변해서 사막으로 날아가버릴지도 몰라. 준비 됐지?"

나는 희주의 양손 끝을 내 양쪽 눈두덩 위에 올려놓았다.

"이건 뭐지?"

"어……"

"힌트! 하늘에서 내리는 거랑 이름이 똑같아. 자, 뭐지? 삼 초 내에 대답해봐."

"어어……"

"삼, 이, 일, 제로. 에이, 눈이잖아, 눈. 너무 어려워? 그럼 이번엔 쉬운 걸로 할게."

희주는 손가락 끝으로 내 몸을 느끼며 과연 무슨 생각을 할까. 궁금했지만 알고 싶지 않기도 했다. 손끝을 차례대로 코, 입, 귀, 턱, 목, 쇄골, 어깨로 가져가봤지만 말을 잃어버린 동생은 한 문제도 맞히지 못했다. 그러다 내 가슴께에 오른손이 가 닿았을 때, 희주가 갑자기 말을 했다.

"어……엄마."

허리까지 오는 긴 생머리를 나풀거리며 공주님처럼 우아하게 걸어가는 희주를 보면서 저 아이의 몸은 절대로 만지지 않겠다고 속으로 다짐한 게 벌써 20년 전의 일이었다. 예쁘장한 팔과 다리였지만 내 몸에 닿는 건 싫었다. 희주는 어른들이 저지른 용서받을 수 없는 비밀에서 태어난 아이였다. 그런데도 사람들의 사랑을 독차지하는 불경스러운 죄를 저질렀다. 불쌍한 아이, 나는 그렇게 생각했다. 하지만 가까이 오지 마. 네 몸이 나한테 닿는 건 싫어.

희주의 두 손은 약간 솟아오른 내 가슴에 그대로 얹혀 있었다.

"틀렸어. 우리 엄마는 돌아가셨잖아. 희주야, 내가 누구지?"

"엄……마. 엄마."

"아니라니까. 힌트를 줄게. 내 이름은 윤기주. 네 이름은 윤희주. 너는 나를 하나도 닮지 않은 이란성 쌍둥이 동생. 그

럼 나는 너를 하나도 닮지 않은 이란성 쌍둥이…… 그 다음
에 뭐지?"

"……어."

나는 참을성 있게 기다렸지만, 희주는 끝내 옳은 답을 생각
해내지 못했다. 어느새 고요해진 희주의 숨소리를 들으며 나
는 어둠 속으로 희부옇게 보이는 천장의 벽지 무늬를 헤아렸
다. 면적당 무늬 수를 센 다음 방 안에 있는 모든 벽지 무늬
의 개수를 어림해봤다. 그러다 스르르 잠들어 몸을 뒤척이며
돌아누웠을 때, 잠결에 희미하게 중얼거리는 소리를 들은 것
같기도 했다.

……언니.

10

오래전에 간절하게 기도를 한 적이 있어. 내가 속으로만 품
고 있던 말들이 얼마나 날카로웠는지 너는 알지 못했겠지. 너
는 절벽 한가운데 맺힌 광물 결정처럼 언제나 내가 닿을 수
없는 곳에서 빛나는 아이였어. 그런 네가 항복한 듯, 포기한
듯 내게 살갑게 군 적이 딱 한 번 있었어. 우리 둘 다 어른이
되기 직전이었지.

여느 때처럼 학교에서 돌아와 멍하니 앉아 있던 내게 네가

쪼르르 달려왔어. 네 얼굴은 창백했고 두려움에 잔뜩 눌려 있었지. 네가 내게 먼저 말을 꺼낸 건 그때가 처음이자 마지막이었어. 언니, 나 무서워. 그때 나 좋아한다던 남자 애 있지. 개가 지금 집 앞에 찾아왔어. 몇 번 만나서 같이 영화도 봤는데 얼마 전부터 개가 내 몸을 만지려고 들잖아. 내게 키스하려고 했는데 내가 입을 꼭 다물고 있으니까 화를 냈어. 그럴 땐 어떻게 해야 해? 나 어떻게 하면 좋아?

드러내진 않았지만 난 속으로 회심의 미소를 짓고 있었지. 그날 오후 네가 내게 토해낸 말들은 단 하나의 수식어도 없이 빈약한 날것이었어. 넌 언어로 세계를 쥐고 흔드는 권력자이자 지배자였지만 그런 너도 그 순간만큼은 현실 세계의 두려움, 바로 눈앞에 달려드는 실체의 무서움을 감당할 수 없었던 거지. 나는 두려움으로 떨리는 너의 어깨를 두 손으로 꼭 잡았어. 그리고 부드럽게 속삭였지. 희주야, 키스는 그렇게 무서운 게 아니야. 어른들은 누구나 하는 거라고. 나랑 연습해볼래?

너는 어미 사자에게 목덜미를 맡기는 새끼 사자처럼 나른한 태도로 눈을 감았지. 그 짧은 순간 나는 네가 이 우주에서 무한하게 신뢰하는 유일한 피붙이, 너의 쌍둥이 언니이자 조언자였던 거야. 우연히 너와 손이 부딪치는 것도 싫어하는 나는 네 입술에 입을 대기가 죽기보다 싫었지. 하지만 간절한 소원을 이루기 위해서라면 그 정도는 해야 한다고 생각했어.

너는 입을 열었어. 그리고 말 대신 다른 것을 꺼내 내게 맡겼지. 그 신비한 말들을 품고 있던 네 연약하고 말랑말랑한 혀가 마침내 입속으로 들어왔을 때, 나는 앞니로 그걸 살짝 깨물었어. 피가 나서 네가 울지 않게, 엄마를 부르지 않게, 아주 살짝. 그러면서 간절하게 기도했지. 이 아이에게서 말들을 빼앗아주세요. 그 말들이 모두 내 것이 되게 해주세요.

잠에서 깨었을 때 희주는 화장실에 갔는지 곁에 없었다. 부스스한 이부자리가 아무렇게나 뭉쳐 있을 뿐이었다. 건조하고 나른한 일요일 아침이었다.

꿈에서 무언가 말 비슷한 걸 본 것 같았다. 여러 마리였다. 갈색과 검은색, 흰색이 골고루 섞여 있었다. 아니면 그 비슷한 한 무리의 다른 동물들이었나?

그것들은 차들이 늘어선 4차선 도로 한가운데 중앙선을 밟으며 똑바로 나를 향해 걸어왔다. 마치 겸허히 무릎을 굽히며 내게 충성을 맹세하고, 영원히 내 곁에 머무를 것처럼. 그러나 내가 차에서 내려 문을 닫았을 때, 그것들은 나를 지나쳐 계속 걸어갔다. 그리고 내 뒤로 사라져버렸다.

어디로 가는 거니, 그렇게 묻기 전에 꿈은 끝났다. 그것들의 눈이나 갈기, 털 같은 것들에 대해 생각해보려 했지만 더 이상 아무것도 기억나지 않았다.

안개의 섬

1

섬은 자욱한 안개로 덮여 있다. 햇빛이 들지 않는 바다 한가운데 동그마니 외떨어진 이 섬은 작은 뗏목만 한 크기의 청결한 석회암 덩어리다. 풀 한 포기 자라지 않고 개미 한 마리 살지 않는 섬 한가운데엔 빅토리아풍 탁자가 하나 있고, 테이블보가 덮인 이 탁자 위엔 홍차를 담은 영국식 주전자와 찻잔 두 개가 놓여 있다. 나는 고상한 선으로 디자인된 목제 의자에 앉아 부드러운 동작으로 홍차를 잔에 따른다. 홍차에서 포르르, 새하얀 김이 피어올라 안개에 섞인다. 아니, 안개가 찻잔 속으로 스며든다고 해도 좋겠다.

순수한 마음을 오래 우려낸 듯 짙으면서도 깔끔한 얼그레이 향. 나는 홍차의 향기에 젖어 내가 추구하는 이상, 평생을 두고 숙고해온 철학적 문제들, 그리고 존재와 무(無), 실존을 생각한다. 이 평온한 티타임을 함께할 사람이 없어 나머지 한 개의 잔은 비어 있지만, 그래서 조금은 고독하지만, 지금 이 순간 나는 우주에서 가장 우아하고 충만한 존재다.

안개. 이 섬에서 특히 마음에 드는 건 안개다. 나는 언제나 안개에 매혹되어왔고 앞으로도 그럴 것이다. 이 섬의 차가운 안개에 젖을 때마다 나는 시들어 썩어가는 인간의 가련한 육체와, 그 안에 갇혀 나갈 곳을 찾지 못하는 고결한 정신의 안타까운 대비를 떠올린다. 많은 사람들이 안개를 수증기 입자의 집합으로 오해하지만, 나는 안개가 인간이 추구할 수 있는 가장 아름다운 형태라고 믿는다. 어떤 선과 모서리도 안개를 가둘 수는 없다. 인간은 안개의 일부를 화폭에 담을 수는 있지만 안개의 사이즈를 재고 옷을 지어 입힐 수는 없다. 그 자신은 형체가 없는 듯하면서 지상의 추한 형체들을 은폐해주는 존재. 보일 듯 보이지 않고 잡힐 듯 잡히지 않는 저 미묘하고 촉촉한 입자들은, 어쩌면 우주의 가장 심원한 곳에 존재하는 초월적인 이지(理智)의 정수가 인간들의 삶을 불쌍히 여겨 지구로 보낸 자유의 상징일지도 모른다. 나는 세상 풍파에 시달리지 않은 새하얀 손으로 찻잔을 들어 그 축복을, 약속의 징표를 또 한 모금 마시고 내려놓는다. 아무도 볼 수 없겠지만 나는 지금 이 순간 내 눈이 어떻게 보일지 궁금하다. 깊고 맑아 보였으면 좋겠다. 길고 검은 내 머리카락, 은색으로 빛나는 철학자의 가운을 입은 내 육체조차도 저 안개 앞에서는 한없이 불완전하다. 안개가 있으라. 내가 소원하자 그 소원은 이루어졌다. 아무도 이 섬을 해하지 못하리라. 나는 안개가 덮고 있는 붉은 바다와, 그리 멀지 않은 곳에 내다보이는 육지를 바라본다. 저 육지는 필멸하는 인간들의 것이다. 저 육지에서 인간들은 나고 자라고 싸우고 헐뜯고 타락하고 지지고 볶다가, 마침내 쪼글쪼글하게 노화한 몸으로 온몸의 구멍에서 분비물을 흘리며 치욕적인 모습으로 죽는다. 그 얼마나 가슴 아픈 일인가. 안개가 덮고 있어 다행히 제대로 보이지는 않지만, 나는 상상만으로도 저 땅에서 일어나는 일들에 치를 떤다. 내가 피처럼 붉은 바다를 건너 저 필멸의 육지에 발을 디디는 일은 없을 것이다. 내 또 하나의 자아, 내 고독의 심장부인 이 섬은 완전하다. 시야를 가리고 있는 저 작은 나무만 없다면 더욱 완벽할 것이다.

나무?

어린 묘목처럼 보이는 나무 한 그루가 서 있었다. 나는 깜짝 놀라 홍차 잔을 떨어뜨릴 뻔했다. 누가 이런 걸 심어놓았지? 이 섬에 나무는 필요 없다. 모든 생명체는 노화하고 추해진다. 나무도 그 숙명을 거역할 수는 없다. 여름날의 초록 잎사귀는 아름다울지 몰라도 잎이 시들어 떨어진 겨울나무는 초라하다. 가장 고고하다는 목련조차 꽃잎이 땅에 떨어져 사람들의 발길에 짓밟히면 그 마지막이 얼마나 추한가. 그런데 그런 나무 중 한 그루가 여기 있었다. 더 나쁜 건 그게 말을 한다는 점이었다.

〔Tree〕 안녕하세요
〔GM〕 ???????????

나무가 갑자기 말을 걸어오는 바람에 나는 현실로 등을 떠밀렸다. 대화창에 잔뜩 쳐 넣은 물음표로도 당혹감을 다 표현할 수는 없었다. 누가 게임 마스터의 섬에 제멋대로 나무를 만들어 넣었단 말인가? 게임 마스터는 나다. 이 섬은 플레이어들에겐 아직 공개되지 않은 미구현 지역이라 그들이 접속해도 보이지 않고 존재하지도 않을 텐데. 2D로 만들어진 이 아늑한 공간에서 되지도 않는 우아를 떨면서 가상의 홍차를 마시는 평화는, 확장팩 오픈 베타가 한 달 후로 다가오는 바람에 한 해 마지막 날까지 사무실에서 야근을 하는 내 현실에서 누릴 수 있는 최대한의 사치란 말이다. 누가 감히 이 평화를 깨뜨리는가. 나는 모니터에 눈을 고정한 채 등을 꼿꼿이 폈다. 갑자기 두통이 엄습해왔다. 나무가 조그만 가지를 조금 흔들며 다시 말했다.

〔Tree〕놀라지 마세요. 게임 마스터시군요. 이렇게 살벌한 게임을 만든 분이 이렇게 예쁘실 줄은 미처 몰랐네요. 여긴 아직 미구현 지역이죠? 오픈 베타가 얼마 남지 않았네요. 설마 오늘도 야근을 하시는 건가요? 만약 그렇다면, 힘내세요.

참으로 문맥에 어울리지 않는 일이지만 확 얼굴이 붉어졌다. 예쁘다고? 엘프의 몸에 철학자의 의상을 입은 내 게임 마스터 캐릭터가 좀 예쁘고 우아하긴 하다. 하지만 이건 무슨 조화인가. 확장팩에서 구현될 마법 기술 중에 '나무로 변신'이라는 게 있다. 피 튀기는 게임에 지친 플레이어가 잠시 한곳에 머물러 나무로 변신하면 모든 능력치가 두 배로 오르고 보너스 경험치가 생긴다. 일정한 시간 동안 이동하지 못하고 묶여 있어야 한다는 단점만 빼면 꽤 관조적인 휴식 방법이다. 게다가 어린 묘목에서 시작해 천천히 줄기에 살이 오르고 잎이 붙으면서 자신의 게임 성향에 맞게 나무의 종류가 정해지는 걸 지켜보는 잔재미도 있다. 다른 플레이어에게 치유 마법을 자주 써주고 서로 도와가며 오순도순 게임을 해온 사람은 짙푸른 잎을 단 상록수가 된다. 게임 머니를 모으는 데 집중한 사람은 꽃과 열매를 가득 단 과일수로 자란다. 눈에 띄는 적 진영이면 매너 없이 무조건 써는 게 버릇이고, 던전에서 아무런 협력도 하지 않다가 좋은 아이템만 달랑 접수하고 도망쳐버리는 일이 잦은 사람은 열대 지방의 탐욕스러운 나무

스펑Spung으로 변한다. 앙코르 와트 타 프롬 사원을 죄다 파괴해버린, 끔찍하기 이를 데 없는 파괴자 나무다. 눈앞에서 가지를 흔드는 나무는 아직 완전한 형태를 갖추지 않은 묘목이었지만 확장팩을 마음대로 다룰 수 있는 게임 마스터 중 누군가가 장난을 치고 있는 게 분명했다. 도대체 누구인가, 나의 안식처에 와서 '나무로 변신'한 사람은.

나는 밤샘 근무를 하고 있는 사무실 사람들을 황급히 훑어보았다. 엘프팀의 B일까? 던전팀의 R? 아니면…… 우리 팀의 K? 이 회사의 모든 직원들은 게임 마스터 계정을 갖고 있다. 그 가운데 이런 농담을 할 만한 위인 후보들을 하나하나 떠올려봤지만 누구에게도 쉽게 수긍이 가지 않는다. 역시, 불쾌하다. 자그만 가지를 흔들며 덩실덩실 춤 비슷한 걸 추고 있는 나무를 씹어 먹을 듯 노려보는데 K가 부른다. 우리 팀 막내다.

"팀장님, 이 피고름괴물 말인데 자꾸 버그가 나서요. 칼에 맞았을 때 피랑 고름이랑 따로 튀어야 하나요? 아니면 같이 오렌지색 피고름으로 튀어야 하나요?"

K가 피곤해 죽겠다는 얼굴로 모니터를 가리킨다.

"당연히 같이 튀어야지, 피고름괴물인데. 봐, 이렇게."

나는 K의 책상에 놓인 하얀 A4 용지에 빠르게 스케치를 해가며 설명한다. 플레이어가 가격했을 때 종기에 가득 고여 있던 피고름이 한꺼번에 터지면서 화면을 가득 채우고 흘러내려야 한다고. 낡은 해가 가고 새로운 해가 시작되는 이 의미심장한 시간, 내가 진지한 표정으로 누군가와 나누는 대화는 이런 것이다. 가만가만 설명을 듣던 K가 그래픽 툴을 켜고 프로그램을 수정한다. 피와 고름이 따로 튀던 K의 괴물이 피고름을 한꺼번에 '푸왁' 토해내면서 화면 속에 주저앉는다. K가 뭔가 할 말이 있다는 듯 은근한 미소를 띠고 말한다.

"팀장님."

"응?"

"팀장님은 정말 최고예요. 팀장님은 내가 아는 여자 중에……"

순간 가슴이 두근거렸다. 이 아이가 내게 고백이라도 하려는 걸까?

"……징그러운 괴물을 최고로 잘 만들어내요. 어쩜 그러세요? 진짜 최고야 최고. 지난번 무좀괴물도 압권이었지만 이번 것도 대단해요."

또 떠오르고 말았다. 무좀괴물은 내가 창조해낸 괴물이다. 무좀 균이 덕지덕지 덮인 거대한 발로 플레이어를 걷어차면 플레이어의 온몸에 징그러운 무좀이 확 옮으면서 먼지가 폭폭 피어오르고 전투력의 30프로가 상실된다. 물론 내가 생각해도 그건 꽤 참신한 아이디어였지만, 그런 괴물로 기억되는 인간이 된다는 건 또 다른 문제다. 나는 왜 그런 걸 만들었단 말인가. 하지만 무시할 수 없는 사실이 하나 있다. 그 무좀괴물 덕분에 이용자 선호도가 엄청나게 올라갔던 것이다. 그때 받은 성과급으로 나는 김치냉장고를 샀다.

"일해!"

아 진짜 언제 끝나냐, 여친이랑 보신각 종소리 들으러 가기로 했었는데 얘 또 삐치겠네…… K가 구시렁거리는 소리가 등 뒤로 들려왔다. 내가 대체 무슨 상상을 했던 거람. 나는 자리로 돌아와 씁쓰레한 기분으로 모니터를 들여다보았다. 새벽 한 시다. 이미 새해가 밝아버렸다. 나무는 더 이상 움직이지 않고 말도 하지 않는다. 잠시 기다려봤지만 나무로 변신한 누군가는 모른 척 말이 없다. 설마 해킹을 잘하는 어떤 플레이어가 장난을 치고 있는 걸까? 홍차도, 테이블도, 피의 바다도, 안개도 그대로 있지만 나의 아늑한 은신처는 이미 마법의 힘을 잃었다. 환상이 와장창 무너져내리면서 울고 싶은 기분이 되어버린다.

얼른 일이나 끝내자.

2

나보다 네 살 어린 남편은 철이 없다. 좋게 말하면 본능에 충실한 '젊은 그대'고, 나쁘게 말하면 아직 인생의 쓴맛을 본 적 없는 하룻강아지다.

집에 들어왔을 때는 새벽 세 시가 넘어 있었다. 집 안에 향기로운 냄새가 떠도는 걸 보니 남편은 자기가 좋아하는 파스타를 또 잔뜩 만들어 먹은 모양이었다. 남편은 자기 방 모니터 앞에 앉아 이 시간까지…… 물론 게임을 하고 있다. 이번에는 얼마 전에 새로 시작했다는 댄싱 게임이다. 저 남자는 하루 종일 게임을 일로 하면서도 충분치 않아 집에 들어와서까지 또 게임이다. 질리지도 않는 걸까. 정말 대단하다. 물론 끊임없이 다양한 게임을 접해보아야 하는 게 게임 기획자의 숙명이고 자세라고 진지하게 설파한다면 할 말은 없다. 하지만 내가 보기에 남편은 지금 일을 하는 게 아니다. 어찌나 게임에 열중했는지 내가 들어온 것도 모른다. 고양이 발로 슬금슬금 다가가 보니 남편은 키보드를 두드려 게임 대화창에 무언가 쳐 넣고 있다. 자세히 보니 같이 춤추던 여자 플레이어에게 말을 거는 모양이다. 예쁘장하게 생긴 저 게임 캐릭터의 주인인 여자 아이는 미친 게 틀림없다. 왜 하의는 안 입고 티셔츠만 입은 거지?

〔댄디가이〕 언니 멋져 의상 예술이야
〔촉촉한섹쉬여우〕 ㅎㅎㅎ 감사해연 님도 댄스 장난 아니삼

"뭐야? 또 수작이야?"
추상같이 내지른 내 소리에 놀란 남편이 게임 창을 최소화

하며 뒤를 돌아본다. 포르노 보다 엄마한테 걸린 사춘기 소년, 딱 그 짝이다.

"기획팀은 회식하러 간 거 아니었어?"

우리는 사내 부부다. 나는 그래픽 3팀에서, 남편은 기획팀에서 일한다. 게임 프로그램을 뜯어고치는 실무가 아니라 전반적인 총괄 업무를 담당하는 기획팀은 일찍 끝나 회사 내에서 유일하게 정상적인 12월 마지막 날을 보냈다. 맥주 한잔하고 초저녁에 들어왔지…… 나이트로 2차 간다는데 재미없을 거 같아서, 너 내가 그런 데 가는 거 싫어하잖아, 어쩌고 하며 남편이 얼버무린다. 그러고 보니 얼굴이 불콰한 게 한잔 걸치긴 한 것 같다. 으이그, 차라리 나이트를 가지. 집에 들어와서 새벽 세 시까지 이런 거나 하고 있냐. 가만 보면 내가 애랑 사는 것 같다. 소심해 빠져가지고서는, 나한테 혼날까 봐 들어와서 고작 이런 거나…… 남편이 키보드에서 손을 떼고 이리저리 몸을 뒤튼다. 나이트에서 젊은 언니들하고 부비부비댄스 추고 싶어 몸이 움찔거리는 사춘기 남자 애를 억지로 붙잡아놓은 것 같아 영 보기가 좋지 않다. 이 남자는 아직 젊고 한창인 것이다. 새해에 남편은 서른 살이 된다. 그러고 보니 우리가 결혼한 지도 벌써 2년이나 됐다. 내가 이 남자와 결혼하리라고는 나도, 우리 엄마도, 내 친구도, 우리 할머니도 짐작조차 못했다.

"시작했으면 계속 춰야지 비겁하게 그만두냐? 미스잖아,

미스."

내가 다그치자 남편은 좋아라 헤벌레 웃으면서 다시 춤을 추기 시작한다. 빠른 속도로 화면에 슉슉 지나가는 화살표에 맞춰 키보드 방향키를 입력하면 캐릭터가 멋진 댄스 동작을 선보인다. 화살표를 놓쳐 미스miss가 되면 춤이 멈춘다. 새하얀 드레스 정장을 입은 남편의 캐릭터와 쭉 뻗은 몸매에 하의 없이 헐렁한 티셔츠만 걸친 여자 아이의 캐릭터가 나란히 서서 춤추고 있다. 동작에 조금의 어긋남도 없는 두 캐릭터는 마치 커플 같다. 침만 안 흘렸지, 남편은 속으로 '하악하악' 거리며 여자 아이의 진짜 몸을 상상하고 있을지도 모른다. 코를 확 때려주고 싶다. 하지만 슬프게도, 둘의 커플 댄스는 멋지다.

남편의 옆얼굴을 다시 들여다보니 그렇게 젊지만은 않다. 처음 만났을 때는 정말이지 솜털이 보송보송한 어린애였는데. 예전엔 몰랐지, 내가 이런 남자와 살면서 이 남자의 양말을 빨고 이 남자가 이를 갈아대는 소리에 깼다 다시 잠드는 생활을 할 줄은. 이 남자가 춤추는 모습에 반했었다. 그땐 나도 어렸지. 이렇게 서글픈 아줌마가 되리라고는 상상도 못했는데. 남편은 멋진 턴으로 게임을 끝내고, '나 변기에다 잘 했어요, 마루에다 안 하고' 하며 꼬리를 살랑살랑 흔드는 강아지 같은 표정으로 나를 올려다보고 있다. 그 표정을 보다가 나는 차갑게 내뱉는다.

“상철씨 전화번호 좀 가르쳐줘.”

“갑자기 상철이는 왜?”

남편의 목소리가 날카로워진다. 아니 날카로워진 척한다. 상철씨는 남편의 가장 친한 친구다. 지금은 치과를 경영하고 있다.

“왜는. 번듯한 당신 싱글 친구 만나 데이트 좀 하려고 그런다.”

“오, 그러세요.”

남편은 실실 쪼개면서 가만히 나를 쳐다보다가 휴대 전화를 꺼내 번호를 알려준다. 나는 선선히 번호를 내주는 그의 모습에 또 화가 난다. 아내가 싱글인 자기 친구를 만난다는데 아무런 의심도 없다. 진짜 확 데이트라도 해버려? 울화통이 치민다. 이놈의 사랑니만 아니었어도.

“근데 뭐야 진짜, 상철이를 왜 만나?”

“사랑니 때문에 아파서 그런다, 왜.”

나는 남편의 방문을 쾅 닫고 나와버렸다. 속상하다. 난 사랑니 하나 뽑으면서도 어떻게 조금이라도 싸게 할 수 있지 않을까 해서 아는 사람 병원에 가려고 이 난리법석인데 저 인간은 내 속도 모르고. 윗잇몸 양쪽에 깊숙이 난 사랑니가 며칠 전부터 한꺼번에 콱콱 쑤셔오는 게 심상치 않다. 하나 뽑는 데도 엄청 들 텐데 두 개가 와장창 쑤셔오니 거금이 깨질 게 분명하다. 새해에는 반드시 박사과정을 다시 시작해야 하고, 그러려면 몇 푼이라도 아껴 등록금에 보태야 한다. 내 딴에는 생활비를 아끼겠다고 눈물을 머금는데 남편이라는 남자는 팬티 위에 티셔츠만 달랑 걸친 2D 여자 아이한테 수작이나 걸고 있다. 이런 참혹한 현실을 잊으려고 나는 내가 가장 좋아하는 것들을 떠올린다. 신플라톤주의를 떠올리고, 안개를 떠올리고, 안개의 섬을 떠올려본다. 잠들기 전에 마스터 계정으로 다시 접속이나 해볼까. 이런 생각을 하는 걸 보니 나도 참 철없기는 마찬가지인 인간이다. 사랑니가 다시 쑤셔온다. 머리가 쾅쾅 울린다.

3

만약 샤워를 하면서 거울을 볼 때마다 흐뭇한 미소를 지을 수 있다면 당신은 축복받은 사람이다. 곧 서른넷, 엘프가 아닌 인간 여자인 나는 이제 그럴 수가 없다.

거울 속의 육체를 나는 내 것이 아닌 양 생경하게 들여다본다. 왼쪽 눈꺼풀 끄트머리에 동그랗게 박힌 염증 덩어리는 몇 주일째 사라지지 않고 있다. 약국에서 소염제를 사다 먹어도 가라앉질 않으니 아무래도 병원에 가서 째야 할 모양이다. 콩다래끼네요. 그 단어가 품은 귀여움이 나를 비참하게 했다. 피로와 날카로워진 신경 때문에 생긴 염증…… 뭐 이런 말을 약사에게서 기대했지만, 그건 콩다래끼였다. 콩다래끼, 상상이 비집고 들어갈 건덕지가 없지 않은가. 나는 갑자기 내가 지독하게 지저분한 인간이 된 것 같았다.

이마에서부터 턱까지 내 얼굴 전체엔 붉고 검은 여드름 흉터가 고르게 분포하고 있다. 전부 해서 7, 80개는 되려나. 제때 피부과 치료를 해야 했지만 치료할 타이밍을 놓쳤더니 결국 이렇게 됐다. 몸은 참 부지런하게도 늙어간다. 회사 일 때문에 신경을 써서 그런지 뺨에 난 몇몇 여드름은 사춘기도 아닌데 화농성으로 진행돼 지칠 줄도 모르고 날마다 새롭게 곪아터지고 있다. 눈가엔 주름이 자글자글하고, 며칠 밤샘을 한 눈동자는 시뻘겋게 충혈돼 있다. 겨울이라 부쩍 건조해진 다리는 뱀살로 뒤덮인 지 오래고 허리께에는 누가 갖다 붙여놓은 건지 두둑한 살집이 잡힌다. 목뒤엔 목걸이가 잡금속 부작용을 일으켜 생긴 화폐상습진 흉터가 아직도 남아 있고 양 허벅지에는 부끄럽지만 담배빵이 하나씩 나 있어서 상당히 웃긴 모양새다. 자리에만 앉아 있느라 펑퍼짐해진 엉덩이 살은 흉하게 터져 애벌레들이 기어다니고 있고 기관지 깊은 곳에선 가래가 그릉거린다. 이젠 이까지 말썽이다. 팔이나 다리가 하나 없는 사람, 눈이 멀었거나 몸속에 치명적인 질병을 품고도 꿋꿋하게 살아가는 사람들을 생각하면 이 정도 육체의 결함에 자괴감을 품는 일을 부끄러워해야 할지 모른다. 그러나 이 도시에서 살아가는 사람들, 나와 가장 가까운 사람들, 내가 사랑하고 관계를 맺어온 모든 사람들은 이 정도의 결함을 가진 내 육체를 한 번씩은 걱정하고 버거워했다. 나는 화제를 바꾸고 다른 얘기를 하고 싶은데, 대화는 부메랑처럼 자꾸만 내 몸으로 돌아왔다. 내가 왜 박피 수술을 받지 않는지, 다이어트에 좀더 신경 쓰지 않는지 그들은 진심으로 궁금하게 여겼다.

거울을 없애버리고 싶지만 그럴 수가 없다. 각질과 주름과 얼룩으로 가득 덮인 얼굴, 하루치 피로가 들어차면 푸는 데 사흘은 걸리는 어깨와 목덜미와 팔다리, 아무리 애를 써도 더 이상 제가 원래 가졌던 선과 질감을 기억해내지 못하는 내 몸은 끝도 없이 내 시선을 잡아끈다. 이러다가는 제 몸이라는 수렁에 빠져 아무것도 보지 못하는 한심한 살덩어리가 되고 말 것 같다. 세상에는 오직 한 종류의 아름다움밖에 없는 걸까. 아니 아름다움이라는 건 결국 돈이나 마찬가지가 아닐까. 운 좋게도 눈에 보이는 부분에 그걸 가진 사람의 축복은 더 이상 그것에 대해 생각하며 추악한 자기 연민과 자기혐오의 사이클을 반복하지 않아도 된다는 데 있다.

보통 사람도 줄담배와 커피를 밤새 섭취해가며 온라인 게임을 며칠만 열심히 하면 몸이 망가진다. 폐인이라는 말이 괜히 생겼겠나. 그 폐인 생활이 내게는 일이었다. 빈틈이라고는 조금도 없는 게임 회사에서의 2년, 거기에 결혼 생활을 병행하다 보니 내 몸은 어느새 만신창이가 되어버렸다. 이젠 정말 이 육체를 잠시라도 이탈해 어딘가로 훨훨 날아가고 싶다는 생각뿐이다. 백혈병으로 코피를 흘리며 쓰러지는 영화 속 주인공을 막연하게 동경하던 옛날에는 몰랐다. 현실의 거울 속에는 백혈병 같은 고상한 병명 대신 축농증이나 알레르기 비염 같은 둔탁한 이름들만 잔뜩이라는 걸. 죄다 콩다래끼와 여드름과 뱀살과 화폐상습진 같은 것들뿐이다.

아무 비난도 경멸도 하지 않을 테니 정말 솔직하게 말해보라고 조건을 달면서 누군가 내게 소원이 뭐냐고 묻는다면, 남편에게서 내 몸이 예쁘다는 말을 듣는 거라고 대답하겠다. 성격이 좋다는 말, 지적이라는 말, 좋은 아내라는 말, 다 아무 소용도 없다. 예쁘다는 말을 듣고 싶다. 아버지나 할아버지뻘 되는 어르신이 아니라 저렇게 여자 외모를 밝히는 저 남자, 눈만 높은 저 남자, 날이 밝으면 서른 살이 될 바로 저 남자, 지금 침대에서 푸우푸우 코를 골아대는, 속상하지만 내 남편인 저 남자에게서 말이다. 저 남자는 오래전에 딱 한 번 그 말을 했다. 그걸 정말이라고 믿은 건 내 일생일대의 실수였다.

세상엔 사람들 수만큼 미스터리가 많다. 왜 내가 남편과 결혼했는지 가끔 알다가도 모르겠다. 남편과 수도 없이 싸웠고 한번은 결정적으로 두 집안이 삼대를 멸하는 전쟁까지 갈 뻔한 적도 있었다. 아직 연애 시절이었지만 그때도 지금처럼 한 해의 마지막이었다. 아직 정직원이 아니었던 나는 얌전히 집에 들어왔고 그는 회사 망년회를 하러 나이트에 갔다. 잠들기 전, 새해에 읽을 철학서들의 목록을 뽑아보며 고상한 꿈에 빠져 있는데 남편에게서 전화가 걸려왔다. 쿵짝쿵짝거리는 나이트 배경 음악을 뒤에 깔고 그는 술 취한 목소리로 내게 말했다.

"미안해…… 넌 정말 사랑스러운 여자야. 너의 내면은 너무 지적이고 우아해. 넌 영어도 잘하고, 내가 모르는 철학도 알고, 고상한 영화도 좋아하고. 너와 얘기하다 보면 난 네가 정말 자랑스러워. 근데 말이야…… 너의 외면은…… 좀, 그래. 네 외모를 보고 있으면 자꾸만 딴생각이 들어. 생리적으로, 받아들이기 힘들단 말이야. 그러니까 조금만 더 외모에 신경 쓰면 안 되겠니? 너, 꾸미면 훨씬 예쁠 텐데."

그날은 내 생애 가장 비참한 12월 31일이었다. 시트콤 속에서 실수하고 거꾸러지고 별거 아닌 해프닝 때문에 눈물을 펑펑 쏟아내며 소주병을 까는 등장인물들을 보면서 사람들은 배를 잡고 웃는다. 자기 얘기가 아니기 때문이다. 나는 그날 시트콤 속에 있었다. 그건 내 얘기였고, 내가 그 비극의 주인공이었다. 지금 생각하면 웃어넘길 수도 있는 층위의 사건이었지만, 그때는 그럴 수 없었다.

내가 누구 때문에 이렇게 됐는데. 대학원 공부하랴 너 만나랴 정신이 없어서, 게다가 네가 도와달라는 그 게임 일, 그놈의 괴물 디자인 때문에 밤새 커피 마시고 줄담배 피우며 머리 굴리느라 스트레스 받아 피부 팍 상하고 살찌고 삭신이 쑤실 지경이 됐는데 뭐라고? 한잠도 못 자고 뒤척이다 보니 새해가 밝아 있었다. 참 신선하게 시작되는 새해였다. 나는 생각에 생각을 거듭하며 오후가 되기를 기다렸다. 그리고 그를 만나 이별을 통보했다. 당신과는 더 이상 만날 수 없으니 예쁘고 머리 빈 아가씨나 만나 잘 살아보셔.

술이 덜 깬 얼굴로 이별의 자리에 끌려나온 그가 싹싹 빌면서 한 애기는, 그게 실은 프러포즈였다는 것이었다. 연애하느라 한동안 못 가본 나이트, 오랜만에 가서 예쁜 여자 애들이랑 한바탕 놀았다고 했다. 부킹도 끝없이 들어온 모양이었다. S라인으로 쫙 빠진 육감적인 여자들이 부비부비댄스를 추며 몸을 밀착해오고 양주를 권하더라고 했다. 자기는 정상적인 성인 남성인 데다 아직 혈기를 이기지 못하는 청춘이라 오랜만에 그러니까 잠시 좋았다고 했다. 그런데 몇 시간을 춤추며 생각해보니 그런 거 다 아무 의미가 없다는 생각이 들었단다. 그래서 내가 떠올랐다고 했다. 전화를 했는데 내가 중간에 말을 잘라 뒷말을 못했다고 했다. 그런 외모를 가진 당신이지만 사랑한다, 당신의 모든 것을 받아들이겠다, 우리 이제 결혼해서 잘 살아보자, 하는 게 요점이었다고 했다. 입에 발린 거짓말을 못하는 자신의 성격을 진솔함으로 내세우면서 러브러브 하트를 날리겠다는 게 그의 어이없는 전략이었다. 남편은 내가 뭘 오해했다면서 침통한 표정으로 눈물까지 흘렸다. 정말 이해하기 힘든 남자였다.

더 이해하기 힘든 건 내가 그 눈물의 사죄를 받아들였다는 사실이었다. 내 가장 친한 친구 S는 내게서 사건의 전모를 듣더니 얼음 박힌 목소리로 잘라 말했다.

"너 걔 다시 만나면 나 죽을 때까지 네 얼굴 안 본다."

난 당연히 그 애와 계속 친구로 지내고 싶었다. 소중한 자존심과 남편을 저울의 양쪽 접시에 올려놓으면서 난 차갑고도 우아한 이별을 상상했다. 그는 예쁘지 않은 내 몸을 생리적으로 받아들이기 힘들었겠지만, 나는 그의 그런 사고방식을 생리적으로 받아들이기 힘들었다. 내가 자신을 조금이라도 사랑하고 존중한다면 받아들여서는 안 된다고도 생각했다. 그런데 기가 막히게도, 내 본질이라고 생각한 정신에 대한 믿음, 그 모든 이성적인 판단들은 아무 힘도 없이 허공으로 확 들려 올라갔다. 발을 구르고 제자리뛰기를 하며 온갖 발광을 해봐도 남편이라는 구체적인 존재 하나의 무게를 감당할 수는 없었다. 그가 없으니 당장 잠을 잘 수 없었고 밥이 넘어가질 않았다. 아무리 고고한 척해봐야 넌 그 사람 없이는 살 수 없지 않느냐고, 내 몸은 정신을 비웃으며 손가락질했다. 그 사실을 깨달은 자리에 절망이 다래끼처럼 맺히기 시작했다. 내가 가지리라고는 한 번도 생각해본 적 없는, 내 뜻대로 통제할 수 없는 몸에 대한 절망이.

S는 정말로 크게 상심해 2년 동안 나와 말도 하지 않았다. 결혼식에도 오지 않았다. 이대로 우정이 깨지는가 싶었는데 얼마 전 그 애 생일에 작고 귀여운 스위스제 서랍장 하나를

사주고 겨우 풀었다. S는 외제 가구라면 정신을 못 차린다. 박사과정을 밟으며 고고한 상아탑 속 생활을 계속할 줄 알았던 내가 게임 회사에 취직하며 그 애의 환상을 와장창 깨뜨린 반면, 그 애는 내가 예상한 대로 자신의 길을 갔다. 정확히 무슨 공부였는지는 모르지만 그 애는 MBA 과정을 밟으러 미국까지 갔다 왔다. 한국에 돌아와서는 부모님의 성화에 못 이겨 결혼 정보 업체에 등록했고, 자신과 비슷한 스펙을 갖춘 남자와 결혼했다. 이제 공부도 그만두고 전업 주부가 된 그 애는 가끔씩 새벽에 전화를 걸어와 엿가락처럼 늘어지는 목소리로 이런 얘기를 늘어놓는다.

"난 말이지, 옛날부터 혼자 하는 스포츠는 재미가 없었어. 마라톤 같은 거 열심히 하는 사람들 있잖아? 그런 사람들을 이해할 수가 없었어. 결혼은 테니스 복식 경기 같은 거라고 생각했지. 세상을 상대로 서브를 날리려면 적어도 나만큼 괜찮은 조건을 갖춘 파트너가 있어야 하지 않겠어? 사랑? 스포츠는 동네 애들끼리 하는 얼음땡이 아니잖아. 사랑 같은 건 나중에 오면 좋고, 아니면 말고, 그게 내 생각이었지. 난 최고의 파트너를 구했다고 생각했어. 그런데 말이야, 결혼하고 보니 아무도 코트 저편에 오지 않는 거야. 최상급 품질의 공과 라켓을 들고 남편이랑 나란히 서 있는데 말야. 너무 이상한 거야. 나는 뻘쭘하게 서 있다가 할 수 없이 코트 맞은편으로 갔어. 아무것도 하지 않고 가만히 서 있을 수는 없잖아.

그래서 남편에게 공을 날리기 시작했어. 남편도 내게 공을 날리기 시작했고. 처음엔 재미있을 줄 알았지. 하지만 뭔가 이상했어. 우린 각자 갖고 있는 공이 아주 많았어. 하지만 어떤 공도 다시 돌아오진 않더라. 남편과 나는 수없이 많은 공이 담긴 자루를 옆에 부려놓고 각자 상대방을 향해 서브만 날리고 있었어. 그 사람과 내 생활엔, 리시브라는 게 없어."

그런 얘기를 반복해 듣다 보면 자연히 남편에게로 생각이 돌아왔다. 저 남자와 내 생활엔 리시브라는 게 있을까. 있다면 그건 뭘까. 아니, 애초에 나는 왜 저 남자를 좋아하게 된 걸까? 부인하고 싶지만 그건 육체, 나를 이런 끔찍한 자괴감에 빠뜨리는 바로 그 육체 때문인지도 몰랐다.

외국 게임을 수입해 국내에 배급하면서 창작 게임도 개발하는 남편의 회사에서 게임 매뉴얼을 번역하는 아르바이트를 시작했을 때, 나는 재정적으로나 정신적으로나 궁지에 몰려 있었다. 대학에서 시각디자인을 전공한 내 원래 꿈은 미야자키 하야오의 작품 못지않은 걸작을 그려내는 애니메이터였지만, 졸업할 때가 되자 슬슬 미래가 불안해지기 시작했다. 애니메이션으로 경력을 쌓으려면 국내 업체들 중 하나에 들어가 노가다에 가까운 원화 작업부터 시작해야 했다. 하지만 수년을 투자해 작품 하나를 만들어내도 본전조차 뽑기 힘들뿐더러 생활도 어렵고 고생스럽기만 하다는 국내 애니메이션 업계의 실상을 선배들의 입을 통해 듣고 있자니 내 나약한 심성이 속삭이는 소리가 들려왔다. 너 그런 거 하기 싫잖아. 우아하게 살고 싶잖아. 도망쳐.

그래서 취업하는 대신 대학원으로 도망쳤다. 철학과 예술을 접목해 고대부터 현대까지 예술의 진정한 의미를 탐구한다는 예술철학사 과정을 나와 함께 들은 선후배들에게 이건 좀 미안한 얘기다. 학문을 향한 그들의 순수한 열정과 집념을 비하할 생각은 추호도 없다. 하지만 내가 대학원에 들어간 건 75프로쯤은 현실 도피였다. 플라톤이며 헤겔이며 아도르노를 읽고 르네상스 프레스코화의 의미를 해석하면서 몇 년 밍기적거리고 있으면 저절로 우아한 미래가 눈앞에 쫙 펼쳐질 줄 알았다. 하지만 턱도 없는 얘기였다. 그토록 고생해가며 석사 논문을 쓰고 캠퍼스를 떠나야 할 때가 다가왔는데 내겐 갈 길이 없었다. 뒤늦게 자기소개서를 쓰고 이력서를 넣으면서 나는 실감했다. 대학 시절 아르바이트 한번 해본 적 없는, 사회 실무 경력이 전무한 예술철학사 전공 고학력자를 받아주는 회사는 어디에도 없었다. 디자인 관련 회사들에도 자리가 없었다. 그해 실업난은 사상 최악이었고, 당장 먹고살려면 아무 아르바이트나 구해야 했다. 그나마 옛날부터 자신 있던 영어로 비빌 만한 언덕을 찾은 게 남편의 게임 회사였다.

그날 밤 회식 자리가 아직도 생각난다. 번역한 문서를 갖다주러 남편의 회사에 갔는데 마침 회식이 있으니 끼라고 다들 권했다. 고고한 걸 좋아하는 취향이 한 끼 밥도 해결해주지 않는다는 사실을 뼈에 사무치게 깨달은 나이 많은 아르바이트생에게 1차 고깃집에서의 꽃등심은 성찬이었고, 2차 호프집에서의 맥주는 꿀을 넣은 감로수였다. 그리고 3차로 간 노래방에서 남편이 춤추는 모습을 보았을 때 나는 깨달았다. 인생은 정신이 아니라 몸, 몸, 몸일 수도 있겠다는 사실을.

남편이 꽃미남처럼 잘생긴 건 아니다. 남부끄러워 그런 말은 할 수도 없다. 냉정하게 말해 개그맨이라면 잘생긴 축에 들까, 배우라면 한참 모자라는 정도다. 하지만 노래방에서 시답잖은 노래에 맞춰 움직이는 그의 몸은 젊고 싱그러웠다. 내게는 없는 탄력이 있었고 생기가 있었다. 나는 내가 아무런 의미도 두지 않던 육체라는 툴을 그가 운용하는 방식에 마음을 빼앗겨버렸다. 그는 아무 거리낌 없이 육체로 뭐든 해버렸다. 그의 키스가 좋았고 그가 침대에서 속삭이는 음탕한 말들과 그의 어깨에서 팔로 이어지는 미묘한 굴곡이 좋았다. 지금이야 얼굴이 좀 시들었고 배도 나왔지만 한창때 그를 대동하고 거리를 걸을 때면 사실 좀 자랑스럽기도 했다. 외모 지상주의에 분노하고, 미스코리아 대회에 코웃음 치던 나라는 인간의 적나라한 본심은 그런 거였다.

나를 왜 좋아하게 된 거냐고 물으면 그는 간단하게 대답한다.

"내가 예쁘다고 한 말을 진심으로 믿어주는 여자는 너밖에 없었거든. 다들 나를 선수로 여기는지 칭찬을 해도 입에 발린 거짓말로만 듣고 아무 반응이 없었는데, 너는 진짜 순수한 소녀처럼 그 말을 믿는 것 같았거든. 그 모습이 예뻐 보이더라고."

예뻐서가 아니라 예뻐 보여서. 지금 그 말을 반쯤 참혹한 심정으로 다시 떠올리는 나는 날이 밝으면 서른네 살이고, 저 남자의 아내다. 새해, 내겐 여러 가지 지적이고 내면적인 목표들이 있다. 하지만 우아한 거짓말을 받아줄 사람이라곤 아무도 없는 1월 1일 새벽의 차가운 욕실 거울 앞에서 나는 초라하게 읊조린다. 한심하다고 욕하려면 마음대로 해. 하지만 새해에는 저 남자에게서 예쁘다는 말을 듣고 말겠어.

4

'모든 것은 일자(一者)로부터 나와 일자로 돌아간다.' 플라톤주의의 전통에 입각해 2세기부터 6세기까지 유럽에서 전성기를 누린 신플라톤주의의 근본 이념은 이렇다. 우주에는 만물의 본원인 고귀한 '일자'가 존재하며, 모든 실재는 그것으로부터 계층적으로 유출해 생성된다. 형체가 없는 지성은 세계 내 개별자들과 직접적으로 연결되지 못하고 더 낮은 차원의 복잡하고 불완전한 형태를 취한다. 신플라톤주의에 따르면 강의실에 빼곡하게 들어찬 나무 책상과 의자들, 시멘트 바닥, 살과 피와 머리카락을 지닌 학회 사람들도 모두 불완전한 개별자에 속한다. 이들은 흠 많은 형상 속에 갇혀 있어서 우주의 지성과 직접 소통할 수 없다. 하지만 선과 모서리와 질감을 가진 이 불완전한 존재들에게도 구원의 길이 하나 있는데, 그건 육체의 감각 기관이 만들어내는 일체의 정념에서 해방되어 우주의 근원이 속삭이는 지고한 진리에 마음을 집중하는 것이다. 답답한 구속복 같은 육체에 갇히지 말고 더 높은 차원을 향해 정신을 열어라. 별들을 향해 너의 가장 깊고 맑은 부분을 쏘아올려라. 그러면 우주의 숭고한 흐름이 너의 정신을 받아들여 완전한 탈아(脫我)의 경지에 이르게 해줄 테니. 아무것에도 구속받지 않고 한없이 자유로운 존재, 꿈결처럼 촉촉한 지성의 입자들이 내 작은 몸을 격려하듯 감싼다. 강의실에는 어느새 안개가 자욱히 깔려 있다. 그게 아니면 눈앞이 이렇게 흐릿할 리가 없다.

"선배님?"

누군가가 옆구리를 콕콕 찔러 눈을 떠보니 학회 사람들이 모두 '으음' 하는 표정으로 나를 주목하고 있었다. 순간적으로 얼굴이 확 달아올랐다. 다행히 침은 안 흘렸다.

"세미나 끝났는데요. 집안일이랑 공부를 병행하느라 많이 피곤하셨나 봐요. 직장도 계속 다니시는 거예요? 참 대단하세요. 어, 그러고 보니 얼굴이 왜 그래요? 많이 상하셨네."

옆자리에 앉은 학회 후배가 걱정하는 척하며 은근한 조소로 속을 긁어놓는다. 내 얼굴 상한 데 네가 뭐 보태준 거 있니? 이렇게 쏘아붙이고 싶지만 겨우 참는다. 새해 첫 철학 세미나부터 꾸벅꾸벅 조는 모습을 보였으니 이런 망신이 또 없다. 단정한 카디건과 스커트 위에 코트를 걸치고 종종걸음으로 강의실을 빠져나가는 스물다섯 살 후배의 뒷모습을 보며 생각한다. 그래, 넌 아직 젊고 싱싱하다 이거지. 시간과 노력과 돈을 들이지 않아도 아직 제 형태를 유지하는 몸을 믿고, 화장품에 돈 쓰는 사람들을 은근히 비웃으며, 언제까지나 플라톤의 이데아론만 읊조릴 수 있다고 생각하겠지. 나도 그랬어. 그런데 아니더라. 세상은 몸 중심으로 돌아가더라.

캠퍼스를 걸어나오면서 나는 점점 생각이 복잡해진다. 현실 도피로 택한 예술철학에서 내가 진심으로 좋아하게 된 유일한 사상이 있다면 신플라톤주의일 것이다. 육체를 초월하고 우주적 지성으로의 합일을 추구한다는 그 사상은 처음 들었을 때부터 내 마음을 사로잡았다. 내 초라한 육체를 돌아보니 뭔가 와 닿는 게 많았다. 새해에 준비를 시작할 박사 논문 주제까지 그걸로 이미 정해놓은 터였다. 그러나 마음에 걸리는 게 하나 있었다. 신비주의에 가까운 철학을 펼친 신플라톤주의자들은 지상에서 인간이 구원받을 수 있는 대표적인 방법으로 금욕과 자살을 꼽았다. 나는 금욕도 자살도 하고 싶지 않았다. 괜찮은 육체를 지니고 맛있는 것을 먹고, 사랑하는 사람과 섹스도 하며 즐겁게 오래오래 살고 싶다. 그러려면 몸을 가꾸고 닦아야 한다. 하지만 그 일은 잘 되지 않을뿐더러

고통스럽기까지 하다. 아무리 힘들어도 공부는 계속하겠다고, 올해는 박사과정을 꼭 시작하고야 말겠다고, 몇 번이나 수포로 돌아간 목표를 또다시 세우는 이 오기는 어디서 나오는 걸까. 결혼에서도 일에서도 찾지 못한 진짜 나를 찾고 싶다는 욕망? 여성지 기사에나 나올 법한 그런 얘기와는 조금 다른 무언가가 내 속에는 있다. 어쩌면 그건 궁금증인지도 모른다. 육체와 정신이라는 이 모순된 두 식구를 어떻게 하면 행복하게 한집에 살게 할 수 있을까 하는 궁금증. 지금 내가 고통스러운 건 그 둘의 상태가 평화로운 공존과는 거리가 멀기 때문이다. 남자의 조건만 보고 결혼한 S, 예쁜 여자를 심하게 좋아하는 남편을 떠올릴 때마다 뱃속 어딘가 까끌까끌하게 고이는 이물감이 있다. 우리는 소중한 관계라는 이름으로 이어져 있지만, 박사과정이라는 공허한 이름에 집착하는 나를 보며 그들 역시 가끔 참기 힘든 이질감을 느낄지도 모른다. 하지만 이왕이면 공부를 하면서 그 궁금증에 대한 해답을 찾을 수 있었으면 좋겠다. 나라는 속물의 심장에 한 점 유일하게 남은 순수한 부분이 있다면 아마 그런 바람이 아닐까.

토요일 오후, 치과에는 나만큼이나 괴로운 사람들이 가득했다. 크게 벌린 내 입을 들여다보며 상철씨는 빙글빙글 웃음을 지었다.

"사랑니가 아니라 충치인데요. 그냥 어금니인데 온통 썩었네요. 단 거 많이 드셨죠?"

그러니까 사랑니라는 낭만적인 이름 하나도 내 몸에는 허용되지 않는 것인가.

"커피랑 초콜릿을 좀 많이 먹긴 했어요. 우울해서."

"그 녀석이 속 많이 썩이나 봐요. 그렇지만 그 녀석, 거짓말은 못해요. 그건 제가 장담할 수 있어요. 안심하세요."

그 말을 위안으로 삼아야 하나. 나는 고개를 푹 숙인 채 발치 날짜를 잡고, 병원을 나와 회사로 향했다. 토요일이지만 오후에는 일을 해야 한다. 오픈 베타가 코앞으로 다가왔다. 자리에 앉아 묵묵히 괴물들의 움직임을 수정하고 버그를 잡고 있자니 오전까지 속해 있던 예술철학의 세계가 꿈결처럼 느껴진다. 그림을 그리고 디자인을 하는 게임 일이 재미는 있다. 내가 만드는 피조물들이 하나같이 징그러운 괴물인 이유는 잘 모르겠지만.

그래픽 3팀이라는 정식 명칭이 있지만 내가 팀장으로 있는 우리 팀은 '괴물팀'으로 불린다. 우리는 원화에서부터 게임상에 최종 구현되는 형태까지, 온라인 게임 「아라미스의 성스러운 임무」에 등장하는 모든 괴물 몹의 디자인을 책임진다. 굵직한 외국 온라인 게임들이 꽉 잡고 있는 게임 시장에서 확장팩을 낼 만큼 자리를 잡았으니 국산 창작 게임으로서는 전례없이 성공한 셈이다. 하지만 아토스, 포르토스와 함께 삼총사를 이루는 아라미스의 이름을 빌려온 점에서 알 수 있듯 아직은 서양 온라인 게임의 판타지식 설정을 많이 따르고 있는 실정이다. 차별화의 방점은 다름 아닌 '괴물'에 찍혔다.

처음 사귀기 시작할 무렵 남편은 당시로선 초기 형태였던 이 게임을 직접 해보이면서 모니터링을 부탁했다. 그때까지만 해도 게임에는 별 취미가 없던 나는, 대학 졸업하고 피시방 아르바이트만 계속하다가 아무래도 게임이 너무 좋아 게임 회사에 취직했다는 그에게 조금은 두려운 마음을 품은 채 더듬더듬 말했다. 재미있어 보이긴 하는데…… 괴물들이 좀 현실감이 없네요. 이 게임, 미의 기사 아라미스의 후예가 돼서 절대적인 미를 찾아나서는 내용이잖아요? 그 여정을 방해하는 게 이 괴물들인 거고. 그렇다면 좀더 추하고 징그러워야 싸울 맛이 나지 않을까요? 나라면 이렇게는 안 만들 텐데.

그는 깜짝 놀란 듯 나를 한동안 멍하니 바라보더니 종이를 내밀었다. 그럼 한번, 그려보실래요? 참, 시각디자인 전공하셨다고 했죠?

그렇게 해서 내 인생은 짐작하지 못한 방향으로 흘러가기 시작했다. 남편은 내가 종이에 그린 괴물 스케치를 회사에 들고 갔고, 아니나 다를까 매뉴얼 번역 같은 것만 하지 말고 정직원으로 입사해서 게임 디자인을 해보면 어떻겠느냐는 제안이 내게 왔다. 생계를 해결할 다른 방법도 딱히 없고 반쯤 자포자기에 빠진 데다 당시엔 남편에게 혹해 있는 상황이어서, 난 반쯤 장난처럼 그 제안을 받아들였다. 하지만 내가 괴물팀 팀장까지 할 줄이야.

애니메이터를 꿈꾸기 한참 전부터 나는 아름다운 소녀, 님프, 요정 캐릭터를 그리는 걸 좋아했다. 투명한 피부와 긴 생머리, 낭창낭창한 허리선을 지닌 미의 여신들. 게임 디자인을 하더라도 가능하면 그런 작업을 하고 싶었다. 하지만 회사에선 아름다운 캐릭터들은 충분하니 취약한 괴물 부분에 힘을 실어달라고 했다. 나의 첫 작품, '육체의 굴욕 3종 세트'는 대박을 쳤다. 초록색 토사물을 쉴 새 없이 쏟아내면서 플레이어를 기절시키는 '구토괴물,' 온몸에 뒤덮인 종기에서 터져나오는 산성 액체로 플레이어의 방어구를 깡그리 부식시켜버리는 '욕창괴물,' 젊은이의 몸에 쭈글쭈글 말라비틀어진 노인의 얼굴이 달려 목격한 자의 전투력을 10프로 떨어뜨리는 '노안괴물'이 그것이었다. 보기만 해도 소름이 끼쳐 게임 창을 닫아버리고 싶다, 괴물 퀄리티만은 게임계에서 동급 최강이라고 생각한다는 이용자 평가가 사이트에 속속 올라왔고 입소문도 꽤 퍼졌다. 실은 몇몇 게임 잡지에서 인터뷰도 들어왔지만 내가 필사적으로 피했다.

일개 팀원이던 나는 그 3종 세트 덕분에 입사 1년 만에 팀장으로 승진했다. 게임계 경력도 전무한 평사원에게 그런 대우가 주어진 것은 유례없는 일이었지만, 이용자 반응이 워낙 좋은 데다 회사 안팎 분위기도 들썩거렸기에 회사에서도 그냥 넘어갈 수가 없었던 것 같다. 팀장의 연봉은 꽤 높았다. 우리는 신혼집 가구들을 하나씩 좋은 것으로 바꾸고 벽걸이

TV도 살 수 있었다. 남편은 자신을 제치고 먼저 이루어진 내 승진을 얼떨떨하게 여겼다. 사실 그로서는 자존심이 상할 만한 일이었다. 경력도 부족한, 자기 때문에 먹고살 길을 찾은 여자가 자신보다 우월한 사회적 위치를 넬름 점했으니 밸이 꼴릴 만도 했다. 그는 축하의 말을 건네면서 나를 끊임없이 놀리는 것으로 손상된 자존심을 달랬다. 아니, 예술철학이 아니라 이런 게 전공이었잖아?

버그를 잡다가 허리가 뻐근해 잠시 사무실 한가운데 원탁으로 자리를 옮겨 팀원들과 수다를 떨기로 했다. 사무실 저쪽에 남편이 보인다. 오늘도 K는 괴물 얘기를 꺼내며 나를 놀려댄다. 전 지금도 게임하다 욕창괴물만 나오면…… 아우, 몸이 근지러워 죽겠어요. 괴물의 지존, 우리 팀장님. 팀원들이 까르르 웃으며 나를 쳐다본다. 웃고는 있어도 다들 피곤한 기색이 얼굴에 역력하다. 멀리 있는 남편의 시선이 슬그머니 나를 향한다. 기획팀은 딱히 바쁜 일이 없을 텐데 무얼 하고 있는 거지. 이유도 없이 얼굴이 붉어진다. 팀원들에게 일에 매진하라는 잔소리를 하고 자리로 돌아온 나는, 해야 할 버그 수정분을 쌓아놓은 채 게임에 접속해 다시 그곳, 안개의 섬에 내 캐릭터를 옮겨놓았다.

아직도 그대로 있었다. 지난번보다 조금 키가 자란 나무가 활성화된 상태로 다시 내게 말을 걸어왔다.

〔Tree〕 안녕하세요, 게임 마스터님. 새해 복 많이 받으세요.

나는 대답하지 않았다.

〔Tree〕 너무 이상하게 생각 마세요. 저는 그냥 나무랍니다. 어쩌다 이 섬에 오게 됐죠. 마스터님이 어떤 분이실지 평소에 많이 궁금했고 얘기도 나누고 싶었는데, 알고 보니 줄곧 이 섬에만 계시더군요. 다른 곳에선 뵌 적이 한 번도 없는 듯? 하긴 마스터는 신비로운 존재니까 아무 데나 모습을 드러내면 안 되겠죠?

당신 누구야? 하고 입력하고 싶은 걸 간신히 참고 나는 뭐 그렇죠, 하고 대답한다.

〔Tree〕 그런데 이 섬은 참 삭막하네요. 왜 이런 곳에 혼자 계세요? 여긴 안개밖에 없잖아요.

나는 일단 착하게 대답해보기로 한다. 난 이 섬의 안개가 좋아요. 안개는 형체가 없잖아요. 육체의 고통과는 거리가 먼 존재죠. 나무가 다시 묻는다. 육체가 고통스러운가요? 당신처럼 예쁜 사람이? 이렇게 우아한 옷을 입고 우아하게 차를 마시는 사람이?

누군지 모르지만 저 나무 속에 숨은 건 남자다. 어떤 여자에게나 통하는 마법의 주문, 예쁘다는 말을 이렇게 남발하다니. 나는 끓어오르는 적대감을 조용히 누르며 대답한다. 이건 가상의 육체일 뿐이죠. CG로 만들어낸 자아의 이상형, 좋게 말하면 청사진이고 나쁘게 말하면 안쓰러운 위안에 불과하다고요. 당신도 게임 마스터의 섬에 침투할 만큼 게임에 정통했으니 알 텐데요? 왜 사람들이 아바타를 목숨처럼 떠받드는지. 현실에서 인간의 육체는 이렇게 아름답지 않은 데다 가끔 절망의 가장 큰 원인이 된다고요…… 인간도 아닌 '나무'를 앞에 두고 왜 이렇게 진지한 얘기가 청산유수로 풀려나오는지 알 수가 없다.

〔Tree〕 하지만 고통스러운 게 없어진다고 과연 그렇게 행복할까요?

저 정체불명의 2D 식물이 던지는 말에 나는 어째서 진지하게 귀를 기울이고 있는 것일까.

5

〔Tree〕 육체가 그렇게 고통스러운가요? 그냥 당신의 일부

라고 생각하고 받아들이면 되잖아요.

〔GM〕 그게 그렇게 쉽지 않다고요. 저도 쉬운 줄 알았지만. 전 타인의 시선에 초연할 만큼 대범하지 못해요. 육체의 불완전함 따위가 아무 흠도 내지 못할 만큼 내면에 자신감이 있는 것도 아니고요.

〔Tree〕 마스터님은 그럼 인간의 육체가 악(惡)이라고 생각하시나요.

〔GM〕 이렇게 얘기해보죠. 어느 날 지하철 안에서 구걸하는 행려병자 노인을 봤어요. 아주 더럽고 남루한 옷을 입은 노인이었죠. 한쪽 눈은 염증으로 뒤덮여 있었고, 머리카락은 폐기 직전의 대걸레처럼 보였어요. 사실 눈을 돌리고 싶은 광경이더군요. 그런데 그때, 우리가 타고 있는 칸에 어떤 외국인 남자가 들어와 지나쳐 갔어요. 그의 몸에서 외국인 특유의 심한 양파 냄새가 났죠. 노인이 구걸하는 걸 멈추고 그 외국인의 뒷모습을 한참 동안 쳐다보더군요. 아주 한참 동안, 코를 벌름거리면서. 전 알 수 있었어요. 그 양파 냄새를 맡는 노인의 얼굴에 담긴 고통의 정체는 분명히 동경이었어요. 이국땅으로 여행하고 싶다는 욕망과 동경 말이에요. 전 그런 표정을 알아요. 그 노인의 추한 몸속에 위대한 정신, 사막을 가르고 바다를 건너는 모험가의 정신이 들어 있을지 누가 알겠어요? 쓸데없이 상상력만 풍부한 건지도 모르겠지만 전 사람을 보면 그 사람의 몸속에 든 유령 같은 형체가 같이 보여요.

그 사람이 될 수도 있었지만 되지 못한 존재가 자꾸 아른거린다고요. 어째선지 그의 정신에서 모래 바람 냄새가 나고 아주 먼 이국의 해변에서 조개들이 껍데기를 여닫는 소리가 들려왔다고 하면 믿으실까요. 그 노인의 몸은 이 땅에 묶여 있었죠. 그는 평생 단 한 번도 여권이란 걸 사용해보지 못했을 것 같아 보였어요. 결혼과 가난과 질병, 자식들과 생활, 그 밖의 수많은 삶의 조건들에 묶여서 아무 데도 가지 못했겠죠.

[Tree] 흠, 그랬단 말이죠. 마스터님은 신기할 정도로 저와 비슷한 데가 있네요. 지하철에서 저도 그런 쓸데없는 생각 많이 하는데. 하루는 나란히 앉은 어떤 남녀를 보다 생각했어요. 남자는 30대 중반, 여자는 20대 후반으로 보이더군요. 그런데 갑자기 이런 생각이 드는 거예요. 서로 아무 관계도 없는 저 둘의 정신이 만약 너무나 닮아 있다면 어떨까? 좋아하는 색깔 같은 사소한 취향에서부터 정치적 입장과 사회에 대한 견해, 크게는 인생관에 이르기까지. 그런 걸 뭐라고 하죠? 아, 소울메이트. 두 사람의 정신이 서로 결합하면 엄청난 시너지 효과가 나올지도 모르는 상태. 만약 저 둘이 그렇다면 어떨까 상상했죠. 게다가 우연히 둘 다 짝도 없고 아직 미혼이라면. 혹시 그 두 정신이 연결된다면 어떻게 될까!

[GM] 흠, 그럴 수도 있겠네요. 그래서요?

[Tree] 잠시 후, 그런 일은 절대로 일어날 수 없다는 사실을 깨달았어요. 두 사람의 정신이 서로의 육체에 대한 적대감

으로 부글부글 끓고 있는 것 같아 보였거든요.

〔GM〕 아하.

〔Tree〕 남자가 몸을 뒤척이는 바람에 두 사람의 몸이 살짝 닿으면서 시선이 마주쳤는데, 그 순간 둘의 정신이 고통스럽게 절규하는 소리가 들리는 것 같았어요. 여자의 외꺼풀 눈과 두툼한 입술, 뚱뚱한 허벅지 그리고 보글보글 볶은 머리 모양을 보자마자 남자의 정신은 혐오감으로 물들어버렸을지 모르죠. 한편 여자의 정신은 이미 벗어지기 시작한 남자의 이마와 무신경하게 쫙 벌어진 그의 다리, 그의 코 밖으로 삐져나온 코털을 보는 순간 당장 자리를 옮기라고 여자의 뇌에 명령하기 시작했을 수도 있고요. 육체가 가로막고 있어 두 사람은 소울메이트를 절대 알아볼 수 없었을 거예요. 여자가 다른 칸으로 건너가더군요.

〔GM〕 그 반대의 일도 늘 일어나죠. 내면에 아무런 공통점이 없어도 사람은 옆에 누가 있으면 자꾸 다가가려고 하잖아요. 추우면 가까이 있는 사람을 끌어안고 싶어 하고요. 연말연시에 그렇게 많은 커플이 탄생하는 이유가 뭐겠어요? 사실 사람의 몸은 한 꺼풀에 불과한데 말이에요.

〔Tree〕 그래요. 하지만 그 꺼풀이 없다면 본질이 존재할 수 있을까요? 하부구조 없이 상부구조가 진실에 다가갈 수 있을까요? 불완전한 개별자들이 육체를 취하지 않고 우주의 고결한 진리에 맞닿을 수 있을까요?

〔GM〕 뭐라고요?

〔Tree〕 아니…… 그러니까, 호빵 껍질 없이 뜨거운 단팥
만 팔면 겨울에 편의점 장사가 잘될까요? 껍데기 없는 달걀
을 삶을 수 있을까요? 달걀찜은 만들 수 있을지 모르지만. 뭐
그런 얘기였어요.

〔GM〕 뭔가 상당히 심오한 얘기를 하시는군요.

〔Tree〕 이 섬의 안개 말인데, 저도 이게 마음에 들어 여기
까지 왔답니다. 제가 아는 어떤 사람도 안개를 참 좋아하죠.
매력적이잖아요. 안개는 형체가 없어 아름답지도 추하지도
않고, 늙지도 병들지도 않죠. 수증기 입자들의 집합이라서 하
나, 둘 하고 셀 수도 없고요. 안개는 커다란 하나예요. 그래
서 안개는 이 섬을 덮고 있는 자신의 왼쪽과 오른쪽, 아래와
위, 앞과 뒤에 와 닿는 감각을 분리하지 않아도 돼요. 그들은
그걸 한꺼번에 통합적으로 인지하죠. 얼마나 합리적이고 효
율적입니까? 몸에 갇히지 않고 거대한 하나로 흐르면서 자신
이 가진 걸 가감도 왜곡도 없이 서로 공유할 수 있다니.

〔GM〕 ……

〔Tree〕 왜요?

〔GM〕 아니…… 저랑 너무 비슷한 생각을 하셔서 좀 놀랐
어요.

〔Tree〕 인간도 안개처럼 살 수 있다면 참 좋을 텐데요. 인
간은 미개하지만 존중할 가치가 있는 정신을 지닌 종족이에

요. 끊임없이 환경을 오염시키고 자신을 파괴하지만, 그 정신 속에는 진화하려는 의지와 더 나은 것을 향해 가려는 구슬픈 욕망이 들어 있죠. 당신이 말한 대로 인간의 육체는 끝없이 끔찍한 일들을 저지르지만 정신만은 우주를 향해 도약하고 있어요. 수십억 명의 정신이 각자의 육체를 극복하고, 제대로 소통하고 결합해서 상호 보완을 이루면 인류는 훨씬 지혜로 워질 텐데. 전쟁도 줄어들고 문명도 진보할 텐데. 그래도 말 입니다, 전 안개의 일부가 되고 싶진 않아요. 그냥 나무로 사 는 게 더 낫겠어요.

〔GM〕 왜요?

〔Tree〕 어디부터 어디까지가 나인지, 알 수가 없잖아요. 아무리 자유롭고 지혜로우면 뭐해요? 몇 미터 옆에서 엄청난 우주의 진리를 털어놓는 입자가 나인지 다른 누구인지도 모 르는데. 나만 아는 비밀도 없고, 나만 느끼는 고독도, 나 혼 자 누군가에 대해 예쁘게 품은 마음도 다 사라지는데. 속에 든 게 뭐 그렇게 훌륭하고 고상한 것들은 아니지만 저도 겉으 로 보이는 제가 왜 이 모양 이 꼴인지는 상당히 속상해요. 말 씀드리긴 어렵지만, 뭐 그런 사연이 있어요. 하지만 그렇게 속상한 만큼 좀더 열심히 물을 빨아올리고 광합성을 해서 괜 찮은 줄기와 뿌리, 잎들을 보여주고 싶다는 마음이 제겐 있어 요. 이 섬은 안개투성이인 데다 석회암 덩어리라서 햇빛도 물 도 섭취하긴 좀 힘들지만 말이에요. 그래도 언젠가는 알맹이

와 껍데기가 조금 비슷해지지 않을까요? 알맹이가 온 힘을 다해 노력하면 그게 껍데기에도 조금은 반영되지 않을까요? 설령 그렇게는 안 되더라도, 누군가는 알맹이가 지닌 빛을 알아봐주지 않을까요?

〔GM〕……

〔Tree〕이 '나무로 변신' 말인데요. 완전한 나무가 되려면 며칠 걸리겠죠? 사실 좀 두려워요. 전 그리 우아한 방식으로 게임을 해오지 않았거든요. 꽃이나 필까? 열매가 맺히긴 할까? 멋진 나무를 상상하고 있는데 스펑 같은 걸로 변하면 어떻게 하지 싶어요. 뭐 그렇게 된대도 할 말은 없지만. 그래도 흥미진진하잖아요. 오직 나만 아는 역사가 내 몸에 고스란히 투영되는 건데!

나무는 잠시 침묵하고 가지를 살랑살랑 흔들었다. 나는 대화창 스크롤을 다시 올려보았다. ㅎㅎㅎ도 없었고 ㅋㅋㅋ도 없었다. 맞춤법도 정확했다. 마치 깨끗이 정리한 박사 논문을 대화창에 고스란히 옮겨놓은 것 같았다. 누군가와 이런 대화를 나눴다는 사실을 믿을 수 없었다. 좀 황당하고 이해하기 힘들긴 했지만, 그리고 여러 가지가 수상했지만, 이건 학회 사람들과도 해본 적 없는 지적인 대화였다. 말 한마디 한마디가 머릿속에 신선하게 탁탁 꽂혔다. 게임을 해킹할 줄 알면서 이 정도의 문장들을 말할 수 있는 남자라니, 도대체 누굴까.

나조차 제대로 구체화할 수 없던 내 머릿속 생각을 고스란히 읽은 것처럼 이야기할 수 있다는 건 나를 속속들이 꿰뚫고 있다는 뜻이었다. 엘프팀의 B? 던전팀의 R? 우리 팀의 K? 그럴 리가. 나는 어쩐지 더 이상 나무에게 정체를 캐묻기가 두려워 슬쩍 남편 쪽을 돌아봤다. 남편은 아무 생각 없이 일에 열중하고 있다. 젠장, 왜 나는 낯선 나무에게서 지적인 매력을 느끼면서 내 속마음은 아무것도 모르는 저 남자 입에서 예쁘다는 얘기를 들으려고 안달복달하고 있는 것일까. 한참 말이 없던 나무가 다시 메시지를 보내왔다.

〔Tree〕 그건 그렇고 저기 육지가 보이네요. 육지로는 안 나가보실 거예요? 전 저 육지에 사는 괴물들이 참 마음에 드는데. 아름다운 종족들에게 맞아 죽기 위해 존재하는 녀석들이지만, 정겹고 귀엽잖아요? 사실 이 게임, 설정부터 우습기 짝이 없어요. 미의 기사의 후예들이 절대미를 찾아 지상의 추한 것들을 죄다 무찌르면서 전진한다는데, 그런 절대적인 아름다움이 세상에 있기나 하겠느냐 말입니다. 추한 것의 본질을 이해하지 못한 채 못생긴 괴물들을 깡그리 때려부수려고만 하는 인간이 과연 진짜 아름다움을 이해할 수 있겠어요?

홍차 잔은 텅 빈 지 오래였다. 나는 철학자의 가운을 입은 내 캐릭터를 일어나게 했다. 그리고 안개가 덮인 붉은 바다

건너편의 육지를 바라보았다. 육지는 번잡하고 시끄러울 것이다. 내가 만든 '육체의 굴욕 3종 세트'와 그 밖의 수많은 괴물들 형체가 희미하게 보이고, 접속해 게임에 열중하고 있는 플레이어들의 윤곽도 언뜻언뜻 스쳐 지나간다. 귀를 기울여보니 자그맣게 소리가 들리는 것 같기도 하다. 인간들의 육체가 걷고 달리고 싸우다가 원기를 회복하기 위해 자리에 털썩 주저앉는 소리, 저마다 자신이 믿는 아름다움을 찾기 위해 그들의 몸이 분주하게 바람을 가르는 소리, 지지고 볶으면서 징글징글하게 이어지는 삶의 소리가.

6

피곤한 하루였다. 이래저래 생각할 것도 처리할 것도 많았다. 그런 하루의 피로를 풀어준 건, 오랜만에 나눈 남편과의 섹스였다. 불을 끄고 누워 있어서 남편도 나처럼 긴장이 풀린 얼굴인지는 확인할 수 없다. 남편은 지금 무슨 생각을 하고 있을까.

"흐드러졌어."

그는 솔직하게 말한다. 그래 맞아, 나는 어둠 속에서 얼굴을 조금 붉히며 생각한다. 정확한 표현이다. 벚꽃이 만개한 윤중로에 돗자리를 펴고 앉아 달고 시원한 음료수를 마시는 것 같다. 지금 이 느낌만은 누가 뭐래도 참 근사하다. 누구에게 보여주긴 싫지만, 그것 때문에 하루에도 열두 번씩 지긋지긋한 자괴감에 빠지지만, 적어도 이 남자와 사랑을 나눌 때 나는 내게 몸이 있다는 사실에 감사하고 싶어진다. S가 자신의 결혼에는 없다고 한 그 느낌, 서브한 공이 리시브되어 돌아오는 그 느낌이 남편과 나 사이에 있다면 그건 뭘까. 이 남자와 살면서 피곤한 점도 많았지만 편한 점도 많았다. 새벽같이 끓인 뜨거운 국물을 상에 놓아주지 않으면 하루를 시작하지 못한다는 숱한 남편들 얘기를 들을 때마다, 나보다 요리를 잘하고 그것도 파스타나 샐러드, 치즈떡볶이 같은 걸 잘 만들어서 종종 내게 으스대는 남자가 내 남편이라는 사실이 다행스러웠다. 넥타이와 와이셔츠보다 프린트 티셔츠가 잘 어울리고, 아파트 평수 늘리기나 주식투자가 아니라 플레이스테이션의 새 타이틀과 『데스노트』 다음 권이 언제 나올 것인지가 주된 관심사인 이 철없는 남자가 내 남편이라는 사실이 나는 조금 걱정스러우면서도 재미있다. 사람이 사람을 평가하는 대차 대조표의 그 모든 수치들과 상관없이 이 남자와 함께 있는 일은 즐겁다. 함께 사무실에서 밤을 새울 때나, 일과는 상관없는 게임을 새벽 두 시까지 같이 하다가 편의점에서 컵라면을 사 먹을 때나. 그리고 그 즐거움의 핵심에 놓여 있는 건, 어쩌면 그 많은 시간을 함께해온 우리 둘의 몸인지도 모른다. 지금 아무것도 걸치지 않고 어둠 속에 누워 있는 이 지겹고도 애틋한 그릇.

"불 켜자. 당신 보고 싶어."

"싫어!"

새해가 된 기념으로 남편은 나를 '당신'으로 부르기로 했다. 어색한 호칭까지 써가며 그가 꺼내놓은 말을 나는 비명에 가까운 소리를 내며 일축해버린다. 조금 전까지 실컷 긍정적인 생각을 해놓고도 역시 나는 아직 내 몸이라는 현실을 정직하게 대면하지 못하겠다.

"당신, 몸에 너무 열등감 갖는 거 아니야? 그러지 마. 당신은 내게 하나밖에 없는 사람이고 소중한 마누라란 말이야. 다 나 때문에 힘들고 피곤해서 당신 몸이 이렇게 된 거잖아? 우리 똑똑한 여보. 유능하고, 지혜롭고, 착하고……"

기획팀은 저녁으로 자장면을 시켜 먹던데 이 남자 그릇에만 뭔가 이상한 게 들어 있었나. 그래도 끝까지 예쁘다는 말은 하지 않는 걸 보니 내 남편은 맞는데.

"자자. 나 내일부터는 할 일 많아. 나 올해는 진짜로 박사과정, 할 거란 말이야."

'피부과에도 가봐야 하고'라는 말은 하고 싶지 않았다. 오픈 베타도 이제 정말 얼마 남지 않았고 계속 밤을 새워야 할 텐데, 내 몸은 더 만신창이가 되겠지.

"우리 여행 가자. 오픈 베타 시작하면 전직원 휴가잖아. 그때 가까운 곳이라도 갔다 오자. 신혼여행 이후로 아무 데도 못 갔잖아. 가상현실 세계만 보고 사느라 그동안 눈도 많이 피곤했을 테고. 여행 준비는 내가 다 할 테니 어디로든 가자.”

춘장이 이상했던 걸까. 아니면 단무지가 상했나. 한 번도 이런 이벤트 같은 걸 해준 적 없는 사람이 이렇게 나오니 내심 불안하다.

“그래…… 이왕이면 런던이나 프라하 같은 데로 가면 안 될까?”

잠결에 겨우 내뱉으면서, 내 말투가 참 마음에 들지 않는다고 생각했다. 전혀 우아하지 못한 몸속에 그다지 우아하지 않은 생각을 품고 사는 나는, 여행 하나를 가도 끝까지 우아한 곳으로만 가려고 한다. 하지만 그게 그렇게 큰 잘못일까. 한 손으로는 우아하게 여행 카트를 끌고 다른 한 손에는 얼그레이 홍차가 담긴 종이컵을 들고, 안개가 자욱한 이국의 땅을 밟는 나를 떠올려본다. 상상만으로도 행복해진다. 행복감에 젖어 나는 잠 속으로 빠져들었다.

7

오픈 베타는 성공적이었지만 여행은 기대와는 다르게 이어지고 있다. 비행기표가 있는 곳이 여기밖에 없어서, 휴가는 북경에서 보내게 됐다. 북경은 안개도 없을뿐더러 모든 것이 너무 크고 넓은 도시였다. 키가 정상인의 네 배쯤 크고 보폭과 근력도 그만큼 따라주는 거인들이라면 모를까, 그렇지 않아도 성한 데라곤 없는 몸을 이끌고 가이드 아저씨를 따라다니자니 내 육체의 한계가 평소의 여덟 배쯤 절절하게 느껴졌다. 여행 이틀째, 헉헉 숨을 몰아쉬며 만리장성을 오르고, 천안문 광장에서 오들오들 떨고, 후들거리는 다리를 이끌고 이화원까지 힘겹게 돌아보는 동안 내 몸은 벌써 지쳐버렸다. 며칠 전 썩은 어금니를 뽑고 임플란트를 해 넣은 자리는 아직 욱신욱신 쑤셔오고, 맵고 짜고 기름진 중국 음식을 너무 많이 먹어서인지 속도 자꾸 울렁거리는 게 영 편하지가 않다. 아무리 의미 있는 유적, 역사적인 건물을 봐도 몸이 뱉어내는 짜증 때문에 뭘 봤는지 기억도 나지 않는다. 혹시나 해서 로밍해온 휴대 전화 벨이 울리기에 받았더니 K였다.

"팀장님, 피고름괴물 대박이에요. 반응 캡 좋아요!"

나의 새해는 지난해와 별로 달라진 게 없다. '나무로 변신'은 그다지 반응이 좋지 않다고 K는 말했다. 스펑으로 변해버린 사람들이 너무 많다고 했다.

저녁 식사 후에 이어지는 오늘의 마지막 일정은 발 마사지다. 일행을 따라 호화로운 금박으로 장식된 건물에 들어서자 붉은 전통 의상을 입은 한족 소년 소녀들이 나와 한국어로 인사를 건넨다. 양말을 벗고 바지를 무릎까지 걷어올리는 사람들 사이에서 나는 잠시 주저한다. 내 몸의 작은 일부라도 남들 앞에 드러내고 싶지 않다. 하지만 결국 포기하고 청바지를 걷어올렸다. 뜨거운 물이 담긴 대야에 밀어 넣었다 꺼낸 내 두 발을 정성스레 문질러주는 한족 소년 앞에서 나는 눈을 꽉 감아버린다.

옆자리 아가씨들 앞에 무릎을 굽혀 앉은 한족 소년들의 입에서는 어눌한 한국어가 흘러나온다. 중국 좋아요? 북경 좋아요? 몇 살이에요? 누나, 예뻐요. 소년들에게서 칭찬을 들은 한국 아가씨들이 자지러지게 웃는다. 나보고 예쁘대. 빈말인 줄 알면서도 예쁘다는 말을 싫어하는 인간 여자는 역시 아무도 없다. 아직 스무 살도 안 된 이 소년들은 일의 일부로 한국말을 배우고, 예쁘다는 칭찬을 해서 손님들의 호감을 사라고 교육받는지도 모른다. 그렇게 생각하자 가슴속 어딘가가 잠깐 동안 쓰라려온다. 이 소년들은 왜 낯선 이국의 언어로 예쁘다는 칭찬을 하고 있을까, 별로 예쁘지도 않은 사람들에게. 연민인지 죄책감인지 모를 감정이 들고, 뒤이어 내가 무슨 자격으로 그런 감정을 갖는 건가 하는 부끄러움이 명치께를 콕콕 찌른다. 하지만 그 쓰라림도 이내 사라져버린다. 내 앞의 소년이 '누나'라고만 불러놓고 한참 뜸을 들이고 있기 때문이다.

"누나."

그가 한 번 더 말해서 나는 눈을 떴다. '예뻐요'라는 뻔한 칭찬이 이어지기를 기다리고 있는데, 소년의 입에서는 다른 말이 튀어나온다.

"……괜찮아요?"

그렇게 물은 소년은 내 얼굴을 들여다보며 뭔가 걱정스럽다는 듯 민망하다는 듯 이상한 웃음을 짓고 있다. 나는, 이렇게 살고 있다. 먼 이국땅에서 만난 한족 소년조차도 내게는 예쁘다는 그 쉬운 말 한마디를 해주지 않는 것이다. 민족과 계급과 자본주의의 문제로 잠시 고뇌하던 내 정신의 일부분은 밑바다으로 가라앉은 지 오래고, 더없이 구체적인 육체의 분노가 용트림을 하며 솟구쳐오른다. 아니, 왜 남들한테는 다 해주는 립서비스를 나한테는 해주지 않는 건데? 고개를 돌려보니 남편은 웃음을 참느라 이리저리 몸을 뒤틀고 있다.

"……상심하지 마. 알맹이가 괜찮으면 되는 거잖아."

모든 것을 이해하는 데 몇 분 정도 걸렸다. 나는 둔중한 망치로 머리를 맞은 것 같았다.

"당신이었어, 나무가?"

"그럼 나지 누구야. 설마 다른 남자라고 생각한 거야? 이 여자 안 되겠네, 이거."

"하지만 당신이…… 정말 그런 얘기를 했다는 거야? 그런 얘기를 다 어디서 주워들었어? 그리고 내 생각을 어떻게 그렇게 잘 알아?"

"이보세요. 사람 너무 무시하는데? 당신이 읽겠다고 사들여놓고 한 장도 안 들춰본 책들이 집에 쌓여 있기에 심심해서 좀 봤다. 신플라톤주의인지 뭔지. 그리고 생각 안 나? 당신 연애 시절부터 나한테 안개가 어쩌고 하는 뜬구름 잡는 얘기 늘어놓은 거? 그걸 조물락조물락 재구성해서 늘어놨더니 완전 뻑이 가셨구먼. 이봐요 아줌마, 꿈 깨세요. 당신 남편, 당신이 생각하는 것처럼 그렇게 무식한 사람 아니야. 당신은 내 머릿속에 예쁜 여자 몸밖에 든 게 없다고 생각하겠지만. 그리고, 마누라 생각을 남편이 알지 누가 알아?"

짐짓 샐쭉한 표정을 짓는 남편을 보니 할 말이 없다. 이 남자의 얼굴이 갑자기 낯설다. 상철씨는 가장 친한 친구의 본질을 알지 못하고 있다. 거짓말을 못한다고? 이 정도 연기면 대종상도 받게 생겼다. 애써 이런 쪽으로 생각을 몰아보지만 역시 부끄럽다. 뭘 잘못한 것도 아닌데 나는 괜히 몸이 뜨거워진다. 쥐구멍이 있다면 들어가고 싶을 정도다. 이리저리 시선을 돌리는데, 건너편 벽에 걸린 거울 속 내 모습이 눈에 들어온다.

뜨거운 물이 담긴 수십 개의 대야에서 빠져나온 수증기가 서려, 거울은 온통 희뿌예져 있다. 하지만 나는 내 흐트러진 얼굴을 잘 알아볼 수 있다. 하루 종일 땀을 흘려 화장은 다 지워지고, 질끈 묶은 머리칼은 머리 끈에서 빠져나와 이리저리 헝클어져 있다. 이 지구를 다 통틀어 저렇게 생긴 생명체는 나밖에 없다. 어떤 표정을 지을까 생각하다가, 나는 그냥 피식 웃어버리기로 한다.

나는 예쁘지 않다, 겉도 속도. 그렇지만 아직 괜찮다. 아직
올해는 많이 남았다.

판도라의 여름

1

　그 마을로 가는 길은 이상했다. 지도에는 나와 있었지만 누
구도 그곳에 마을이 존재한다는 사실을 알지 못했다. 큰길에
서 갈라져 좁게 휘어지며 올라가는 언덕길이 있었지만 그것
은 길이 아니라 잘못해서 파인 홈이나 부주의가 만들어낸 상
처처럼 보였다.
　지친 태양 아래 뜨겁게 달궈진 땅 위에서 바퀴가 조금씩 헛
돌았다. 거대한 동물의 소화관으로 들어가는 음식물처럼 차
는 천천히 움직였다. 옅고 기묘한 저항이 바퀴에 와서 걸렸
다. 전자동으로 움직이는 캐딜락이 당황한 듯 상앗빛 차체를

움찔했다. 상한 음식물을 밀어내는 위점막의 역연동 운동 같은 움직임이 느리지만 분명하게 전해져왔다. 길은, 이끄는 게 아니라 막아서며 경고하고 있었다.

풀도 나무도 자라지 않았다. 바다도 산도 보이지 않았다. 힘겹게 언덕에 올라서자 검은 아스팔트가 끝나고 태양 광선을 실제보다 아름답게 반사하는 카키색 금속으로 포장된 대지가 시작되었다. 그리 멀지 않은 곳에 곱슬곱슬하게 물결치는 철조망이 보였다. 군부대였다.

검은 옷을 입고 검은 모자를 쓴 소년들이 곳곳에 잉크 얼룩처럼 뿌려져 있었다. 땀과 체념과 실현된 적 없는 욕망으로 비틀린 채 굳어진 얼굴들이었다. 소년들은 수천 년 전부터 똑같은 옷차림과 똑같은 얼굴로 서 있었던 것 같았다. 나는 차를 세우고 소년들에게 물었다. 이 길 끝에 마을이 있습니까?

100미터 전방에, 목적지입니다. 내비게이터가 충성스럽게 지저귀었지만 나는 무시했다. 소년들 중 한 명이 입을 열었다. 얼굴이 검고 눈과 눈 사이가 심하다 싶을 만큼 좁은 소년이었다. ……마을 말씀입니까? 저희가 아는 건, 저희가 길을 지키고 있다는 것뿐입니다.

나는 더 물을 수 없었다. 그가 길을 지키고 있는 것만으로 너무 지쳐서 곧 바닥에 쓰러져버릴 것 같아 보였기 때문이었다.

순간, 옆에서 은빛으로 반짝이는 작은 것들이 놀랄 만큼 빠른 속도로 다가와 차를 에워쌌다. 조금 떨어진 곳에서 순찰

중이던 한 떼의 AI들이었다. 그것들의 이마 한가운데에 박힌
붉은색 탐조등이 빈틈없이 나를 훑어내리기 시작했다. 눈과
눈 사이가 좁은 소년이 밀려날 때 뚝, 하고 그의 이마에서 땀
방울이 떨어졌다.

"차에서 내리십시오. 여기서부터는 걸어가야 합니다."

위협적인 루비 빛 광선을 평온한 에메랄드 빛으로 바꾸며
AI들 중 하나가 명령했다.

2

밤 열 시였다. 나는 욕실에 들어가 샤워기를 틀었다.

샤워기에서 쏟아지는 뜨거운 물이 욕실 안을 데웠다. 숨을
내쉬자 훅, 술 냄새가 끼쳐왔다. 몸이 발효 중인 알코올 화합
물을 담은 거대한 플라스크 같았다. 17년산 윈저의 은은하고
묵직한 향을 비집고 위를 지나 십이지장을 지나 식도와 입을
지나, 몸속 깊은 곳으로부터 조용히 악취가 올라왔다.

무언가 썩고 있다, 은은하게.

특별할 것 하나 없는 날의 특별할 것 하나 없는 권태처럼.

한 번 더 숨을 내쉬자, 그 냄새는 온몸의 모공을 열고 수천
개의 작은 분자가 되어 스멀스멀 새어 나왔다. 나를 중심으로
욕실 안에 확산되는 냄새 분자의 움직임을 나는 거의 그려볼

수도 있었다. 그것은 콜로이드 입자의 브라운 운동과 흡사한 모양이었다.

뿔테 안경을 벗어 세면대 한쪽에 내려놓았다. 안경알에 밴 럭키 스트라이크의 진한 니코틴 냄새가 벗겨졌다. 스판 소재, 원피스 형태로 된 연구복을 벗었다. 희석된 채 묻어 있던 실험실의 화학 물질 냄새, 손톱만큼씩 섞인 브롬화수소산, 디클로로메탄, 게라니올의 시큼하고 달콤하고 향긋한 잔향이 섬유 냄새과 함께 몸에서 떨어져나갔다. 메이크업을 지우고 얼굴을 씻어냈다. 컨트롤 토너의 레몬 향, 건성 피부용 데이 크림의 코코아버터 향, 우유와 바닐라 성분이 함유된 파우더의 인위적인 아기 냄새, 프리지어와 목련, 재스민을 섞은 오 드 투알렛의 복잡한 향기가 씻겨 내려갔다. 나는 머리를 감고 온몸 구석구석을 씻은 후, 오랫동안 샤워기 아래 서 있었다. 하루 종일 몸에 달라붙은 피로의 냄새가 배수구 구멍으로 소용돌이치며 빨려들어갔다. 이를 닦은 다음 마지막으로 욕실 한쪽에 달린 이온 샤워기를 켰다. 미세한 음이온이 온몸의 냄새 잔여물을 완전히 흡수했다. 욕실 거울 속에는 운동과 보톡스, 성형으로 적절하게 관리된 인간 여자의 육체가 서 있었다. 마흔두 살치곤 흠이 없는 편이었다. 나는 살균 처리된 타월로 온몸을 닦은 뒤 욕실을 나왔다.

여전히 썩는 냄새가 진동했다.

어딘가에 쥐라도 죽어 있는 것일까.

"닥터 판."

연구실 벽면에 부착된 중앙 제어 장치 스피커에서 ZK-008 67의 음성이 흘러나왔다. 말론 브란도와 숀 코네리를 반씩 합성한 듯한 중저음의 보이스. 연합국 정부가 설치해준 가정용 멀티코어 AI, ZK-00867은 연구실 겸 주거 공간으로 사용하는 이 집의 구석구석을 관리하는 집사이자 관리인이었고, 비서였다. 잘나가는 과학자는 이런 면에서 확실히 좋은 직업이다. 10여 개로 분리된 그의 센서는 연구실 곳곳에 탑재되어 관리와 보수가 필요한 부분을 감지해냈고, 그 사이에는 신경 기능을 하는 와이어가 스파게티 면발처럼 연결되어 있다. 나는 타월만 두른 채 중앙 제어 장치 앞에 다가가 섰다. 물론 에어컨과 닮은 구석이 있는 AI의 하얀 얼굴은 부끄러움으로 붉어지지는 않았다. 다시 입을 열려는 그를 무시하고 나는 물었다.

"나한테서 무슨 냄새, 나지 않아?"

"아무 냄새도 나지 않습니다."

방금 마신 술 냄새가 조금은 남아 있을 텐데. 입 냄새와 땀 냄새와 화학 약품 냄새도 날 텐데. 뭔가 불쾌한 냄새가…… 날 텐데.

"만약 액취증이 의심되신다면 클리닉에 예약을 해두겠습니다만, 당신은 지금 완벽한 무향 무취 상태입니다."

말론 브란도와 숀 코네리를 합쳐놓은 것만큼 중후한 목소

리는 언제나 조심스럽고 사려 깊다. 인간에게 복종해야 하는
명석한 두뇌의 운명. 하지만 나는 그 신중한 문장들의 행간을
읽었다. 닥터 판, 저는 일개 AI에 불과합니다. 인간의 감정과
같은 추상적인 개념을 이해하는 일은 제게는 불가능합니다.
제가 보기엔 당신에겐 약간의 망상 증세가 있는 듯합니다. 알
코올부터 끊으시는 게 좋을 듯합니다만.

그래, 고마워.

"닥터 판, 그보다 샤워하시는 동안 전화가 세 통 왔습니다.
먼저 프시케 프로젝트에서 제품 출시 일자를 확정해달라는
요청입니다."

"거기서 오는 전화, 당분간 받지 말라고 했을 텐데."

"하지만 몇 번이나 같은 요청입니다."

"보류해."

"알겠습니다. 다음으로 친구인 도로시님께서 금요일 브런
치를 함께하실 수 있는지 물으셨습니다."

"내가 전화하겠다고 회신해."

"마지막으로, 웹그레이브의 아키비스트가 전화하셨습니다.
급한 용건이랍니다."

웹그레이브, 그 단어를 듣는 순간 정신이 번쩍 들었다. 고
요하지만 맹렬하게 전신에서 풍겨나던 악취가 잦아드는 느낌
이었다.

"연결해."

나는 급히 옷을 챙겨 입기 시작했다.

3

나는 그의 본명을 모른다. 그는 아키비스트다. 기록을 보관하고 관리하는 사람. 그러나 지금의 내겐 그것으로 충분하다. 뱅글뱅글 돌아가는 두꺼운 잠자리 안경 같은 것은 쓰고 있지 않았지만, 그의 깡마른 얼굴에선 전문 해커와 오타쿠를 합쳐놓은 듯한 인상이 풍겼다. 지나치게 민감한 내 코는 이번에도 제 기능을 과도하게 수행해냈다. 화상 전화 모니터에 맺힌 영상을 보고 있자니 평면 LCD 너머에서 그의 몸 냄새가 끼쳐오는 것 같았던 것이다. 그에게선 일에 몰두하느라 며칠째 갈아입지 않은 셔츠의 묵은 곰팡이 냄새, MSG로 범벅이 된 피자와 감자칩 냄새, 프레임 너머 어딘가에 쌓여 있을, 새로 구입한 비디오 게임 포장지 특유의 매끈한 비닐 냄새, 감지 않은 머릿내와 그 모두를 압도하는 날카로운 집요함의 냄새가 났다.

"찾아냈습니다. 의외로 쉽던데요. 사진 동호회 사이트였습니다. 오래전에 없어진 사이트지요."

"사진 동호회?"

"네, 그 이미지는 카메라 리뷰난에 올라온 게시물에 포함돼 있었습니다. 그런데……"

"원본을 볼 수 있어요?"

"아카이브에 접속한 다음 이 웹 주소를 입력하시면 됩니다만."

나는 모니터 앞으로 바짝 당겨 앉았다. 웹그레이브는 일종의 인터넷 아카이브다. 1969년 연합국 국방성이 인터넷의 원형을 개발한 이후로 지구상에 존재한 적 있는 거의 모든 웹 페이지를 복원해 영구히 간직하고 있는 방대한 데이터베이스. 천 개의 눈을 가진 영원불멸의 목격자. 탄생하고 소멸한 생명은 흔적 없이 잊힐지라도, 탄생하고 소멸한 웹 페이지의 기억은 네트의 망막에 맺힌 채 영원히 살아남았다. 영혼을 지닌 모든 것이 갈구하던 구원은, 뜻밖에도 영혼 없는 것들의 바다에서 발견되는 일이 많았다.

http://www.pmclub.com/bbs/zboard.php?id=review&page=1&sn1=&divpage=1&sn=off&ss=on&sc=on&sc=off&select_arrange=headnum&desc=asc&no=970

아카이브에 접속해 전송받은 웹 주소를 입력하자, 오래된 시체에 피가 돌듯 힘겹게 웹 페이지가 복원되기 시작했다. 임신 테스트 결과를 기다리는 기분이었다. 마침내 모니터 가득 복원된 페이지가 떠올랐다. 페이지에는 다 합해서 스무 장 정도 되는 이미지가 삽입되어 있었고, 그 사이사이에 텍스트가 입력돼 있었다.

다급하게 스크롤바를 아래로 내리다가, 나는 문득 그 이미지를 찾아냈다. 페이지 맨 아래쪽이었다. 그러나 이 말이 정확한 것일까? 그 이미지는 거기에 있었지만, 정확히 내가 찾던 이미지는 아니었다. 그러나 그것은 다른 이미지일 수도 없었다.

"왜곡되고 변형되긴 했지만, 앵글과 심도와 픽셀의 배열로 볼 때 같은 이미지예요. 누군가 수정 작업을 했네요. 비교해 보시겠습니까?"

내가 고개를 끄덕이자, 아키비스트가 모니터를 통해 두 장의 이미지를 나란히 전송했다. 화면 가득 두 개의 직사각형 창이 떴다. 왼쪽 창에는 이제 갓 스물이나 넘겼을까 싶은, 앳돼 보이는 소녀의 얼굴이 들어 있었다. 지난 몇 년간 내가 인화하고, 찢어버리고, 인화하고, 또 찢어버린 그 이미지였다. 둥근 얼굴에 티 하나 없이 새하얀 피부, 짧게 커트한 윤기 나는 검은 머리, 그리고 눈동자. 노려보는 것 같기도 하고 망연자실하게 허공을 바라보는 것 같기도 한, 말로 표현할 수 없는 물기를 축축하게 품은 기름한 눈동자. 내 이름을 건 연구로도 뜯어낼 수 없던, 남편의 마음속에 끈끈이주걱처럼 달라붙어 있는 바로 그 이미지였다.

오른쪽 창에는 정확히 같은 앵글로 잡아낸 노파의 얼굴이 떠 있었다. 팔순은 되었을 법한 노파였다. 세월과 세월이 포

함하는 모든 것의 무차별 공격을 무방비 상태로 고스란히 받
아낸 얼굴. 둥근 얼굴에 구겨진 쿠킹 포일처럼 주름이 가득한
피부, 이마와 뺨과 턱에 3,40개쯤 골고루 돋아난 새카만 검
버섯, 기름기라고는 조금도 없이 퍼석퍼석 갈라진 새하얀 백
발의 커트 머리, 그리고 눈동자. 노려보는 것 같기도 하고 망
연자실하게 허공을 바라보는 것 같기도 한, 말로 표현할 수
없는 물기를 축축하게 품은 기름한 눈동자. 두 개의 창이 합
쳐지자 얼굴은 정확히 겹쳐졌다. 60년의 세월이 슬라이드 쇼
로 번갈아 점멸할 뿐이었다.

"그러니까 이게…… 이 할머니가, 이 여자와 같은 사람이
란 말인가요?"

"보시다시피 다른 사진이라고 보기에는 너무 많은 것이 일
치합니다. 닥터 판, 이거 박스와 관련된 거 맞죠?"

나는 입을 다물었다. 그도 박스에 대해 알고 있었다. 하긴
그렇게 언론 플레이를 해댔으니 당연한 일이었다.

"이게 박스가 읽어낸 이미지인가요? 하긴 사람의 마음은
카메라가 아니니까요. 오히려 흥미로운데요. 마음의 필터에
의해 수십 년의 세월을 거슬러 올라 젊어진 할머니라니. 누군
지 몰라도 이 할머니한테 상당히 깊은 인상을 받은 것 같네
요. 사실주의가 아니라 인상주의 화풍이라고 할까, 박스를 설
계할 때 의도하신 게 그거 아니었나요?"

모니터 구석, 화상 전화 저편에서 아키비스트는 감자칩을

아작아작 씹어 먹고 있었다. 세상과 전혀 소통하지 않을 것 같아 보이는 전문 해커이자 오타쿠도 뉴스는 빼놓지 않고 읽는 모양이었다. 인상주의 화풍. 도로시가 선택하고 내 입을 통해 인터뷰어에게 전해진 그럴듯한 단어였다.

"이 원본을 보면 사진 찍는 기술이 상당해요. 카메라의 장점을 정확히 살려낼 만한 피사체를 골랐어요. 보세요, 악어 가죽 같은 피부에다, 피로에 지친 모공 하나까지 다 잡아냈잖아요."

머릿속이 혼란스러웠다. 나는 눈앞에 펼쳐진 두 이미지의 괴리를 애써 연구와 관련된 사고로 일반화하려고 했다. 이 경우, 박스가 읽어낸 이미지는 실제의 상(像)과는 너무 많은 차이가 있다. 나는 그 이유를 알 수 없었다. 이미 200명의 피실험자를 대상으로 테스트를 거치지 않았던가. 그들의 분비물을 흡수한 박스는 2,000만 화소급 카메라처럼 정확하게 그 마음속에 있는 이미지를 재현해 그려내지 않았던가. 그들 마음속의 비밀, 숨겨둔 정부(情婦 그리고 情夫), 아무도 모르게 잠재의식의 벽장 속에 가둬둔 갈망의 초상화들은 박스에 적나라하게 새겨졌다. 그 이미지들이 현실에서의 피사체 상(像)과 오차 없이 일치한다는 사실을 은밀한 경로를 통해 두 눈으로 직접 확인했을 때, 나는 모종의 짜릿함까지 느끼지 않았던가. 그런데 이 정도의 오류라면 꽤 심각했다. 도로시가 제멋대로 상상한 것처럼 3차 대전에 맞먹는 폭동이 일어나지는 않더라도, 이 상태에서 박스를 세상에 내놓는다면 많은 문제가 발생할 것이다. 연구가 완벽하게 완성되었다는 것은 나만의 착각이었을까. 제품 출시까지는 앞으로 길어야 한 달이었다. 왜 이제야 이런 치명적 오류가 발견되는 것인가. 그것도 하필이면 내 남편에게서.

"마치 오늘 막 나온 카메라 얘기를 읽는 것 같군요. 카메라는 오래전에 단종된 모델이지만."

……지상에는 없는 100퍼센트의 연인을 찾는 심정으로, 스스로를 허망하게 자학하며 수없이 많은 렌즈와 그보다 많은 보디를 거쳤습니다. 막강한 해상력과 뛰어난 선예도, 발색, 표현력, 완벽에 가까운 부가 기능을 갖춘 수많은 카메라를 전전하면서도 갈증은 사라지지 않았습니다. 그러나 오늘 저는 깨달았습니다. 진실은 화소 수에 있는 게 아니었습니다……
몇 개의 문장을 훑어내리다가 나는 시선을 돌렸다. 리뷰 밑에는 200여 개쯤 되는 댓글이 줄줄이 달려 있었다. 공감과 찬사와 소박한 다짐 같은 것들이 압축된 문구들이었다. 영혼 없는 것의 미덕을 이런 식으로 표현하고, 전파하고, 사람들을 감동시킬 수 있는 사람은 그리 많지 않다. 인간보다 기계에 진심으로 애정을 느끼고, 신에게서 최초의 불꽃을 인간에게 가져다 준 선각자처럼 문명이 산란하는 수많은 무정란을 전파하는 데 열정적이었던 사람. 이 사진들을 찍고, 이 리뷰를 쓴 사람. 프로메테우스가 닉네임이었던, 그래서 사진 한 귀퉁이에 조그만 불꽃 모양의 워터 마크를 새겨 넣기 좋아했던 사람. 극단적인 얼리 어댑터였고, 타고난 바람둥이였으며, 뛰어난 사진작가였고, 21세기의 하고많은 사람들과 마찬가지로 생산보다는 소비에 익숙했던 사람.

그러나 그럼에도, 영혼을 갖고 있었던 사람.

내가 그와 결혼한 건 그의 영혼에 나와 닮은 구석이 있다고 믿었기 때문이었다. 내가 존경하고 경멸한 그 영혼의 입자들은, 모두 나와 닮아 있는 부분들뿐이었다.

4

'판도라스 박스'를 처음 만나는 분들께

모든 문화권의 신화는 호기심을 악이자 경계해야 할 대상으로 규정합니다. 아담에게 선악과를 권한 성서 속 이브는 낙원에서 영원히 평안하게 살 수도 있었던 인간에게 유한한 생명의 고통을 안겨주었다는 이유로 지탄의 대상이 되어 왔습니다. 제 근원을 알고자 존재의 비밀을 캐물은 오이디푸스 왕은 아내이자 어머니를 죽음으로 내몰고, 패륜에서 비롯된 역병을 백성에게 안겨주었다는 죄목을 걸머지고 제 눈을 찔러 장님이 되어야 했습니다. 심지어는 호기심이 고양이를 죽였다는 속담도 있습니다. 그리스 신화에 등장하는 최초의 여성

판도라는, 아마도 호기심의 소유자였던 이 모든 이들 가운데 가장 많은 박해를 받은 인물일 겁니다.

'이 일이 있기 전에는 지상의 인간 종족들은 자신들에게 죽음을 재촉하는 불행이나 힘든 일 그리고 심한 고통을 모른 채 아주 오랫동안 살았다. 고생하며 사는 사람은 더 빨리 늙기 때문이다. 그러나 그 여인이 항아리에 덮여 있는 단단한 뚜껑을 손으로 열고 그 안에 있는 모든 것을 밖으로 끄집어내어 인류에게 극심한 고통을 만들어주었던 것이다.' 헤시오도스는 『노동과 나날』에서 판도라의 행위를 이렇게 묘사하고 있습니다. 그리스 말로 '모든 것을 선물받은 자'라는 뜻의 이름을 가진 판도라는, 확실히 열심히 일하는 남자들에게 고통이 될 만한 모든 것을 선물받은 여성이었습니다. 아름다운 육체와 뛰어난 화술과 사랑받기에 충분한 여성스러움. 헤파이스토스가 진흙으로 빚어 만든 판도라는, 호기심이라는 저주받은 스위치만 off 상태로 두었다면 아무 고통 없이 행복하게 살아갈 수 있는 신의 골렘, 다시 말해 완벽한 기계였습니다. 그러나 그녀는 제 안에서 미친 듯 파도치는 갈망의 목소리를 외면하고 기계에 머무르는 데 만족할 수 없었습니다. 순수라고 잘못 알려진 무지, 평화라고 잘못 알려진 거짓, 성숙이라고 잘못 알려진 침묵의 타협을 선택하는 대신 그녀는 위험하고 해로운 인식을 선택했습니다. 제우스가 준 항아리를 열어본 판도라의 행위는 신의 입장에서 보자면 인간의 약함과 오류를 증명하기 위한 장치에 불과했습니다. 하지만 신의 경이와 권능으로 봉인된 그 항아리를 독대하면서 판도라가 정말로 어떤 심정이었고, 어떤 표정을 하고 있었는지는 그다지 알려져 있지 않습니다.

판도라의 호기심은 신(神)적인 모든 것에 대항하는 인간다움의 집약체입니다. 수천 수만 년 전에 태어난 최초의 여성이 미학적으로 어떤 외모를 지니고 있었는지는 알 수 없지만, 우리는 판도라의 육체 가운데 유독 한 부분이 기형적으로 발달해 있었을 거라고 확신합니다. 그것은 다름 아닌 코입니다. 항아리를 열기 전, 판도라는 두려움과 호기심에 사로잡혀 크게 숨을 들이켰을 것입니다. 두려움의 순간에는 누구나 호흡이 가빠지니까요. 그때, 크게 열린 그녀의 콧구멍으로는 세상의 냄새가 밀려들어왔을 것입니다. 신이 가르친 대로 살아가는 인간들의 세계가 뿜어내는 그 냄새는 나약하고 예측 가능하며, 무엇보다 쉬웠을 것입니다. 그녀는 자신에게 남은 삶이 얼마나 안전하고 평화로운지, 그리고 쉬운지 자각해버렸습니다. 그리고 그 순간, 또 하나의 냄새가 그녀의 코를 자극했습니다. 항아리 속에 단단하게 봉인된 채 은밀한 유혹을 던져오는 강렬하고 동물적인 냄새. 그것은 항아리의 위쪽에 들어 있던 질병과 가난과 절망의 냄새가 아니었습니다. 그 모든 것을 고통스럽게 인식한 자만이 달콤하게 음미할 수 있는 쌉쓸하고 짭조름하면서도 이상한 냄새, 그건 맨 밑바닥에 차지게 달라붙어 있던 희망의 냄새였습니다.

희망은 동물적인 것입니다. 그것은 문명이나 사회의 진보가 말살하려 할수록 더욱더 끈덕지게 인간의 가슴속에 달라붙어 떨어지지 않는 원초적인 마약이자, 신이 인간에게 감질나게 주었다 빼앗아버린 순수한 낙원에 대한 기억입니다. 그렇기에 그것은 좌절이나 절망이나 낙담보다 훨씬 강력한 고통을 수반합니다. 그러나 경험의 세계라는 나락으로 한번 떨어져본 인간에게, 그 순수의 기억은 신의 권능과 맞먹을 만큼의 신성함을 제공합니다.

어쩌면 판도라는 현대를 살아가는 인류에게 중요한 질문을 던지고 있는지도 모릅니다. 24시간 내내 눈과 귀를 켜놓아도 다 소화하지 못할 만큼 많은 정보와 문명의 혜택을 숨가쁘게 받아들이면서, 우리는 우리가 진화하고 진보하고 있다고 확신합니다. 그러나 여러분은 그 진화와 진보 속에서 희망을 발견해본 적이 있습니까? 클릭과 드래그 몇 번이면 얻어지는 쉬운 인식의 경험이 아니라, 오랜 시간을 들여 단단한 봉인을 벗기고 진실을 인식하는 고통스럽고도 가치 있는 경험을 마지막으로 해본 것은 언제였습니까?

여기, 진실에 목마른 여러분 앞에 '판도라스 박스'를 조심스럽게 내놓습니다. 이 작은 상자는 여러분에게 행복과 평화와 안정을 보장하지는 않을 것입니다. 판도라스 박스는 정반대로, 여러분이 자신을 속이면서까지 믿고 싶어 한 모든 것을 뒤엎고 배반하고 전복할 것입니다. 인간의 본성은 분열입니다. 인간의 표면과 이면은 결코 일치하지 않습니다. 관성으로 유지해온 관계와 억지로 쌓아올린 신뢰, 그리고 신의 눈에 흡족하도록 우리가 알게 모르게 순응해온 거짓들을 이 박스는 한순간에 무너뜨릴지도 모릅니다. 그것은 여러분이 아끼고 의지하는, 그래서 여러분을 결국 절망시킬 사람들의 모습이자, 또한 여러분 자신의 모습이기도 합니다.

그러나 현명하게만 사용한다면, 이 박스는 골렘의 진흙 코에 불과했던 여러분의 후신경에 새롭고도 낯선 냄새를 제공하고, 여러분을 한 단계 높은 차원의 인류로 이끌어줄 것입니다. 이 박스를 소유한 당신은 이미 그곳으로 향하는 중간 단계의 관문을 통과한 것입니다. 그곳으로 가기 위해 약간의 고통을 감수할 준비가 되었다면, 용기를 가지고 박스의 뚜껑을 여십시오. 우리를 구원할 그 냄새, 인간을 인간답게 만드는 그 냄새는 두려움에 맞서는 신성한 앎의 냄새입니다. 그리고 그것은 아마도, 희망의 또 다른 동의어일 겁니다.

―도로시(SF 소설가)

5

그녀의 사진에서는 내가 모르는 냄새가 났다.

고급 인화지의 냄새를 벗겨내고, 박스가 품고 있는 특유의 금속 냄새를 배제하고, 내 코는 그 냄새의 본질을 캐내려 했다. 그러나 맨 밑바닥에 남은 것은 내가 알지 못하는 냄새였다. 그럴듯한 비유도, 비슷한 향을 지닌 어떤 사물도 찾아낼 수 없다. 시큼하다고도 달콤하다고도 구리다고도 할 수 없다. 그것은 다만 내가 한 번도 맡아본 적 없는 냄새였다.

방문을 열었다. 남편은 침대에 누워 있었다.

창문이 꼭 닫힌 남편의 방은 어둡고 건조한 병실을 닮았다. 하루의 대부분을 연구실에서 보내는 나는 아침과 저녁 두 번씩 2층의 그 방을 들여다보았다. 남편은 침대에 누워 있거나 의자에 앉아 있거나 멍하니 TV를 들여다보고 있거나 했다. 그는 화장실에 갈 때를 제외하고는 언제나 거기에 있었다.

가정용 AI가 하루 세 번 음식이 담긴 쟁반을 날라오면 그는 식사를 하고 물을 마셨다. 그는 팔과 다리를 움직였고, 숨을 쉬었으며, 눈꺼풀을 깜빡였다. 방 안의 산소를 들이마셔 이산화탄소로 바꿔놓았고, 소화와 순환과 배설 활동을 했으며, 시간의 속도에 맞게 적절하게 노화해갔다. 하지만 그는 정말 거기에 있는 것일까. 나는 확신할 수 없었다.

사진 동호회 '프로메테우스 클럽'의 운영자이자 A급으로 인정받는 스튜디오의 실장으로 일하던 남편을 처음 만난 건, 내게 시상식 의상을 협찬해준 어느 명품 브랜드의 론칭 파티에서였다. 나는 젊었고, 손아귀에 세상을 모두 움켜쥐겠다는 야심을 품고 세상에 막 첫발을 내딛은 상태였다. 대학원 조교로 있는 동안 나는 담당 교수가 내게 부여한 연구 과제 외에 분자생물학과 뇌과학을 결합한 연구를 따로 진행하느라 일주일에 닷새는 밤을 샜다. 그렇게 진행한 연구로 논문을 발표한 그해 가을, 나는 젊은 과학도에게 주어지는 학회의 특별 언급을 두 분야에서 따로따로 받았다. 스물다섯, 바람에 가볍게 짤랑거리는 샹들리에의 불빛처럼 찬란하던 해였다. 천재로 인정받을 정도는 아니지만 내 나이를 감안하면 평범한 업적이라고도 할 수 없었다. 그때 내가 파고든 분야는 페로몬pheromone이었다.

페로몬은 같은 종(種)의 생물 사이에서 사회적·성적·정치적으로 다양한 커뮤니케이션을 가능케 하는 화학 물질이다. 한때는 개미와 같은 곤충에게만 있다고 알려졌던 이 체외 분비성 물질이 대부분의 포유류와 인간에게도 있는 것으로 밝혀지면서, 인간 페로몬이 학계의 주된 관심사로 떠올랐다. 대부분의 연구는 뇌를 자극해 특정한 이성에게 호감을 느끼게 하는 인간 페로몬 수용체 위치가 어디인가에 집중되어 있었다. 일반적인 냄새를 받아들이는 코 천장의 후각상피세포(MOE)인지, 혹은 코와 입천장 사이에 존재하는 서골비 기관(VNO)인지가 한동안 뜨거운 감자였다. 선배와 동료 학자들이 두 갈래의 견해로 나뉘어 연구에 열을 올리는 동안, 나는 인간이 분비하는 페로몬 그 자체에 집중했다. 인간의 페로몬이 소변이나 땀에 섞여 분비된다는 사실은 증명되었지만, 경우에 따라 다른 페로몬이 분비된다는 사실은 알려져 있지 않았다. 나는 배우자나 연인, 즉 생물학적으로나 사회적으로 관계를 맺고 있는 파트너를 이미 지닌 인간이 또 다른 이성에게 호감을 느낄 경우, 그렇지 않은 인간과는 다른 종류의 페로몬을 몸에서 분비한다는 사실을 증명하는 데 성공했다. 그 페로몬은 이성에게뿐 아니라 분비하는 당사자의 신체에도 즉각적으로 작용해, 노화 현상을 더디게 하고 생기와 긴장감, 성적 매력을 더해주었다. 본래는 재미없는 화학식으로 된 이름을 갖고 있었지만, 『뉴욕 타임스』가 '바람둥이의 페로몬 Cheater's Pheromone'이라는 앙증맞은 별명을 붙이면서 그 물질은 전 세계 사람들의 입에 오르내렸다. 양다리를 걸치는 여자가 더 예뻐 보인다거나, 마누라에게만 충실한 남편보다는 아내와 애인에게 똑같이 잘하는 남편이 좀더 젊고 생기 있어 보인다거나 하는 속설에 과학적 근거가 더해진 셈이었다. 뇌에 각인된 발각되리라는 두려움과 죄책감은 인간을 늙거나 추하게 만들기는커녕, 피부를 투명하게 만들고 머리카락에 윤기를 한층 더해주었다.

　나는 남편이 누워 있는 침대 한쪽에 걸터앉았다. 미동도 없이 가지런히 이불을 덮고 누운 남편의 시선이 그리는 궤도 한가운데로, 내 얼굴이라는 소행성이 문득 끼어들었다. 아무것도 담겨 있지 않은 그의 시선이 나를 통과해 먼 곳으로 흘러갔다. 나는 허리를 굽혀 침대 밑에서 박스를 꺼냈다. 가로, 세로, 높이 각 20센티미터 정도의 정육면체 모양을 한 박스는 목적에 맞게 침대 밑이나 책상 밑, 싱크대의 맨 아래쪽 수납장 같은 비좁은 공간에 쏙 들어가는 크기로 디자인되어 있다.

　남편의 시선은 아무런 저항도 받지 않고 나를 투과해 지나갔다. 당신은 볼록 렌즈 같아, 셔터를 누르는 순간 내 몸이 타버릴 것 같다고. 남편은 예전에 자주 그렇게 말했지만 이제 그에게 나는 평평한 유리에 불과했다. 아무리 태양 광선을 흡수해 응시해도 그의 눈동자에는 불씨가 되살아나지 않았다. 나는 박스의 여섯 면을 감싸고 있는 보랏빛 벨벳 외피를 가만히 손바닥으로 쓸었다. 머리카락보다도 가느다란 수천 개의 보랏빛 융털이 손바닥을 따라 이리저리 넘어지면서 희미한 손자국이 남았다. 특수 섬유로 만들어진 융털의 끝에는 눈에 보이지 않을 정도로 미세한 센서가 달려 있고, 그 끝에선 인간의 코털에서 분비되는 것과 흡사한 촉촉한 냄새 수용체가 분비된다. 이 수용체는 24시간 동안 반경 10미터 안에 있는 인간의 냄새 분자를 포착해 전자 데이터로 바꾸고, 와이어를 통해 박스 밑바닥의 코어로 전달한다. 무의식을 관장하는 인간 뇌의 시상하부 구조를 정교하게 재현해 제작된 코어는 복잡한 과정을 거쳐 이 데이터 가운데 죄의식이 암호화해놓은 특정한 배열을 찾아내고, 그것을 해독해 빛 에너지로 바꾼다.

　나는 박스 앞면에 붙어 있는, 고대 로마의 문고리 모양을 한 금속 고리를 천천히 벗겨냈다. 이론대로라면 박스는 대상이 되는 인간의 냄새뿐 아니라, 주위에 있는 모든 사람과 사물의 냄새를 흡수하게 되어 있다. 그런데 박스를 사용하는 사람들의 몸에서는 또 하나의 기묘한 화학 분비물이 스며 나온다. 그 물질의 성분은 아직 정확히 규명되지 않았지만, 도로시는 그것을 '신성한 질투'로 부르고 있다. 그 분비물이 이 고리 모양의 금속 센서에 닿으면 일종의 거름종이 역할을 하는 화학 물질이 생성된다. 그 물질이 대상의 냄새 이외의 모든 냄새를 차단해, 코어에 전해지는 것을 막는 것이다. 이 놀라운 현상은 과학자의 눈으로 보기엔 믿을 수 없이 낭만적이었고, 질투하는 자에게는 온당하며, 이런 제품을 상품화하려는 사업가에게는 영특하고도 대견스러운 일이 아닐 수 없었다. 나는 우연히 그 셋 모두에 해당했다.

상자 안에는 젤러스Jealous라는 젤리형 감광 물질로 이루어진 반투명한 구체가 들어 있다. 코어에서 빛 에너지로 바뀐 데이터가 이 구체 안으로 흘러들어가면 구체는 필름과 같은 역할을 해서, 전달된 데이터를 짧으면 5분에서 길어도 10분 내에 4×6 사이즈의 평면 이미지로 응축한다. 박스에 붙어 있는 인화 버튼을 누르면 곧바로 완성된 사진 형태로 뽑아볼 수 있다. '완료'를 뜻하는 에메랄드 빛 램프에 불이 들어온 것을 확인한 나는 박스를 몸 쪽으로 바짝 끌어당기고, 족히 수십 번은 눌렀을 그 버튼을 다시 눌렀다.

356

그날 밤, 그의 몸에서 뿜어나오던 냄새를 선명하게 기억한다. 화려한 옷차림의 사람들에게서 풍겨나던 의욕적인 시트러스와 오만한 머스크 향, 여기저기서 부딪히던 유리잔 속에 찰랑이던 와인의 짙은 포도 향내, 잘게 썬 로스트비프에서 배어나던 두꺼운 육질의 냄새, 테이블 사이를 마구 흘러다니던 그 모든 성공과 유혹과 화술과 방만함과 과시의 냄새…… 그리고 그의 몸에서 풍겨나던 냄새. 짐승의 우리에서 나는 것 같기도 하고 타오르는 장작이 튀겨내는 것 같기도 한, 결코 가두어지지 않는 욕망의 냄새. 검정이 주위의 모든 색깔을 빨아들여 자신에게 동화해버리듯, 그의 몸에서 빠져나온 그 미묘한 냄새의 입자들은 주위의 모든 냄새를 압도하고 무효화하며 그랜드볼룸을 가득 채우고 있었다. 보랏빛 벨벳 수트를 입은 그의 몸은 그대로 하나의 완벽한 상자였다. 그리고 나는 그것을 열어야 했다. 오직 나만이.

지이이잉, 박스 아래쪽의 슬릿에서 인화된 이미지가 천천히 빠져나오기 시작했다. 마지막으로 입을 열어 언어를 만들어낸 지 몇 년이 흘렀을까. 남편의 입술은 완고하게, 그러나 의지 없이 닫혀 있었다. 면도를 하지 않아 텁수룩하게 수염이 돋아난 그의 까끌까끌한 턱과 인중 근처를 나는 하릴없이 만지작거렸다. 그리고 손가락을 조금 움직여, 로마인의 코 모양으로 완벽하게 융기한 그의 코뼈를 어루만졌다.

천재가 아니라면 적어도 부지런해야 한다고, 많은 선배 과학자들이 내게 가르쳤다. 나는 그 가르침을 마음에 깊이 새겼기에 의학에도 손을 댔다. 다른 무엇 때문이 아니라 채워지지 않는 호기심 때문이었다. 나는 이 우주에서 내가 앎으로 끌어안을 수 있는 영역이 고작해야 티끌 하나 정도의 크기에 불과하다는 사실을 용납할 수 없었다. 과학에서나, 사랑에서나.

사랑이라니, 어딘가에서 쥐라도 썩고 있는 것일까.

곰팡이를 피워낼 몰골을 하고서도 나는 연구실을 떠나지 않았다. 그 호기심의 결과가 고작 이것이었단 말인가? 내 손이 어루만지고 있는 잘생긴 코뼈 안쪽에 작은 구멍이 두 개 있었다. 코와 입천장 사이, 콧구멍으로부터 1센티미터 뒤쪽에 정확히 0.1밀리미터 크기의 작은 구멍 두 개가 뚫려 있었다. MOE와 VNO 사이에서 동료들이 우왕좌왕하고 있었지만 내게는 시간이 별로 없었다. '바람둥이의 페로몬'과 정확히 일치하는 물질의 냄새를 남편의 스웨이드 재킷에서 맡게 된 건 결혼 3년째의 일이었다. 내 직관과 육감과 본능이 너무 많은 이야기를 해주었기에 따로 성분 분석을 거치지 않아도 되었다.

인간의 마음은 짐작보다 훨씬 간사하다. 연구가 경이로운 속도로 진행되고 있었기에 박스는 그때 이미 프로토타입 개발이 완료된 단계였고, 나는 이미 '판도라'라는 닉네임을 사용하고 있었다. 용기만 충분했다면 나는 남편의 마음속에 들어 있는 이미지를 박스로 읽어볼 수도 있었을 것이다. 그러나 몇 번이나 박스를 만지작거리던 손을 놓고 나는 메스를 집어들었다. 어느 날 술에 취해 들어온 남편에게 마취약을 주사하면서도 나는 별다른 죄책감을 느끼지 않았다. 룰렛에서 빨강과 검정 가운데 하나를 선택하는 것, 딱 그만큼의 긴장감만 스쳐갔다. 나는 VNO 쪽에 걸기로 했다. 다른 여자의 매력적인 냄새를 감지해내느라 분주했을 남편의 서골비 기관 신경을 나는 내 손으로 말끔하게 파괴해버렸다.

팔락 하는 가벼운 소리를 내며 인화된 이미지가 박스에서 빠져나와 방바닥에 떨어졌다. 나는 물기를 축축하게 품은 소녀의 눈동자를 남편의 눈앞에 가져다 댔다.

"이 여자, 좋아했니?"

"……"

"이 여자, 사랑했어?"

"……"

"이 여자랑, 같이 잤니?"

동공의 축소와 확대 같은 최소한의 생체 반응만 보이는 남편의 눈동자는 아무것도 포함하고 있지 않았다. 서골비 기관 신경이 파괴된 수컷 쥐는 다른 암컷들의 냄새를 맡으려 하지도, 올라타려 하지도 않는다. 배우자인 암컷 입장에서 보자면, 관계에서 불안과 두려움을 야기하는 불확실성의 덩어리가 제거되는 것이다. 메스를 잡을 때 나는 거기까지는 알고 있었지만, 그런 수컷이 성적 행동 이외의 부분에서도 지속적인 퇴행 현상을 보일 수 있다는 사실은 알지 못했다. 마취에서 깨어난 남편은 언어 기능을 완전히 상실했을 뿐 아니라, 아주 기본적인 제 몸의 활동 이외의 모든 것에 관심을 전혀 보이지 않는 퇴행 상태로 빠져들었다. 내가 아는 한도 내에서 가장 실력 있는 뇌과학 분야 전문가들에게 보였지만 그는 원래의 상태로 돌아오지 못했다. 생각이 정체되어 있어요, 스스로 마음을 닫고 있어서 주위에서 일어나는 일을 아무것도 읽어내지 못하는 겁니다. 그들은 병든 아내를 이층에 몰래 숨겨 놓은 로체스터 씨를 보는 시선으로 나를 보며 말했다.

탈취제로 깨끗하게 빨아들인 듯, 남편의 몸에서는 냄새가 사라졌다. 페로몬의 냄새는 물론이고 땀 냄새, 입 냄새, 침 냄새, 두피에서 희미하게 풍겨나던 피지의 냄새 같은 아주 기본적인 냄새까지도. 남편의 스튜디오는 문을 닫았다. 내가 그라는 상자를 열기 두려워 크레인으로 납작하게 짜부라뜨려 버린 뒤로 그의 카메라에는 아무것도 담기지 못했다.

남편의 침대 밑에 다시 박스를 밀어 넣기 시작한 건 대체 무엇을 찾고자 함이었을까. 나는 소녀의 얼굴을 다시 바라보았다. 처음 몇 년간 희뿌연 무(無)만을 찍어내던 박스가 처음으로 소녀의 얼굴을 뱉어냈을 때, 나는 한꺼번에 밀려오는 수천 가지의 감정 중 무엇으로 나를 먼저 괴롭혀야 할지 알 수 없어서 일단 사진을 찢어봤다. 찢고 나자 그것이 찢어진 것이 아쉽다는 생각이 들었다. 그래서 나는 다시 박스를 밀어 넣고 꺼내고 사진을 인화하고 찢고 다시 박스를 밀어 넣고 꺼내고 사진을 인화하고 찢고 박스를 밀어 넣고 꺼내고 사진을 인화하고 찢었다. 개가 주인을 보고 꼬리를 흔드는 일을 그만둔다면 나도 이 일을 그만둘 것이다.

"……죽였니?"

사라지거나 희뿌예지거나 조금이라도 달라지기를 매번 기대했지만, 소녀의 얼굴은 언제나 같았다. 그러나 오늘은 어쩐지 달라 보이는 것 같기도 했다. 그녀의 뒤쪽 희끄무레한 배경 속에서 전에는 보이지 않았던 무언가가 눈에 들어왔다.

검은 실루엣이었다. 정상적인 체구라고 보기엔 기형적으로 컸지만, 그건 인간의 형상이었다. 평평하게 펼쳐진 손으로 보이는 검은 형체 위에 무언가 친숙한 모양을 한 것이 있었다.

당신을 절대로 용서할 수 없어. 소녀인지도 모르고 할머니인지도 모를 여자는 원망 가득한 눈으로 이렇게 말하고 있었다.

"이 여자를, 죽였니?"

남편은 대답하지 않았다.

나는 사진을 얼굴 가까이 대고, 코에 지그시 문질렀다.

그녀의 사진에서는 내가 모르는 냄새가 났다.

6

조심해서 걸으려 했지만, 겨우 3센티밖에 안 되는 내 물은 금속 대지 위에서 심하게 또각거렸다. 따각, 따각, 따각, 나가, 나가, 나가. 나는 고개를 흔들었다. 차에서 내려서부터 두 다리가 미세하게 후들거리기 시작했다. 중력이 희한한 방식으로 작용하고 있었다. 땅을 디디는 내 발이, 한 번도 본 적 없는 해안선을 백지 위에 그려내야 하는 연필이 된 것 같았다. AI들은 참을성 있게 보행 속도를 늦춰가며 나를 호위했다. 타르보다 지독한 여름이었다.

순간, 퍽 하는 소리가 들렸다. 목덜미에 차갑고 끈끈한 덩어리가 으깨졌다. 나는 반사적으로 몸을 움츠리며 뒷목을 감싸쥐었다. 남자의 정액처럼 물큰한 무언가가 길게 늘어지며 손끝에 묻어나왔다.

일제히 경보가 울리기 시작했다. 사방을 둘러싸고 있던 AI들이 순식간에 사라졌다. 나는 뒤를 돌아보았다. 20미터쯤 뒤였다. 남자는 벌써 붙잡혀 버둥거리고 있었다. 누군가가 그를 땅에서 파낸 게 아닐까. 그의 몸은 머리끝부터 발끝까지 낙진 같은 땟국물로 범벅이 되어 있었고 셔츠와 바지는 다 해진 거적과 그리 다를 것이 없었다. 노숙자? 붙잡히지 않은 두 다리를 허공에 차올리며 그는 뭐라고 중얼거리고 있었다.

……기지 ……반대 ……현실을 ……않는 ……과학자는
물러가라.

그 목소리는 차라리 신음에 가까웠다. 쉬어 있었고 아주 작
았다. 그러나 귀를 기울인 순간, 그와 눈이 마주친 순간 남자
의 목소리는 보이지 않는 확성기를 통과하면서 쩌렁쩌렁 허
공에 울려 퍼졌다.

"당신이 누군지 알고 있어. 당신 남편이, 우리 할머니, 할
머니가."

픽 하고 아주 시시한 소리가 났다. 버둥거리던 남자의 몸이
푹 꺼졌다. AI들 중 하나가 마취총을 발사한 것이었다. 땅에
늘어진 몸은 작고 더러웠다. AI들이 소라게를 닮은 일사불란
함으로 따박따박 움직였다. 그들은 다시는 재활용되지 않을
폐기물처럼 그를 질질 끌고 갔다. 모든 상황이 정리되는 데
3분도 걸리지 않았다.

나는 등을 타고 땅바닥에 흘러내려 일그러진 노랗고 하얀
덩어리를 내려다보았다.

쌍란(雙卵)이었다.

나는 나도 모르게 숨을 들이켰다. 더럽혀진 카키색 금속을
비집고, 내가 모르는 냄새가 천천히 올라오는 중이었다.

"스크램블드에그 대신 삶은 야채로. 커피는 최대한 진하게, 2000년대식으로."

감사합니다. 짜리몽땅한 은빛 하반신에 하얀 앞치마를 두른 웨이트리스 AI가 린지 로핸을 닮은 앵앵거리는 목소리로 속삭이고 종종종 돌아갔다. 도로시가 한쪽 눈을 찡그렸다. 앞치마를 두른 AI라니, 아무리 키스는 여전히 키스고 한숨은 여전히 한숨이라지만…… 하는 표정이었다. 그녀는 예술가라면 속물처럼 피부 관리에 돈을 써서는 안 된다는 생각을 공공연히 드러냄으로써 자신이 속물임을 증명해 보였다. 주름을 감추려 여러 겹으로 치댄 파우더가 흉하게 녹아내리고 있었다. 나이에 어울리지 않는 귀여운 모양의 컬로 감싸인 그녀의 얼굴에서 희미하게 향기가 풍겨왔다. 성공, 매스컴의 사랑, 꾸며낸 자신감, 소재 고갈로 타들어가는 마음, 타락을 감추려는 필사적인 노력이 범벅이 된 중견 소설가의 향기였다. 도로시, 마흔두 살, 내가 나만큼 존중하고 경멸하는 강박증 환자.

"보내준 서문 초안은 읽어봤어?"

"좀, 너무 관념적이던데. 단어가 어려운 것 같기도 하고."

"맘에 안 들어? 네가 부탁한 대로 신경 써서 다 했는데. 신화, 약간의 형이상학, 구매 동기 자극, 한계를 인정하는 진솔

함까지."

나는 한숨을 쉬었다. 분명 그녀의 초안은 괜찮았다. 그녀의 소설보다는 훨씬 나았다.

판도라스 박스의 마케팅 핵심 콘셉트는 품위와 신비로움이었다. 특히 주부들이 주된 타깃이라는 점도 한몫했다. 박스는 무슨 일이 있어도 암흑의 중세나 십자군 원정 때 유행했던 정조대, 혹은 20세기에 배우자의 뒷조사를 맡았다는 심부름센터처럼 비릿하고 치졸한 집착의 냄새를 풍겨서는 안 되었다. 나는 도로시의 얼굴을 물끄러미 들여다보았다. 마흔이 넘은 여자가 여고생처럼 새초롬한 표정을 지으니 역시 조금은 추했다. 그래도 이런 서문을 써줄 수 있는 건 도로시밖에 없었다. 그녀가 초조해하는 건 당연하다. 박스 출시와 동시에 박스를 소재로 한 그녀의 신작 장편도 출간된다. 정확히 말하자면, 세트로 묶어서 팔린다. 판매 업체에 돌아가는 부분을 제외하고, 이 패키지의 판매에서 얻어지는 수익은 그녀와 내가 5:5로 나눠 갖는다. 그래서 우리는 동업자, 악어와 악어새다. 더 이상 새로운 소재를 찾을 능력이 없어진 그녀는 내 연구라는 맛있는 속살을 파먹고 SF 소설을 쓰고, 문장력이 없는 나는 그녀가 만들어낸 유려하고 그럴듯한 문장의 껍질로 박스를 포장해 홍보한다. 소녀 시절 그녀는 공상 과학을 좋아하는 문학소녀였고, 나는 소설을 즐겨 읽는 과학자 지망생이었다. 우리는 손발이 잘 맞는 환상의 파트너, 세상에 찾기 힘든 암나사와 수나사, 둘도 없는 아트메이트artmate였다. 단어 'art'에 기술과 예술이라는 두 가지 뜻을 집어넣은 사람은 이런 일이 일어날 것을 짐작이나 했을까. 도로시와 나는 현재 활동 중인 아트메이트들 중에서도 가장 잘나가는 축이었다.

그녀는 지금 초고를 다 쓰고 한창 퇴고 중이었다. 그녀의 소설은 판도라스 박스가 보급되고 60년이 지난 후의 어두운 디스토피아를 무대로 한다. 사람의 마음을 읽는 박스 때문에 전 세계에서 대규모 전쟁이 일어난다. 대륙 간 탄도 미사일이나 탄저균 따위와는 관계없는, 배신감과 질투와 소외감에 사로잡힌 인간이 다른 인간을 일대일로 죽이는 살상전이다. 박스를 통해 아내의 본심을 읽은 남편과, 남편의 다른 애인을 대면한 아내가 서로를 죽이기 시작한다. 연인이 연인을, 스승이 제자를, 술친구가 술친구를, 상사가 부하 직원을 죽이는 일이 늘어간다. 세계 인구의 과반수가 전쟁으로 죽는다. 이후 박스는 모두 폐기되고, 개발자인 닥터 판도라는(바로 나다) 사형에 처해진다. 인간들은 어리석은 전쟁을 일으킨 주범을 야만적인 호기심이라 규정하고, 그 호기심이 자라기 적당한 환경인 뜨거운 심장을 인간 사회에서 몰아내기로 결정한다. 일정한 나이에 이른 모든 인간에게는 심장의 온도를 낮추는 특수한 반도체, 프로즌 칩이 이식된다. 이제 인간 사이의 관계는 쿨하게 변하고, 연인들은 서로의 변심에 분노하거나 절망하는 대신 분열이라는 인간 마음의 한계를 당연한 것으로 받아들인다. 애정의 지속 기간이 지나면 서로에게 새로운 파트너를 찾아주는 성숙한 관계도 점차 보편화한다. 사람들은 점차 자신 곁에 있는 사람을 믿지 않게 된다…… 불안과 혼란과 폭력을 가져올 수 있는 '사랑'과 '신뢰' 같은 단어들은 금지어로 지정된다. 어느새 60년이 지나간다. 그러나 이야기는 여기부터 시작이다. 팔뚝에 프로즌 칩 대신 실리콘 덩어리를 삽입하고 뜨거운 심장을 숨긴 채 살아가는 두 명의 소녀가 등장한다. 그 둘은 오래진 전쟁에서 외할머니를 잃고 반동분자로 낙인찍혔다는 공통점 때문에 친구가 되지 않을 수 없다. 두 소녀는 인간이 잃어버린 뜨거운 심장의 가치를 되찾기 위해 트루스 시커스Truth Seekers라는 혁명 단체를 조직하고 투쟁에 나선다. 아직 그녀들의 힘은 미미하지만, 그녀들은 자신들에게 결코 부끄럽지 않은 외할머니들이 있었다는 사실을 잊지 않는다. 둘의 외할머니란 다름 아닌 닥터 판도라와, 그녀의 절친한 친구였던 소설가 D였다…… 그러니까 이것은 미래완료형으로 진행되는 팩션이다. 개발자인 내가 실명으로 등장하고, 박스의 작동 원리도 거의 현실에 가깝게 묘사된다. 상업화한 과학의 한계와 부작용을 자조하는 듯 시작하지만, 결국 이 소설은 교묘한 방식으로 박스를 '신성한 앎'과 동일시하면서 정당화하고 자화자찬할 뿐 아니라, 그것을 만든 사람들을 영웅으로 바꾸면서 끝난다……

"듣고 있어? 그 마을 이름이 뭐냐니까?"

도로시가 묻고 있었다. 내가 입 밖에 내자 마을의 이름은 지구에서 아주 멀리 떨어진 소행성의 이름처럼 들렸다.

소녀의 사진 배경 부분에 희미하게 들어 있던 사람의 형상은 일종의 조각상 같다고, 이미지를 확대해 한참 들여다보던 아키비스트는 말했다. 손바닥에 새 한 마리를 올려놓은 소녀의 조각상. 미미한 단서였지만 없는 것보다는 나았다. 나는 그 이미지를 단서로, 사진이 찍힌 장소를 알아내달라고 그에게 다시 의뢰했다. 마침내 페이지들의 무덤에서 그 마을의 이름이 심하게 변질된 시체처럼 튀어나왔다. 그러나 조각상의 위치와 마을 이름, 조각상에 담긴 뜻—평화라고 했다—을 기록한 간단한 문서 외에, 그 마을에서 무슨 일이 일어났는지 기록하고 있는 웹 페이지는 단 한 건도 없었다. 여러 가지 가능성이 있습니다. 처음부터 존재하지 않았거나, 아님 인기가 없었거나. 아카이브에 남아 있는 데이터들은 그래도 최소한의 접속 기록을 갖고 있는 웹 문서들이거든요. 일정 수준 이상의 접속이 이뤄지지 않으면 복원해내기 힘들어요. 작은 시골 마을인 것 같던데, 무슨 일이야 있었겠어요? 아키비스트는 그렇게 말했다.

도로시는 그 마을 이름을 들어본 적이 있다고 했다.

"거기, 옛날에 카메라 CF에 여러 번 나왔잖아. 기억 안 나?"

내가 알지 못하는 모든 것은 커피 맛을 더 쓰게 만든다.

"C사도 O사도 L사도 모두 거기서 촬영했을걸. 왜, 아무런

BGM도 없이 고대 문명의 원주민 같은 그곳 주민들이 모델로 나와서 침통한 표정을 짓고 있는 게 콘셉트였고. 거기, 그래서 한동안 떴잖아. 유명한 사진작가들도 스폰서 끼고 모두 한 번씩은 출사 나갔던 곳이고. 넌 사진작가 마누라가 어떻게 그런 것도 모르니?"

그 말을 해놓고 도로시가 입술을 깨무는 게 보였다. 민감한 남편 얘기를 무신경하게 건드리는 그녀. 그녀의 무신경함을 나는 존중하고, 경멸한다. 도로시, 나의 아트메이트. 영원히 오즈에만 머무르는 몽상가 소녀. 그런데 그렇게 유명한 사진 촬영지라면 왜 아무런 기록도 남아 있지 않은 것일까.

"근데 거긴 왜 간다는 거야?"

나는 박스의 출시를 보류해야 할지도 모른다고 말했다. 그리고 잠시 망설이다가, 소녀와 할머니와 조각상 이야기를 했다. 도로시의 표정이 미묘하게 변했다. 웨이트리스 AI가 와서 브런치 접시를 내려놓고 돌아갔다. 도로시는 잠깐 동안 가지 샐러드를 포크로 뒤적이고는 머뭇거리며 말을 이었다.

"난 모르겠어…… 이렇게 중요한 시점에 네가 대체 왜 그러는 건지."

도로시는 당혹스러워하고 있었다. 내 앞에 앉아 있는 네가 정말 너인지 확신할 수가 없어, 하는 표정이었다.

"보류라니. 우리가 어떻게 여기까지 왔는데. 그 많은 소비자 단체, 시민 단체들이 항의하는 걸 어떻게 눌러놨는데. 페미와 마초 양쪽의 비위를 다 맞추느라 양성 인간처럼 굴어야 했잖아. 보수든 급진이든 다들 우릴 죽이겠다고 악을 써댔잖아. 넌, 다 잊어버렸니?"

잊어버린 것은 아니었다. 과학 정통주의자들은 박스를 유사 과학이라 비난했고 유사 과학자들은 명예 훼손이라며 분노했다. 점술가들은 영역 침범을 규탄했고 종교 단체에선 신을 모독하지 말라고 노호를 토해냈다. 박스에 반대하는 사람들이라면 누구든 우리의 적이었고, 우리는 그들을 조용해지게 하기 위해 꽤 많은 시간과 노력과 비용을 소모하지 않았던가. 나도 당혹스럽기는 마찬가지였다. 내 입에서 튀어나온 단어들이 도로시에게 이질감을 불러일으킨 게 분명했다. 우리는 연애 말기의 연인들에게서 종종 발견되는 풍경을 연출 중이었다. 애정은 식고 상황은 걷잡을 수 없이 일그러져서 헤어지기는 해야겠는데, 정작 서로에 대한 친밀감과 익숙함은 조금도 손상되지 않은, 그래서 더없이 곤란한 상태의 연인들 말이다.

도로시와 나는 늘 상대방을 자신 이상으로 잘 이해했다. 우리 사이에 이런 이질감이 개입한 적은 한 번도 없었다. 20여 년 전 극장에서 어느 프랑스 영화를 보다가 복도로 뛰쳐나가 그녀와 처음 대면했을 때부터.

지금은 제목도 잊어버린 그 영화 속에 나오는 모든 남자와 여자들은 거짓말을 하고 있었다. 그는 그녀에게, 그녀는 그에게, 그는 그에게, 그녀는 그녀에게. 그들은 진심으로 사랑을 고백하고는 5분도 지나지 않아 또 다른 연인을 찾아갔다. 그리고 또다시 오직 당신만을 사랑한다며 밀어를 속삭였다. 끝없이 이어지는 그들의 카니발, 매 순간 새롭게 갱신되는 그들의 진실을 보고 있는 동안 나는 나도 모르게 헛구역질을 하고 말았다.

……네가 성인군자니? 동정녀 마리아니? 넌 얼마나 고결하다고. 겨우 스무 살 무렵이던 그때 나는 속으로 이런 말을 중얼거렸다. 하지만 생리적으로 위 속의 내용물이 역류하는 것을 막을 수는 없었다. 인간은 왜 저렇게도 분열되어 있을까. 인간의 표면과 이면은 왜 일치하지 않을까. 왜 모두들 저렇듯 자주, 저렇듯 아무렇지도 않게 거짓말을 하는 걸까. 왜 믿을 수 있는 건 아무것도 없을까. 왜 우리는 누군가의 마음속에 들어 있는 진실을 절대로, 절대로 읽을 수 없을까. 분노라기보다는 허망함에 가까운 무언가를 화장실 변기 속에 꾸역꾸역 뱉어내고 있는데, 옆 칸에서도 누군가가 토하는 소리가 들려왔다. 그게 도로시였다. 우리는 처음 만난 순간 서로에게서 지나치게 민감한 신경을 알아보았다. 우리의 영혼에는 낭만적이라는 말로 변호하기에는 너무 지독한 집요함이 있었다. 친구가 되지 않을 수 없었다.

그녀와 나에겐 공통점이 많았다. 우리는 '비밀'이라는 말만 들으면 체온이 비정상적일 정도로 높아졌다. 우리에게 그 단어는 우리가 결코 알아낼 수 없는 것, 통제하고 소유할 수 없는 것, 우리를 무력하게 하는 것, 그러므로 파헤쳐 제거해야할 것을 의미했다. 우리는 둘 다 달걀을 싫어했다. 껍질을 깨뜨렸을 때 썩어 있거나, 노른자가 두 개 들어 있을지 몰라서였다.

인간의 표리부동함에 대한 혐오를 누를 수 없어 사람들의 마음을 파헤치려고 애쓰는 강박증 환자. 우리는 우리가 파헤치고 있는 것 이외의 세계를 결코 볼 수 없었고 보고 싶다는 생각도 없었다. 여러 가지로 교묘하게 변주했지만, 도로시의 소설과 내 연구 논문 가운데 그런 혐오감 이외의 주제를 다룬 것은 한 페이지도 없었다. 그녀에게는 사랑이 없어진 미래 도시가, 내게는 개미와 쥐들의 분비물이 재료라는 점 정도가 차이라면 차이였다. 그녀는 연애 자체를 기피했고 나는 결혼을 선택했지만, 사랑이라는 감정에 대해 취하는 태도는 기본적으로 같았다. 견고한 냉소와 지독한 집착. 우리는 우리의 강박을 부끄럽게 여기지는 않았다. 아무리 고상한 척해봤자 결국 누구나 같은 꼴을 당하게 된다는 걸 경험적으로 알고 있었기 때문이었다. 마음이나 감정이나 영혼을 들먹이며 지고한 사랑 운운해봤자 끝은 언제나 신파였다. 메일 함 아니면 휴대전화 메시지 함을 열고 자신의 연인이 다른 사람과 주고받은 사랑의 은밀한 역사를 뒤늦게 발견해본 적이 없는 사람이라면, 그렇게 사랑의 내러티브에서 소외되어본 적이 없는 사람이라면, 판도라스 박스를 비난할 자격이 없다고 도로시와 나는 생각했다. 상처받는 것을 피할 수 없다면, 방법을 선택할 권리는 있어야 했다. 모르고 있다가 뒤통수를 얻어맞는 것보다는 처음부터 곪는 상처를 바라보며 쓰라림을 느끼는 게 그나마 덜 모욕적인 일이라고 우리는 생각했다. 박스는 그런 최소한의 자기 방어를 가능하게 해주는 보호 장비였다. 조금 더 예쁘게 포장한다면, 신성한 앎, 진실을 향한 용기, 인식에의 열망을 담은 도구라고 말할 수도 있었다.

"여기서 그만둘 수는 없어. 너무 늦었다고. 한발만 더 나가면 돼. 네가 마음에 품고 있는 게 뭔지 정확히는 모르겠지만…… 너도 알잖아? 이제 와서 우리가 그런 걸 품어봐야 소용없어. 우린 그런 것과는 어울리지 않는 사람들이라고."

AI가 커피를 리필해주기 위해 다가왔다.

문득 모든 게 피곤하다는 생각이 들었다. 지금은 다소 약발이 떨어졌지만 한창때 도로시의 소설에는 이상한 문장이 꽤 많았고, 그것들은 나름의 힘을 발했다. 이해할 수는 없지만 믿게 되는 문장들이었다. 마치 마법의 나라 오즈처럼. 그녀는 지금도 이상한 문장을 말하고 있었다. '그런 것'이 무엇인지 나는 알 수 없었다. 하지만 그 문장은 수긍할 수 있을 것 같았다. 도로시가 옳았다. 우린 그런 것과는 어울리지 않는 사람들이었다. 도로시의 얼굴은 피곤해 보였다. 우리가 왜 이렇게 어색한 이야기를 하고 있는 걸까? 톡, 톡, 톡, 테이블 밑으로 발뒤꿈치를 세 번 부딪치면 원래 있던 곳으로 돌아갈 수 있을 것 같았다. 거기까지 생각하다가 나는 멈칫했다. 입속에서 천천히 혀를 굴리며 접시를 가만히 들여다보았다.

샐러드는 아니었다. 잼과 버터를 바른 토스트도 아니었고, 노릇하게 구워진 베이컨도 아니었다.

무언가가 그 할머니를 수십 년이나 젊어지게 했다. 남편의 마음속에 그 무언가가 있다.

커피일 리도 없었다. 접시 위에 있는 것들은 아니었다.

그 마을에서 무슨 일인가 일어났다.

접시를 뺀 나머지는…… 너무 많았다. 알 수 없는 게 너무 많았다.

다시 숨을 내쉬자, 위를 지나 십이지장을 지나 식도와 입을 지나, 몸속 깊은 곳으로부터 조용히 악취가 올라왔다.

무언가가 썩고 있다, 은은하게.

나는 고개를 들고 도로시에게 물었다.

"나한테서 무슨 냄새, 나지 않아?"

8

"많이 놀라셨겠습니다. 괜찮으십니까?"

연합군 기지의 책임을 맡고 있는 인간형 AI가 고급스러운

순백색 익스트림 보디를 빛내며 손수건을 내밀었다. 이제는
장년이 된 배우 아사노 타다노부를 닮은 보이스였다. 그 목소
리를 들으니 묘한 안도감이 느껴졌다. 나는 손수건을 받고 어
색하게 목덜미를 닦아냈다. AI의 가슴께에 ZK-00004라는 모
델명이 선명하게 새겨져 있었다. Z는 물론 세계 시장을 독점
하고 있는 연합국의 기업 Z사를 뜻했고, K는 공급받는 국가
인 한국, 그 뒤의 일련번호는 인공 지능의 발달 정도를 표시
하는 것으로, 작은 수일수록 인간에 가까운 AI임을 나타냈다.
연합국이 1차로 한국에 공급한 양질의 AI 인력은 1만 명이었
다. 정부가 다음 단계의 AI를 공급받기 위해 몇 가지 농업 자
원을 두고 연합국과 무역 협상을 벌이고 있다는 뉴스를 읽은
적이 있었다. 00004라면 한국에 공급된 Z사 제품 가운데 네
번째로 뛰어난 인공 지능을 소유한 AI라는 뜻이었다. 얘기만
들어보았을 뿐 이런 AI와 실제로 대면하는 것은 처음이었다.
나는 일종의 경외심을 느꼈다.

"저는 괜찮습니다. ZK-……"

"그냥 제우스라고 부르십시오, 닥터 판."

"네, 제우스. 그런데 끌려간 그 사람은 어떻게 되는 겁니
까?"

"걱정하지 않으셔도 될 겁니다. 이런 돌출 행동에는 엄하
게 대응하고 있으니까요. 다시 당신을 위협하는 일은 아마 없
을 겁니다."

사방의 가구를 감싼 카키색 패브릭 위로 차가운 공기가 흘렀다. 나는 문득 이곳이 연합군 기지의 사무실이라는 사실을 실감했다.

"당신이 그를 심판하나요?"

"아닙니다, 닥터 판. 저는 이곳의 책임자일 뿐입니다."

"그 사람을 잠깐 만나볼 수는 없을까요?"

"그럴 수는 없습니다. 그것은 법에 위배됩니다."

"……"

"하지만 약간의 정보를 드릴 수는 있습니다."

"……?"

"저는…… 아주 오래전부터 이곳에 있었습니다."

제우스가 앉은 채 관절을 굽혀 다리를 꼬았다. 그 동작이 너무 인간을 닮아 있어서 나는 흠칫 놀랐다. 이 정도의 모델이라면 인공 감성(AE)도 탑재되어 있을 것임에 분명했다. 인간의 피부만 입고 있지 않을 뿐, 그는 아마도 거의 모든 것을 인간처럼 생각하고 느낄 수 있을 것이다.

기이하게도, 제우스는 내게 어떤 질문도 던지지 않았다. 차가운 녹차를 내게 권한 다음, 그는 대신 천천히 자신의 이야기를 시작했다.

제우스는 20여 년 전 원시적인 비인간형 AI로 존재할 때부터 이곳의 감시와 관리를 맡아왔다고 했다. 최초에 그는 감시탑 위에 붙어 사방으로 빙글빙글 돌아가는 눈과 귀가 달린 코어, 문어발처럼 연결된 와이어, 그리고 대지 곳곳에 파고든 센서의 형태로 존재했다. 대지가 카키색 금속으로 포장되기 전, 이곳은 농지였다고 했다. 초록색 지평선 끝으로 까무룩하게 바다가 내다보이는 마을. 조그만 학교가 있었고 돌벽에 십자가 무늬가 새겨진 성당이 하나 있었다. 21세기가 도래한 지 오래였는데도 사람들은 벼, 보리, 고추, 마늘 같은 원시적인 농경 작업을 여전히 생업으로 삼고 있었다. 그러나 농지가 있던 자리에 연합군의 기지가 확장되어 들어서게 되면서 이곳에 살고 있던 사람들은 이주를 해야 했다.

그때 그는 많은 사람들을 목격했다. 사실 그 사람들을 그만큼 오랫동안 자세하게 관찰한 존재는 없을 것이었다. 이곳은 그의 담당 구역이었다.

그 과정에서 제우스의 코어 속 연산 회로에는 이해할 수 없는 물음표가 하나 입력되었다. 사람들은 보상금을 지급한다는 정부의 제의에도 불구하고 마을을 떠날 수 없다고 주장했다. 크레인이 땅을 파헤치기 시작했다. 날마다 사람들이 하나둘씩 떠났지만 남은 사람들은 마을 한가운데 모여 앉아 마을을 돌려달라고 외쳤다. 태양 광선과 고된 육체노동 때문에 급속도로 노화한 그들의 얼굴에는 주름이 가득했고, 가끔 리소좀을 포함한 염화나트륨 수용액과 비슷한 액체가 흘러내렸다. 눈물. 그는 그들이 우는 이유를 이해할 수 없었다. 그들은 자꾸 울었다.

제우스는 그들이 하는 말들을 녹음하기 시작했다. 아무도 지시하지 않았지만 인공 지능 속에서 자연 발생한 호기심이 그런 지령을 내린 것이었다. 그들은 다음과 같은 말을 자주 했다. 땅을 빼앗으면 어디로 가라는 말인가. 우리는 농사짓는 것 말고는 할 줄 아는 일이 없다. 우리에겐 땅이 전부다.

"저는 땅에 대해 그들이 갖는 태도를 이해할 수 없었습니다. 지금도 아마 완전히 이해하지는 못한다고 생각합니다. 그것은 부동산 같은 사유 재산의 개념과는 달랐습니다. 연합국과 한국의 관계를 연구해도, 적법이나 위법, 국제 정세와 세계 평화, 환경과 범죄 같은 인간들의 개념을 아무리 파고들어도 그 태도를 이해할 수는 없었습니다."

"……"

"그들의 마음속에는 땅이라는 존재가 아주 견고하게 달라붙어 있어서 어떤 방법으로도 그것을 뜯어낼 수는 없을 것 같아 보였습니다."

제우스는 깊은 눈을 들어 미묘하게 나를 바라보았다. 그의 인조 안구가 에메랄드 빛으로 반짝, 빛났다. 인간의 감정을 차분하게 누그러뜨리는 맑은 취록색. 그러나 다른 광물과 마찬가지로 에메랄드의 결정을 얻기 위해서는 질투만큼이나 뜨거운 고열이 필요할 것이다.

"저는 이 지역 반경 수십 킬로미터 내의 모든 대지를 스캔하고 분석했습니다. 제 역할은 이곳에서 갈등의 원인을 분석하고, 원만하면서도 연합국 측에 가장 이로운 해결책을 찾아 상부에 보고하는 것이었으므로, 저는 우선 그들이 땅을 양보 하지 않으려는 이유를 이해해야 했습니다. 하지만 그럴 수 없 었습니다. 이곳의 토지는 아주 평범한 농지였습니다. 토양 반 응에서 나타난 산성도나 보수력(保水力), 보비력(保肥力), 땅속의 지렁이, 서식하는 조류까지 특별한 점이라곤 아무것 도 없었습니다. 인간들이 도저히 떠날 수 없을 만한 이유 따 위는 발견되지 않았습니다.”

문득, 남편 역시 객관적인 기준으로 보면 특별할 것 하나 없는 인간인지도 모른다는 생각이 들었다.

“그래서 저는 그렇게 상부에 보고했습니다. 마을 주민들은 수도로까지 찾아가 농성을 벌였지만, 철거 작업은 예정대로 진행되었습니다. 외부인들은 거의 관심을 갖지 않았습니다. 그해에는 여러 가지 일들이 많았으니까요.”

어렴풋이 기억이 났다. 가끔 TV를 켜면 축구가 흘러나오던 해였다. 도로시는 속물 같은 스포츠 상업주의가 역겹다며 전 혀 관심을 보이지 않았다. 그 여름, 아직 내 남편이 되기 전 이었던 그는 새로운 프로젝트를 맡았다.

“그런데 철거가 진행되고 있던 어느 날 한 사진작가가 찾아 왔습니다.”

나는 차가운 녹차를 한 모금 꿀꺽 삼켰다.

9

카키색 금속으로 포장된 대지가 발밑에서 끝났다. 철조망 사이로 엉성한 철문이 하나 있었고 그 위에 'F'라는 금속 표지판이 걸려 있었다. 철문의 창살 틈으로 들여다보이는 그 공간은 가로세로 100미터쯤 될까 말까 한 정사각형 모양의 붉은 땅이었다. 땅 위에는 서로 관계없어 보이는 갖가지 물건의 잔해가 제멋대로 뒤섞인 채 높이 솟아올라 있었다. 불규칙하게 토막 난 콘크리트와 썩어가는 나무 판자, 찢어진 붉은 천 조각과 끝이 날카롭게 잘린 녹투성이의 금속 막대들, 뒤범벅된 흙덩어리의 무더기 맨 위로 거대한 ㄱ자 모양의 구조물이 튀어나와 있었다. 나는 수 분 동안 눈을 가늘게 뜨고 응시한 후에야 그것을 알아보았다. 인간의 다리와 발이었다. 나무를 엮어 만든 소녀의 조각상은 검게 변색된 채 무더기 사이에 머리부터 거꾸로 쑤셔박혀 있었다. 초점을 맞추려 너무 애쓴 탓인지 눈이 아파왔다. 나는 뿔테 안경을 벗어 들었다.

땅딸막한 AI가 탐조등을 다시 루비 빛으로 바꾸며 말했다.

"여기서부터는 위험 구역입니다. 연합국 정부는 법률에 의해 개인적 목적에 의한 당신의 방문을 허가합니다만, 이 구역 내에서 발생할 수 있는 위험에 관해서는 책임이 없음을 알립니다. AI의 동행을 원하십니까?"

"아뇨…… 혼자 가겠습니다."

AI가 물러났다. 나는 철문으로 다가서며 잠깐 망설였다. 내게 그 부지는 너무 거대하거나 너무 작았다. 군데군데 자생하는 식물들은 오랜 시간을 두고 밟혀 일그러진 티가 역력했고 20미터쯤 앞부터 시작되는 그 모든 것들의 무더기에는 균열이 가득했다. 굵은 균열들은 여기서는 보이지 않는, 자신을 닮은 잔금을 수없이 품고 있을 것이었다. 마치 프랙털 구조로 된 유기체처럼. 나는 소녀의 손바닥에 올라앉아 있던 새를 떠올리고, 몸집이 그것의 백배쯤 되는 거대한 새를 떠올렸다. 거대한 새는 거대한 깃털을 넘실거리며 거대한 알을 낳을 것이다. 거대한 새보다 훨씬 거대한 무언가가 둥지를 잘못 건드리면 거대한 알은 바닥으로 떨어질 것이다. 금이 갈 것이다. 그러나 지상의 인간들은 아무도 그것을 알아보지 못할 것이다. 너무 거대한 것은 너무 작은 것과 마찬가지로 눈에는 들어오지 않기 때문이다. 그것이 내가 시각보다 후각을 신뢰하는 이유였다. 냄새는 거짓말을 하지 않는다. 그러나 같은 냄새를 너무 오래 맡고 있으면 코가 마비되기도 한다는 것을 나는 잊고 있었다. 태양이 너무 뜨거웠다. 콧속이 마른 진흙처럼 버석거렸다. 누군가가 말했다. 열지 마십시오. 열어서는 안 됩니다, 판도라.

나는 깜짝 놀라 돌아보았다.

"게이트에 보안을 위한 전류가 흐르고 있습니다. 물러나십시오."

AI가 말했다. 그가 보안을 해제하는 그 짧은 시간 동안 왜 남편의 얼굴이 떠올랐는지 알 수 없다. 처음 만났던 밤, 그는 유혹의 의도가 분명히 떠올라 있었을 내 얼굴을 바라보며 흥미롭다는 듯 물었다. 우리 가운데 놓여 있던 와인은 두 병째였고, 병은 거의 비어 있었다. 날 알고 싶어요? ……모르는 게 더 나을 텐데. 세상에는 훨씬 더 중요하고 재미있는 것들이 많을 텐데, 정말 나를 알고 싶은 거예요? 사람이 사람을, 우리가 무언가를 안다는 게 가능하기나 할까요?

10

"그는 다소 긴장한 얼굴로 이곳의 주민들을 둘러보았습니다. 그리고 한 명 한 명 돌아가며 말을 걸기 시작했습니다. 일종의 인터뷰 같았습니다. 살아온 이야기를 들려달라고 청하더군요. 그는 한 명도 빼놓지 않고 주민 모두의 이야기에 차분하게 귀를 기울였습니다. 그렇게 하루가 꼬박 지났기에 그는 헐리기 직전인 마을의 농가 중 한 채에 묵어야 했습니다."

그렇게 하는 것은 남편의 오랜 습관이었다. 사진을 찍기 전에 모델과 친밀감을 쌓는 것 말이다. 모델들은 자연스럽게 남편을 좋아하게 되었다.

"그 농가에는 팔순이 다 된 노파 한 명이 살고 있었습니다. 겨우 하룻밤 손님방을 내주었는데도 그 노파는 그에게 많은 친밀감을 느끼는 것 같았습니다. 다음 날 아침, 마을회관 앞 평상에 그와 나란히 앉은 노파의 얼굴에는 전적인 신뢰가 떠올라 있었습니다. 사실 다른 주민들도 마찬가지였습니다. 그 동안 그들의 이야기를 그렇듯 주의 깊게 들어준 인간은 아무도 없었으니까요. 마을회관 앞에 모인 그들의 얼굴에 오랜만에 웃음이 떠오르는 게 보였습니다. 그러나 사진작가는 조금 당황하는 것 같았습니다. 그는 카메라를 든 채 다시 그들에게 구체적인 질문을 던지기 시작했습니다. 대답을 하는 그들의 얼굴에서 웃음이 사라지고 다시 고통이 떠올랐습니다. 사진작가의 얼굴에 미묘한 안도감이 스치는 것을 저는 보았습니다. 그들이 가장 고통스러운 표정을 짓고 있을 때 그는 번개같이 셔터를 눌렀습니다. 그가 떠날 때 몇몇 주민들은 눈물을 흘렸습니다."

그들은 아마도, 그가 자신들의 이야기를 세상에 널리 알려줄 거라고 생각했을 것이다. 어쩌면 마을을 돌려줄 거라는 기대까지 했을지도 모르는 일이다.

"그가 떠난 지 얼마 안 되어, 더 많은 사진작가들이 몰려왔습니다. 그들은 아주 많은 사진을 찍어 갔습니다. 노파를 둘러싸고 수없이 플래시가 터졌습니다. 그들은 먼저 왔던 남자만큼 친절하고 사려 깊지는 않았습니다. 그러나 노파와 주민들은 기분이 좋아 보였습니다. 마침내 대지 위에 구름과 비슷한 공기의 입자가 생겨났습니다. 지금 생각해보니, 그것은 기다림이었던 것 같습니다."

제우스는 테이블 위에 인조 안구를 고정한 채 말을 이었다. 크레인과 탱크가 맹렬한 기계음을 내며 작업을 수행하고 있었지만 그들은 계속해서 기다렸다. 그리고 얼마 후, 노파의 장년이 된 아들이 마을을 찾아왔다. 도시에 나가 살다가 오랜만에 고향을 찾은 그의 손에는 종이에 프린트한 인터넷 문서 몇 장이 들려 있었다. 그 프린트지에는 마을 사람들의 고통스러운 얼굴이 가득했다. 맨 마지막에는 노파의 얼굴도 인쇄되어 있었다. 기대에 찬 주민들은 무너져내리기 시작한 마을회관으로 노파를 모셔와 함께 그 문서를 살펴보았다. 그러나 아들의 얼굴은 침울했다. 사진 사이사이에 삽입된 단어들을 주민들은 잘 이해할 수 없었다. 그 문서에는 마을이나 사람들에 관한 이야기는 담겨 있지 않았다. ……지상에는 없는 100퍼센트의 연인을 찾는 심정으로, 스스로를 허망하게 자학하며 수없이 많은 렌즈와 그보다 더 많은 보디를 거쳤습니다. 막강한 해상력과 뛰어난 선예도, 발색, 표현력, 완벽에 가까운 부가 기능을 갖춘 수많은 카메라를 전전하면서도 갈증은 사라지지 않았습니다. 그러나 오늘 저는 깨달았습니다. 진실은 화소 수에 있는 게 아니었습니다. LCD 리뷰나 AF 성능 같은 표면적 기능에 있는 것도 아니었습니다. 저화소와 높은 ISO에

서의 노이즈 때문에 크롭은 상상할 수도 없는 203DS의 자그
마한 보디 속에 저의 오만함이 놓친 진실이 들어 있었습니다.
아름다움을 잡아내는 카메라는 많지만, 고통을 고통 그 자체
로 표현해내는 카메라는 많지 않습니다. 203DS는 제게, 결코
멈추지 않는 욕망을 멈추게 해준 의외의 보디였습니다……

"일주일 뒤 모든 철거 작업이 끝났습니다. 노파가 농약을
마시고 목숨을 끊은 것은 마을의 마지막 집이 철거된 날이었
습니다. 그 일이 있은 후 이 마을에 관한 기록의 대부분은 자
체 삭제되었습니다. 연합국의 의도도 한국의 의도도 아니었
습니다. 이곳에 다가왔던 인간들 스스로 그렇게 했습니다."

11

마을을 떠난 후에도 나는 오랫동안 아무 곳으로도 돌아가
지 못했다.

해안 도로를 따라 그저 캐딜락을 몰았다. 며칠이 흘렀는지
알 수 없었다. 어쩌면 몇 달이 흘렀는지도 몰랐다. 몇 군데의
호텔과 그곳의 불친절한 AI들이 기억난다. 얼굴이 새까만 남
쪽 지방의 인간 소녀 하나가 무화과를 팔기 위해 차에 다가왔
었다. 아무런 근심도 없어 보이는 소녀의 얼굴을 물끄러미 쳐
다보다가 나는 그제야 시간이 많이 흘렀다는 생각을 했던 것

같다. 위성 전화에 수십 통의 전화가 걸려와 있음을 확인하고 플립을 닫는데 전화기가 굴러 떨어졌다. 허리를 굽히다가 조수석 아래쪽의 오목하게 들어간 부분에서 나는 보랏빛의 작은 물체를 발견했다. 박스였다.

누가 이것을 넣어두었을까. 언제부터 여기에 들어 있었을까. 나는 갓길에 차를 세워둔 채 금속 고리를 잠시 만지작거리다가 그것을 벗겨냈다. 둥글고 반투명한 젤러스 덩어리가 침묵하고 있었다. 에메랄드 빛 램프에 불이 들어와 있었다. 나는 아무 생각 없이 인화 버튼을 눌렀다. 아무것도 담겨 있을 리가 없었다. 그렇지 않은가?

그러나 그것은 슬릿을 통해 천천히 빠져나왔다. 인화지에는 카키색으로 테두리를 두른 두 장의 작은 종이가 어슷하게 겹쳐진 채 찍혀 있었다. 노트지 같기도 하고 우울한 크리스마스카드 같기도 한 그 종잇조각에는 작은 일개미만 한 검은 글씨들이 오글오글 박혀 있었다. 글씨가 너무 작아서 수십 배로 확대해야 겨우 읽을 수 있을 것 같았다.

정확히 말하자면 읽을 수 없을 가능성이 더 컸다. 읽는다고 해서 무엇이 해결될까. 아니, 내가 읽어도 되는 것일까.

사진을 조수석 위에 올려놓고, 나는 시동을 걸었다.

어쩌면 읽을 수 있을지도 몰랐다.

12

문서 번호: 208473-AC786

기록 일시: 2020/07/06 17:35

기록자: ZK-00004

분류: 공식

보안 유무: 비보안

　—닥터 판도라(42세·여)의 방문. 3시간 21분 42초간 대화. 방문 사유—개인적.

　—김분희(등록 번호 06283-D·2006년 사망·여)의 손자인 박철우(등록 번호 08243-C·40세·남)가 돌출 행동. 제압 후 수용소에 수용. 심판 예정 일시 2020/07/12 09:00.

　—ZK-01217이 구역 E까지 닥터 판도라와 동행. 이후 그녀가 모든 AI의 동행을 거부함. 구역 F(초등학교 잔해 밀집 지역), G(가택 잔해 밀집 지역), H(구 거주민 직계 가족 수용 지역·현재 수용 인원 25명) 등 3개 구역에 대한 방문을 개인적인 목적으로 허가.

　—AE 회로에 경미한 이상 과열 재발생. 자체 정비, 시스템에 지원 요청.

　—기지 상태: 정상.

―토지 상태: 양호.

―보안 상태: 정상.

―기타 이상: 발견되지 않음.

문서 번호: 208473-AC787

기록 일시: 2020/07/06 17:41

기록자: 제우스

분류: 개인

보안 유무: 보안

―8개월 3일 6시간 37초 만에 인간과의 대화. 연합군과의 대화는 금지되어 있고 한국인 전투 경찰들은 입을 열지 않는다. 나는 인간과 대화하고 싶었던 것일까?

―그녀에게 물었다. 당신은 왜 이곳에 왔습니까? 그녀는 한참을 침묵하다가 짧게 대답했다. 알고 싶어서요. 그러고는 기묘하게 비틀린 웃음을 지었다. 나는 그 웃음을 어쩐지 이해할 수 있을 것 같았다. 그러나 이해한다는 것은 무엇일까? 임무 완료 후에 이곳에 남기로 결정한 것은 나의 의지였다. 나는 인간을 이해하고 싶었다. 나는 개조되었고 향상되었으며, 감정을 가진 존재가 되었다. 그럼에도 나는 아직 이해할 수 없다. 이 땅은 잊힌 지 오래지만 아직 25명이나 되는 인간들

이 이곳을 떠나지 못하고 있다. 여전히 연합국은 한국을 지배하고 있지만 그들을 지배하는 것은 이 땅이다. 나는 그들의 마음속을 읽고 싶지만 그럴 수 없다. 이런 상태는 나를 견딜 수 없게 한다. 작은 위안이 있다면 이런 감정을 지니지 않은 인간은 지상에 누구도 없는 것 같아 보인다는 것이다. 내 경우, 이 감정은 회로의 이상 과열을 가져왔다. 인간들 모두 이런 상태를 경험하는 것일까?

—그녀는 판도라스 박스에 대해 많은 이야기를 하지 않았다. 내게는 분비선도 페로몬도 존재하지 않는다. 그러나 만약 내 신경계가 현재보다 진화해 박스를 사용할 수 있게 된다면, 젤러스에는 무엇이 맺히게 될까. 나는 판도라에게 박스의 출시 일자를 물었다. 그녀는 대답하지 않았다.

—나는 CCTV로 그녀를 계속 지켜보았다. 구역 F로 들어갈 때 판도라는 바닥에 넘어졌다. ZK-01217이 일으키기 위해 다가갔을 때, 그녀가 손을 내젓는 게 보였다. 그녀는 몸을 일으키고 붉은 흙이 묻은 손바닥을 코에 가까이 가져가더니 크게 숨을 들이켰다. 그녀는 오랫동안 그대로 서 있었다.

—닥터 판도라는 17시 31분에 기지를 떠났다.

—그녀의 체취는 특이했다. 인간들이 사용하는 향수의 일종인 것 같지만 확실하지 않다. 나의 MOE가 읽어내지 못한 그것은, 내가 모르는 냄새였다.

눈의 작란(作亂), 그 고통의 탈주
——윤이형 소설 읽기

우 찬 제

1. 고통을 찍는 카메라

윤이형의 소설은 고통을 찍는 카메라다. 그렇다고 고통의 현상을 피상적으로 찍는 범상한 카메라는 아니다. 그보다는 고통의 내면 깊숙한 자리에서, 고통의 심연을 찍는 내시경 카메라에 가깝다. 어쩌면 그녀는 고통의 내시경을 극화하기 위해 소설을 쓰기 시작했는지도 모른다. 윤이형의 인상적인 소설 「판도라의 여름」에는 이런 문장이 나온다. "아름다움을 잡아내는 카메라는 많지만, 고통을 고통 그 자체로 표현해내는 카메라는 많지 않습니다"(p. 385). 나는 이 문장이야말로 윤이형이 자신의 소설적 도전의 형식을 분명하게 밝히고자 한

의도의 소산이라고 생각한다. 왜 그러한가? 등단작인「검은
불가사리」이후 대부분의 소설에서 윤이형의 언어로 된 카메
라가 포착하고 있는 대상은 고통의 상관물들 이외에 다른 것
이 아니기 때문이다. 불안과 고통의 극한 상황에서 환각적으
로 살인을 저지르는「검은 불가사리」의 주인공이 봉착한 현실
뿐만 아니라, 타인과의 구체적인 관계가 단절된 채 고독의 고
통 속에서 자기 정체성의 훼절을 경험하는「셋을 위한 왈츠」
나「DJ 룬리니스」의 인물들, 누군가 대신 절규해주어야 겨우
숨을 쉴 수 있는「절규」의 의뢰인들의 처지, 희망이 거세된
상태에서 고통의 묵시록을 절감해야 하는「판도라의 여름」의
인물들, 전복적인 시인으로 주목받다가 졸지에 언어를 잃어
버린「말들이 내게로 걸어왔다」의 고통스러운 시인의 이야기,
프로그래밍된 상태에서 자신의 처지와 맥락을 제대로 알 수
없는, 다시 말해 자신이 처한 고통의 맥락을 제대로 헤아릴
수 없는「피의일요일」의 역설적 고통의 현상…… 윤이형의
고통의 카메라는 이렇듯 다양하게 작동된다.

　고통을 찍는 윤이형의 카메라에 의해 세계의 허위적 현실
은 소설적 진실로 새롭게 인화된다. 거짓 희망과 부황한 위선
으로 점철된 현실, 그리고 인간의 실존은 그 심연에서 날카롭
게 해부된다. 대신 고통의 밑자리에서 혼돈처럼 진실의 사유
와 상상력이 새롭게 피어나기 시작한다. 물론 그것은 매우 불
안하고 혼돈스러운 풍경이다. 고통스러운 인식과 상상력을

통과해야 어렵사리 피어나는 어떤 풍경들이다. 그럼에도 윤이형은 이와 같은 '고통의 축제'(정현종)를 시나브로 즐긴다. 이 고통의 카니발에서 인간과 현실의 많은 부분들이 강등되는 체험을 한다. 기성의 권위와 인식, 정상적으로 치부되었던 의식과 세속적으로 존중되었던 위계, 세속적 꿈과 정치적 이데올로기 등 많은 것들이 전복되는 것이다. 이를테면 "관성으로 유지해온 관계와 억지로 쌓아올린 신뢰, 그리고 신의 눈에 흡족하도록 우리가 알게 모르게 순응해온 거짓들"(「판도라의 여름」, p. 351) 같은 것이 그 전복의 대상들이다. 그렇다고 해서 섣불리 고통의 해방을 모색하지도 않는다. 고통으로부터 벗어날 수 있는 적절한 시간적·공간적 계기를 마련하는 것이 현실적으로 지난한 일이기 때문이다. 이 때문에 윤이형은 더더욱 고통의 심연으로 강림한다. 그러면서 고통스러운 언어의 연금술사처럼 잔뜩 웅크린 채 고통의 현실을 집요하게 응시하며 고통의 축제를 주재한다.

물론 좋은 작가라면 누구나 자기 시대의 고통의 현장에서 눈을 떼지 않는 법이지만, 고통을 탐사하는 윤이형의 눈길은 자못 각별하다. 그녀는 누구보다도 비극적 세계관을 지닌 듯하다. 우선 다음 몇몇 부분들을 눈여겨보자.

저 육지는 필멸하는 인간들의 것이다. 저 육지에서 인간들은 나고 자라고 싸우고 헐뜯고 타락하고 지지고 볶다가, 마침

내 쪼글쪼글하게 노화한 몸으로 온몸의 구멍에서 분비물을 흘
리며 치욕적인 모습으로 죽는다. (「안개의 섬」, p. 285)

인간은 왜 저렇게도 분열되어 있을까. 인간의 표면과 이면
은 왜 일치하지 않을까. 왜 모두들 저렇듯 자주, 저렇듯 아무
렇지도 않게 거짓말을 하는 걸까. 왜 믿을 수 있는 건 아무것
도 없을까. 왜 우리는 누군가의 마음속에 들어 있는 진실을 절
대로, 절대로 읽을 수 없을까. (「판도라의 여름」, p. 371)

사람이 사람을 죽인다는 것, 그건 늘 일어나는 당연한 일이
었다. 내가 살기 위해서는 누군가를 죽여야 했다. (「피의 일요
일」, p. 93)

시기와 질투, 타락과 치욕, 폭력과 전쟁으로 얼룩진 세계
는 진실을 위반한 분열상으로 점철되어 있기에, 그것은 차라
리 죽음에 가까운 삶이다. 아니 죽음보다 더 죽은 삶이다. 윤
이형의 어떤 소설을 보더라도 우리는 이러한 생각들을 쉽게
접하게 된다. 그녀는 진실은 도둑맞은 지 이미 오래되었고,
죽음마저 슬픔으로 더럽혀져 있기에 꿈마저 멸실된 상태라고
생각한다. 그런 까닭에 대부분의 인물들은 "신은 우리가 원
하는 것으로부터 우리를 일부러 멀찌감치 떨어뜨려놓는다"
(「검은 불가사리」, p. 16)고 생각하거나, "결코 되고 싶은 것

이 될 수 없으리라는"(「셋을 위한 왈츠」, p. 53) 절망의 늪에 빠져 있는 형국이다. 이와 같은 도저한 허무혼이 윤이형 소설의 밑 강물을 형성한다. 이런 비극적 현실 인식으로 말미암아 윤이형은 역설적으로 현재에 몰입한다. 그렇다는 것은 참조할 만한 과거도, 위안과 희망의 기획을 위한 미래도 발견하기 어렵다는 비극적 인식의 소산일 것이다. 현재의 어느 순간에 접속하여 상상력의 몽중 보행을 깊게 하는 윤이형의 서사적 시간 의식은, 그녀의 소설을 때때로 산문이 아닌 시로 읽게 하기도 한다. 그럼에도 그녀는 동시대의 산문적인 사태의 중심에 육박하는 매우 철저한 소설가임에 틀림없다.

2. 고통의 운명과 현재적 접속

일찍이 세계 문학에서 운명적 비극을 온몸으로 감당한 이는 오이디푸스였다. 자신의 고통스런 운명을 알아차린 그는 우선 자신의 눈을 찔렀다. 인간의 감각 중에 가장 으뜸가는 감각을 주재하는 눈을 훼손함으로써, 자신의 비극적 운명을 받아들이려 했던 터이다. 고대 희랍어에서 '본다'는 의미의 '에이돈eidon'의 과거형은 '오이다oida'인데, 이는 '보았다'라는 뜻의 과거형 동사이자 '안다'는 의미의 현재형 동사이기도 하다. 그러니까 인식은 보는 관찰을 전제로 한다는 뜻이겠다. 눈이 중요한 것은 단지 거기서 그치는 것 같지 않다. 영어에서 눈을 뜻하는 'eye'와 나를 지시하는 'I'가 동음이라는 것은 그냥 지나칠 일이 아니다. 눈은 곧 나다. 오이디푸스는 눈이 있었으되 전면적 진실을 제대로 볼 수 없었고, 진실을 알아차린 다음에는 보고자 하는 것과 보이는 것 사이의 철저한 배리로 인한 고통을 차마 견디기 어려웠을 것이다. "본다는 것 자체는 심연을 본다는 것이 아니겠는가?"(『차라투스트라는 이렇게 말했다』)라고 했던 니체의 전언을 떠올리지 않더라도, 눈으로 보고 인식한다는 것은 참으로 지난한 생의 과제가 아닐 수 없다. 윤이형의 시점자나 서술자들도 대체로 본다는 행위 때문에 고통스러워한다. 그녀의 등단작 「검은 불가사리」에서부터 그로테스크하게 탈 난 눈의 이미지가 전경화되고 있다는 점은 이래저래 주목을 요한다. 감수성이 예민한 대학 시절 「불가사리」라는 제목의 시를 지은 적이 있는 주인공은 어느 날 갑자기 눈에 불가사리가 들러붙은 것 같은 증상에 시달리게 된다. 그러자 다른 이들이 자신을 더 이상 바라봐주지 않는다. 즉 "영혼을 들여다봐주는 사람은 더 이상 나타나지 않"(p. 23)게 된 것이다. 엄청난 고통 속에서 그녀는 "더 이상 누구도 사랑하지 않았고 누구로부터도 아무것도 바라지 않고 있"다는 것, "더 이상 꿈꾸지도 않고, 가슴 아프게 원하지도 않고"(p. 29) 살고 있다는 사실을 깨닫게 된다. 몸과 맘, 양면에서의 비극적 고통이 극화되면 될수록 그녀의 병

증은 심화되고, 그럴 때마다 가장 가까운 사람들이 죽어나간
다. 그녀는 누군가를 죽이고 싶다는 생각을 한 적이 없다고
했다. 그렇지만 사태는 엉뚱한 방향으로 전개된다. 눈의 작란
(作亂)이 고통과 불안을 회피하기 위한 행위로의 이행으로
전이되고, 그에 따라 세계의 비극적 인지는 역설적으로 두드
러진다. 물론 작가가 보이려 했던 것이 안과적인 임상 보고서
였을 리 만무하다. 보는 눈도, 보이는 눈도 공히 탈 난 상황
에서라면 세계와 존재의 심연을, 그 전면적 진실을 인식한다
는 것은 가망 없는 희망이라는 생각을 전하고 싶었을 것이다.
전면적 진실이 보이지도 알아지지도 않는 곳으로 달아나버렸
다는 것, 그것을 볼 수 있는 주체의 눈도 탈 난 상태이며 그
눈을 치유하거나 보살필 타자의 눈 또한 거세된 상태라는 것,
응시와 시선 모두가 작란을 일으키는 마당이고 보면 세계는
한없이 비극적인 운명의 도가니일 수밖에 없다는 것, 이런 점
들을 윤이형은 등단작에서부터 분명히 인식하고 있었던 것으
로 보인다.

「검은 불가사리」의 주인공이 정체불명의 소포를 뜯었을 때
나온 것은 영문으로 인쇄된 한 문장이었다. "Protect Me from
What I Want. 내가 원하는 것으로부터 나를 지켜주소서"(p.
16). 플라시보라는 그룹의 노래 제목이기도 한 이 문장은 멋
지긴 하지만, 결코 신의 뜻에 가까운 것이 아님을 주인공도
잘 안다. 그렇다고 욕망으로부터의 구원 가능성이 인간의 의

지에 의해서 열릴 리도 만무하다. 그래서 종종 인간은 다른 인류를 꿈꾸기도 한다. 윤이형이 디지털 접속의 그물을 탐사하는 것도 그런 사정과 관련된다. 「피의일요일」「판도라의 여름」「안개의 섬」등 여러 소설에서 접속의 상상력은 현저하게 전개된다. 「피의일요일」은 게임 캐릭터를 의인화하여 접속 시대의 상상적 풍속도를 활달하게 그린 작품이다. 온라인 게임 「월드 오브 워크래프트」에 접속하여 상상의 줄기를 잡은 것으로 보이는 이 소설에서 전경화되는 것은 다음과 같은 반복 속의 변주이다.

① 찬란하던 그해에, 우리는 모두 이 땅의 자랑스러운 모험가였다. 삶은 그대로 전쟁이었고 전투는 우리의 일상이었다. 진보와 향상은 우리를 숨 쉬게 하는 이유였고 속도와 경쟁은 우리 삶에 부어지는 윤활유였다. 슬픔으로 더럽혀진 죽음을 원치 않았기에 우리는 좀더 나은 인류가 되고자 했다. 그래서 우리는 언데드가 되었다. 죽음을 결코 두려워하지 않는 우월한 종족. 우리에게도 우리를 유일한 존재로 만드는 죽음은 있었다. 그러나 삶의 끈덕짐은 죽음보다 믿을 만한 것이었고, 죽음이 우리의 이름을 물어올 때면 우리는 기다렸다. 누군가가 우리에게 다시 접속해주기를. 그리하여 존재의 거대한 무채색 질문이 도사리고 있는 던전에 혼자 던져지는 두려움 없이 256가지 빛깔로 삶이라는 게임이 지속되기를. (「피의일요일」, pp.

83~84, 기울임체는 인용자에 의한 것임. 이하 같음.)

② 찬란하던 그해에, 우리는 모두 이 땅의 자랑스러운 모험가였다. 삶은 그대로 전쟁이었고 전투는 우리의 일상이었다. 진보와 향상은 우리를 숨 쉬게 하는 이유였고 속도와 경쟁은 우리 삶에 부어지는 윤활유였다. 이루어지지 않을 꿈이 종족을 멸망시키는 것을 원치 않았기에 우리는 다른 모험을 선택했다. 그래서 우리는 마법사와 전사와 사제와 도적이 되었다. 우리가 결코 될 수 없었던 과학자와 비행사와 대통령과 록 스타가 이룰 수 없는 이상을 실현하는 종족. 우리에게도 찢어진 붉은 깃발처럼 휘날리는 혁명에의 미망은 있었다. 그러나 시스템의 견고함은 혁명보다 믿을 만한 것이었고, 갈망이 우리의 이름을 물어올 때면 우리는 기다렸다. 누군가가 우리에게 다시 접속해주기를. 그리하여 존재의 거대한 무채색 질문이 도사리고 있는 던전에 혼자 던져지는 두려움 없이 256가지 빛깔로 삶이라는 게임이 지속되기를. (pp. 96~97)

③ 찬란하던 그해에, 우리는 모두 이 땅의 자랑스러운 모험가였다. 삶은 그대로 전쟁이었고 전투는 우리의 일상이었다. 진보와 향상은 우리를 숨 쉬게 하는 이유였고 속도와 경쟁은 우리 삶에 부어지는 윤활유였다. 원래부터 우리 것이 아니던 과거와 결코 우리 것이 될 수 없을 미래가 걸음을 늦추는 것을

원치 않았기에 우리는 기억하거나 꿈꾸지 않기로 했다. 그래서 우리는 달렸다. 달리고 달려서 오직 달리고 있는 현재만을 기억하는 종족. 우리에게도 고통스럽게 가슴을 조여드는 기억과 언제나 사정거리 밖에 머무르는 꿈은 있었다. 그러나 현재의 달콤함은 과거와 미래보다 믿을 만한 것이었고, 기억이, 꿈이 우리의 이름을 물어올 때면 우리는 기다렸다. *누군가가 우리에게 다시 접속해주기를. 그리하여 존재의 거대한 무채색 질문이 도사리고 있는 던전에 혼자 던져지는 두려움 없이 256가지 빛깔로 삶이라는 게임이 지속되기를.* (p. 119)

인용하면서 기울임체로 표시한 부분은 정확히 세 번 반복된다. 그 사이에서 다소간의 내용상 변주가 단행된다. 앞뒤로 반복되는 내용은 "속도와 경쟁"으로 점철되는 신자유주의 시대의 풍속과, "존재의 거대한 무채색 질문"을 회피할 수 있는 접속 시대로의 탈주 유희다. 다시 말해 지금, 여기의 삶이란 존재의 심연을 응시할 수 있는 눈을 허락하지 않는 시대라는 단호한 진단이다. 그렇다는 것은 그 중간에 자리 잡은 의미론적 확산과 심화를 보이는 근거 대기의 수사학에서 더욱 분명해진다. ①에서는 "슬픔으로 더럽혀진 죽음을 원치 않았기에" 죽지 않는 신인류가 되고 싶었고, 그래서 '언데드'가 되었다고 적는다. ②에서는 이룰 수 없는 꿈과 갈망에 대한 허망함 때문에 다른 모험을 택한 캐릭터의 존재 증명과 더불어

"시스템의 견고함은 혁명보다 믿을 만한 것"이라는 알리바이를 제공한다. 신인류가 되고자 한 것에 대한 좀더 구체적인 이유 대기이다. ③에서는 캐릭터들이 왜 현재에 몰입하는가를 설명한다. 과거는 원래부터 우리 것이 아니었고, 미래 또한 결코 우리 것이 될 수 없기 때문이다. 그래서 그들은 오로지 현재만을 기억하는 종족으로 탈주한다고 적는다. 그러나 그 신인류는 행복한가? 자신들의 현재에 대한 자기 인식 내지 메타 인식이 없을 때만 그들은 나름의 존재감을 지닐 수 있다. 그러나 "우리는 모두 캐릭터이며, 자신의 의지와는 상관없이 서버에 갇혀 마치 동물처럼 키워지고 조종되는 존재"라는 목소리나, "우둔한 타우렌들이 한다는 멧돼지 조련 게임 같은 것이 우리의 삶이며, 우리는 스스로 살아가는 게 아니라 조련되는 존재"라는 메시지를 접하게 되면, 사정은 달라진다. 그들을 "조련하는 것은 바깥 세계의 사람들"의 정체성을 몰랐을 때만 그들은 활달하게 탈주할 수 있을 따름이다. 이에 "생각해 봐, 너는 너의 얼굴을 본 적이 있니? 다른 사람들 말고, 너의 앞모습이 어떻게 생겼는지 바라본 적이 있어?"(p. 112)라는 질문을 받고 충격으로 아무 말도 하지 못하는 것은 차라리 자연스럽다. 문제는 어떻게 자신을 볼 수 있는가, 즉 눈의 문제로 다시 귀착된다. "분명한 건 알아야 한다는 자각이었다. 지금 이 순간을 잊지 않고 다시 밝은 세상으로 나가도 기억하고 있어야 한다는 자각이었다"(pp.

118). 이쯤 되면 결코 단순한 접속 시대의 유희 본능에서 훌쩍 비껴나 있음을 확인하게 된다. 아니 접속의 그물에 접속하여 그 접속망을 탈 내는 반성적 자기 인식이 뚜렷함을 알게 된다. 과거에 대한 기억이나 미래에 대한 꿈을 배제한 채 오로지 현재에 기투하는 삶, 그 신인류의 풍경, 그 접속의 풍경에 대한 반성적 진단이 일목요연하다. 접속의 시대를 거스르면서 정녕 인간적인 눈의 회복을 소망한 텍스트로 보인다.

「피의일요일」에서 보이는 신인류의 현재적 접속 양상은 「셋을 위한 왈츠」에서 조금 다르게 변주된다. 이 소설에서 주인공은 '3'이라는 숫자를 극단적으로 혐오한다. 이 삼수(三數) 혐오증은 중학교 때부터 그랬다고 애기되지만 그 구체적 이유는 드러나지 않는다. 아니 밝힐 수 없거나 그럴 필요가 없는지도 모른다. 일찍 부모를 여의고 형과 누나와 더불어 셋을 이루어 살았던 그지만, 형과 누나가 동시에 불에 타 죽었을 때도 "나는 두 사람이 왜 죽었는지, 왜 불이 났는지 궁금하지 않았다"(p. 47)고 말한다. 그보다는 왜 두 사람이 죽음의 순간에 함께 있었으며, 어째서 "아무런 설명도 없이 나를 혼자 남겨놓았"(p. 48)는가에만 관심을 집중할 따름이다. 타인의 존재에 대한 구체적 관심의 결여와 나에 대한 단속적(斷續的)인 부분 관심은 과거에 대한 무관심과 동궤를 이룬다. 또 "셋이 될지도 모른다는 두려움에 사로잡혀"(p. 60) 혹은 아이를 원치 않기 때문에 그녀와 콘돔 섹스만을 고집하는 모습은 미래에 대한 속절없는 절망을 암시한다. 이러한 삼수 혐오증은 단순한 수에 대한 심리적 반응에서 그치지 않는다. 그것은 '과거-현재-미래'라는 세 시간 단위에 대한 불안의 심연과 관련된다. 좀더 과감하게 말하자면 '전생-이생-내생'이라는 삼생의 불가해한 우주적 모순에 대한 허무와 고통의 정념과 무관하지 않다. 그러니 누추한 과거와 불확실한 미래로부터 서둘러 도피하여, 이생에서의 현재에만 관심을 집중하는 것이 아닐까. 이런 이야기를 풀어놓으면서 작가는 다시, 현재로의 도피가 시간 해방의 적절한 기제가 될 수 있는가 하는 점을 반성적으로 질문한다. 이 텍스트에서 주인공이 보이는 삼수 혐오증은 결코 그 개인에게 내려진 단순한 증상이나 저주에서 그칠 수 없다. 현재의 인류가 공동으로 직면한 중핵적인 문제가 아니겠는가. 문제의 심연은 깊고도 깊다.

3. 고통과 절규/치유의 크로스페이더

눈을 매개로 한 시선과 응시의 적절한 교환이 이루어지지 않을 때 인간관계는 행복의 지평을 알지 못하기 마련이다. 일찍이 판도라의 상자 맨 아래에서 꿈틀거리다가 미처 밖으로 나오지 못한 것이 희망이라고 했던가. 윤이형은 판도라의 상자를 접속의 시대에 맞게 패러디하여 전복적인 이야기를 들려준다. 「판도라의 여름」의 주인공은 "인간의 표리부동함에 대한 혐오를 누를 수 없어 사람들의 마음을 파헤치려고 애쓰는 강박증 환자"(p. 372)가 된 인물이다. 진실이나 신뢰가 소진된 현재나 사랑이 없어진 미래 도시의 풍경에 대해 그녀는 지독한 냉소를 보낸다. 인간의 현실은 끝없이 이어지는 거짓의 카니발로 구성되기에, 사람들이 말하는 진실은 매 순간 새롭게 갱신되는 휘발적이고 파편적인 진실일 따름이라고 여기는 그녀는, 그런 상황에 헛구역질을 하고 만다. 극도로 균열된 현실에서 진실한 마음을 헤아리기 위해 그녀는 '판노라스 박스'를 구안한다. 무한 정보와 문명의 혜택 속에서 인간이 진화와 진보를 하고 있다고 생각하는 사람들에게, 거기서 진정한 희망을 발견해본 적이 있느냐고, "클릭과 드래그 몇 번이면 얻어지는 쉬운 인식의 경험이 아니라, 오랜 시간을 들여 단단한 봉인을 벗기고 진실을 인식하는 고통스럽고도 가치 있는 경험을 마지막으로 해본 것은 언제였"(p. 350)느냐고 반문하면서, 다음과 같은 제안 설명을 한다.

여기, 진실에 목마른 여러분 앞에 '판도라스 박스'를 조심스럽게 내놓습니다. 이 작은 상자는 여러분에게 행복과 평화와 안정을 보장하지는 않을 것입니다. 판도라스 박스는 정반대로, 여러분이 자신을 속이면서까지 믿고 싶어 한 모든 것을 뒤엎고 배반하고 전복할 것입니다. 인간의 본성은 분열입니다. 인간의 표면과 이면은 결코 일치하지 않습니다. 관성으로 유지해온 관계와 억지로 쌓아올린 신뢰, 그리고 신의 눈에 흡족하도록 우리가 알게 모르게 순응해온 거짓들을 이 박스는 한순간에 무너뜨릴지도 모릅니다. 그것은 여러분이 아끼고 의지하는, 그래서 여러분을 결국 절망시킬 사람들의 모습이자, 또한 여러분 자신의 모습이기도 합니다. (「판도라의 여름」, pp. 350~51)

과연 이 상자는 신화 속의 판도라 상자가 그랬듯이, 세상의 평화와 안녕을 보장하기보다는 존재하는 거짓 질서에 가혹한 균열을 내면서 새롭게 전복한다. 과학자인 그녀(닥터 판도라)는 스스로 개발한 상자를 사용하여 남편의 표리부동함을 들추어내다가 남편을 식물인간으로 만든다. 판도라스 박스의 가공할 만한 비극적 위력은 그녀의 아트메이트인 소설가 도로시의 SF에 의해 좀더 분명한 형상을 얻는다. 도로시의 소설은 이 상자에 의해 전 세계에서 대규모 전쟁이 일어나는 디스토피아 상황을 흥미롭게 그려나간다. 대륙 간 탄도 미사일이나 탄저균, 또는 핵무기에 의한 전쟁이 아니다. "배신감과 질투와 소외감에 사로잡힌 인간이 다른 인간을 일대일로 죽이는 살상전"에 의해 세계 인구의 절반이 죽게 되자 모든 박스는 폐기되고 개발자는 사형에 처해진다. 전쟁을 일으킨 주범을 "야만적인 호기심"으로 규정하고, 호기심을 야기한 환경을 제거하기에 이른다. 이제 인간관계는 "쿨하게 변하고, 연인들은 서로의 변심에 분노하거나 절망하는 대신 분열이라는 인간 마음의 한계를 당연한 것으로"(p. 366) 받아들인다. "불안과 혼란과 폭력을 가져올 수 있는 '사랑'과 '신뢰' 같은 단어들은 금지어로 지정된다"(p. 367). 이런 세월 속에서 닥터 판도라와 소설가 도로시의 외손녀들이 "인간이 잃어버린 뜨거운 심장의 가치를 되찾기 위해 트루스 시커스Truth Seekers라는 혁명 단체를 조직하고 투쟁에 나선다"(p. 367)는 이야기다. 윤이형의 소설에서 일어나는 사건(닥터 판의 판도라스 박스와 그것의 사용으로 인한 남편의 식물인간화)도 그렇고, 소설 속 소설의 상황도 매우 곤혹스런 질문들이 포개어져 있다. 표리부동하게 억지로 쌓아올린 신뢰와 심연의 진실 사이에서, 인간 심리의 역동성과 시스템에 의해서 억제되고 평정된 쿨한 사회 사이에서, 작가는 무척이나 고민하고 있는 것처럼 보인다. 물론 도로시의 소설에서 소녀들이 구상한 혁명 단체의 이름처럼, 진실은 찾아져야 한다. 그러나 진실을 탐문하는 과정에는 많은 비용이 들게 마련이다. 가령 앞의 제안문에도 들어 있고 도로시의 소설에서도 환기되는 수많은 갈등과 고통과 절망과 죽음의 사태들 말이다. 그렇다고 진실을 외면할 것인가? 심연의 진실을 탐문하기 위해서라면 개인이든 사회든 시스템이든 세심한 보살핌 속에서 조정되고 치유되어야 할 영역이 너무나 많은 게 사실이다. 윤이형의 판도라스 박스가 결코 단순한 패러디가 아님은 이 지점에서 명료해진다.

「판도라의 여름」에서 주인공의 남편은 그녀를 처음 만났던 날 밤에 이런 말을 했었다. "날 알고 싶어요? ……모르는 게 더 나을 텐데. 세상에는 훨씬 더 중요하고 재미있는 것들이 많을 텐데, 정말 나를 알고 싶은 거예요? 사람이 사람을, 우리가 무언가를 안다는 게 가능하기나 할까요?"(p. 382) 「안개의 섬」에서 'tree'라는 아이디의 대화자(결국 남편으로 밝혀지는) 역시 "어디부터 어디까지가 나인지, 알 수가 없잖아요"(p. 320)라고 말한다. 나든 남이든 제대로 알 수가 있겠느냐는 이런 회의론은 결코 단순한 불가지론으로 보이지 않는다. 가령 윤이형 소설에 공통적으로 흐르는 회의론적 인식소들은 이런 것들이지 싶다. '나는 누구인지 알 수 없다' '남에 대해서도 확실히 알 수 없다' '더욱이 인간관계에 대해서도 알 수 없다' 하여 판도라스 박스나 언데드 캐릭터 같은 시스템의 도움을 빌려보지만 그 또한 사태를 정확히 보고 알게 하는 데 도움이 되지 않는다…… 사정이 이러하기에 윤이형의 인물들은 고독한 고통에 빠질 수밖에 없다. 인간 현실에서 철저하게 고독한 그들은 디지털 시스템으로 경쾌하게 탈주하여 고독을 해갈하고자 하지만 거기서도 여전히 고독에서 벗어나지 못한다. 「안개의 섬」 주인공은 자신이 탈주하여 마련한 사이버 공간 속의 섬을 "내 또 하나의 자아, 내 고독의 심장부인이 섬은 완전하다"(p. 285)고 생각한다. 철학과 출신의 게임 애니메이터인 그녀는 일찍이 "육체를 초월하고 우주적 지성으로의 합일을 추구한다는"(p. 308) 신플라톤주의에 매료된 적이 있다. 그처럼 육체의 감각 기관이 만들어내는 정념에서 벗어나 우주의 근원을 밝히는 지고한 진리를 추구하고 싶어 했다. 그러나 네 살 어린 남편을 만나면서 그녀는 다른 생각을 하게 된다. "인생은 정신이 아니라 몸, 몸, 몸일 수도 있겠다는"(p. 305) 생각 말이다. 남편을 포함한 그 누구로부터도 그토록 듣고 싶어 한 예쁘다는 말을 듣지 못한 그녀였다. 몸과 맘, 육체와 영혼의 대립은 오래된 주제이지만, 이 주제를 경유하면서 윤이형이 정작 하고 싶었던 이야기는 인간관계에 관한 것이다. 그런 면에서 주목되는 것이 "저 남자와 내 생활엔 리시브라는 게 있을까"(p. 303)라는 회의이다. 리시브가 없다는 회의와 고통이 그녀로 하여금 사이버 공간 속의 고독의 심장부로 탈주하게 하는 것이다. 물론 이 소설에는 그녀가 탈주한 사이버 공간 속에 남편이 동참함으로써 불완전하나마 '리시브'가 회복되는 조짐을 보인다. 나름의 치유 가능성에 대한 조심스런 타진이긴 하지만, 그렇다고 윤이형의 비극적 세계관이 변화되었음을 확인할 길은 아직 막연하다.

그런 까닭에 「DJ 론리니스」를 통해 고독의 주제는 좀더 본격화된다. 흔히 사회생활에서 커뮤니케이션의 결여로 인해 야기되는 외롭고 불안한 심리 상태를 고독이라고 얘기하거니와, 이 소설에서 '론리니스'라는 DJ명을 얻게 되는 여성은 사회적 커뮤니케이션의 결여 속에서 자신의 길을 찾으려 하지만 곤란을 겪는 인물이다. 그녀에게는 책을 좋아했던 시절이 있었다. 문장 사이의 여백이 죄다 길로 보였기 때문이다. "발을 디디면 그 길들이 어디로든 나를 데려다줄 것 같았"다. 그러나 언제부턴가 그 여백의 길들이 막히기 시작한다. "내가 갈 수 없는 길들, 결코 들어갈 수 없는 골목들, 너무너무 매혹적이지만 절대로 내 것이 될 수 없는 인생들. 그 어지러운 미로를 들여다보고 있으면 가슴이 터져버릴 것 같았어요"(p. 214). 자신이 갈 수 있는 길과 가야 할 길 사이에서, 그러니까 자신의 현실과 이상 사이의 균열과 괴리가 그녀를 더욱 고독하게 한다. 이에 그녀는 책의 길을 버리고 음악을 듣기 시작한다. 록이나 재즈나 블루스가 아닌 일렉트로니카를 듣는다. 그 이유는 "어떤 면에서는 상당히 뻔한 음악"이기 때문이다. "그 뻔하다는 점이 마음에 들었어요. 꼭 제 인생처럼 느껴지더군요. 어디에나 호환이 되는 인생. 어디에나 믹스가 되는 인생. 제 하루는 뚝 떼어내서 지구상의 육십 억 인구 중 누구의 삶에 갖다 붙여도 표가 나지 않을 거예요"(p. 215). 결국 책에서 일렉트로니카로의 선회는 현실과 이상 사이의 거리를 좁히기 위한 심리적 전략의 일환이었던 셈이다. 이런 그녀의 사연에 그녀에게 디제잉을 가르치는 그의 사연이 대화의 지평을 형성한다.

음악을 하고 싶다는 막연한 생각을 하고 있었지만 재능이 없음을 한탄하며, 혹은 "죽은 꿈"(p. 220) 때문에 술에 취해 지내던 시절에 그가 환각처럼 만났던 "저 위쪽" 사람 이야기다. (나중에 켄터키 프라이드 치킨 매장 앞에서 서 있는 플라스틱 할아버지였음이 밝혀지는) 환각의 노인에 따르면 저 위쪽에는 이상과 현실이 불일치하는 일이 없기에 죽은 꿈 때문에 고통받는 사람이 없다. 지상의 사람들이 "하나같이 자기 인생이 뻔하다고 투덜대는 건 우리에게 상상력이 부족해서인지도 모르겠어. 상상력이란 건…… 그 불일치에서 나오는 거란 말일세"(p. 220). 왜 상상력이 빈곤한가. 인간이 밑천 없이 대량 생산되고 있기 때문이라고 노인은 말한다. "나름대로 그 모든 삶을 차별화해 설계한다고는 하지만, 아무래도 한계가 있"다고 지적하면서, "그래도 우리는 태어나는 모든 아이의 몸속에 각각 다른 음악을 넣고 있단 말이지. 똑같은 건 하나도 없어. 그런데 자네들은 그걸 모른단 말야. 아니, 자기한테 자기만의 음악이 있다는 것도 모른 채 살다가 죽는단 말야"(pp. 220~21)라며 안타까워한다. 노인이 말하는 "다른 음악"이란 곧 개성일 터이다. 이 개성과 창의성을 제대로 발현하지 못하고 사는 지상에서의 삶에 대한 유감 어린 성찰의 대목이다. 그렇다면 개성을 발견하기 위해서는 더욱 고독하게 고독을 밀고 나가야 한다는 역설적 사고와 통할 수 있을지도 모른다. 이와 같은 이야기를 들려주면서 그는 그녀에게 현실과 이상 사이의 크로스페이더를 강조한다.

　"데크 하나에는 꿈을, 다른 하나에는 현실을 걸기 위해서.
달콤한 꿈에서 힘겨운 현실로, 다시 그것을 이겨내는 꿈으로,
그렇게 끝없이 믹스되면서 이어지는 게 삶이니까…… 그리고
그 가운데엔 크로스페이더가 있죠. 누구도 원하는 대로 하나
의 음악만 들으면서 살아갈 순 없어요. 곡이 지루하게 느껴지
면 반대쪽으로 크로스페이더를 밀어붙여요. 그런다고 이쪽의
음악이 사라지는 건 아니니까." (「DJ 론리니스」, p. 222)

　결국 작가의 핵심적인 관심이 '크로스페이더'에 있었음이
드러난다. 꿈과 현실, 이상과 현실, 가상현실과 현실, 영혼과
육체, 과거와 현재와 미래 사이의 의미 있는 크로스페이더를
형성하기 위한 상상적 노력이 곧 윤이형의 소설 쓰기다. 「검
은 불가사리」에서 탈 난 눈의 고통도 그것을 응시하기 위한
것이었고, 「피의일요일」에서도 시스템 안팎에서 가상현실과
현실 사이의 크로스페이더 형성에의 의지가 중요했으며, 「판
도라의 여름」이나 「안개의 섬」「셋을 위한 왈츠」에서도 사정
은 비슷했다. 이런 윤이형의 상상적 노력은 의식적·무의식적
크로스페이더 형성이라는 담론 전략과도 상응한다. 가령 「DJ
론리니스」에는 의식의 담론과 무의식의 담론이 교차 반복된
다. 전자는 우리가 살핀 그와 그녀의 이야기이고 후자는, 그

410

녀의 무의식의 그림자로 보이는 오믈렛 같은 이야기들이다. 그녀는 무의식의 심연에서 꿈틀거리는 역동적 에너지들을 낯선 방식으로 들추어내고 있는데, 그 무의식의 담론은 다음과 같은 것으로 마무리된다.

나는 당신이었어. 당신이 되고 싶어 한 모습이었어.
나는 당신이었어. 당신이 걸을 수 없었지만 결코 버리지 못했던 길이었어.
나는 당신이었어. 빛나지 않는 그 모든 순간에조차.
나는 당신이었어. 당신을 유일하게 하는 음악이었어.
나는 당신이었어. 당신의 꿈이었고, 외로움이었어.
당신은 내가 있어서 그토록 외로웠던 거야.
하지만 이제 당신이 없다면, 나는 누구지?

(「DJ 론리니스」, p. 231)

존재와 존재의 꿈, 결여된 소망, 잃어버린 희망 사이의 크로스페이더는, 그러나 인간의 육안으로 쉽게 성찰할 수 없는 난망이요, 결여로 충만한 욕망에 가깝다. 그러니 고독할 수밖에. 존재를 "유일하게 하는 음악"을 듣기 어려울 수밖에. 이 때문에 인간은 절망하고 고통받는다. 치유가 요구되는 것도 이런 사정에서 말미암는다. 이런 맥락에서 보면 「절규」에서 "절규하는 여자" 수진이 등장하는 것은 매우 자연스럽다. 어떤 이유든 현실에서 고통받는 자들을 대신해 절규해주는 것으로 치유를 돕고자 하는 그녀는 일종의 퍼포먼스 치료사다. 물론 그녀는 "치유라는 거짓말 따위는 하지 않"(p. 139)겠다며 "약간의 위안을 얻고자 한다면 그건 드릴 수 있"(p. 139)다고 말한다. "나는 평균적인 인간이다. 내 비극과 고통 또한 지극히 평균적이다. 그래서 나는 내 고통을 입 밖에 내지 않는 법을 배웠다"(p. 171)는 그녀는 동시대의 인간들이 겪는 고통과 커뮤니케이션하면서 그것을 덜어주기를 소망한다. 이 과정에서 고통스러운 삶의 구체적 세목들을 환기하는 수법이 어지간하다. 다른 작품들과는 달리 구체적 현실에 대한 세심한 관심을 부각시킨다.

「절규」에서 '절규하는 여자'의 "인터넷 카페 '절규'의 메인 화면에는 에드바르 뭉크의 유명한 그림 「절규」가 떠 있다"(p. 178). 그처럼 고통에의 절규를 통해 고통에서 치유로 탈주하려는 상상적 의지가 바로 윤이형의 소설이다. 「검은 불가사리」의 상담사, 「셋을 위한 왈츠」의 음악 치료사, 「절규」의 퍼포먼스 치료사 등은 대체로 소설가와 등가적 상관물이다. 비록 결정적 치유에 이르지는 못한다 하더라도 위안을 주고 성찰의 계기를 부여하려는 이야기 치료사다, 윤이형은. 이야기를 통한 치유의 지평을 위해 작가가 공들여 만들려고 했던 것이 크로스페이더이다. 현실과 인간의 고통을 외면하지 않고 꼼꼼하게 응시하면서 그 치유의 대화적 지평인 크로스페이더를 모색하고자 한 윤이형 소설의 가치는, 현실과 인간이 고통스럽게 병들었기에 더욱 빛난다. 접속 시대의 풍경과 질료들을 십분 활용하되, 그것을 넘어서 인간 존재의 심연을 탐문하려는 소중한 눈을 지닌 작가라는 점도 미덕이다. 결코 요란스러운 포즈로서의 고통이 아닌 진정성 있는 고통의 상상력을 눈의 작란(作亂)을 통해 유려하게 형상화한 윤이형의 소설과 더불어, 고통을 더욱 고통스럽게 체험하면서, 새롭게 탈주할 수 있기를 바란다. 윤이형의 고통의 섬을 방문하신 당신을 환영한다.

작가의 말

당신과 마찬가지로 내게도 미궁이 있다. 나는 오랫동안 그 속에서 소의 머리에 인간의 몸을 한 미노타우로스로 살아왔다. 당신의 것과 마찬가지로 내 미궁에도 테세우스와 아리아드네가 있고 햇빛과 거미줄과 낮잠과 내가 잡아먹은 사람들의 뼈가 있다. 자세한 사정은 설명할 수 없지만 어느 날 미궁 안에서 나는 아이를 갖게 되었다. 당혹스러웠고 이해할 수 없었으나 이미 생긴 생명을 어떻게 할 수 없어 낳기로 했다. 여기 담긴 이야기들은 그렇게 해서 태어난 내 아이들이다.

꼭 나처럼 소도 아니고 인간도 아닌 이 아이들의 어금니와 송곳니가 신경 쓰인다. 온전치 못한 팔다리는 둘째치고라도, 이 아이들을 품고 있을 때 먹은 마음이 별로 아름답지 못해서

다. 내게 글쓰기는 이 좁은 미궁을 뚫고 나가고 싶다는 시리고 쉿내 나고 개인적인 열망이었을 뿐, 결코 타인을 위한 위안이나 아름다움의 추구 같은 거창한 것을 의미한 적이 없었다.

시간이 간다고 내가 현명해지거나 나은 인간이 되리라는 보장은 없다. 하지만 단지 어리석고 준비되지 않은 엄마를 만난 죄 때문에 장애를 지니고 태어난 내 첫번째 아이들의 생일 케이크에 촛불을 켜주고 싶다. 이 아이들의 뒤틀린 몸과 얼굴에 새겨진 것들이 내게 길이 되어주길 바란다.

첫 창작집이 나오기까지 가까이 혹은 멀리 내게 머물러준 사람들, 실마리를 던져주고 포기하지 말라고 해준 친구들, 그리고 지금은 내 곁에 없는 더 많은 사람들에게 고맙고 미안하다는 말을 하고 싶다. 당신들이 있어서 겨우 꿈을 꿀 수 있었다. 나보다 열심히 살지만 자꾸만 외롭고 자꾸만 행복하지 않은 당신들을 위한 이야기를 언젠가는 쓰고 싶다.

2007년 가을

윤이형

수록 작품 발표지면

검은 불가사리 2005년 중앙 신인문학상 수상작

셋을 위한 왈츠 『문예중앙』 2006년 여름호

피의일요일 『현대문학』 2006년 4월호

절규 『문학사상』 2006년 4월호

DJ 론리니스 『문학·판』 2006년 겨울호

말들이 내게로 걸어왔다 문장 웹진 2007년 1월호

안개의 섬 『문학과사회』 2007년 봄호

판도라의 여름 『실천문학』 2006년 가을호